KU-632-963

DEAN
KOONTZ
NIEWINNOŚĆ

Z angielskiego przełożył

MAREK FEDYSZAK

Wydawnictwo
A. Kuryłowicz

Tytuł oryginału:
INNOCENCE

Copyright © Dean Koontz 2013
All rights reserved
Published by arrangement with Prava i Prevodi and Lennart Sane Agency AB

Polish edition copyright © Wydawnictwo Albatros Andrzej Kuryłowicz s.c. 2015

Polish translation copyright © Marek Fedyszak 2015

Redakcja: Maciej Fliger

Zdjęcie na okładce: copyright © Alexandre Cappellari/Arcangel Images

Projekt graficzny okładki: Wydawnictwo Albatros Andrzej Kuryłowicz s.c.

Skład: Laguna

ISBN 978-83-7885-393-0

Książka dostępna także jako e-book

Dystrybutor
Firma Księgarska Olesiejuk sp. z o.o. sp. j.
Poznańska 91, 05-850 Ożarów Mazowiecki
tel. (22) 721 30 00, faks (22) 721 30 01
www.olesiejuk.pl

Wydawca
WYDAWNICTWO ALBATROS ANDRZEJ KURYŁOWICZ S.C.
Hlonda 2A/25, 02-972 Warszawa
www.wydawnictwoalbatros.com

2015. Wydanie I
Druk: WZDZ – Drukarnia Lega, Opole

*Książkę tę dedykuję Harry'emu Recardowi – za jego
przyjaźń i za to, że na studiach nauczył mnie gry
w bezika i w ten sposób omal nie zwichnął mi kariery
akademickiej. Oraz Diane Recard za to,
że tak dobrze opiekuje się Harrym przez te wszystkie lata,
co nie jest łatwym zadaniem.*

Nic nie sprawia pisarzowi większego zadowolenia niż listy od czytelników twierdzących, że jedna z jego książek zmieniła ich życie bądź zachęciła do wytrwałości w trudnych chwilach. Jednak list, jaki otrzymałem od Elizabeth Waters ze stanu Waszyngton, gdy skończyłem Niewinność, *a dotyczący mojej powieści* Kątem oka, *poruszył mnie bardziej od innych. Beth, Twoja odwaga uczy mnie pokory. Nadzieja, którą znalazłaś w mojej książce, dorównuje nadziei, którą wzbudziłaś we mnie swoją życzliwą korespondencją. Roztaczasz blask wokół siebie.*

Wielka uroda rzadko idzie w parze z wielką cnotą.

FRANCESCO PETRARCA, *TRACTATUS DE REMEDIIS*

CZĘŚĆ PIERWSZA

—

Dziewczyna, którą poznałem w świetle lampy,
przy półce z powieściami Charlesa Dickensa

1

Po ucieczce od jednego ognia spodziewałem się kolejnego. Zbliżającym się płomieniom przyglądałem się bez lęku. Ogień był jedynie światłem i ciepłem. Każdy z nas potrzebuje w życiu ciepła i szuka światła. Nie mogłem więc bać się tego, czego potrzebowałem i czego szukałem. Dla mnie kontakt z ogniem stwarzał jedynie nadzieję na nieuchronny koniec. Ten piękny świat, złożony z mnóstwa pięknych, powabnych i wdzięcznych istot, budził we mnie tylko jeden stały lęk – że mogę na nim żyć zbyt długo.

2

Byłem zdolny do miłości, ale po śmierci Ojca żyłem samotnie. I dlatego kochałem jedynie drogich zmarłych, książki oraz chwile wspaniałego piękna, którym od czasu do czasu zaskakiwało mnie to miasto, gdy przemierzałem je w całkowitej tajemnicy.

Zdarzało się na przykład, że w bezchmurne noce, w tej szczególnej chwili, gdy większość mieszkańców śpi, gdy ekipy sprzątające kończą pracę, a wieżowce aż do świtu pozostają w ukryciu, nad głową ukazują się gwiazdy. Zapewne nie świecą nad tą metropolią równie jasno jak nad jakąś równiną w Kansas lub nad górą w Kolorado, ale i tak jaśnieją niczym miasto na niebie, czarujące miejsce, w którym mógłbym chodzić po ulicach bez strachu przed ogniem, gdzie mógłbym znaleźć kogoś, kogo bym miłował i kto miłowałby mnie.

Tutaj, gdy mnie widziano, swoją zdolnością do kochania nie budziłem w nikim litości. Wręcz przeciwnie. Na mój widok zarówno kobiety, jak i mężczyźni, wzdragali się, lecz ich strach szybko ustępował miejsca furii. Nie skrzywdziłbym ich w obronie własnej i dlatego pozostałem bezbronny.

3

W niektóre noce do mojego lokum, które nie miało nawet okien, docierała piękna, lecz smutna muzyka. Nie wiedziałem, skąd dochodzi, nie potrafiłem też rozpoznać melodii. Nie towarzyszyły jej słowa, ale byłem przekonany, że kiedyś słyszałem wyśpiewujący tę piosenkę, niski i chrapliwy kobiecy głos. I za każdym razem poruszałem ustami, chcąc odtworzyć treść, ale ona wciąż umykała.

Ten kawałek nie był bluesowy, a mimo to ciążył na sercu niczym blues. Mógłbym go nazwać nokturnem, choć, jak sądzę, nokturn zawsze jest utworem instrumentalnym. Do tej melodii istniały zaś słowa, byłem tego pewien.

Powinienem dojść w ślad za tymi melodyjnymi dźwiękami do jakiegoś szybu wentylacyjnego lub kanału, ale wszystkie próby znalezienia ich źródła kończyły się niepowodzeniem. Wydawało się, że ta muzyka wydobywa się z powietrza, jakby przedostawała się przez membranę z innego niewidzialnego, równoległego świata.

Być może ci, którzy nie żyli w ukryciu, uznaliby myśl o niewidzialnym świecie za zbyt dziwaczną i odsunęli ją od siebie.

Jednak ci z nas, którzy pozostają w ukryciu przed całą resztą ludzi, wiedzą, że ten świat jest niezwykły i pełen tajemnic. Nie mamy zdolności magicznego postrzegania ani nadprzyrodzonego wglądu w rzeczywistość. Sądzę, że to, iż rozpoznajemy jej złożony wymiar, wynika z naszej samotności.

Życie w mieście tłumów, ulicznego ruchu i bezustannego hałasu, w wiecznym dążeniu do czegoś, w ciągłej rywalizacji o pieniądze, pozycję i władzę rozpraszało chyba ludzi, aż w końcu przestali dostrzegać cokolwiek innego – zapominali, że coś poza tym istnieje. A może, z powodu tempa i stresu związanego z tym życiem, zdrowie psychiczne zależało od niedostrzegania różnych cudów, rzeczy zadziwiających i zagadkowych, które składały się na prawdziwy świat.

Kiedy napisałem: „ci z nas, którzy pozostają w ukryciu", powinienem był ująć to inaczej: „ja, który nadal się ukrywam". O ile dobrze wiedziałem, w tej metropolii nie było drugiego takiego jak ja. Już od dawna żyję sam.

Przez dwanaście lat dzieliłem ten głęboki szaniec z Ojcem. Zmarł sześć lat temu. Kochałem go i codziennie za nim tęskniłem. Teraz miałem dwadzieścia sześć lat i przed sobą, być może, długie, samotne życie.

Zanim tutaj przybyłem, Ojciec mieszkał ze swoim ojcem, którego niestety nie poznałem. Od nich dostałem większość mebli i książek.

Być może pewnego dnia przekażę swój dobytek komuś, kto mnie mógłby nazywać Ojcem. Stanowiliśmy nieprzemijający ród wydziedziczonych, żyjący w tajemnym mieście, którego ludzie nigdy nie widzieli.

Mam na imię Addison, lecz wtedy imiona nie były nam potrzebne, ponieważ rozmawialiśmy tylko ze sobą.

Czasami, z uśmiechem na ustach, Ojciec mówił o sobie Ten. Nie było to jednak prawdziwe imię. Mnie nazywał Tym Tego lub Synem Tego – tak sobie żartowaliśmy.

Według norm innych ludzi byliśmy nadzwyczaj brzydcy. Tak bardzo, że nasza brzydota wzbudzała w nich wstręt i straszliwą wściekłość. Chociaż byliśmy ludźmi w takim samym stopniu jak ci, którzy żyli jawnie, nie chcieliśmy razić ich oczu, więc się ukrywaliśmy.

Ojciec tłumaczył mi, że nie wolno nam gniewać się na innych, mężczyzn i kobiety, za to tylko, jak nas traktują. Żywili lęki, których nie byliśmy w stanie pojąć. Powiedział, że my, ukryci, mamy swoje brzemię, lecz tamci dźwigają znacznie cięższe brzemię od naszego – co było prawdą.

Pozostawaliśmy w ukryciu, żeby uniknąć czegoś gorszego niż prześladowanie. Pewnej nocy Ojciec został schwytany na powierzchni. Dwaj przerażeni, rozjuszeni mężczyźni postrzelili go i zatłukli na śmierć.

Nie żywiłem do nich urazy. Było mi ich żal, ale kochałem tych oprawców, jak tylko mogłem. Wszyscy zostaliśmy sprowadzeni na świat z jakiegoś powodu i musimy zadać sobie pytanie, dlaczego tak się stało. I mieć nadzieję, że poznamy odpowiedź.

Małe, pozbawione okien lokum było również moją

szkołą; starałem się tu uczyć, a w najważniejszym z trzech pomieszczeń ściany zabudowane zostały przez ojca mojego Ojca mahoniowymi regałami. Półki były wypełnione książkami niechcianymi przez tych, którzy żyli na świecie powyżej. Każdy z głębokich wygodnych foteli miał wyściełany podnóżek. Obok nich stały proste drewniane sześciany, na których można było postawić coś do picia, oraz lampy z brązu, obleczone plisowanymi szantungowymi abażurami w kolorze brzoskwini.

Mały stół i dwa krzesła z prostymi oparciami zapewniały miejsce na posiłki. W czasach, gdy było nas dwóch, graliśmy przy tym stole w karty i szachy.

Wtedy od czasu do czasu stawiałem pasjansa. Nie przepadałem za tym, ale niekiedy, tasując karty, zamiast swoich widziałem ręce Ojca. Jego palce były zdeformowane, ponieważ w dzieciństwie, po tym, jak pewien pastor połamał mu je w niedzielny wieczór, zrosły się krzywo w łubkach, jakie sam sobie założył..

Kochałem te ręce, które nigdy nie skrzywdziły żywego stworzenia. Blade blizny i zdeformowane przez artretyzm kłykcie były piękne, ponieważ świadczyły o jego odwadze i przypominały mi, że nie mogę czuć rozgoryczenia z powodu popełnianych na nas okrucieństw. On cierpiał bardziej niż ja, a mimo to kochał życie i świat.

Stolik i większość pozostałych mebli zostały tutaj z trudem sprowadzone lub zrobione na miejscu przez moich poprzedników.

Przez sześć lat dwa fotele nie były mi potrzebne. Podczas lektury siedziałem przeważnie w fotelu, który był mój, odkąd tutaj przybyłem. Jednak od czasu do czasu sado-

15

wiłem się w fotelu Ojca, żeby go lepiej pamiętać i poczuć się mniej samotnie.

Drugie pomieszczenie, podobnie jak pozostałe, miało prawie dwa i pół metra wysokości. Grube ściany, podłogę i strop wykonano z betonu zbrojonego, przez który niekiedy przenikały jakieś drgania. Nigdy jednak nie przedostawały się żadne rozpoznawalne dźwięki oprócz wspomnianej muzyki.

Z obu stron pozbawionego drzwi otworu drzwiowego zawieszono hamaki rozciągnięte na całą długość pokoju. Grube płótno łatwo było wytrzeć do czysta gąbką, a mój koc stanowił jedyną wymagającą prania pościel.

Kiedy żył Ojciec, w bezsenne noce leżeliśmy w ciemności bądź przy świetle świecy i godzinami rozmawialiśmy. O tym, jak niewiele świata widzieliśmy na własne oczy, o cudach natury, które oglądaliśmy w książkach z kolorowymi zdjęciami, oraz o tym, co to wszystko może znaczyć.

I chyba to były najszczęśliwsze chwile, jakie wspominam. Choć tych radosnych nie brakowało, z trudem przychodzi mi wskazanie najlepszych.

Przy tylnej ścianie, między hamakami, stała lodówka. Ojciec Ojca radził sobie kiedyś bez takiego sprzętu. Mój Ojciec – samouk jak ja – zgłębił tajniki elektryki i mechaniki tego urządzenia. Zdemontował lodówkę, przyniósł ją z nadziemnego świata i z powrotem złożył.

Na lewo od lodówki stał stół mieszczący toster, płytkę do podgrzewania potraw oraz prodiż. Na prawo znajdowały się półki, które służyły mi za spiżarkę i do układania zastawy stołowej.

Jadłem dobrze i byłem wdzięczny, że w mieście jedzenia jest w bród.

Gdy ojciec Ojca odkrył ten głęboki szaniec, były już tam elektryczność i podstawowe elementy instalacji wodno-kanalizacyjnej. W pokojach nie było jednak mebli. Nic nie świadczyło o tym, by wcześniej ktoś tu mieszkał.

Zanim Ojciec znalazł mnie – czekającego na niechybną śmierć – istnienie tych komór wyjaśniali sobie z jego ojcem na wiele sposobów.

Można by pomyśleć, że to miejsce było schronem przeciwbombowym, umieszczonym tak głęboko pod powierzchnią ulicy, pod tyloma grubymi warstwami betonu, że nawet wielokrotne wybuchy bomb atomowych nie zdołałyby go skruszyć. Docierało się do niego drogą tak okrężną, że zabójcze promieniowanie, przenoszone po liniach prostych, nie mogłoby tutaj trafić.

Jednak po zdjęciu gniazdek z dowolnego miejsca na ścianie, nazwa wytwórcy wytłoczona w metalowej puszce wskazywała na firmę, która, jak dowiodły zebrane informacje, zwinęła interes w 1933 roku, na długo przed pojawieniem się zagrożenia atomowego.

Poza tym budowa schronu przeciwbombowego dla zaledwie dwóch osób w wielkim, wielomilionowym mieście nie miała sensu.

Trzeciego pomieszczenia, łazienki, także całej z betonu, nie zaprojektowano w oczekiwaniu, że miasto i jego wodociągi zostaną zniszczone bronią atomową. Umywalka na postumencie i wanna na nóżkach miały po dwa krany, chociaż woda była co najwyżej przyjemnie ciepła, a więc ogrzewający ją bojler musiał znajdować się daleko. Stara ubikacja była wyposażona w górnopłuk, z którego po pociągnięciu za łańcuch spływała do muszli woda.

Być może podczas budowy jakiś urzędnik, który był

seksualnym drapieżnikiem o zbrodniczych skłonnościach, zaplanował pod jakimś pozorem budowę tego azylu, zamierzając usunąć potem ze wszystkich rejestrów publicznych informacje o jego istnieniu, żeby móc sprowadzać kobiety do prywatnego lochu i torturować je tam oraz mordować bez obawy, że ktokolwiek w rojnym mieście u góry usłyszy ich wrzaski.

Wyglądało jednak na to, że ani miejski architekt, ani inżynier, który zaprojektował doprowadzenie mediów do tego obiektu, nie byli nienasyconymi seryjnymi zabójcami. I gdy ojciec Ojca odkrył kiedyś tę przytulną kwaterę, gładkich betonowych ścian nie szpeciły makabryczne plamy ani żadne inne dowody popełnionych tam morderstw.

W każdym razie te pomieszczenia nie miały w sobie niczego złowieszczego.

Tym, którzy nie żyli w ukryciu, brak okien i nagi beton mogły przywodzić na myśl loch. Ale taka konstatacja opiera się na założeniu, że ich sposób życia jest nie tylko lepszy od naszego, ale również nie ma dla niego realnej alternatywy.

Opuszczałem to schronienie z wielu powodów, tylekroć, ile razy moje życie było w niebezpieczeństwie. I dlatego wykształciłem w sobie wyostrzony zmysł zbliżającego się zagrożenia. Tutaj nic mi nie groziło. To był mój dom.

Byłem zwolennikiem teorii świata równoległego, o której wcześniej wspomniałem. Jeśli istniało miejsce, oddzielone od świata membraną, której obecności nie mogliśmy wykryć naszymi pięcioma zmysłami, to w pewnym punkcie kontinuum trwania czasoprzestrzennego wybrzuszyła się ona wokół niewielkiej części tej drugiej rzeczywistości i dodała ją do otaczających nas rzeczy. I jeśli oba te światy u swego zarania powstały z tego samego, pełnego miłości źródła, chciałem wierzyć, że takie sekretne schronienia jak to zapewniono zwłaszcza tym, którzy, podobnie jak ja, byli wyrzutkami nie z własnej winy, napiętnowanymi, ściganymi i rozpaczliwie potrzebującymi kryjówki.

Była to jedyna teoria, jaką pragnąłem wyznawać. Nie mogłem stać się kimś innym, kimś bardziej pociągającym dla tych, którzy cofali się przede mną odruchowo, nie mogłem wieść życia innego niż to, na które byłem z natury skazany. Moja teoria dawała mi komfort. Gdyby pojawiła się jakaś mniej krzepiąca, nie chciałbym jej brać pod uwagę. W moim życiu było tyle piękna, że nie zaryzykowałbym rozważania jakiejkolwiek zaciemniającej obraz myśli, która mogłaby zatruć mój umysł i pozbawić mnie niezachwianej radości.

Nigdy nie wychodziłem z ukrycia za dnia, nie czyniłem tego nawet o zmierzchu. Z wyjątkiem nielicznych sytuacji pojawiałem się na górze tylko po północy, gdy większość ludzi spała, a pozostali oddawali się marzeniom.

Kamuflaż zapewniały mi czarne buty trekkingowe, ciemne dżinsy oraz czarna bądź granatowa bluza z kapturem. Pod kurtką nosiłem szalik, założony tak, że gdybym musiał przejść jakąś ścieżką czy ewentualnie ulicą i narazić kogoś na swój widok, mogłem go podciągnąć pod oczy. Swoje rzeczy zdobywałem w sklepach z artykułami używanymi; wchodziłem do nich po godzinach drogą, z której mogłyby skorzystać szczury, gdyby nadawały się do skrytych działań równie dobrze jak ja.

Miałem taki strój na sobie pewnej grudniowej nocy, gdy moje życie zmieniło się na zawsze. Gdybyście byli taką istotą jak ja, sądzilibyście, że żadna duża zmiana nie może być pozytywna na dłuższą metę. Gdybym jednak otrzymał szansę cofnięcia czasu i postąpienia w inny sposób, znowu zrobiłbym to, co wtedy zrobiłem, bez względu na konsekwencje.

4

Nazywałem go Ojcem, ponieważ był najbliższą tego miana osobą, jaką znałem. Moim prawdziwym ojcem był ktoś inny.

Według mojej matki mój rodzony ojciec kochał bardziej wolność niż ją. Dwa tygodnie przed moimi narodzinami ten niespokojny duch, który podróżował, żeby odnaleźć siebie, a zamiast tego się zagubił, wyszedł z domu i nigdy nie wrócił, wypłynął na morze lub wyjechał gdzieś daleko do dżungli.

W noc moich narodzin gwałtowny wiatr wstrząsnął małym domem, lasem, a nawet, jak opowiadała, górą, którą ów las porastał. Wichura awanturowała się na dachu, dobijała się do okien, szarpała za drzwi, jakby była zdecydowana wtargnąć do domu, w którym przyszedłem na świat.

Zaraz po moich narodzinach dwudziestoletnia córka akuszerki przerażona uciekła z sypialni. Szlochając, schroniła się w kuchni.

Kiedy akuszerka próbowała mnie udusić w kocyku dla noworodka, moja matka, mimo osłabienia ciężkim porodem, wyjęła broń palną z szuflady stolika nocnego i grożąc jej użyciem, uratowała mnie od śmierci.

Później, w spokoju poranka, odleciały wszystkie ptaki, jakby zmiotło je z drzew na skraj kontynentu. Wróciły dopiero czwartego dnia – najpierw wróble i jerzyki, potem kruki i jastrzębie, a na samym końcu sowy.

Akuszerka i jej córka zachowały moje istnienie w tajemnicy albo dlatego, że bały się oskarżenia o usiłowanie zabójstwa, albo dlatego, że zapomnienie o mnie było warunkiem ich spokojnego snu. Twierdziły, że urodziłem się martwy, a moja matka potwierdziła ich wersję.

Przeżyłem na tej górze osiem lat, sypiając najczęściej w tym przytulnym domku stojącym na końcu wąskiej drogi gruntowej. Przez cały ten czas, aż do dnia mojego wyjazdu, nie widywałem żadnych innych istot ludzkich poza moją błogosławioną matką.

W końcu, będąc w wieku, w którym większości dzieci nie pozwala się oddalać w ustronne miejsca, ja mogłem włóczyć się po odizolowanych od świata zakątkach lasu. Byłem jednak bardzo silny i miałem niesamowitą intuicję oraz pewien rodzaj więzi z Naturą, jakby moje DNA zawierało soki drzew i krew zwierząt. Natomiast matka czuła się spokojniejsza, gdy przebywałem poza domem. Las, cienisty za dnia i oświetlony blaskiem księżyca nocą, był mi równie dobrze znajomy jak własna twarz w lustrze.

Znałem jelenie, wiewiórki, rozmaite ptaki, wilki, które wyłaniały się z wyginających się z gracją w łuk paproci i znikały pod nimi. Moje środowisko było zamieszkane przez pierzaste i futerkowe stworzenia, przemieszczające się na skrzydłach lub czterech chyżych łapach.

W gęstych lasach i na okolonych nimi łąkach, a od czasu do czasu także na naszym podwórzu widywałem Przejrzystych i Mglistych, bo tak w końcu ich nazwałem.

Nie wiedziałem, kim mogą być, ale intuicja podpowiadała mi, że matka nigdy ich nie widziała, ponieważ o nich nie mówiła. Ja zaś nigdy o nich nie wspominałem, ponieważ wiedziałem, że wzięłaby to sobie do serca i martwiła się o mnie jeszcze bardziej niż dotychczas.

Później widywałem Przejrzystych i Mglistych także w mieście. I, jak później wyjaśnię, stopniowo pojąłem ich naturę.

W każdym razie czułem się w tamtych latach szczęśliwy, ponieważ zawsze do pewnego stopnia tak się czułem. Las nie stanowił dla mnie dzikiego obszaru, lecz był mi jak własny ogród, kojący mimo swej rozległości i nieskończenie tajemniczy.

Im bardziej znajome staje się jakieś miejsce, tym większej nabiera też tajemniczości, jeśli uświadamiamy sobie istotę rzeczy. Całe życie przekonywałem się, że tak właśnie jest.

Niedługo po moich ósmych urodzinach matka przestała tolerować moją obecność w domu. Nie mogła przy mnie spać. Straciła apetyt, przez co bardzo schudła. Nie chciała również, bym mieszkał w pobliskim lesie. Po części dlatego, że myśl o tym, jak swobodnie się tam czuję, przypominała jej, że nie jest tam równie mile widziana jak ja, a także z powodu tego myśliwego. Musiałem więc odejść.

Nie mogłem jej winić. Kochałem ją.

Ona próbowała mnie kochać i do pewnego stopnia obdarzała mnie uczuciem. Byłem jednak wyjątkowym ciężarem. Chociaż jestem zawsze szczęśliwy – lub przynajmniej nie jestem nieszczęśliwy – napawałem ją strasznym smutkiem. I ten smutek powoli ją zabijał.

5

Ponad osiemnaście lat później, w tym znanym mi, a mimo to tajemniczym mieście, nastał grudzień, który zmienił moje życie.

Kiedy wychodziłem tamtej nocy z plecakiem przewieszonym przez ramię – zamierzałem bowiem częściowo uzupełnić zapasy w spiżarce – wziąłem ze sobą dwie ledowe latarki, jedną do ręki, a drugą przypiętą do pasa, na wypadek gdyby ta pierwsza się zepsuła. Droga z mojego lokum do metropolii na powierzchni ziemi była spowita w niemal całkowitych ciemnościach, podobnie jak wiele przejść na tym świecie – ukrytym i naziemnym, betonowym i otwartym.

Szeroki na półtora metra i długi na trzy korytarz prowadził z pomieszczenia z hamakami i wydawał się kończyć pustą ścianą. Sięgnąłem wysoko do prawego rogu, wsadziłem palec wskazujący do otworu, który był jedynym charakterystycznym elementem na tej gładkiej powierzchni, i przycisnąłem znajdujący się tam guzik zwalniający zasuwę. Płyta trzydziestocentymetrowej grubości obróciła się bezszelestnie na ukrytych zawiasach z łożyskiem kulkowym, osadzonych trzydzieści centymetrów od jej lewej krawędzi.

Powstały w ten sposób otwór miał szerokość stu dwudziestu centymetrów. Gdy przestąpiłem próg, masywne drzwi zamknęły się za mną.

Nawet bez światła potrafiłem odnaleźć drogę w drugim korytarzu: prawie dwa i pół metra prosto, potem po łuku w lewo i w końcu trzy metry do zmyślnie zaprojektowanych drzwi żaluzjowych. Z większej odległości wyglądały one na pokrywę dużego szybu wentylacyjnego.

Nasłuchiwałem w ciemnościach, ale jedynym, co przedostawało się między żaluzjami, były cisza i powiew powietrza, tak słaby, chłodny i czysty, jak oddech bałwana ożywionego przez miłość i czary.

Powietrze niosło ze sobą woń wilgotnego betonu, zawartego w murach wapnia, który przez dziesięciolecia emitował światło. W tej części podziemnego świata miasta nigdy nie czułem rozkładających się szczurów lub cuchnącej pleśni, które czasem rozwijały się gdzie indziej.

Tak jak w betonowej ścianie schowano obracające się drzwi, tak w żaluzjowych drzwiach znajdował się ukryty przycisk zwalniający zasuwę. Drzwi zamknęły się za mną samoczynnie. Zapaliłem latarkę i z ciemności wyłonił się kanał burzowy, jakby ostrze światła wyżłobiło go w skalnym podłożu. Wielki cylindryczny tunel z betonu wydawał się wystarczająco duży, by oszczędzić światu powtórki biblijnego potopu.

Od czasu do czasu przejeżdżały takimi kanałami brygady konserwatorskie w pojazdach elektrycznych wielkości pick-upa. W tym momencie byłem tam jednak sam. Przez lata takie brygady migały mi z rzadka w oddali, a jeszcze rzadziej musiałem się przed nimi kryć.

Wydawało się niemal, że rzuciłem na siebie urok samotności. Kiedy wędrowałem pod lub nad ziemią, ludzie zazwyczaj odwracali się ode mnie, a ja od nich, zanim mogli mnie dostrzec.

Inaczej bowiem już dawno zostałbym zamordowany.

Do ostatniej dużej ulewy doszło pod koniec października. W tunelu było sucho, dno zaśmiecały drobne przedmioty – foliowe worki, puszki po piwie i napojach gazowanych, pojemniki z fast foodów, kubki ze Starbucksa, rękawiczka z dzianiny, dziecięcy bucik, błyszczący fragment sztucznej biżuterii – które opadły na nie jako ostatnie, gdy osłabł nurt spływającej wody. Ilość szczątków była nieznaczna. Mógłbym przejść wiele kilometrów, nie nadepnąwszy na nic. Jednak niespełna metr nad dnem kanału, z obu jego stron, znajdowały się pomosty konserwacyjne, na których wzbierająca woda rzadko osadzała śmieci.

Od czasu do czasu mijałem inne panele wentylacyjne, które były po prostu tym, na co wyglądały, oraz żelazne drabinki prowadzące do włazów w suficie, a także wyloty mniejszych rur, które podczas burzy doprowadzały wodę do tego kanału.

W tym podziemnym labiryncie starsze kanały budowano z cegieł lub kamienia, albo z betonowych bloków. Miały one więcej uroku od nowszych konstrukcji, były dziełem kamieniarzy, dumnych rzemieślników.

Zgodnie z metropolitalną tradycją jedna z kamieniarskich brygad była potajemnie na usługach szefa przestępczego gangu z tej odległej epoki i zamurowała kilku jego wrogów, niektórych żywcem. Nigdy nie widziałem żadnego z małych krzyży, które ponoć wyryto w cegłach, żeby oznaczyć ich groby, ani szkieletów dłoni w szparach po zaprawie między kamieniami, przypominających kłącza żłobika koralowatego, niegdyś szukające wyjścia, lecz już od dawna skamieniałe. Być może takie opowieści były nieprawdziwe, stanowiły tylko miejskie legendy, myślałem, chociaż dobrze zdawałem sobie sprawę, jak nieludzcy potrafią być ludzie.

Będąc w połowie drogi do pierwszego skrzyżowania głównych kanałów burzowych, dostrzegłem znajomą srebrzystobiałą mgiełkę jarzącą się w oddali. Był to jeden z Mglistych. Wijąc się, płynął ku mnie zwartym strumieniem, jakby powietrze, w którym się poruszał, było wodą, a on świetlistym węgorzem.

Przystanąłem, by go obserwować; zawsze byłem ciekawy tego zjawiska oraz innych widm, które nazwałem Przejrzystymi. Wiedziałem z doświadczenia, że nie mam powodu się bać, ale przyznaję, że nie czułem się pewnie. W odróżnieniu od smugi prawdziwej mgły lub pary wydobywającej się z kanału wentylacyjnego, ta zjawa nie rozmywała się na brzegach i nie zmieniała kształtu pod wpływem prądów powietrznych. Mierząc niespełna dwa i pół metra długości i trzydzieści centymetrów średnicy, wiła się tylko w moim kierunku, a gdy mnie mijała, zatrzymała się i przez moment stała na końcu, gnąc się pośrodku tunelu niczym kobra zauroczona muzyką fletu. Potem znowu ułożyła się horyzontalnie i odpłynęła – mieniąca się srebrzystym blaskiem smuga, zmniejszająca się do punktu, a potem niknąca bez śladu.

Mglistych i Przejrzystych spotykałem przez całe życie. Miałem nadzieję, że pewnego dnia dowiem się, kim są i co znaczy ich widok, choć podejrzewałem, że być może nigdy to nie nastąpi. Albo że odkrywszy prawdę o nich, zapłacę słono za tę wiedzę.

6

– Zbyt dużo mnie kosztujesz – oświadczyła moja matka w dniu, gdy wypędzała mnie z domu. – Żyłam według własnych zasad i liczyłam się z konsekwencjami, ale nie z czymś takim. Nie z tobą.

Zawsze śliczna jak kobiety z kolorowych czasopism, jak gwiazdy telewizji, którymi zachwycają się miliony, ostatnio wydawała się chuda i wymizerowana. Nawet wyraźne znużenie i podkrążone sino oczy nie szkodziły jej urodzie. Tak naprawdę świadczyły o tym, że ma czułe serce i jest udręczona jakąś straszną stratą, że jej cierpienie jest piękne niczym święte męczeństwo; jej twarz stawała się przy tym jeszcze piękniejsza.

Matka siedziała przy kuchennym stole o lśniących chromowanych nogach i czerwonym blacie z laminowanego tworzywa. Pod ręką miała swoje leki i whiskey, która jej zdaniem stanowiła po prostu kolejne lekarstwo.

Jeśli o mnie chodziło, ta whiskey wydawała się jej najlepszym lekarstwem, ponieważ w najgorszym razie wpędzała ją w przygnębienie, ale czasami rozśmieszała lub sprawiała, że matka kładła się i zasypiała. Z drugiej strony, tabletki oraz proszek, jaki czasem wdychała, mogły wywołać nieprzewidywalne zmiany nastroju. Dużo wówczas płakała lub wpadała w szał i rzucała, czym popadło, albo z premedytacją zadawała sobie lekkie rany.

Dotknięciem swoich zgrabnych rąk przemieniała wszystko w piękne przedmioty: zwyczajna szklanka szkockiej iskrzyła się niczym cięty kryształ, gdy raz po raz wodziła czubkiem palca po jej zwilżonym brzegu, a cienki papieros przypominał czarodziejską różdżkę, z której unosił się dym oznaczający spełnienie życzeń.

Nie poprosiła, bym usiadł; stałem więc po drugiej stronie stołu. Nie próbowałem do niej podejść. Dawno temu czasami mnie przytulała. W końcu mogła znieść co najwyżej przelotne dotknięcie, odgarnięcie włosów z czoła, położenie na chwilę dłoni na mojej ręce. W ostatnich kilku miesiącach nawet przelotny dotyk był ponad jej siły. Ponieważ rozumiałem, jaki ból jej sprawiam, obrażając ją samym swoim widokiem, sam też byłem udręczony. Mogła przecież przerwać ciążę, ale tego nie zrobiła. Urodziła mnie. A gdy zobaczyła, co wydała na świat... nawet wtedy obroniła mnie przed akuszerką, która chciała mnie udusić. Mogłem ją tylko kochać i pragnąć, by umiała pokochać coś takiego jak ja.

Październikowe niebo, widoczne przez okno za jej plecami, stało się szare i ponure. Jesień ogołociła stary figowiec z większości liści, lecz pozostałe drżały w porywistym wietrze niczym brunatne nietoperze mające lada chwila zerwać się do lotu. To nie był dzień na opuszczanie domu ani świat dla samotnych istot.

Matka kazała mi założyć kurtkę z kapturem i tak też zrobiłem. Przyszykowała mi plecak z jedzeniem i środkami pierwszej pomocy, a ja go zarzuciłem na ramię.

Teraz wskazała na zwitek banknotów.

– Weź to... choć zbytnio ci to nie pomoże. Są kradzione, ale to nie ty je ukradłeś. W tej rodzinie tylko ja kradłam. Dla ciebie to po prostu prezent, i to czysty.

Wiedziałem, że pieniędzy nigdy jej nie brakowało. Przyjąłem ten dar i wetknąłem banknoty do kieszeni dżinsów.

Łzy, które dotąd powstrzymywała, polały się jej z oczu, lecz matka nawet nie westchnęła z żalu. Wyczułem, że ćwiczyła tę scenę od dłuższego czasu, zdecydowana doprowadzić sprawę do końca, nie dając mi szansy na zmianę scenariusza, który napisała.

Łzy zamgliły mi wzrok i próbowałem wyrazić swą miłość

do niej oraz żal, że doprowadziłem ją do rozpaczy, ale nieliczne słowa, które wyrwały się z moich ust, były zniekształcone i żałosne. Jak na ośmioletniego zaledwie chłopca byłem silny fizycznie i emocjonalnie, mądrzejszy niż dzieci w tym wieku, ale choćby dlatego nadal byłem dzieckiem.

Zgniótłszy papierosa w popielniczce, matka zwilżyła palce obu rąk parą skroploną na szklance szkockiej z lodem. Zamknęła oczy, przytknęła palce do powiek i kilka razy głęboko westchnęła.

Czułem, jak moje obrzmiałe serce tak mocno napiera na mostek, żebra i kręgosłup, że wydawało się, że pęknie.

Kiedy znowu na mnie spojrzała, usłyszałem:

– Żyj nocą, jeśli uda ci się pozostać przy życiu. Nie zdejmuj kaptura i nie podnoś głowy. Ukrywaj twarz. Maska przyciągnie uwagę, ale bandaże mogą okazać się skuteczne. A przede wszystkim nigdy nie pozwól, by zobaczyli twoje oczy, bo one od razu cię zdradzą.

– Nic mi nie będzie – zapewniłem.

– To nieprawda – odparła ostro. – I nie powinieneś się łudzić taką perspektywą.

Skinąłem głową.

Opróżniwszy napełnioną do połowy szklankę jednym haustem, dodała:

– Nie wyrzuciłabym cię, gdyby nie ten myśliwy.

Myśliwy zobaczył mnie tego ranka w lesie. Strzelił do mnie parę razy i chybił o kilka centymetrów.

– On wróci – dodała matka. – Będzie wracał raz za razem, dopóki cię nie znajdzie. I nie opuści tych lasów, dopóki nie zginiesz. A wtedy zostanę w to wciągnięta. Będą chcieli dowiedzieć się czegoś o mnie, poznać każdy szczegół, a ja w żadnym razie nie mogę sobie pozwolić na tego rodzaju lustrację.

– Przepraszam – odparłem. – Bardzo przepraszam.

Pokręciła głową. Trudno mi powiedzieć, czy chodziło jej o to, że te przeprosiny są niepotrzebne, czy o to, że są niewystarczające. Podniosła paczkę papierosów i wyjęła z niej jeden.

Na dłoniach miałem już rękawiczki z dzianiny, ponieważ moje ręce też mogły mnie zdradzić przed innymi. Podciągnąłem kaptur kurtki.

Przy drzwiach, gdy położyłem dłoń na klamce, usłyszałem, jak moja matka mówi:

– Skłamałam, Addisonie.

Odwróciłem się, żeby na nią spojrzeć.

Jej piękne ręce drżały tak gwałtownie, że nie mogła przystawić papierosa do płomienia gazowej zapalniczki. Upuściła ją i cisnęła go na bok.

– Skłamałam, gdy powiedziałam, że gdyby nie myśliwy, mógłbyś zostać. Wyrzuciłabym cię tak czy owak, myśliwy nie myśliwy. Nie mogę tego dłużej znieść. Jestem samolubną suką.

– To nieprawda – zaprzeczyłem, robiąc krok w jej stronę. – Boisz się, to wszystko. Boisz się nie tylko mnie, ale też... tylu rzeczy.

Wtedy była piękna na inny sposób, niczym jakaś pogańska bogini burz, pełna napięcia i gniewu.

– Po prostu się zamknij i uwierz w moje słowa, chłopcze. Jestem samolubna, próżna, chciwa, nie tylko chciwa, i lubię siebie taką. To mi służy.

– Nie, nie jesteś taka, jesteś...

– Zamknij swą dziwaczną gębę, po prostu ją zamknij!

Nie znasz mnie lepiej ode mnie. Jestem, kim jestem, i tutaj nie ma dla ciebie miejsca, tutaj czeka cię tylko śmierć. A teraz wynoś się!

Rzuciła we mnie szklanką, ale jestem pewien, że nie chciała trafić. Źle wycelowała i szklanka roztrzaskała się o ścianę.

Każda chwila mojego zwlekania dodatkowo ją raniła. Nie pomogłoby jej nic, co mogłem powiedzieć bądź zrobić. W świecie, który stoi na głowie, niełatwo jest żyć.

Płacząc bardziej gorzko niż kiedykolwiek wcześniej – i później też – wyszedłem z domu i nie obejrzałem się nawet. Martwiłem się, choć nie z uwagi na mój stan czy marne perspektywy. Martwiłem się o nią, wiedziałem bowiem, że matka nie mnie nienawidzi, tylko siebie. Gardziła sobą nie dlatego, że ponad osiem lat wcześniej wydała mnie na świat, lecz przede wszystkim z tego powodu, że teraz zostawiała mnie z nim samego, odsyłając w nieznane.

Nisko zawieszone chmury dokonywały dnia. Wcześniej gładkie i szare, teraz były postrzępione i czarne jak sadza.

Gdy szedłem przez ogród, poderwane na wietrze liście unosiły się u moich stóp niczym tańczące zwierzęta, mali klakierzy otaczający i adorujący wiedźmę. Wkroczyłem do lasu pewny, że myśliwy na razie sobie poszedł. Przerażenie wzięło w nim górę nad furią; nie chciał zostawać na noc, ale wróciłby o świcie.

Kiedy tylko nabrałem pewności, że skrywa mnie cień, zatrzymałem się, obróciłem i oparłem o drzewo. Czekałem, aż wyschną łzy, które zamgliły mi wzrok.

Wtedy po raz ostatni widziałem dom, gdzie się urodziłem i wychowywałem. Chciałem zobaczyć, jak zmierzch zastyga w ciemność wokół tych murów, zobaczyć, jak w oknach rozbłyska światło lamp.

W dni, kiedy mój widok najbardziej przeszkadzał matce, włóczyłem się po lesie aż do zmierzchu i noc spędzałem w ogrodzie, a kiedy było zimno, zasypiałem, opatulając się śpiworem w wolno stojącej ruderze, gdzie matka garażowała forda. Na przednim fotelu forda zostawiała mi koszyk z wałówką i wtedy jadłem obiad o zmierzchu, obserwując dom z oddali, tak bardzo bowiem cieszyły mnie okna płonące nagle ciepłym światłem i świadomość, że pod moją nieobecność matka na pewno jest spokojna.

I teraz znowu, gdy czarny całun bezgwiezdnej nocy okrył niewielki dom, gdy wiatr przeminął wraz z dniem, a nad lasem zaległa cisza, w oknach pojawiło się światło. Jarzące się nim szyby od razu wzbudziły we mnie bardzo przyjemne poczucie ciepła domowego ogniska, bezpieczeństwa i wygody. Kiedy jednak mogłem przebywać w domu, to samo światło, widziane od wewnątrz, nie budziło już takich emocji.

Powinienem był wtedy odejść, podążyć wąskim gruntowym szlakiem do odległej asfaltowej szosy, ale zwlekałem. Z początku miałem nadzieję, że zobaczę, jak przechodzi za oknem, że ujrzę w przelocie tę kobietę, której zawdzięczałem swoje istnienie. Kiedy minęła najpierw jedna, a potem dwie godziny, przyznałem w duchu, że nie wiem, co robić, dokąd iść, że tutaj, na skraju lasu, jestem bardziej zagubiony, niż byłem kiedykolwiek w głębokich kniejach.

Drzwi od frontu otworzyły się i w ciszy dobiegł do mnie wyraźnie delikatny protest zawiasów; moja matka wyszła na werandę oświetlona od tyłu, widać było jedynie zarys jej sylwetki. Myślałem, że może krzyknie moje imię, licząc na to, że wciąż jestem w pobliżu, że powie, iż kocha mnie bardziej, niż się mnie boi, i ma wątpliwości, czy powinienem odchodzić.

Potem jednak spostrzegłem śrutówkę. Strzelba samopowtarzalna z chwytem pistoletowym i lufą grubości 2,5 milimetra była zawsze naładowana na wypadek wizyty nieproszonych gości, których matka nigdy nie wskazała z nazwiska; nazywała tę broń swoją polisą ubezpieczeniową. Lustrując wzrokiem otoczenie, nie trzymała jej niedbale, lecz oburącz, w pogotowiu, z lufą skierowaną ku górze. Przypuszczalnie podejrzewała, że zostałem, i tą demonstracją zamierzała mnie przekonać, że moje wygnanie jest nieodwołalne.

Było mi wstyd, że nie uszanowałem jej życzenia od razu. Kiedy jednak wróciła do domu i zamknęła drzwi, pozostałem na obrzeżach lasu, wciąż niezdolny wyruszyć w drogę.

Minęło chyba pół godziny, gdy rozległ się wystrzał. Jego huk, choć stłumiony przez ściany domu, w ciszy panującej na szczycie góry zabrzmiał głośno i wyraźnie.

Najpierw pomyślałem, że ktoś musiał się wedrzeć do środka przez tylne drzwi lub niewidoczne dla mnie okno, ponieważ matka często mówiła o wrogach i swojej determinacji, by mieszkać tam, gdzie nigdy jej nie zdołają znaleźć. Rzuciłem się przez niskie krzaki do ogrodu i dopiero w połowie drogi do domu zdałem sobie sprawę, że nie leży tam ranny ani martwy żaden intruz, a tylko jej najgorszy wróg, czyli ona sama.

Gdyby moja śmierć mogła przywrócić jej życie, umarłbym tam, w ogrodzie.

Pomyślałem, że powinienem wejść do środka. Mogła być tylko ranna i potrzebować pomocy.

Nie wróciłem jednak do domu. Dobrze znałem moją matkę. Kiedy zależało jej na wykonaniu jakiegoś zadania, angażowała się w to całym sercem i umysłem, osiągając swój cel. Nie popełniała błędów i nie stosowała pół-środków.

Nie wiem, jak długo stałem w ogrodzie, w ciemności. Później odkryłem, że klęczę.

Nie pamiętam momentu odejścia. Zdałem sobie sprawę, że idę jakąś ścieżką, zaledwie minutę przedtem, nim ta doprowadziła mnie do asfaltowej drogi.

Niedługo po świcie schroniłem się w zniszczonej stodole na opuszczonej farmie, gdzie spłonął kiedyś dom, którego nigdy nie odbudowano. Prawowitymi mieszkankami stodoły były myszy; nie bały się jednak mnie zbytnio, a ja zapewniłem je, że mam zamiar zostać tylko kilka godzin.

Matka włożyła do plecaka wszystkie niezbędne rzeczy, ale także sześć moich ulubionych ciasteczek z czekoladą i orzeszkami, które sama upiekła.

7

Przemierzając miasto na piechotę, pół metra pod jego powierzchnią, kanałami, dotarłem do ich skrzyżowania, gdzie nagle rozległo się dudnienie, podziemny łoskot pociągu metra, którego tunele były jedyną siecią, jaka znajdowała się pod burzówką. Czasami, kiedy linię miejskiej kolei zalewa woda, pompuje się ją do kanałów deszczowych. Przed przełomem tysiącleci przepompowywano je do instalacji kanalizacyjnej, jednak kiedyś katastrofalna cofka spowodowała wylanie szlamu na długości trzech kilometrów, co wymagało wielu tygodni odkażania przez brygady neutralizacji, i wówczas wypracowano nową metodę.

Miasto to na wpół bestia, na wpół maszyna, z tętnicami ze słodką wodą i żyłami ze zużytą, nerwami kabli telefonicznych i elektrycznych, instalacjami ściekowymi zamiast jelit, rurami wypełnionymi parą pod ciśnieniem oraz innymi tłoczącymi gaz rurami, zaworami, wentylatorami, filtrami, miernikami, silnikami, przetwornikami i tysiącami połączonych siecią komputerów. Chociaż jego mieszkańcy śpią, miasto zawsze czuwa.

To miasto żywiło mnie i zapewniło mi bezpieczne schronienie, za które byłem wdzięczny, lecz nadal trochę nie ufałem mu i czasem się go bałem. Logika podpowiadała, że mimo swojej złożoności, jest ono tylko nagromadzeniem rzeczy – budynków, maszyn i instalacji, które nie potrafiły wykształcić w sobie świadomości ani zamiarów. Mimo to często wydawało mi się, że obserwują każdy mój ruch i chociaż pozostaję obcym dla mieszkańców tego miasta, ono samo zna mnie i śledzi.

Jeżeli to miasto wiodło życie niezależnie od swoich obywateli, to musiało być zdolne zarówno do życzliwości, jak i do okrucieństwa. Jako wytwór mężczyzn i kobiet z pewnością dzieliło z nimi ich niegodziwości oraz cnoty.

Dudnienie pociągu pod moimi stopami ustało i za skrzyżowaniem ogromnych kanałów burzowych skręciłem w kanał doprowadzający, który szedł w górę. Brakowało w nim podwieszonych pomostów technicznych, a jego niewielka średnica zmusiła mnie do przejścia znacznej odległości ze zgarbionymi plecami i pochyloną głową. Tak dobrze znałem te podziemne aleje i korytarze, że mógłbym znaleźć drogę bez pomocy latarki. Choć jednak odważałem się wyjść na zewnątrz tylko nocą, a dni spędzałem pod ziemią, urodziłem się dla światła i pragnąłem go więcej, niż pozwalały okoliczności.

Doszedłem do otwartej zatoczki w prawej ścianie kanału burzowego, przypominającej półcylinder wykonany z wygiętych w łuk betonowych bloków. Miał półtora metra średnicy i ponad dwa metry wysokości, jak studzienka po zdjęciu włazu, tyle że studzienki były głębsze, zamknięte na całym obwodzie i dostępne tylko od góry.

Umieszczona nad głową ciężka żeliwna pokrywa miała wbudowaną na obrzeżu nakrętkę. Wyciągnąłem z plecaka jedyne znajdujące się w nim narzędzie: trzydziestocentymetrowy żelazny pręt z poprzecznym uchwytem na jednym końcu i czymś w rodzaju klucza nasadowego na drugim. Gdy chwyciłem nakrętkę kluczem i obróciłem go, zasuwa w wieńcu pokrywy wysunęła się z kołnierza włazu, dzięki czemu mogłem pchnąć pokrywę i unieść ją na zawiasach.

Ojciec mojego Ojca przywłaszczył sobie ten klucz z ciężarówki miejskiego wydziału dróg wiele lat przed swoją śmiercią. Stanowił on najcenniejszą rzecz, jaką miałem. Gdyby mi zginął, nie mógłbym już poruszać się, z taką swobodą.

Włożywszy klucz do zamykanej na zamek kieszeni plecaka i wetknąwszy latarkę między zęby, chwyciłem za kołnierz włazu i podciągnąłem się przez otwór do podziemi biblioteki miejskiej. Jak należało się spodziewać, panowała tam głucha cisza, powietrze było suche, lecz nie sterylne, chłodne, ale nie zimne.

W tej pierwszej godzinie niedzielnego poranka wielki gmach świecił pustkami. Sprzątaczki już sobie poszły. W niedziele biblioteka była zamknięta. Powinienem mieć ją dla siebie do poniedziałku rano. Zamierzałem jednak spędzić w jej murach tylko kilka godzin, po czym pójść gdzie indziej, żeby zaopatrzyć moją spiżarnię w bunkrze.

Klimatyzowane podziemia były rozległe, stanowiły jedno ogromne pomieszczenie z rzędami masywnych kolumn rozszerzających się promieniście u góry i tworzących piękne sklepienie wachlarzowe z kamienia wapiennego. Między kolumnami, na betonowych cokołach trzydziesto-centymetrowej wysokości, stały metalowe szafki z szuf-ladami. Niektóre zawierały zwykłe akta, inne były płytkie i na tyle szerokie, by pomieścić światłokopie oraz niewiel-kie pliki starych publikacji, które ze starości kruszyły się pod własnym ciężarem i ułożone w wysokie stosy, szybko uległyby całkowitemu zniszczeniu.

Było to miejskie archiwum, co wyjaśniało, dlaczego w posadzce znajdował się właz do kanału burzowego. Do tego dochodziły pokrywy kratek ściekowych, które w przy-padku mało prawdopodobnego zalania pomieszczeń – z powodu pęknięcia rur bądź innego wypadku – można było otworzyć, aby woda nie wzniosła się ponad cokoły, na których stały metalowe szafki. Lubiłem tę rozległą przestrzeń, kolumnady i łukowe sklepienia, które przy-pominały mi zdjęcia wielkich zbiorników, zbudowanych przez François d'Orbaya pod tarasem wodnym i ogrodami pałacu w Wersalu. W przesuwającej się smudze światła latarki cienie kolumn odchylały się na boki niczym wielkie czarne drzwi.

Z podziemi kursowały windy, osobowa i towarowa, ale ja nigdy z nich nie korzystałem. Schody były ciche i bardziej bezpieczne. Mając do wyboru różne klatki schodowe, poszedłem tą w południowo-wschodnim rogu budynku.

Tym, co ciągnęło mnie do tej biblioteki, były oczywiście książki. Chociaż Ojciec i wcześniej jego ojciec zgromadzili tomy wyrzucone przez tych, którzy nie żyli w ukryciu, chociaż mogłem wypożyczać lektury ze sklepów z artykułami używanymi, do których wstępowałem po godzinach, wiele książek można znaleźć tylko w bibliotece głównej.

Po schodach trafiłem do wyłożonej orzechową boazerią sali, w której można było poczytać gazety i czasopisma. Krótki korytarz prowadził do czytelni głównej – arcydzieła architektury o powierzchni ponad tysiąca czterystu metrów kwadratowych, wyłaniającego się z marmurowej posadzki w kolorze ciemnego karmelu. Ta ogromna komnata mieściła część zbioru książek i za labiryntem regałów zapewniała miejsca siedzące przy drewnianych refektarzowych stołach co najmniej pięciuset czytelnikom.

O tak późnej porze mroki czytelni rozjaśniało zawsze tylko niesamowite światło miasta, sączące się przez wysokie, zwieńczone łukiem okna. Tym razem jednak paliło się wiele lamp.

Omal się nie cofnąłem, ale intuicja podpowiedziała mi, żeby zaczekać, poobserwować i dowiedzieć się, o co tu chodzi.

Przed kilkoma dekadami liczne sale i korytarze biblioteki głównej patrolowali nocni stróże, ale w kraju, który szastając pieniędzmi, doprowadził się do niemal zupełnej ruiny, mocne zamki i system alarmowy ochrony obwodowej stanowiły preferowaną formę zabezpieczenia, ponieważ nie wymagały wypłacania pensji, zapewnienia opieki zdrowotnej i emerytur. Przejścia między niemal dwuipółmetrowymi regałami, prowadziły ze wschodu na zachód i z północy na południe. Zbliżając się do wejścia do tego labiryntu, usłyszałem kroki, które nawet w tej ciszy były niemal niedosłyszalne, kroki tak lekkie i szybkie, że mogły być krokami ducha małego dziecka, rozpaczliwie uciekającego przed świadomością własnej przedwczesnej śmierci.

W przestrzeni przede mną, z lewej strony, czyli od północy, pojawiła się szczupła młoda dziewczyna, biegnąca na palcach z szybkością gazeli i gracją baletnicy. Jej buty były srebrne, niczym Hermesowe sandały ze skrzydłami, a reszta stroju czarna. Długie włosy nastolatki też wydawały się czarne i lśniły w świetle lamp, tak jak nocą lśni w basenie woda rozświetlona blaskiem księżyca. Po chwili zniknęła, a ja miałem wrażenie, że ucieka w popłochu. Nie słyszałem nikogo więcej, choć zatrwożenie dziewczyny wyraźnie świadczyło o tym, że ktoś musi deptać jej po piętach. Jeżeli była ofiarą, to nie znałem i nie mógłbym sobie wyobrazić żadnego drapieżcy skradającego się ciszej niż ona.

Wszedłem ostrożnie między półki. Żarówki w dużych żyrandolach, zwisających z sufitu piętnaście metrów nad podłogą, były zgaszone. Zupełnie puste długie przejście, którym przebiegła dziewczyna, było oświetlone za sprawą przymocowanych wysoko i oddzielających kolejne regały kinkietów z kloszami ze szczotkowanej stali wykończonymi polerowanym mosiądzem. Regały miały tylne ścianki, nie mogłem więc zajrzeć nad książkami do sąsiedniego przejścia. Stąpając cicho, szedłem dalej na wschód, do następnego równoległego przejścia, ale tam też jej nie było. Regały ustawiono tak, że tworzyły dużą siatkę. Nie była ona aż tak skomplikowana jak plansza do tej starej gry wideo Ms. Pac-Man, a mimo to, gdy ostrożnie kroczyłem korytarzami, zerkając zza półek i skręcając tam, gdzie podpowiadała mi intuicja, ich ciąg wydawał się znacznie trudniejszy do spenetrowania.

Szedłem w kierunku południowym, zbliżając się do końca regału i zamierzając skręcić w lewo, gdy chyba coś usłyszałem – może bardzo cichy pisk buta na gumowej podeszwie. Zastygłem w bezruchu miedzy dwoma ostatnimi kinkietami, w niezbyt mocno oświetlonej części przejścia.

Jakiś wysoki, muskularny mężczyzna przemknął przez skrzyżowanie korytarzy przede mną, z prawej strony do lewej, tak pewny tego, gdzie jest ścigana zwierzyna, że mijając mnie, nawet nie spojrzał w bok i zniknął z pola widzenia. Pomyślałem, że na pewno zarejestrował moją obecność i nagle się cofnie, by się upewnić, ale nawet nie zwolnił kroku.

Był w spodniach od garnituru i krawacie, rękawy białej koszuli miał podwinięte, co wskazywało, że jest u siebie, pracuje tu na jakimś kierowniczym stanowisku. Było w nim jednak coś – może wyraz przejęcia na twarzy, ściągnięte ponuro usta, dłonie zaciśnięte w duże kościste pięści – co przekonało mnie, że ma podejrzane, może nawet niegodziwe zamiary.

Ośmieliłem się ruszyć jego śladem, ale zniknął, zanim

skręciłem za regałem. Mimo że zdążyłem dobrze poznać bibliotekę, on mógł znać ten labirynt jeszcze lepiej. Jeśli odgrywał rolę legendarnego Minotaura, a mnie przypadła rola Tezeusza, który zabijał takie bestie, to ta historia mogła się źle skończyć dla porządnych facetów, zważywszy, że nigdy nikogo – nie tylko potwora – nie zabiłem.

Dziewczyna głośno krzyknęła, mężczyzna zawołał: – Ty suko, ty mała suko, zabiję cię! – a dziewczyna znowu krzyknęła. Tupot i głuchy odgłos lawiny spadających książek świadczyły o tym, że ktoś posłużył się bronią wiedzy w niekonwencjonalny sposób.

Akustyka olbrzymiej sali była zwodnicza. Bogato zdobione i złocone kasetony sufitu, ściany z kamienia wapiennego, marmurowa posadzka, niekończące się przepierzenia z tłumiących dźwięk książek na przemian pochłaniały i odbijały odgłosy krótkiej walki, aż w końcu wydawało się, że toczy się ona we wszystkich przejściach między regałami, z każdej strony. Po czym nagle zapadła cisza.

Stałem na skrzyżowaniu przejść z przekrzywioną głową, obracając się. Serce biło mi gwałtownie ze strachu, że coś się jej stało. Przypomniałem sobie, że Minotaur w jaskiniach w Gortynie pożerał ludzi.

8

Z kapturem na głowie, pochylonej jak najniżej, lecz tak, bym mógł znaleźć drogę, skręciłem w lewo, w prawo, w lewo, tędy, tamtędy, dookoła i znowu z powrotem, przez Historię i jej wszystkie wojny, przez Nauki Przyrodnicze ze wszystkimi odkryciami i tajemnicami. Kilka razy słyszałem ciche poruszenie, szybki jak światło oddech dziew-czyny, wymamrotane niskim męskim głosem przekleń-stwo. Dwukrotnie, gdy skręcałem w kolejne przejście, mignął mi przed oczyma. Jej nie widziałem, ale to dobrze, doskonale, lepiej, niż gdybym miał znaleźć jej zwłoki.

Odkryłem przejście, w którym leżały rozrzucone na podłodze książki, być może ciśnięte przez dziewczynę albo ściągnięte z półek, żeby powstrzymać pościg. Widok tak potraktowanych książek sprawił mi ból. Ale ona mogła mieć szesnaście lat i co najwyżej czterdzieści parę kilo. Mężczyzna w koszuli z podwiniętymi rękawami miał około stu dziewięćdziesięciu centymetrów wzrostu, ważył prawie dwa razy więcej od niej, najwyraźniej nie mógł opanować gniewu i groził, że ją zabije. Gdyby musiała zniszczyć całą bibliotekę, żeby ocalić życie, miałaby do tego prawo. Każda książka to żywy umysł, objawione życie, świat czekający na zbadanie, lecz żywi ludzie również są tym wszystkim – i czymś więcej, ponieważ ich historie nie zostały opo-wiedziane do końca.

Potem coś się zmieniło i przez chwilę myślałem, że ciche odgłosy poszukiwania i wymykania się pościgowi znowu ustąpiły miejsca głuchej ciszy. Jednak ledwie sły-szalne szmery narastały, jakby gdzieś w oddali tysiąc strużek wody przelewało się z wolna w wielopoziomowej fontannie, z misy do misy.

Wraz z tym cieniem dźwięku dosięgnęła mnie woń nie-pasująca do biblioteki, niewłaściwa ani starzejącemu się papierowi, który wydzielał równie dużo subtelnie róż-niących się zapachów co zestaw serów, ani ledwie wy-czuwalnemu cytrusowemu wyziewowi z wapiennych mu-rów; z pewnością też nie była to woń pasty do drewna ani wosku do marmuru. Był to niezbyt świeży zapach polanej wodą ulicy, a wraz z nim doleciał chłodny powiew, zbyt słaby, żeby poruszyć kartkami książek zrzuconych na podłogę.

Świadom ryzyka ujawnienia swojej obecności, szukałem źródła przeciągu, idąc na południowy kraniec regałów, gdzie zawahałem się przed wyjściem na otwartą przestrzeń. Miejsce oddawania książek znajdowało się na lewo ode mnie, recepcja na prawo, a rozciągająca się między nimi szeroka tafla lśniącego marmuru prowadziła do wspaniałego kolistego holu ze sklepionym sufitem. Na jego drugim końcu otwarte były jedne z czworga głównych drzwi biblioteki, bogato zdobiona płyta z brązu. Z niewidocznego dla mnie miejsca między regałami dotarły odgłosy czyjegoś biegu. Gdy cofnąłem się w głąb przejścia i ozdabiającej go luźnej siatki cieni, od wschodu pojawił się rozwścieczony mężczyzna i przeszedł obok stanowiska zwrotu książek. Spojrzenie miał tak skupione na holu i otwartych drzwiach, że pewnie nie spostrzegłby mnie nawet wtedy, gdybym stał na cokole oświetlony reflektorem punktowym.

Ten niezakończony jeszcze incydent ekscytował mnie z powodów, których nie potrafiłem określić, i stwierdziłem, że zachowuję się lekkomyślnie, jak nigdy przedtem. Mając pewność, że mężczyzna wyjdzie przez otwarte drzwi i zejdzie po dwóch długich biegach schodów na zewnątrz budynku, ruszyłem za nim – żeby sprawdzić, czy dojrzy uciekinierkę – tak śmiało, że wystarczyło, by się obejrzał, a odkryłby moją obecność.

I rzeczywiście wyszedł w pośpiechu przez otwarte drzwi, a ja dotarłem na ich próg w samą porę, by zobaczyć, jak pędzi po schodach, a potem zbiega na chodnik, gdzie spojrzał w lewo i w prawo, szukając wzrokiem ściganej dziewczyny w srebrnych butach. Połowa szerokiej ulicy została niedawno zroszona wodą przez polewarkę, co wyjaśniało, dlaczego zapach nie był tak świeży jakby to deszcz zmył jezdnię, a słyszane przeze mnie wcześniej szmery powodowali przechodnie dreptący po północy mokrym chodnikiem.

Kiedy mężczyzna zszedł z krawężnika, żeby lepiej widzieć wylot alei, uświadomiłem sobie, że po ucieczce dziewczyny nie rozległ się sygnał alarmu. I wówczas zauważyłem, że ciężkie, zamykające się samoczynnie drzwi przytrzymywał długi sworzeń w kształcie litery L, który dziewczyna musiała wyciągnąć z otworu w posadzce. W pośpiechu nie obróciła sworznia z powrotem, nie przymocowała go do drzwi, i teraz jego koniec utkwił w zagłębieniu granitowego podestu schodów zewnętrznych, blokując powrót skrzydła.

Prawdopodobieństwo, że sworzeń sam trafił w to – najwyraźniej jedyne – zagłębienie w gładkim kamieniu, wydawało się znikome. Podejrzewałem, że dziewczyna wetknęła go tam, żeby mieć pewność, iż drzwi pozostaną szeroko otwarte, by stworzyć wyczuwalny przeciąg.

Gdy zniechęcony mężczyzna zaczął się odwracać w stronę budynku biblioteki, cofnąłem się do środka, zanim zdążył mnie zobaczyć, i pobiegłem przez hol z zamiarem powrotu do książkowego labiryntu.

Na widok dziewczyny w czerni zawahałem się. Przemykała przez na wpół oświetloną czytelnię, która znajdowała się za regałami, zmierzając ku drzwiom w przeciwległym, północnowschodnim kącie ogromnej sali.

Upozorowała swoją ucieczkę, co znaczyło, że musiała znać jakieś tajemne schronienie w tym gmachu, gdzie czuła się bezpieczna. Znaczyło też coś więcej, chociaż nie bardzo mogłem sobie wyobrazić co.

Usłyszałem, jak mężczyzna głośno przeklina na schodach. Miałem za mało czasu, by dotrzeć do regałów po bardzo rozległej, jak się wydawało, połaci marmuru. Zobaczyłby mnie z progu otwartych drzwi. Pognałem w lewo i przeskoczyłem kolistą ladę recepcji, która nie była zwyczajną recepcją, lecz przestronnym stanowiskiem bibliotekarza z mahoniowego drewna; klienci mogli być przy nim obsługiwani z czterech stron. Przycupnąłem za ladą w nadziei, że nie zostałem zauważony.

Nasłuchiwałem, jak brązowe drzwi zamykają się z hukiem, jak wsuwają się główne rygle i jak sworzeń opada do okolonego brązowym kołnierzem otworu w posadzce. Kroki mężczyzny wydawały się zbliżać prosto do mojej kryjówki, przeszedł jednak obok, tak blisko, że poczułem ostrą woń jego wody kolońskiej. Idąc, wyzywał dziewczynę, nie ograniczając się do „suki”; używał na przemian różnych niewybrednych epitetów, jakby rzeczywiście nienawidził jej na tyle, by ją zabić. Potem umilkł. W oddali zamknęły się jakieś drzwi.

Po chwili zgasły światła.

Wstałem, ale nie opuściłem swojej kryjówki w recepcji.

Dziewięciometrowe okna łukowe na południowej ścianie budynku zaczynały się nad trzymetrowymi regałami i kończyły zwornikiem w odległości trzech metrów od sufitu podzielonego na głębokie kasetony. Jednym z uroków miasta jest jego nocna poświata, zawsze romantyczna, czasami magiczna. W tym grudniowym wydaniu światło metropolii wpadało do biblioteki nie w niesamowicie mlecznej postaci, jak wcześniej, lecz doskonale imitując pobrzask niesiony gładką taflą śniegu, jakby to bożonarodzeniowy księżyc odbijał się od podłoża okrytego przez niedawną zawieję. Napisy WYJŚCIE nad drzwiami były czerwone jak jagody ostrokrzewu, a ja dziwiłem się sobie, że rozczulam się nad tym, i zastanawiałem się, co mnie opętało, że jestem tak beztroski zaledwie kilka minut po tym, jak kuliłem się ze strachu.

Oczywiście chodziło o tę dziewczynę. Jej wdzięk, chyżość, baletniczy sprint oraz zwykła tajemnica jej obecności w bibliotece wzbudziły we mnie przyjemną nadzieję, że mógłbym być świadkiem – może nawet uczestnikiem – ekscytującej przygody.

Chociaż moje życie było pod każdym względem nietypowe, brakowało w nim błyskotliwych spotkań i oszałamiających wyczynów. Za dnia się ukrywałem, czytając, słuchając muzyki przez słuchawki mojego odtwarzacza płyt kompaktowych, rozmyślając, zastanawiając się i od czasu do czasu śpiąc. Nocą czaiłem się w różnych punktach miasta, szukając rzeczy niezbędnych do przetrwania oraz kilku chwil piękna w miejscach takich jak to, gdzie wspaniała kultura i piękno sztuki składały się na niezrównaną architekturę. Biorąc jednak pod uwagę niepohamowaną nienawiść i furię – reakcje, jakie wzbudziłbym natychmiast, gdybym próbował przeżyć z kimś jakąś przygodę – byłbym równie niemądry jak hemofilik żonglujący siekierami.

Lecz książki pokazały mi, że ludzie na całym świecie chcą, żeby ich życie miało jakiś cel i sens. To pragnienie jest powszechne. Nawet ja, okropny odmieniec, chciałem po prostu dążyć do czegoś ważnego.

Intuicja podpowiadała mi, że ta dziewczyna mogłaby postrzegać mnie inaczej niż ogół ludzi, że może być co najmniej tak tolerancyjna jak moja matka, że może się stać probierzem mojej wartości jako człowieka, że nie skaże mnie na tortury i gwałtowną śmierć. Podejrzewałem, że potrzebuje pomocy, i ja, mimo swej niedoskonałości, mogę się jej przydać.

Nie oczekiwałem nawiązania dłuższej znajomości, a tylko niezapomnianego spotkania, podczas którego mógłbym ofiarować coś, co w decydujący sposób zmieniłoby jej życie. Ojciec często mawiał, że jesteśmy tu, by się uczyć i dawać. Jak jednak można było dawać w ukryciu, przez sześć lat samotności?

Kilka minut po zgaszeniu świateł z głośników w całym budynku dobiegł nagrany głos: „Ochrona obwodowa jest włączona".

Rozwścieczony mężczyzna zapewne opuszczał bibliotekę tylnymi drzwiami, które wychodziły na jakąś alejkę. Przy nich znajdowała się klawiatura instalacji alarmowej.

W gmachu rozbudowanym jak ten czujniki ruchu zwykle wywoływały zbyt wiele fałszywych alarmów i dlatego ich nie stosowano. Z uwagi na system klimatyzacji, chroniący papier przed zniszczeniem, okna były nieotwierane, a złodziejom ciężko byłoby się przedostać przez ich zrobione z brązu słupki i szczebliny. Poza tym przedstawiciele obecnej klasy przestępczej byli jeszcze głupsi od tych sprzed stuleci i nie zdawali sobie sprawy, że książki mają wartość. Wandale zaś, którym kiedyś skryte niszczenie zbiorów bibliotecznych po zamknięciu wypożyczalni sprawiało frajdę, obecnie mogli bezkarnie siać zamęt tak jawnie i bezczelnie, że nie tyko darcie, ale nawet sikanie na książki było dla nich zbyt nudne w porównaniu z napaściami na cywilizację, których można było dokonywać gdzie indziej, w dowolnym miejscu. W drzwiach bez trudu włączało się czujniki alarmowe, obrzeża budynku były chronione. Włamania bibliotece nie groziły, a ja mogłem swobodnie po niej chodzić.

Włączyłem latarkę i opuściłem stanowisko bibliotekarza przez bramkę.

W ciągu osiemnastu lat moich wizyt ten wspaniały gmach za każdym razem przez kilka godzin należał wyłącznie do mnie, jakbym był królem książek, a biblioteka była moim pałacem. Choć znałem tutaj wszystkie zakamarki, nigdy się nie znużyłem tym miejscem. Teraz jednak oferowało ono coś nowego. Dlaczego ona tutaj była? Czemu nie uciekła, gdy miała ku temu sposobność? Kim był jej rozwścieczony prześladowca? Po raz pierwszy od czasu kilku pierwszych wizyt z Ojcem pobyt w bibliotece był dla mnie tak ekscytujący.

Ruszyłem w pośpiechu przez olbrzymią czytelnię ku drzwiom, którymi wyszła dziewczyna. Znałem kilka kryjówek, które mogła znaleźć, azylów, których pewnie nigdy nie odkryli nawet najdłużej zatrudnieni pracownicy biblioteki.

Gdyby nawet okazała się mniej tolerancyjna od mojej matki, była przynajmniej znacznie niższa ode mnie i raczej nie zdołałaby zrobić mi krzywdy, zanim bym uciekł. Wciąż byłem pod urokiem wspomnienia, jak biegła z wielką gracją, niemal szybując między regałami, ale pamiętałem, że ludzie z pozoru zupełnie niegroźni już kilka razy omal nie pozbawili mnie życia. Nawet pewien konający człowiek, niemający już nic do stracenia, był owładnięty takim wstrętem, że gdy klęknąłem, by mu pomóc, złorzeczył mi, wydając ostatnie tchnienie.

9

Jako ośmioletni chłopiec, zupełnie inny niż wszyscy pozostali chłopcy, szukałem miejsca, w którym nie czułbym się obco.

Przez pięć dni po moim wygnaniu z małego domu na szczycie góry wędrowałem, przeważnie przez pierwsze dwie godziny po świcie i przez ostatnią godzinę przed zapadnięciem nocy, gdy ci, których mógłbym spotkać podczas przyjemnych dla nich wycieczek po lasach i łąkach bądź na polowaniu, raczej siedzieli już w domu. Nocą spałem, a przez większość dnia czuwałem w ukryciu.

Ponieważ wkrótce opuściłem znany mi las i znalazłem się w takim, w którym wcześniej nigdy nie byłem, starałem się trzymać jak najbliżej dróg, nie wychodząc zbyt często na otwartą przestrzeń. Lasów – z drzewami, które potrafiłem nazwać, i takimi, które nie były mi znane – było w tej części świata więcej niż gdziekolwiek indziej, więc starałem się trzymać niedaleko asfaltowej szosy, a drzewa zasłaniały mnie przed tymi, którzy nią podróżowali.

Tamtego ranka wyruszyłem, zanim słońce wzniosło się nad horyzont, ale pierzaste chmury na wschodzie płonęły różowym blaskiem, różowym jak flamingi, które widziałem kiedyś w albumie przyrodniczym.

Oprócz whiskey, tabletek i wciąganego nosem białego proszku przyroda była chyba jedyną rzeczą, jaką lubiła moja matka, toteż miała ze sto ilustrowanych książek o ptakach, jeleniach i innych zwierzętach. Mówiła, że ludzie, bez wyjątku, nie są nic warci. Twierdziła, że mój prawdziwy ojciec, podobnie jak cała reszta rodzaju ludzkiego, był gnuśnym śmieciem, i że nie ma zamiaru obcować z kolejnym mężczyzną lub kobietą, ponieważ po bliższym poznaniu wszyscy okazują się samolubnymi zboczeńcami. Ale kochała zwierzęta. Mimo to nie chciała mieć w domu kota ani psa czy jakiegokolwiek zwierzaka, bo jak twierdziła, nie chciała posiadać żadnej żywej istoty ani być jej własnością.

Flamingowy róż zrobił się ciemniejszy, prawie pomarańczowy. Wiedziałem, że ogniste barwy rychło się wypalą, jak zawsze, a chmury, które teraz tak ekspresyjnie malowały się na horyzoncie, niebawem będą szare jak popiół, zaś niebo za nimi stanie się zupełnie niebieskie. Dopóki oranż chmur nie zniknął, dopóki słońce nie ukazało się w całej krasie, a jego promienie nie padły pod ostrym kątem do lasu, poranne cienie drzew były tak czarne, że czułem niemal, jak przesuwają się po mnie, chłodne niczym jedwab.

W jasnopomarańczowym świetle brzasku odludną drogą, położoną około półtora metra nad poszyciem lasu, nadjechał samochód. Z poziomu asfaltowej jezdni do miejsca mojej kryjówki opadała łagodnie skarpa porośnięta trawą. Mając pewność, że nie widać mnie wśród drzew i ich jedwabistych cieni, nie padłem na ziemię ani nie przykucnąłem nawet wtedy, gdy samochód się zatrzymał i wysiedli z niego ci mężczyźni. Domyśliłem się, że zajęci są sprawą, która ich całkowicie pochłania; dla nich świat sprowadzał się do tego, co przybyli tu sfinalizować.

Trzej żartowali z czwartego. Słyszałem tylko ich śmiechy, ale człowiek podtrzymywany przez dwóch z nich nie wydawał się w nastroju do żartów. Z początku sprawiał wrażenie słabego i chorego, może pijanego, jednak zdałem sobie sprawę, że wcześniej został dotkliwie pobity. Nawet z odległości pięciu metrów jego wykrzywiona twarz wyglądała paskudnie. Na jasnoniebieskiej koszuli widać było plamy krwi.

Gdy dwaj mężczyźni trzymali trzeciego, czwarty uderzył go w brzuch. Myślałem, że zadał cios pięścią, ale gdy znowu uderzył, dostrzegłem w jego ręce nóż. Zrzucili swoją ofiarę ze skarpy, a poturbowany i pchnięty nożem człowiek zsunął się na plecach, głową w dół, i znieruchomiał.

Trójka stojących przy aucie mężczyzn śmiała się, widząc, jak jego ciało ślizga się po zwilżonej rosą trawie, a jeden z nich rozpiął spodnie, jakby chciał obsikać zwłoki, choć być może był to tylko kolejny żart. Chwilę później ten, który użył noża, podszedł w pośpiechu do drzwi od strony kierowcy, wołając:

– Chodźcie, złamasy, jedziemy!

Samochód odjechał z rykiem silnika, szybko stłumionym przez budzący się do życia las. Słońce wzeszło w najbardziej grobowej ciszy, jakiej kiedykolwiek doświadczyłem. Przez jakiś czas obserwowałem martwego mężczyznę i czekałem na powrót auta, ale gdy kolorowe chmury stały się szarobiałe, wiedziałem, że zabójcy nie wrócą.

Kiedy podszedłem do ciała, odkryłem, że mężczyzna żyje. Twarz miał zmasakrowaną, ale wciąż oddychał.

Nóż, wbity aż po elegancką rękojeść z rzeźbionej kości, sterczał mu z brzucha. W miejscach, gdzie nie było plam krwi, skóra na prawej dłoni mężczyzny wydawała się równie biała jak kość, którą obejmował palcami. Chciałem mu pomóc, ale nie wiedziałem jak. Żadne przychodzące mi na myśl słowa nie wydawały się wystarczająco pokrzepiające. Milcząc z zażenowaniem, zastanawiałem się, czy będę kiedyś w stanie z kimkolwiek rozmawiać, nigdy wcześniej nie zamieniłem bowiem słowa z nikim oprócz matki.

Zajęty umieraniem mężczyzna, niemalże martwy, początkowo wydawał się nieświadomy mojej obecności. Opuchnięte lewe oko miał prawie zamknięte, prawe otwarte szeroko, jakby wpatrywał się w coś zaskakującego, szybującego po porannym niebie.

– Przykro mi – powiedziałem. – Bardzo mi przykro.

Zogniskował na nowo spojrzenie i wydał niski gardłowy jęk, który wyrażał raczej odrazę niż ból.

Miałem na dłoniach dzianinowe rękawiczki, kiedy jednak go dotknąłem, zadrżał. Najwyraźniej chętnie by mnie kopnął i rzucił się do ucieczki, gdyby nie był tak osłabiony.

Ostrym i pełnym rozpaczy głosem wypowiedział słowa wydobywające się z jego ust wraz ze spienioną krwią, której bąbelki pękały mu między wargami.

– Odejdź. Odejdź ode mnie.

Wtedy zdałem sobie sprawę, że nie dość, iż nie zasłoniłem twarzy chustą, to jeszcze kaptur zsunął mi się z głowy. Matka ostrzegała, że ludzie będą mnie rozpoznawali po samych oczach, a konający mężczyzna nie mógł oderwać od nich wzroku. Gdy napotykał moje spojrzenie, zbladł jeszcze bardziej, jakby moje oczy bardziej go raniły niż nóż.

W nagłym przypływie energii wycharczał słowo, którego nie znałem, lecz uczynił to z taką złością, że pojąłem, iż musiało być zarówno zniewagą, jak i przekleństwem. Powtarzając je, znalazł w sobie nienawiść tak wielką, że znieczuliła go na rozdzierający ból wypruwanych wnętrzności. Wyszarpnął nóż z brzucha i zamachnął się nim, jakby chciał oślepić oczy, których spojrzenie tak boleśnie go raziło.

Cofnąłem się i ostrze przecięło tylko powietrze; nóż wyleciał mu z dłoni, ręka opadła na ziemię i skonał, zastygając w bezruchu.

10

Za drzwiami, za którymi zniknęła dziewczyna, szeroki korytarz ze sklepieniem krzyżowym prowadził do czterech sal, w których mieściły się zbiory specjalne. Jeden z nich składał się z siedmiu tysięcy pierwszych edycji ważnych powieści kryminalnych, został wyceniony na wiele milionów i ofiarowany przez sławnego miejscowego pisarza.

Przekraczając próg sali, zgasiłem latarkę. Stałem w ciemnym pomieszczeniu i nasłuchiwałem.

W każdym dużym budynku, zaprojektowanym tak, by był funkcjonalny i zarazem cieszył oko, tu i ówdzie są niewykorzystane miejsca za ścianami. Niektóre mają rozmiary garderoby. Gdyby te wnęki zostały w obrębie pomieszczenia, do którego przylegają, deformowałyby go w planie poziomym. Przez wzgląd na estetykę zakrywa się je ściankami.

Inteligentny architekt z romantyczną wyobraźnią i upodobaniem do tajemnic znajduje czasem sposób, by zapewnić dostęp do tych miejsc, na przykład przez drzwi, dobrze ukryte w wyłożonej boazerią ścianie. Często te odzyskane przestrzenie służą jako schowki, lecz architekci z poczuciem humoru i zamiłowaniem do spraw naprawdę tajemnych wykorzystują je inaczej.

Jeżeli ta zwinna dziewczyna schroniła się tutaj, pośród opowieści, na kartach których roiło się od agentów FBI, śledczych z wydziału zabójstw, prywatnych detektywów i amatorów rozwiązujących rozmaite zagadki kryminalne, to była równie cicha jak trupy, które także wypeniały treści tego zbioru.

Oryginalne plany biblioteki głównej, liczące ponad sto lat, przechowywano w podziemnym archiwum. Mój zachwyt nad pięknem budynku i zgromadzonych w nim książek skłonił mnie podczas licznych wizyt przed laty do poznania tych planów i znalazłem wówczas na rysunkach dwa niewykorzystane pomieszczenia sporej wielkości.

Jedno rzeczywiście było ukryte za drzwiami osadzonymi w wyłożonej boazerią ścianie, w innej części budynku. Miało trzysta trzydzieści centymetrów szerokości, sto osiemdziesiąt głębokości i było pięknie wykończone kilkoma rodzajami egzotycznego drewna. Pomyślałem, że architekt – John Lebow z firmy Lebow & Vaughn – sam zaprojektował i w tajemnicy wykończył wnętrza obu ukrytych pomieszczeń, chociaż nie zrobił tego dla zabawy.

Na tylnej ścianie pierwszego pomieszczenia wisiał skupiający uwagę portret ślicznej kobiety o kasztanowych włosach i zielonych oczach. Trzymała w dłoni książkę i siedziała obok stołu, na którym ułożono w wysoki stos inne tomy. Mosiężna tabliczka u dołu obrazu informowała, że to MARY MARGARET LEBOW/UKOCHANA ŻONA. Jako datę jej śmierci podano dzień 15 czerwca 1904 roku, poprzedzający o ponad rok ukończenie budowy biblioteki.

Drugie ukryte pomieszczenie, szerokie na trzy metry i głębokie na dwa czterdzieści, znajdowało się właśnie tutaj, w dziale powieści kryminalnych, za ścianą z regałami, które stały z obu stron obrazu mierzącego dwieście siedemdziesiąt na sto pięćdziesiąt centymetrów, a przedstawiającego główne wejście do biblioteki w chwili, gdy ozdabiano je na pierwsze Boże Narodzenie, w 1905 roku. Obraz wydawał się przytwierdzony do ściany, ale szereg niewielkich stalowych dźwigni, zmyślnie zagłębionych w ozdobnych listwach ramy, zwalniał zasuwę po naciśnięciu ich we właściwej kolejności, umożliwiając obrót obrazu na ukrytym zawiasie.

W drugiej tajnej komorze, równie pięknie wykończonej elementami stolarki najwyższej jakości, znajdował się kolejny obraz olejny, tym razem przedstawiający dwoje dzieci: siedmioletniego chłopca i dziewięcioletnią dziewczynkę; każde z nich trzymało w dłoni książkę. Tabliczka na ramie zawierała ich imiona i nazwisko – KATHERINE ANNE LEBOW/JAMES ALLEN LEBOW – i ujawniała, że zmarli tego samego dnia co ich matka.

Z przestudiowanych dokumentów dowiedziałem się, że w czasach, kiedy architekt poznał Mary Margaret Lebow i ożenił się z nią, była ona bibliotekarką. Wiele lat później, gdy jej mąż został tu, żeby nadzorować budowę, ona wraz z dziećmi dołączyła do kilkorga swoich krewnych – i ponad tysiąca trzystu innych pasażerów – w całodziennej wycieczce na parostatku *Generał Slocum*. Zamierzali spokojnie przepłynąć East River z Lower East Side na Manhattanie do Long Island Sound. Ledwie wyruszyli, na pokładzie wybuchł szybko rozprzestrzeniający się pożar. Setki przerażonych pasażerów wyskoczyły do wody. Tylko nieliczni umieli pływać. Ci, którzy nie zginęli w płomieniach, potopili się – śmierć poniosło ponad tysiąc osób. 15 czerwca 1904 roku aż do 11 września 2001 był dniem największej tragedii w dziejach Nowego Jorku.

Większość osób, które zginęły tamtego dnia, była członkami Kościoła ewangelicko-luterańskiego przy Wschodniej Szóstej Ulicy, należeli tam również krewni Mary Margaret. Inni ludzie mogliby ze zgryzoty uznać, że Bóg jest strasznie okrutny, i na zawsze odwrócić się od Niego, ale najwyraźniej nie John Lebow. W każdym z tych sekretnych miejsc, po obu stronach obrazu olejnego znajdowały się złocone krzyże, intarsjowane w boazerii. Te pieczołowicie stworzone sanktuaria, poświęcone jego żonie, bibliotekarce, oraz ich dzieciom, były również świadectwem nieprzemijającej nadziei architekta.

Włączyłem latarkę, oświetliłem nią duży obraz, który zarazem służył jako drzwi, i odezwałem się wystarczająco głośno, by być słyszanym przez dziewczynę, gdyby siedziała w kryjówce za nimi.

– Nazywam się Addison, choć nikt na świecie o tym nie wie... oprócz ciebie. Jeśli tam jesteś z zaginionymi dziećmi Johna Lebowa, to wiedz, że ja też, w innym sensie, byłem zaginionym dzieckiem i nadal jestem zaginiony, choć dzieckiem być przestałem.

Nie doczekałem się odpowiedzi.

– Nie mam zamiaru zrobić ci krzywdy. Gdybym miał taki zamiar, nacisnąłbym na trzy ukryte dźwignie w odpowiedniej kolejności i zaraz cię stamtąd wyciągnął. Chcę ci tylko, w miarę możliwości, pomóc. Pewnie uważasz, że nie potrzebujesz pomocy. Czasami myślę, że ja też jej nie potrzebuję, ale to nieprawda. Wszyscy potrzebujemy pomocy.

Na obrazie wiecznie zielone gałęzie oplatały kolumny po obu stronach wejścia do biblioteki, a na każdych z czworga wysokich, odlanych z brązu drzwi wisiały wieńce z wielkimi czerwonymi kokardami. Śnieg padał na pokrytą białym kobiercem ulicę, a świat wyglądał lepiej, niż kiedykolwiek od 1905 roku.

– Jeżeli nie chcesz ze mną rozmawiać, już nigdy nie będę zawracał ci głowy. Za bardzo kocham tę bibliotekę, żeby z niej nie korzystać, więc czasem zajrzę tu nocą, ale nie będę cię szukał. Przemyśl to przez chwilę. Jeżeli jednak zechcesz pogadać, to przez następne pół godziny będę w czytelni głównej, między regałami, gdzie biegłaś krokiem baletnicy, a ten zły człowiek nie zdołał cię dopaść. Będę w przejściu z powieściami Karola Dickensa.

Wiedziałem, że jest śmiała, szybka i że nie jest myszą. Lecz nawet mysz za boazerią, wyczuwająca obecność kota i wyczuwana przez niego, tuż za cienką warstwą wiśniowego drewna, nie mogłaby zachowywać się ciszej niż ta dziewczyna.

11

W każdym przejściu między głównymi regałami jest włącznik światła, a ja pstryknąłem tylko jeden. Z zawieszonych wysoko kinkietów z matowo stalowymi kloszami wykończonymi mosiądzem, wylało się światło znaczące marmurową posadzkę lśniącymi kręgami.

Wykręciwszy żarówkę z jednego kinkietu, ośmieliłem się stanąć jak najbliżej książek Dickensa – ja w mroku, one w świetle. Gdyby dziewczyna przyszła, nie pokazałbym jej twarzy ani celowo, ani przypadkiem. Moje oczy mogły się mienić w odbitym świetle pod kapturem, lecz ona nie byłaby w stanie dostrzec ich koloru, kształtu ani tej ich cechy, która sprawiała, że widząc je, ludzie pragnęli poderżnąć mi gardło i mnie spalić.

Gdyby przyszła, gdybyśmy przez jakiś czas rozmawiali na równej stopie i gdyby potem, w nagłym przypływie intuicji, zrozumiała, kim jestem, a to skłoniłoby ją do ucieczki, zamiast ją ścigać, sam bym od niej uciekł. I dlatego z czasem, ochłonąwszy z przerażenia, mogłaby zdać sobie sprawę, że nie tylko nie zamierzałem jej skrzywdzić, ale również uszanowałem bez żalu jej antypatię.

Żeby zostać moim przyjacielem, być może trzeba być takim jak ja, jednym z ukrytych. Ktoś, kto żyje jawnie, chyba nie mógłby tolerować istoty mojego pokroju. Nigdy jednak nie straciłem nadziei, że wśród milionów osób na Ziemi, znajdzie się kilka, które mogłyby zdobyć się na odwagę poznania mnie takim, jakim jestem, i mieć dość wiary w siebie, by spędzić ze mną część życia. Wydawało się, że ta dziewczyna, sama też tajemnicza, jest pierwszą od dawna osobą, która mogłaby być do tego zdolna.

Kiedy już pogodziłem się z myślą, że nie przyjdzie, pojawiła się na drugim końcu przejścia, wchodząc w smugę światła ostatniego kinkietu. Gdy stała tam w swoich srebrzystych butach, czarnych dżinsach, czarnym swetrze i czarnej skórzanej kurtce, z szeroko rozstawionymi stopami i dłońmi na biodrach, wyglądała tak, jakby zeszła z kart jednego z komiksów, za którymi nie przepadam. Mam na myśli te, w których wszyscy, zarówno porządni ludzie, jak i czarne charaktery, są bardzo przebojowi, twardzi, zdecydowani i dumni z siebie. Stoją z wyprężonymi piersiami, cofniętymi ramionami i uniesionymi głowami, wyglądając na zadufanych w sobie herosów, a ich włosy są zawsze rozwiane, nawet w bezwietrznych miejscach, ponieważ z wiatrem we włosach lepiej się prezentują. Oczywiście w bibliotece nie było najmniejszego podmuchu i dziewczyna nie miała rozwianych włosów, ale za to były długie, czarne i zmierzwione, więc wychodziło na to samo.

Nie przepadam za arcybohaterami i arcyzłoczyńcami z wielu tych komiksów, ponieważ to, jak oni wszyscy, może z wyjątkiem Batmana, stale przybierają teatralne pozy, świetnie odzwierciedla, jak o sobie myślą. Są przekonani o własnej nieomylności bez względu na to, czy akurat ratują świat, czy wysadzają go w powietrze. Tak łatwo ulegają urojeniom o własnej potędze. Dziewczyna wyglądała tak, jakby zeszła z kart komiksu, ale jakoś poznałem, że jej poza nie jest odbiciem tego, jak naprawdę o sobie myśli.

A może się tylko łudziłem. Samotność bardzo sprzyja fałszywym złudzeniom.

Przyjrzawszy mi się z oddali, opuściła ręce i podeszła bez nieufności, ale też bez nadmiernej śmiałości, jednak z takim samym niewymuszonym wdziękiem, jaki bił z jej ruchów wcześniej.

Gdy weszła w krąg światła, które padało na książki Dickensa, powiedziałem:

– Zatrzymaj się tam, proszę.

Przystanęła. Dzieliły nas niespełna cztery metry, ale moja bluza z kapturem i fakt, że zgasiłem najbliższy kinkiet, oszczędziły jej szoku na widok mojej twarzy.

Jeśli zaś chodzi o jej twarz, to gdy wcześniej mignęła mi w biegu, nie zauważyłem, że tak groteskowo ją wymalowała i ozdobiła. W prawym nozdrzu nosiła srebrny kolczyk w kształcie węża pożerającego własny ogon. Przypięty do dolnej wargi wypolerowany czerwony koralik wyglądał na tle czarnej szminki niczym kropla krwi. Bladość swojej białej jak cukier puder nieskazitelnej cery podkreśliła, nakładając na rzęsy i powieki grubą warstwę tuszu i szminki. W zestawieniu z dziwnie wystrzępionymi końcówkami kruczoczarnych włosów nadawało jej to gotycki, jak przypuszczam, wygląd, tyle że w osobliwej wersji. Przede wszystkim jednak zawdzięczała to wymalowanym starannie na twarzy – czarną szminką z błyszczykiem – rombom, których górne wierzchołki przypadały w środku brwi, a dolne pięć centymetrów poniżej oczu. Co przypominało mi niektórych arlekinów, ale także przywodziło na myśl bardzo niepokojącą marionetkę w smokingu, którą kiedyś widziałem w oświetlonym oknie sklepu z zabytkowymi lalkami.

Pośrodku tych rombów tkwiły oczy marionetki. Białka jednolicie białe jak w jajkach na twardo, tęczówki ciemne jak antracyt z ciemnoczerwonymi prążkami – tak delikatnymi, że widać je było tylko wtedy, gdy przechylając głowę, pozwalała światłu wydobyć je z tła. Ponieważ w moim życiu rzadko miałem okazję stawać twarzą w twarz z innymi ludźmi, a rozmaite ludzkie oblicza i gamę kolorów oczu znam jedynie z albumów fotograficznych, nie mogłem stwierdzić z całą pewnością, że takie oczy są czymś niezwykłym, ale były na tyle niepokojące, że wydawało mi się, iż muszą stanowić rzadkość.

– A więc chcesz mi pomóc – powiedziała.

– Tak. Na wszelki możliwy sposób.

– Nikt nie może mi pomóc – oświadczyła bez cienia goryczy i rozpaczy. – Mógłby to uczynić tylko jeden człowiek, ale nie żyje. Ty też umrzesz, jeśli będziesz się ze mną zadawał, i będzie to okrutna śmierć.

12

Stałem w ciemnościach niedaleko książek Dickensa, ona w świetle lampy, i widziałem, że paznokcie ma pomalowane na czarno, a na grzbietach rąk wytatuowane zwinięte niebieskie jaszczurki z rozwidlonymi czerwonymi językami.

– Gdy powiedziałam, że spotka cię okrutna śmierć, nie chodziło o groźbę – wyjaśniła. – To po prostu prawda. Nie powinieneś się do mnie zbliżać.

– Kim był ten człowiek, który mógłby ci pomóc? – zapytałem.

– To bez znaczenia. To było w innym miejscu, w innym czasie. Przeszłość jest martwa.

– Gdyby tak było, nie pachniałaby tak słodko.

– Dla mnie słodka nie jest.

– Chyba jest. Gdy mówiłaś „w innym miejscu, w innym czasie", słowa te sprawiły, że złagodniałaś.

– Wyobrażaj sobie, co chcesz. Nie ma we mnie nic łagodnego. Same kości, pancerz i kolce.

Uśmiechnąłem się, ale oczywiście ona nie widziała mojej twarzy. Czasem to właśnie mój uśmiech budzi w nich największe przerażenie.

– Jak masz na imię?

– Nie musisz tego wiedzieć.

– Nie muszę. Po prostu chciałbym.

Cienkie jak nitki czerwone prążki w jej czarnych niczym węgle oczach pojaśniały.

– A ty, zaginiony chłopcze, możesz przypomnieć swoje?

– Addison, tak jak powiedziałem.

– Addison jak?

– Moja matka nosiła nazwisko Goodheart*.

– I miała takie?

– Była złodziejką, a może kimś jeszcze gorszym. Chciała być dobra, lepsza, niż potrafiła być. Ale kochałem ją.

– Jak nazywał się twój ojciec?

– Nie powiedziała mi.

– Moja matka umarła przy porodzie – wyjaśniła dziewczyna, a ja pomyślałem, że moja, w pewnym sensie, umarła wskutek porodu, osiem lat później, ale nic nie powiedziałem.

Dziewczyna spojrzała na dźwigający ciemne żyrandole rokokowy sufit, jakby wspaniałe profile wokół głębokich kasetonów oraz obrazy złocistych chmur na niebie, namalowane w każdym z nich, były dla niej widoczne w jakimś innym zakresie fal świetlnych.

Gdy znowu popatrzyła na mnie, zapytała:

– Co robisz w bibliotece po północy?

---

* Dosłownie: Dobreserce.

- Przyszedłem poczytać. I po prostu pobyć w jej wspaniałym wnętrzu.

Przyglądała mi się długo, choć mogła widzieć właściwie tylko moją sylwetkę, po czym rzekła:

- Gwyneth.

- A jak masz na nazwisko?

- Nie używam nazwiska.

- Ale je masz.

Gdy czekałem na odpowiedź, uznałem, że w całej jej gotyckości chodzi o coś więcej niż modę, że może wcale nie oznacza ulegania trendom, że może stanowić pancerz.

Gdy w końcu przemówiła, zamiast podać nazwisko, powiedziała:

- Widziałeś, jak przed nim uciekałam, ale ja nie widziałam ciebie.

- Jestem nadzwyczaj dyskretny.

Gwyneth spojrzała na zestaw powieści Dickensa na półkach po swojej prawej ręce. Przesunęła palcami po skórzanych oprawach; tytuły jarzyły się w świetle lamp.

- Są sporo warte?

- Niezupełnie. To kolekcja opublikowana w latach siedemdziesiątych.

- Są wspaniale oprawione.

- Skóra została ręcznie obrobiona. Litery są złocone.

- Ludzie robią tyle pięknych rzeczy.

- Nie wszyscy.

Gdy znowu spojrzała na mnie, zapytała:

- Skąd wiedziałeś, gdzie mnie szukać? Że jestem w pomieszczeniu z dziećmi państwa Lebow?

- Widziałem, jak wychodzisz z czytelni, gdy on szukał

cię na ulicy. Doszedłem do wniosku, że oglądałaś plany
w archiwum, w podziemiach. Ja też je oglądałem.

– Po co?

– Pomyślałem, że szkielet budowli może być równie
piękny jak gotowy budynek. I jest. A czemu ty je oglądałaś?

Przez blisko pół minuty zastanawiała się nad odpowie-
dzią lub może rozważała, czy ma jej udzielić.

– Lubię poznawać różne miejsca. W całym mieście.
Znać je lepiej niż ktokolwiek inny. Ludzie utracili swoją
historię, wiedzę o tym, co, jak i dlaczego się działo. Tak
niewiele wiedzą o miejscach, w których żyją.

– Nie nocujesz tu codziennie. Inaczej spotkałbym cię
już wcześniej.

– W ogóle tu nie nocuję. Bywam tu od czasu do czasu.

– Gdzie mieszkasz?

– Tu i tam. Wszędzie. Lubię wędrować.

Niełatwo było coś dojrzeć pod krzykliwym makijażem,
ale pomyślałem, że Gwyneth może być bardzo ładną
dziewczyną.

– Kim on jest, ten, który cię gonił?

– Ryan Telford. Jest kustoszem biblioteki, opiekującym
się kolekcją białych kruków i dzieł sztuki.

– Myślał, że kradniesz albo niszczysz zbiory?

– Nie. Był zaskoczony moją obecnością.

– O moich wizytach też nie wiedzą.

– Chodzi o to, że zaskoczyło go to, że zobaczył właśnie
mnie. Znamy się z... innego miejsca i czasu.

– Gdzie i kiedy się poznaliście?

– To nieistotne. Wtedy chciał mnie zgwałcić i omal
tego nie zrobił. Dzisiaj też miał na to ochotę, choć użył
ordynarniejszego słowa niż gwałt.

64

Ogarnął mnie smutek.

– Nie wiem, co na to powiedzieć.

– A kto wie?

– Ile masz lat?

– Czy to ma jakieś znaczenie?

– Chyba nie.

– Osiemnaście.

– Myślałem, że najwyżej szesnaście, a teraz, gdy ujrzałem cię z bliska, że może nawet trzynaście.

– Mam chłopięcą budowę. Czemu skrywasz twarz?

Ciekawe, dlaczego zapytała o to dopiero teraz.

– Nie chcę cię wystraszyć.

– Nie zwracam uwagi na wygląd.

– Nie chodzi tylko o wygląd.

– Więc o co?

– Gdy ludzie mnie widzą, czują odrazę i strach. Niektórzy nienawidzą mnie lub tak im się wydaje, a wtedy... no cóż, fatalnie to wychodzi.

– Poparzyłeś się?

– Gdyby chodziło tylko o to... Kilku próbowało mnie kiedyś podpalić, ale byłem już... byłem taki, jaki jestem, zanim podjęli tę próbę.

– Tu nie jest zimno. Więc te rękawiczki mają z tym związek?

– Tak.

Wzruszyła ramionami.

– Dla mnie twoje dłonie wyglądają zwyczajnie.

– Bo są zwyczajne, ale... sugerują, że takie jest całe moje ciało.

– W tym kapturze przypominasz ponurego żniwiarza.

– Przypominam, ale nim nie jestem.

– Skoro nie chcesz, żebym cię zobaczyła, nie będę próbować. Możesz mi zaufać.

– Chyba tak.

– Możesz. Ale ja też mam jedną zasadę.

– Jaką?

– Nie możesz mnie dotknąć. Nawet najdelikatniej, najzwyczajniej. Zwłaszcza bezpośrednio, dotykając skórą skóry. Ale rękawiczką kurtki też nie. Nikt nie może mnie dotknąć. Nie pozwolę na to.

– W porządku.

– Odpowiedź zbyt szybka, by nie była kłamstwem.

– Ale nim nie jest. Jeśli cię dotknę, ściągniesz mi kaptur z głowy. Albo odwrotnie, jeśli to ty zrobisz pierwszy krok i ściągniesz mi kaptur, to ja cię dotknę. Jesteśmy nawzajem zakładnikami naszych dziwactw. – Uśmiechnąłem się w niedostrzegalny sposób. – Jesteśmy dla siebie stworzeni.

13

W wieku ośmiu lat, nie mając pojęcia, dokąd zmierzam, przybyłem do tego miasta w niedzielną noc na platformie osiemnastokołowej ciężarówki, na której przewożono duże urządzenia przemysłowe, których nie potrafiłem zidentyfikować. Maszyny były przymocowane do platformy łańcuchami i zakryte plandekami z brezentu. Między brezentem a maszyną znajdowały się zakamarki, w których mogłem się zmieścić i ukryć. Na przyczepę dostałem się przed zmierzchem, gdy kierowca jadł kolację w barze na przystanku dla ciężarówek.

Dwa dni wcześniej skończyło mi się jedzenie. Matka

odprawiła mnie z wypełniającą plecak wałówką, którą uzupełniłem jabłkami, gdy przypadkiem natrafiłem na zaniedbany sad. Chociaż bardziej wychowywałem się, niż byłem wychowywany, choć dorastałem raczej w leśnej głuszy niż w naszym małym domu, nie wiedziałem, jaki wybór bezpiecznego pożywienia mogły zapewnić lasy i pola, o ile w ogóle mogły je zapewnić.

Po całym dniu bez pożywienia wczesnym rankiem w niedzielę przemierzałem porośnięte sosnami pustkowie z torfową glebą. Teren rozciągał się zbyt płasko, a zarośla były zbyt skąpe, bym mógł się czuć bezpiecznie. Przeważnie nie miałem za czym się skryć – poza drzewami, które rozgałęziały się wysoko nad głową, a ich pnie wcale nie były grube. Kiedy się rozglądałem, miałem wrażenie, że śnię o ogromnym klasztorze, w którym tysiące kolumn stoją bez ładu i składu. Wśród rosnących w nieregularnych odstępach drzew widoczność w linii prostej była ograniczona. Gdy szedłem przez las, przesuwając się horyzontalnie w tej pionowej nieruchomej architekturze, musiałby mnie dostrzec każdy, kto przypadkiem by się tam znalazł.

Podniesione w śpiewie głosy powinny sprawić, że czmychnę w jakieś odległe ciche miejsce, tymczasem zaś czułem, iż ciągnie mnie do nich. Podbiegłem skulony, po czym zbliżając się do ostatnich sosen, doczołgałem się na skraj lasu. Niespełna sto metrów na lewo ode mnie, na wysypanym żwirem placu stały samochody osobowe i pick-upy. W połowie tej odległości, z prawej strony, ospale, niczym roztopione srebro, płynęła w porannym świetle jakaś rzeka.

Na skraju wody zebrało się blisko czterdzieści osób; śpiewali hymn, a jakiś kaznodzieja stał w rzece z trzydziestoparoletnią kobietą, przyjmującą chrzest przez całkowite zanurzenie. Z jednej strony chóru stał mężczyzna z dwojgiem dzieci; wydawali się czekać na swoją kolej w drodze do zbawienia.

Na wprost mnie, po drugiej stronie porośniętej trawą przestrzeni, za tymi ludźmi, stał skromny oszalowany na biało kościółek, wykończony bladoniebieskimi listwami. Koło budynku, w cieniu wielkiego rozłożystego dębu, wokół stołów uginających się od jedzenia, którego starczyłoby chyba na śniadanie, obiad i kolację podczas całodniowego rodzinnego pikniku, ustawiono krzesła.

Członkowie zgromadzenia, zajęci śpiewaniem hymnów i skupieni na radosnym obrzędzie w rzece, stali tyłem do mnie. Gdyby pastor spojrzał w moją stronę, i tak zasłanialiby mnie jego parafianie. Być może nie miałem dużo czasu, ale uznałem, że zdążę.

Zdjąłem plecak, rozpiąłem zamki błyskawiczne w głównych kieszeniach, wyszedłem zza drzew i ruszyłem sprintem do stołów. Na trawie nieopodal leżały piłki, kije i rękawice do gry w baseball, a także nierozpięta jeszcze siatka do badmintona, rakietki i lotki. Nigdy wcześniej nie próbowałem ich używać ani o nich nie słyszałem i z niczym mi się te rzeczy nie kojarzyły; dopiero po wielu latach mogłem je zidentyfikować w moich wspomnieniach.

Kiedy zdarłem folię z jakiegoś półmiska, znalazłem na nim grube plastry szynki. Zawinąłem kilka w folię i włożyłem do plecaka. Na stole były sałatki z ziemniakami i makaronem w naczyniach osłoniętych folią lub przykrywkami, placki i torty, wszystkie trudne do zapakowania. Znalazłem jednak także koszyki z bułkami oraz herbatnikami domowego wypieku przykryte serwetkami, pomarańcze, banany, jajka na twardo w purpurowej zalewie buraczanej oraz najrozmaitsze ciasteczka.

Z kieszeni dżinsów wyjąłem część gotówki, którą dała mi matka, odliczyłem kilka banknotów i rzuciłem je na stół. Z perspektywy czasu widzę, że chyba zapłaciłem zdecydowanie za dużo, ale wtedy, trzęsąc się z głodu, czułem, że za napełnienie pustego brzucha warto zapłacić każdą cenę. W plastikowych baliach z lodem ułożono warstwami ociekające wodą puszki z napojami gazowanymi, mrożoną herbatą i sokami. Zarzuciwszy plecak na ramiona, chwyciłem zimną coca-colę.

W tym momencie ktoś za moimi plecami rzekł:

– Chłopcze, jeszcze nie pora na śniadanie, to czas dla Pana.

Odwróciłem się zaskoczony, uniosłem wzrok i zobaczyłem mężczyznę wychodzącego bocznymi drzwiami z kościoła i niosącego rondel ze stertą grillowanych udek z kurczaka.

Pod jego rzednącymi włosami i wysokim czołem rysowała się łagodna i życzliwa twarz – dopóki nie ujrzał mojej, okolonej, lecz nie w pełni zakrytej kapturem. Jego oczy za szkłami okularów w drucianych oprawkach zrobiły się okrągłe, jakby nagle zapadły nad światem ciemności Armagedonu i musiał wytężać wzrok, by dostrzec kogoś, kto z pewnością zdawał się być diabłem, który przybył stoczyć ostateczną batalię. Rondel wypadł mu z rąk, twarz pobladła w okamgnieniu i zatoczył się do tyłu na nagle ugiętych nogach. Kiedy ogarnął całą moją twarz spojrzeniem, skupił je na moich oczach i wtedy wydał z siebie zduszony jęk.

– Przepraszam – powiedziałem. – Tak bardzo mi przykro.

Moje przeprosiny i leżąca na stole gotówka, którą mu pokazałem, nic dla niego nie znaczyły. Poderwał z trawy kij marki Louisville Slugger, rzucił się do przodu i zamachnął się nim, przecinając powietrze nad moją głową tak dynamicznie, że gdyby toczyła się gra, posłałby piłkę poza boisko.

Zamarkowałem ruch w lewo, on zrobił zamach, a ja zrobiłem unik i uchyliłem się w prawo, on znowu się zamachnął – na tyle szybko, że omal mnie nie trafił. Potem jednak chyba zaszokowała go – przeraziła wręcz – ta nagła zaciekła napaść na istotę tak małą jak dziecko i upuścił kij. I znowu zatoczył się do tyłu, z twarzą wykrzywioną teraz w grymasie, który mógł świadczyć o wyrzutach sumienia lub nawet bólu, do oczu napłynęły mu łzy smutku i gdy okrzyk czegoś na kształt żalu wydobył się z jego ust, zakrył je dłonią.

Zebrani nad rzeką śpiewali jeszcze głośniej. Nikt nie widział starcia przy piknikowych stołach.

– Pójdę już – powiedziałem. – Przepraszam, ale pójdę już.

Gdy puściłem się biegiem, pomyślałem, że mimo swoich łez i rozdzierającego szlochu, schyla się, żeby znowu sięgnąć po kij. Pognałem za kościół, przez skoszoną trawę na dziką łąkę, oddalając się na ukos od rzeki i marząc rozpaczliwie o kolejnym sosnowym lesie, w nadziei, że będzie w nim więcej krzaków i dołków sprzyjających zgubieniu pościgu.

Nie oglądałem się i nie wiem, czy duchowny gonił mnie przez czterysta, czy sto metrów, ani czy w ogóle ruszył w pościg. Jakąś godzinę później, gdy płaskie torfowiska ustąpiły miejsca dość stromym wzgórzom, gdy w płucach poczułem piekący ból i zacząłem zwalniać, przystanąłem na zalesionym pagórku, żeby spojrzeć do tyłu przez drzewa. Dopiero wtedy zrozumiałem, że żaden z samozwańczych strażników obywatelskich nie depcze mi po piętach.

Napędzany strachem, który chwilowo uśmierzył mój głód, szedłem przez kolejne dwie godziny, dopóki nie znalazłem miejsca, które wydawało się wystarczająco oddalone, żeby było bezpieczne. Usiadłem na porośniętej paprociami skalnej wychodni, żeby zjeść trochę tego, co nabyłem przed kościołem; za stół służył mi szeroki płaski kamień, a muzykę do posiłku zapewniły ptaki gnieżdżące się wysoko na otaczających mnie sosnach.

Jedząc, zastanawiałem się nad burzą emocji, która rozpętała się na mój widok w sercu duchownego o łagodnej i życzliwej twarzy. Spodziewałem się, że będę budził przerażenie. A także wstręt i odrazę. Jego reakcja była jednak bardziej symptomatyczna od reakcji zasztyletowanego mężczyzny, który sam próbował mnie pchnąć nożem, bardziej złożona niż niebezpieczne dla mnie obrzydzenie akuszerek, o którym opowiedziała mi matka. Reakcja duchownego, choć krótkotrwała, była niemal równie skomplikowana, jak znacznie dłuższy związek między mną a moją matką.

Oboje nigdy nie dyskutowaliśmy o tym, kim mogę być, jakby wystarczającym brzemieniem była świadomość, że jestem szkaradą, od której nawet ona, która nosiła mnie w swoim łonie, najczęściej musiała odwracać wzrok. Moje ciało, moje ręce, twarz, oczy, wpływ na wszystkich, którzy mnie ujrzeli: każda próba rozmowy o tych sprawach, ich przeanalizowania i snucia teorii na mój temat tylko wzmagały jej niechęć do mnie i przyprawiały o mdłości, aż w końcu przygnębienie przerodziło się w rozpacz.

Jakiś ptak, mały z niebieską piersią, odważył się przysiąść na brzegu dużego płaskiego kamienia, który służył mi za stół. Rozsypałem okruchy herbatnika i ptaszek, ucztując, zbliżał się w podskokach. Nie bał się mnie, nie podejrzewał, że schwycę go w dłoń i zmiażdżę, wiedział, że jest przy mnie bezpieczny, i był bezpieczny.

Pomyślałem wówczas, że chyba powinienem spędzić życie głęboko w lesie, gdzie byłbym akceptowany. Mógłbym zapuszczać się na obszary zamieszkane przez ludzi tylko nocą, by zdobyć jedzenie, i tylko do czasu, aż w końcu nauczę się żywić szczodrymi darami dzikiej natury.

Ale nawet wtedy, będąc wciąż chłopcem, nieświadomym swojej prawdziwej natury, pragnąłem czegoś więcej niż jedynie spokoju i przetrwania. Czułem, że mam cel, który mógł być zrealizowany wyłącznie gdzieś indziej, wśród tych samych ludzi, w których budziłem odrazę. Czułem, że moja wędrówka dokądś mnie doprowadzi, chociaż nie zdawałem sobie sprawy, że nastąpi to w mieście, w którym niebawem zamieszkałem.

Tej samej niedzieli, w wydłużających się purpurowych cieniach zmierzchu, wiele kilometrów od kamiennego stołu, przy którym zjadłem obiad, znalazłem przystanek ciężarówek oraz platformę osiemnastokołowca wiozącego zakryte plandekami maszyny. I właśnie na niej zostałem przywieziony do tego miasta; przybyłem na miejsce po północy.

We wczesnych mrocznych godzinach tamtego poniedziałkowego poranka po raz pierwszy zobaczyłem tę niepokojącą marionetkę na oświetlonej wystawie sklepu ze staroświeckimi zabawkami. Siedziała oparta plecami o ręcznie rzeźbionego konia na biegunach o dziwacznej konstrukcji; miała wymięty smoking, niezgrabnie wygięte nogi i bezwładnie opuszczone ręce, a jej czarne oczy z czerwonymi prążkami wydawały się śledzić moje ruchy, gdy przechodziłem obok.

14

– Skąd jesteś? – zapytałem Gwyneth, gdy oświetlając drogę latarką, prowadziła mnie gdzieś ustronnymi korytarzami biblioteki. – To znaczy, skąd pochodzisz?

– Urodziłam się tutaj.

Podała rok i wczesnopaździernikowy dzień urodzin, a ja przystanąłem zaskoczony.

– Masz osiemnaście lat.

– Tak jak mówiłam.

– Owszem, ale wyglądasz tak bardzo młodo, że po prostu nie sądziłem...

Osłoniła jedną dłonią soczewkę latarki, przepuszczając między palcami tylko tyle światła, by móc zwrócić się do mnie twarzą bez ryzyka, że zobaczy w nim moje oblicze.

– Po prostu nie sądziłeś... że co?

– Ja mam dwadzieścia sześć, ty osiemnaście... i oboje jesteśmy w tym mieście od osiemnastu lat.

– Co jest w tym tak niezwykłego?

– Tego samego dnia, kiedy się urodziłaś... przybyłem tu jako pasażer na gapę na osiemnastokołowej ciężarówce, w pierwszej godzinie po północy.

– Mówisz o tym tak, jakby to nie mógł być zwykły zbieg okoliczności.

– Bo tak myślę – potwierdziłem.

– W takim razie co to było?

– Nie wiem. Ale coś było.

– Tylko mi nie mów, że to kismet. Do niczego takiego między nami nie dojdzie.

– Kismet nie oznacza romansu – odparłem trochę niechętnie.

– Po prostu tego nie sugeruj.

– Nie mam co do tego żadnych złudzeń. *Piękna i bestia* to fajna baśń, ale baśniowe schematy sprawdzają się w książkach.

– Ty nie jesteś bestią, a ja nie jestem piękna.

– Jeśli chodzi o mnie – odparłem – to moja własna matka uważała chyba, że w moim przypadku bestia nie jest odpowiednim określeniem. A jeśli chodzi o ciebie... ważne, co się komu podoba.

– Jeśli mężczyzna jest bestią – powiedziała Gwyneth po długim namyśle – to jest nią w swoim sercu, a w twojej piersi nie bije serce bestii.

Jej słowa wzruszyły mnie tak, że oniemiałem.

– Chodź, Addisonie Goodheart. Musimy trochę powęszyć.

Na ścianie obok drzwi biura J. Ryana Telforda, kustosza bibliotecznej kolekcji białych kruków i dzieł sztuki, była tabliczka z jego nazwiskiem.

Przy padającym wąską smugą świetle latarki Gwyneth przeszliśmy przez recepcję, w której sekretarka Telforda miała swoje biurko. Gabinet jej szefa, z przylegającą do niego łazienką do wyłącznej dyspozycji kustosza, był ogromny i elegancko umeblowany w stylu art déco. Okazało się, że dziewczyna dużo wie o tych meblach. Pokazała mi biurko z hebanu indyjskiego, zaprojektowane przez Pierre-Paula Montagnaca, kredens z brazylijskiego palisandru z blatem z marmuru portoro, zaprojektowany przez Maurice'a Rincka, piękną kanapę i dopasowane do niej fotele z czernionego drewna cytrynowego projektu Patouta i Pacona, lampy Tiffany'ego i Émile'a Gallé oraz wykonane z kości słoniowej i patynowanego na zimno brązu rzeźby Chiparusa, który zapewne był najwspanialszym rzeźbiarzem tego okresu. Podczas tej prezentacji skrupulatnie trzymała światło z dala ode mnie, tak aby poświata nie ujawniła najdrobniejszego nawet fragmentu mojej twarzy.

Jeśli zaś chodzi o Gwyneth, to starałem się utrzymywać między nami wystarczający dystans, żeby mieć pewność, iż nie dotknę jej ani nie wpadnę na nią przez przypadek.

Dopóki mi tego nie powiedziała, nie zdawałem sobie sprawy, że muzeum sztuki po drugiej stronie szerokiej alei jest filią biblioteki, zbudowaną kilkadziesiąt lat później. Obie te instytucje należały do najhojniej dotowanych w kraju.

– Ich olbrzymie i bezcenne zbiory znajdują się pod opieką tego złodzieja J. Ryana Telforda – wyjaśniła.

– Mówiłaś, że to gwałciciel.

– Niedoszły gwałciciel dzieci i wytrawny złodziej – odparła. – Miałam trzynaście lat, gdy mnie po raz pierwszy osaczył.

Nie chciałem wnikać w to, czego jej omal nie zrobił, więc zapytałem:

– Kogo okrada?

– Przypuszczam, że bibliotekę i muzeum.

- Przypuszczasz.

- Ich zbiory są bardzo obszerne. Mógłby zaciemnić obraz tego, co jest w magazynie, zmówić się z rewidentem i od czasu do czasu sprzedawać jakiś bardzo cenny eksponat za pośrednictwem pozbawionego skrupułów marszanda.

- „Przypuszczam"... „mógłby". Nie wyglądasz na dziewczynę, która chciałaby dawać fałszywe świadectwo.

Gwyneth usiadła w fotelu przy mahoniowym biurku, obróciła się o sto osiemdziesiąt stopni do komputera, który stał na osobnym stoliku, i powiedziała:

- Ja wiem, że on jest złodziejem. Okradł mojego ojca. Z uwagi na swoją pozycję tutaj nie mógł się oprzeć pokusie.

- Co ukradł twojemu ojcu?

- Miliony - odparła, włączając komputer, i słowo odbiło się echem od stylowych powierzchni gabinetu, jak żadne z wypowiedzianych wcześniej.

15

Gabinet nawet w niemal zupełnych ciemnościach sprawiał wrażenie urządzonego z przepychem. Przypominał mi pewne fotografie Edwarda Steichena: aksamitne cienie gęstniejące w nastrojowy mrok, tu i ówdzie jakiś kształt zasugerowany odbiciem światła na słoju wypolerowanego drewna, tajemniczy błysk szkła w kloszu lampy wiszącej Tiffany'ego, pokój domniemany raczej niż ujawniony, a mimo to tak dobrze znany, jakby został wyczarowany światłem słońca, a nie muśnięty ledwie poświatą nawiedzonego miasta za oknami.

W powietrzu unosiła się jeszcze korzenna woń wody kolońskiej nieobecnego kustosza.

Wydawało mi się, że twarz Gwyneth, wyłowiona z mroku przez blask ekranu monitora, nabrała cech azjatyckich. Głównie dlatego, że jej blada skóra i czarny teatralny makijaż przypomniały mi maskę aktora kabuki.

Nie wyglądała na dziewczynę z bogatego domu. Oczywiście nigdy wcześniej takiej nie spotkałem i brakowało mi doświadczenia w ocenie, czy wśród zamożnych ludzi mogła się trafić osoba tego rodzaju. Sądziłem, że nie.

– Twój ojciec jest milionerem?

– Był. Już nie żyje.

– Czy to jego właśnie miałaś na myśli, mówiąc o jedynym człowieku, który mógłby ci pomóc?

– Tak. – Przewinęła widoczny na ekranie spis. – Mój ojciec mnie rozumiał. I chronił. Ale ja nie potrafiłam ochronić jego.

– Jak umarł?

W protokole sekcji zwłok stwierdzono dosłownie: „Przypadkowa śmierć spowodowana spożyciem miodu".

– Pszczelego?

– Mój dziadek, ojciec mojego taty, miał pasieki, a w nich setki uli. Wypożyczał je farmerom, a potem wytwarzał i rozlewał miód.

– Stąd wzięła się rodzinna fortuna?

Z jej ust wyrwał się cichy śmiech. Choć rozbawiła ją moja ignorancja, ten dźwięk był muzyką dla moich uszu. Pomyślałem, że chyba nic nie sprawi mi większej przyjemności niż siedzenie przy niej, gdy będzie czytała jakąś komiczną powieść, po prostu siedzenie i obserwowanie, jak się śmieje.

– Ojciec późno się ożenił i nigdy nie poznałam mojego dziadka. Ale w naszej rodzinie pszczoły hodowano z zamiłowania, nie z chęci robienia pieniędzy.

– Niewiele wiem o pieniądzach – przyznałem. – Wystarczy mi niewielka ilość.

Z wewnętrznej kieszeni skórzanej kurtki wyjęła kartę pamięci, wsunęła ją do komputera i zaczęła ściągać jakieś dokumenty.

– Mój ojciec był człowiekiem, który odniósł duży sukces na rynku nieruchomości, ale dorastał w branży pszczelarskiej i uwielbiał miód wytwarzany tradycyjnym sposobem. Miał farmę za miastem i dużo uli. Wymieniał się również miodem z pszczelarzami z innych części kraju, ponieważ jego smak zależy od tego, z jakich roślin pszczoły zbierają nektar. Tato bardzo lubił wszystkie rodzaje miodu... z kwiatów pomarańczy z Florydy i Teksasu, z kwiatów awokado z Kalifornii, z kwiatów czarnej jagody z Michigan, z kwiatów błotni leśnej i wierzbówki kiprzycy oraz miód gryczany... Rozlewał miód o wielu smakach i mieszał różne rodzaje dla siebie i przyjaciół. Takie miał hobby.

– Jak miód może kogoś przypadkiem zabić?

– Mój ojciec został zamordowany.

– Mówiłaś, że...

– W protokole z sekcji zwłok stwierdzono przypadkową śmierć. Ja twierdzę, że to było morderstwo. Zjadł trochę kremowanego miodu z babeczkami, które nim posmarował. Miód był zanieczyszczony glikozydami nasercowymi, oleandryną i neriozydem, ponieważ pszczoły zbierały nektar z krzewów oleandra, który należy do najbardziej trujących roślin na ziemi. Z uwagi na dawkę trucizny, którą otrzymał, kilka minut po zjedzeniu babeczek oblał się zapewne potem, gwałtownie wymiotował, stracił przytomność i zmarł wskutek paraliżu mięśni oddechowych.

Gdy znalazła kolejny dokument, który chciała dodać do zawartości karty pamięci, zauważyłem:

– Ale to rzeczywiście wygląda na przypadek, prawda? Przynajmniej dla mnie.

– Mój ojciec był doświadczonym pszczelarzem i wytwórcą miodu. Ludzie, z którymi wymieniał się miodem, także nie byli nowicjuszami. To nie mogło się zdarzyć. Nie przy ich doświadczeniu. Zabójczy miód był jedynym skażonym słojem w jego spiżarni, jedynym, który zawierał truciznę. Kiedyś był to zdrowy miód, dopiero później ktoś dodał nektaru z oleandra.

– Kto miałby to zrobić?

– Ten śmieć J. Ryan Telford.

– Skąd wiesz?

– Powiedział mi.

Pogrążony w jedwabistym mroku gabinet mordercy zachował swą atmosferę elegancji i uprzywilejowania, z którego wypadało korzystać, oraz władzy, której należało użyć. Teraz jednak kształty przyjemnych w dotyku lakierowanych mebli, widoczne głównie dzięki refleksom bladego światła na lśniących łukach egzotycznego drewna, ukazywały drugi, ponury aspekt tej elegancji.

Po z górą osiemnastu latach od czasu, gdy widziałem ją w witrynie sklepu, odziana w smoking marionetka ożyła w mojej pamięci. Nabrałem bardzo dziwnego i niepokojącego przekonania, że gdybym w tym momencie włączył światło, odkryłbym, że na kanapie siedzi bezwładnie kukła i przygląda mi się, kiedy ja przyglądam się Gwyneth siedzącej przy komputerze mordercy.

16

Tamtej samotnej październikowej nocy, w pierwszych tygodniach dziewiątego roku mojego życia, gdy matka sama odebrała sobie życie, a jej ciała pewnie jeszcze nie odkryto, przybyłem do strefy przemysłowej ułożony u podstawy maszyny, służącej do nieznanego mi celu. Kierowca zaparkował ciężarówkę na ogrodzonym parkingu, a ja, po półgodzinnym nasłuchiwaniu, upewniwszy się, czy nic mi nie grozi, wydostałem się spod plandeki, wspiąłem po siatce ogrodzenia i po raz pierwszy w życiu znalazłem się w mieście.

Ogrom otaczających mnie świadectw ludzkich umiejętności, które wcześniej widziałem tylko w magazynach ilustrowanych i w kilku książkach, wzbudził we mnie taki lęk i podziw, że nawet gdybym dla własnego bezpieczeństwa nie musiał skrywać swojej twarzy, przemykałbym tymi ulicami spokorniały, z pochyloną głową i bijącym sercem. Nie wiedziałem, dokąd zawiezie mnie ciężarówka. Nie byłem przygotowany na szok cywilizacyjny w postaci tak natarczywie działającej na zmysły jak ta metropolia.

Budynki przemysłowe i magazyny były ogromne – wydawały się na ogół stare, brudne i wyeksploatowane. Okna, jedne ciemne, inne zaś rozbite i zasłonięte deskami, świadczyły o tym, że kilka z tych budowli chyba opuszczono. Niektóre latarnie uliczne były wyłączone, a te, które działały, świeciły światłem przyćmionym z powodu brudnych kloszy. W rynsztokach leżały śmieci, z kraty w chodniku unosiły się kłęby cuchnącej pary, ale sceneria i tak była efektowna.

Czułem strach i zarazem upojenie. Byłem sam w miejscu równie obcym jak świat na drugim krańcu galaktyki, a mimo to miałem bardzo silne wrażenie, że może ono przemienić w pozytywny sposób nawet życie człowieka wystawionego na tyle zagrożeń co ja. Chwilami myślałem, że będzie cud, jeśli przeżyję tu chociaż dzień, ale równocześnie żywiłem nadzieję, że w tysiącach budynków i zaułków znajdą się jakieś zapomniane zakamarki i przejścia, gdzie mógłbym się ukryć i poruszać, a nawet dobrze się czuć.

W tamtym roku tylko nieliczne fabryki pracowały na nocną zmianę i o tej porze noc była cicha. Jeśli nie liczyć przejeżdżających od czasu do czasu ciężarówek, przemierzałem tę niebezpieczną dzielnicę prawie sam. Niemal zupełnie opustoszałe i słabo oświetlone ulice zapewniały mi nadspodziewanie dobre schronienie, wiedziałem jednak, że w końcu znajdę się w bardziej uczęszczanej – i potencjalnie śmiertelnie groźnej – okolicy.

Po pewnym czasie przeszedłem po żelaznym moście, z wydzielonym miejscem dla pieszych. Ruchome światła barek i innych statków na szerokiej czarnej rzece głęboko w dole wydawały mi się fantastyczne. Chociaż wiedziałem, czym są, przypominały raczej świetliste wodne stworzenia, sunące jak we śnie w podróży jeszcze bardziej zagadkowej niż moja, nie na powierzchni wody, lecz tuż pod nią.

Idąc, skupiałem wzrok głównie na rzece, bo przede mną wznosiły się oświetlone wieżowce centrum miasta, iskrząca się fantasmagoria, czarująca i zarazem wręcz przerażająca; ten widok mnie przytłaczał. Ciągnęły się bez końca w zwartych szeregach kamień, stal i szkło w tak wielkiej masie, iż wydawało się, że ziemia pod nimi powinna się zapaść lub że pod ich ciężarem cała kula ziemska powinna zacząć wirować pod innym kątem.

Gdy poniżej zabrakło rzeki i zostało tylko nabrzeże, nie mogłem już unikać oszałamiającego widoku przed sobą. Kiedy wygięte w łuk przęsło mostu zaczęło opadać, uniosłem śmiało wzrok i zatrzymałem się, speszony roztaczającym się przede mną przepychem i bogactwem. Byłem wyrzutkiem o znikomej wiedzy, dzieckiem bez dokonań usprawiedliwiających moje istnienie, stojącym teraz przed czymś, co wydawało się bramą miasta potężnych i magicznych istot, gdzie wstęp mieli tylko piękni i utalentowani, gdzie nie tolerowano obecności takich jak ja.

Omal nie zawróciłem, by żyć niczym szczur pośród szczurów w jednej z opuszczonych fabryk po drugiej stronie rzeki. Czułem się jednak zobowiązany iść naprzód. Nie pamiętam, jak zszedłem pomostem dla pieszych, opadającym w kierunku brzegu, z ażurową balustradą z lewej strony i ponadmetrowym betonowym murkiem z prawej, odgradzającymi mnie od sporadycznie przejeżdżających samochodów. Nie pamiętam też, jak u stóp mostu skręciłem na północ i kierując się w górę rzeki, pokonałem nabrzeżem znaczną odległość.

Mając wrażenie, że budzę się z transu, dotarłem na dziedziniec galerii handlowej, wybrukowany kostką ułożoną w jodełkę, oświetlony ozdobnymi żeliwnymi latarniami i wyposażony w ławki ocienione drzewkami w masywnych donicach. Po obu stronach ciągnęły się sklepy i restauracje, zamknięte teraz, kwadrans po trzeciej nad ranem.

Niektóre z witryn sklepowych były ciemne, ale inne zostały lekko podświetlone, żeby wyeksponować najbardziej atrakcyjne towary. Nigdy wcześniej nie widziałem żadnego sklepu, czytałem jedynie o nich lub podziwiałem ich zdjęcia w magazynach ilustrowanych. Całe centrum handlowe, w tym momencie opustoszałe, ale dla mnie dostępne, było nie mniej magiczne od oglądanej wcześniej z mostu panoramy miasta, zdobionego klejnotami świateł. Wędrowałem od sklepu do sklepu, zdumiony i zachwycony rozmaitością towarów.

W sklepie ze staroświeckimi zabawkami wystawa została pomysłowo zaaranżowana; najważniejsze przedmioty starannie oświetlono punktowo, a inne jedynie delikatnie, rozlanym wokół nich blaskiem. Wprost zauroczyły mnie lalki z różnych czasów, mechaniczne skarbonki, żeliwne samochody i ciężarówki, ukulele Popeye'a, wymyślny ręcznie rzeźbiony koń na biegunach oraz inne zabawki.

Odziana w smoking marionetka siedziała w łagodniejszym świetle, jej twarz była biała – poza czarnymi ustami z czerwonym jak kropla krwi paciorkiem na dolnej wardze oraz dużymi czarnymi rombami wokół oczu. Z jednego nozdrza zwisał srebrny kolczyk w kształcie węża pożerającego własny ogon. Głowa była lekko opuszczona, a usta rozchylone, jakby mogły przekazać bardzo ważną tajemnicę.

Początkowo uznałem, że pacynka jest najmniej interesująca z eksponowanych przedmiotów, ale okno wystawowe było długie, a jego zawartość tak zachwycająca, że przesunąłem się z jego lewego końca w prawo i z powrotem. Gdy wróciłem do marionetki, siedziała na swoim miejscu, teraz jednak reflektor punktowy oświetlał jej twarz zamiast stojącego za nią konia na biegunach.

Byłem niemal pewien, że się nie pomyliłem. Poprzednio światło ogniskowało się na koniu. Znajdujące się pośrodku czarnych rombów oczy, które w cieniu były po prostu czarne, teraz, w jaśniejszym świetle, miały cienkie jak nić szkarłatne prążki, rozchodzące się promieniście od źrenicy ku zewnętrznym brzegom tęczówki. Patrzyły prosto przed siebie, tak dziwne, a mimo to kryjące w sobie głębię, przejrzystość i jakby smutek prawdziwych oczu.

Im dłużej w nie patrzyłem, tym większy odczuwałem niepokój. Jeszcze raz przesunąłem się na prawy skraj dużej witryny, wyobrażając sobie, jak przyjemnie byłoby się pobawić tymi zabawkami. Będąc w połowie wystawy, zerknąłem z powrotem na marionetkę i odkryłem, że nie dość, iż reflektor nadal oświetla jej twarz, to jeszcze jej oczy, wcześniej skierowane na wprost, teraz obróciły się w oczodołach, by podążyć za mną.

Do figurki w smokingu nie były przymocowane sznurki, zatem nie mógł nią poruszać żaden lalkarz.

Zamiast przejść dalej w prawo, wróciłem do marionetki. Jej oczy spoglądały tam, gdzie przed chwilą stałem.

Wydawało mi się, że lewa ręka zabawki, znajdująca się na skraju mojego pola widzenia, poruszyła się. Byłem niemal pewien, że wcześniej była odwrócona dłonią do dołu. Przyglądałem się jej przez długą chwilę, ale pozostała nieruchoma, blada i bez paznokci, z palcami o dwóch stawach zamiast trzech, jakby to był wczesny prototyp człowieka, odrzucony z uwagi na zbyt małą precyzję wykonania.

Kiedy znowu spojrzałem, czarne oczy z drobnymi czerwonymi włóknami, teraz jasne niczym neon, patrzyły prosto na mnie.

Ponieważ miałem wrażenie, że po moim karku pełznie stonoga, cofnąłem się od okna.

Wówczas nie znałem jeszcze dużych miast, galerii handlowych ani sklepów ze staroświeckimi zabawkami i dlatego nie mogłem stwierdzić z całą pewnością, że takie ruchome lub zmyślnie urządzone dla zaintrygowania przechodniów wystawy są czymś zwyczajnym. Ponieważ jednak ze wszystkich tych rzeczy w witrynie poruszała się tylko marionetka i ponieważ jej widok budził mój niepokój, zanim jeszcze się ożywiła, uznałem, że działa tu coś bardziej nikczemnego niż technika sprzedaży i dalsze przyglądanie się tej zabawce będzie niebezpieczne.

Gdy odchodziłem, usłyszałem odgłos przypominający stukanie w szybę witryny, ale wytłumaczyłem sobie, że albo błędnie to zinterpretowałem, albo się przesłyszałem.

Wydawało się, że chłód nocy staje się bardziej przenikliwy. Brudnożółty księżyc unosił się nisko nad horyzontem, powoli opadając na niebie. Syrena jakiegoś statku zawyła trzy razy tak przygnębiająco, że być może ktoś użył jej dla uczczenia pamięci osób, które straciły życie w wodach rzeki.

Zacząłem szukać miejsca na kryjówkę przed pierwszym brzaskiem – lecz chwilę później zamiast niej napotkałem dwóch ludzi, którzy chcieli podpalić jakąś żywą istotę i nie mogąc tego zrobić, uznali, że nadaję się na zastępcę niedoszłej ofiary.

17

Na szerokim parapecie dużego narożnego okna w gabinecie kustosza leżała gazeta. Czekając, aż dziewczyna znajdzie w komputerze to, czego szukała, rozłożyłem dziennik i przy świetle sąsiadujących z biblioteką ulic przeglądałem nagłówki: zaraza w Chinach, wojna na Bliskim Wschodzie, rewolucja w Ameryce Południowej, korupcja na najwyższych szczeblach rządu Stanów Zjednoczonych. Ponieważ nie znosiłem takich informacji, odłożyłem gazetę.

Ściągnąwszy z komputera potrzebne informacje, Gwyneth schowała kartę pamięci do kieszeni i wyłączyła urządzenie. Pozostała w fotelu mordercy, najwyraźniej rozmyślając o czymś z takim przejęciem, że nie chciałem przerywać biegu jej myśli.

Stojąc w narożnym oknie, spojrzałem na ulicę przecinającą aleję, przy której znajdował się front gmachu biblioteki. Widziałem na odległość kilku przecznic.

Radiowóz z błyskającym kogutem, ale bez włączonej syreny, przemknął po alei i skręcił po łuku w przecznicę. Nie dotarł do mnie warkot silnika ani pisk opon, jakby szyby z ołowiowego szkła tworzyły okno w niemym śnie. Gdy osiemnaście lat wcześniej przybyłem do tego miasta, było w nim znacznie jaśniej. Jednak w czasach niedoborów prądu elektrycznego i wysokich cen energii, budynków nie oświetlano już tak intensywnie jak dawniej. Gdy radiowóz oddalał się w mrocznym kanionie między wieżowcami, nieprzenikniona noc stworzyła złudzenie podmorskiej metropolii, w której był on mrugającą batysferą opadającą w rowie oceanicznym, jakby w kierunku jakiejś niezgłębionej zagadki.

Chociaż to złudzenie trwało tylko przez chwilę, zaniepokoiło mnie do tego stopnia, że dreszcz strachu przeszedł w roztrzęsienie. Dłonie nagle zwilgotniały mi tak, że musiałem wytrzeć je o dżinsy. Nie sięgam wzrokiem w przyszłość. Nie mam zdolności rozpoznawania znaków, a co dopiero ich interpretacji. Ale to widmo zimnego zatopionego miasta poruszyło mnie tak głęboko, że nie mogłem go beztrosko zlekceważyć; nie chciałem jednak tego rozpamiętywać.

Uspokajając się myślą, że tak naprawdę wystraszył mnie radiowóz, odwróciłem się od okna i przemówiłem do ciemności, w której siedziała Gwyneth.

– Lepiej stąd chodźmy. Jeżeli coś ukradłaś...

– Niczego nie ukradłam. Skopiowałam jedynie dowody.

– Na co?

– Na słuszność zarzutów przeciwko temu mordercy i złodziejowi.

– Byłaś już tu, przy jego komputerze.

– Kilka razy, choć on o tym nie wie.

– Ale cię ścigał.

– Przyszłam do biblioteki na godzinę przed zamknięciem i ukryłam się we wnęce z tamtym obrazem. Zasnęłam i obudziłam się po północy. Wchodziłam po schodach w południowym skrzydle, gdy u góry otworzyły się drzwi, rozbłysło światło i ukazał się on, równie zaszokowany moim widokiem, jak ja jego. Zobaczył mnie po raz pierwszy od pięciu lat. Nigdy nie pracuje do tak późnej pory. Poza tym miał być jeszcze przez dwa dni służbowo w Japonii. Przypuszczalnie wrócił wcześniej.

– Od pięciu lat... Miałaś wtedy trzynaście...

– Od wieczoru, w którym próbował mnie zgwałcić. Najgorszego wieczoru w moim życiu i to nie tylko dlatego.

Czekałem, aż wyjaśni ten dziwny komentarz, ale nie doczekawszy się, powiedziałem:

– Jest nad tobą na schodach, ty rzucasz się do ucieczki i udaje ci się go zwieść, dzięki czemu myśli, że opuściłaś budynek.

– Nie poszło tak łatwo. Ściga mnie na parter. Jest szybki. W korytarzu chwyta mnie za rękę, szarpie i rzuca na podłogę. Przyklęka z uniesioną dłonią, zamierzając uderzyć mnie w twarz.

– Ale tego nie robi.

– Nie robi tego, bo mam paralizator.

– Poraziłaś go.

– Paralizator nie działa tak skutecznie, jeżeli napastnik jest naprawdę rozwścieczony, jeśli gotuje się z tej wściekłości i podnosi mu się gwałtownie poziom adrenaliny, gdy dostaje totalnego szału. Kiedy upadł, powinnam była porazić go jeszcze kilka razy, ale przede wszystkim chciałam być z dala od niego, więc uciekłam.

– Skoro doszedł do siebie tak szybko, to chyba naprawdę cię nienawidzi.

– Miał pięć lat, żeby ta nienawiść odparowała. Teraz jest krystalicznie czysta. Czysta i potężna.

Gwyneth, ciemna sylwetka w jeszcze ciemniejszym pokoju, wstała z fotela.

Odsuwając się od okna, zapytałem:

– Skąd ta nienawiść?

– To długa historia. Lepiej ukryjmy się do czasu porannego otwarcia. Po tak znamienitym kustoszu można by się spodziewać większej inteligencji. Jeśli jednak zaświta mu w głowie, że bywałam tu nocą już wcześniej, a teraz być może nie wyszłam tak, jak na to wyglądało, niebawem wróci.

W pierwszym łagodnym błysku latarki umalowana twarz dziewczyny wydała mi się piękna i niesamowita zarazem, jakby była postacią w ostrej powieści graficznej w stylu mangi.

Poszedłem za nią do recepcji, zachwycając się łatwością, z jaką przychodzi nam wzajemny szacunek, i zastanawiając, czy to może się przerodzić w przyjaźń. Skoro jednak matka w końcu nie była w stanie znieść mojego widoku, przyjacielskie stosunki między Gwyneth i mną raczej nie mogłyby trwać dłużej niż do momentu, gdy w przypadkowym świetle ujrzałaby moją twarz. Ale ja polubiłbym taką przyjaciółkę. Pokochałbym ją.

– Przecież nie musimy się ukrywać w bibliotece przez całą noc – zauważyłem.

– On włączył alarm i jeśli go wywołamy, zrozumie, że wciąż tu byłam, gdy wychodził. Nie chcę, żeby już teraz się o tym dowiedział.

– Ale ja znam wyjście, które nie jest podłączone do czujników.

Niczym duchy biblioteki zeszliśmy do podziemi i wtedy pokrótce wytłumaczyłem, jak wędruję po mieście niewidziany, nie wzbudzając niczyich podejrzeń.

Na najniższym poziomie budynku, przy pokrywie włazu do kanału burzowego, który zostawiłem otwarty, Gwyneth zapytała:

– Nigdy nie chodzisz ulicami?

– Czasami, ale niezbyt często. Tylko w razie konieczności. Nie obawiaj się kanałów burzowych. Wyobrażenie o nich jest o wiele bardziej przerażające niż rzeczywistość.

– Nie boję się – odparła.

– Nie myślałem, że się boisz.

Pierwsza zeszła po drabince. Podążyłem jej śladem; zamknąłem klapę i umocowałem ją kluczem.

Niewielkie rozmiary kanału doprowadzającego chyba nie wzbudziły jej zaniepokojenia, mimo to wyjaśniłem, że wkrótce dotrzemy nim do znacznie większego tunelu. Zgarbiony i z pochyloną głową poprowadziłem ją opadającym stopniowo kanałem. Byłem w wyjątkowo pogodnym nastroju, ponieważ mogłem jej pomóc. Przyjemnie było być potrzebnym, bez względu na to, jak niewielką służyłem pomocą.

Węższa rura łączyła się z szerszą na poziomie pomostu roboczego, niemal metr nad posadzką większego kanału. Świecąc latarką, zwróciłem jej uwagę na różnicę poziomów, długi wygięty w łuk odcinek posadzki u naszych stóp i wysoko położony sufit.

Przez chwilę staliśmy tam, dwie ciemne sylwetki w świetle przysłoniętej palcami latarki, tak niewyraźne, że moglibyśmy być tylko cieniami oddzielonymi od ludzi, którzy je rzucali.

Gwyneth odetchnęła głęboko, po czym rzekła:

– Pachnie tu inaczej, niż się spodziewałam.

– A czego oczekiwałaś?

– Smrodu. Najrozmaitszego smrodu.

– Czasami śmierdzi, ale dość rzadko. Ulewny deszcz spłukuje tutaj całą sadzę oraz brud i przez jakiś czas zdaje się, że natężenie smrodu jest wysokie jak poziom wody. Nawet pod koniec burzy, gdy deszcz umyje miasto do czysta, nie chciałabyś się wykąpać w spływającej tu wodzie, ale wtedy już tak nie śmierdzi. Kiedy jest sucho, jak teraz, zazwyczaj czuć tylko niewyraźną woń wapnia, a w starszych kanałach – krzemiany, glinę, której użyto do wypalenia cegieł. Gdy osadniki kanalizacyjne są zbyt rzadko czyszczone lub w którymś gnije jakaś padlina, śmierdzieć może obrzydliwie, ale to nie jest główny problem. – Pragnąc podzielić się wiedzą o moim podziemnym świecie, zacząłem niemal paplać. Pohamowałem jednak chęć wystąpienia w roli przewodnika po kanałach i dodałem: – Co teraz?

– Muszę iść do domu.

– Gdzie jest twój dom?

– Dziś w nocy chyba powinien być w Upper East Side, skąd widać rzekę. Czasami poranne słońce rozrzuca złote monety na powierzchni wody. To piękny widok.

– Chyba? – zdziwiłem się.

– Mam wybór. Nie jestem skazana na jedno miejsce.

Podała mi adres, a ja, po chwili namysłu, zaproponowałem:

– Pokażę ci drogę.

Zeszliśmy z pomostu roboczego na dno kanału, żeby móc iść dalej ramię w ramię, każde z latarką w dłoni. Otaczająca nas ciemność była tak gęsta, że wydawała się tężeć wokół bliźniaczych smug światła i zaciskać na jego wąskich stożkach.

Gdy szliśmy po ledwie zauważalnej pochyłości, od czasu do czasu zerkałem na Gwyneth, ale ona dotrzymywała umowy i nie patrzyła w moim kierunku.

– A gdzie ty mieszkasz, Addisonie?

Wskazałem za siebie i odparłem:

– Tam. Dalej i głębiej. W pomieszczeniach, o których wszyscy zapomnieli, gdzie nikt nie może mnie znaleźć. Trochę jak troll.

– Nie jesteś trollem i nigdy, przenigdy tak nie mów. Ale żyjesz nocą?

– Żyję od świtu do świtu, codziennie okrągłą dobę, ale jeśli wychodzę, to jedynie nocą.

– Za dnia w tym mieście jest nie tylko niebezpiecznie. Jest także pięknie, magicznie i tajemniczo.

– Nocą właściwie tak samo. Widziałem rzeczy, które mnie zachwycają, mimo że ich nie rozumiem.

18

Rzeczy, które mnie zachwycają, mimo że ich nie rozumiem...

Dwa tygodnie po przyjeździe do miasta, po tym, jak Ojciec uratował mnie z rąk podpalaczy i przygarnął, wyruszyliśmy na misję, w czasie gdy większość ludzi jest pogrążona w głębokim śnie. I wtedy po raz pierwszy zobaczyłem człowieka pająka.

Ojciec wyjaśnił mi, w jaki sposób tacy jak my muszą działać w wielkim mieście; zapoznając mnie z podziemnym labiryntem, uczył mnie metod ukrywania się, które pozwalają nam być prawie niewidzialnymi, oraz tego, jak dostać się do ważnych miejsc i wydostać się z nich z wdziękiem duchów potrafiących przenikać mury.

W sposób, który objaśnię później, uzyskał klucz do banku żywności prowadzonego przez katolicką parafię Świętego Sebastiana. Ponieważ kościół rozdawał tę żywność potrzebującym, a klucz został dostarczony Ojcu dobrowolnie, to gdy wchodziliśmy do banku po godzinach, żeby zaopatrzyć naszą spiżarnię, nikogo nie okradaliśmy.

W noc, o której piszę, wyszliśmy za budynek. Na przebiegającej tam alejce odkryliśmy furgonetkę przedsiębiorstwa energetycznego, zaparkowaną nad włazem do kanału burzowego, który stanowił najbliższe wejście do miejsca naszego schronienia. Dwaj pracownicy najwyraźniej zeszli do podziemnej transformatorni, która znajdowała się nieco dalej i z której przez otwarty właz dobiegały jakieś głosy i wydobywał się snop światła.

Zanim ktoś nas mógł zobaczyć, ruszyliśmy w pośpiechu w stronę następnej przecznicy, licząc na to, że tam znajdziemy kolejne wejście do kanałów. Wymagało to przedostania się na drugą stronę sześciopasmowej ulicy, czego, widząc jak jasno jest oświetlona, wcale nie chcieliśmy robić, mimo że zdecydowana większość naszych współobywateli smacznie spała.

Ojciec wyruszył na zwiad, stwierdził, że jezdnia jest pusta, i dał mi znak, bym szedł za nim. Gdy zbliżaliśmy się do wysepki oddzielającej dwa kierunki jazdy, spostrzegłem w górze jakiś ruch. Po gzymsie budynku, na wysokości czwartego piętra, szedł mężczyzna. Zatrzymałem się, myśląc, że pewnie ma zamiar skoczyć.

Mimo chłodu miał na sobie niebieski szpitalny uniform, tak przynajmniej się wydawało. Gzyms nie był szeroki, ale mężczyzna szedł po nim z beztroską świadczącą o tym, że nie dba o swoje bezpieczeństwo. Zerkał na ulicę – czy też na nas, nie mogłem ocenić – ale i zadzierał głowę, by spojrzeć na wyższe piętra budynków po drugiej stronie ulicy, jakby czegoś szukał.

Zdając sobie sprawę, że stoję na wysepce, Ojciec zatrzymał się, spojrzał do tyłu i ponaglił mnie.

Zamiast się ruszyć, wskazałem na człowieka spacerującego po gzymsie i zawołałem:

– Popatrz tylko!

Teraz pomyślałem, że mężczyzna w niebieskim uniformie nie jest lekkomyślny, jak mi się początkowo wydawało, lecz pewny siebie, jakby wcześniej chodził po linie w cyrkach na całym świecie. Być może stąpanie po wąskim gzymsie nie stanowiło poważnego wyzwania w porównaniu z igraniem ze śmiercią wysoko ponad głowami podziwiających jego wyczyny widzów.

Zza najbliższego rogu wyjechała taksówka, której kierowca najwyraźniej upajał się prędkością, na jaką nie pozwalałyby zatłoczone za dnia ulice. Blask reflektorów przypomniał mi, że jesteśmy w niebezpieczeństwie. Gdyby to był policyjny radiowóz, widok mężczyzny i chłopca w bluzach z kapturami, uginających się pod ciężarem plecaków i wbiegających o tej porze w jakiś zaułek, byłby zaproszeniem do pościgu.

Taksówkarza, który zapewne żył według zasady „nic nie widzę, nic nie słyszę", niewiele obchodziliśmy. Samochód przemknął obok, gdy wpadaliśmy biegiem w zaułek.

Tam znowu się zawahałem, unosząc wzrok, ponieważ człowiek pająk obszedł właśnie narożnik budynku. Nonszalancko przestąpił z północnej ściany na wschodnią, nie przejmując się chyba ryzykiem popełnienia błędu, jakby z równą łatwością mógł chodzić w powietrzu.

Gdy tak zręcznie przeniósł się z ulicy w ciemniejszy zaułek, zdałem sobie sprawę, że nie jest linoskoczkiem, lecz jednym z Przejrzystych. Na lepiej oświetlonej ulicy byłby niewidoczny, ale tutaj, w mroku, jaśniał na gzymsie budynku.

Wcześniej widywałem Przejrzystych w niezwykłych miejscach, jak robili osobliwe rzeczy, nigdy jednak nie widziałem żadnego chodzącego po gzymsie. Oczywiście wtedy byłem w mieście od niedawna.

Jak opisać Przejrzystego tym, którzy go nie widzą?

Światło, o którym mówię, nie jest palącą smugą, lecz delikatnym blaskiem, którym promienieją równomiernie, od stóp do głów. Kiedyś nazywałem je wewnętrznym światłem, ale ten przymiotnik sugeruje, że naprawdę są przezroczyści, co nie jest prawdą, bo wyglądają zupełnie normalnie. Poza tym ich ubrania świecą równie delikatnie jak skóra i włosy, jakby uciekli z planu filmu science fiction, na którym zostali napromieniowani wskutek jakiejś awarii nuklearnej. Nazywam ich Przejrzystymi dlatego, że pierwszymi zagadkowymi istotami, jakie ujrzałem w dzieciństwie, byli Mgliści, a ci stanowili ich całkowite przeciwieństwo, co przyszło mi do głowy, gdy ujrzałem później dwójkę tych promiennych ludzi na oświetlonej blaskiem księżyca łące.

Nie byli duchami. Gdyby po prostu byli duchami zmarłych, Ojciec tak by ich nazywał. On też ich widział, ale wspominanie o nich budziło jego zaniepokojenie i stale zniechęcał mnie do rozmów na temat jednych i drugich. Mężczyzna na gzymsie i inni jemu podobni nie byli zainteresowani nawiedzaniem jakichkolwiek miejsc i straszeniem kogokolwiek. Nie pobrzękiwali łańcuchami ani nie sprawiali, że wiało chłodem w ich obecności, nie rzucali też meblami, jak powinny czynić duchy; nie byli też udręczeni ani rozgniewani. Na ich zazwyczaj poważnych twarzach czasami pojawiał się uśmiech, zawsze jednak wydawali się pogodni. Chociaż niemal nikt ich nie widział, wierzyłem, że istnieją – nawet nie znając i być może nie mogąc poznać ich zamiarów i sensu istnienia.

Wynalezionym przez siebie narzędziem Ojciec zahaczył o pokrywę włazu i odsunął ją na bok. Krzyknął, że mitrężąc czas, narażam nasze życie, i wtedy niechętnie odwróciłem się od spektaklu, który rozgrywał się u góry. Kiedy jednak schodziłem pierwszy po drabince do kanału, uniosłem wzrok, by po raz ostatni spojrzeć na jarzącą się sylwetkę Przejrzystego, który nieustraszenie spacerował wysoko po gzymsach, podczas gdy ja byłem skazany na lękliwe skradanie się po uliczkach i krętych zaułkach.

19

Miejsce wskazane w podanym przez dziewczynę adresie przylegało do Riverside Commons. Gwyneth mieszkała w kwartale ładnych wolno stojących domów, zwróconych frontem w stronę parku; niektóre zbudowano z cegieł, inne z kamienia wapiennego. Mniej więcej połowę z nich nadal stanowiły budynki jednorodzinne. Ona zajmowała ostatnie piętro trzypiętrowej kamienicy.

Pod Riverside Commons znajdowała się Elektrownia nr 6, która kiedyś stała na widoku. Kilkadziesiąt lat później, żeby upiększyć okolicę, ukryto ją głęboko pod ziemią, a na szczycie masywnego sklepienia zrobiono park. Wejście dla pracowników, wloty powietrza i odpowietrzniki z zaworami wydmuchowymi ulokowano wzdłuż nabrzeża. Do elektrowni, podobnie jak do podziemi biblioteki, można było wejść również przez kanał doprowadzający w posadzce, wykonany na wypadek, gdyby doszło do pęknięcia rur z wodą dostarczaną pod ciśnieniem do ogrzewanych gazem ziemnym kotłów wytwarzających parę.

Wchodząc przez właz, wypatrywaliśmy pracowników, chociaż na nocnej zmianie, gdy elektrownia nie wykorzystywała całej mocy, było ich mniej niż za dnia. Kanał znajdował się na zachodnim końcu budowli, za rzędami kotłów, turbin, generatorów i transformatorów. Robotnicy rzadko mieli powody zapuszczać się w to ciemne miejsce. Drzwi znajdujące się trzy metry od kanału prowadziły na betonowe spiralne schody, dodatkowe wyjście awaryjne.

Poleciłem Gwyneth iść prosto do drzwi, a sam ostrożnie zamknąłem właz. Warunkiem dyskretnego przejścia przez halę był pośpiech. Hałasem nie musieliśmy się przejmować, ponieważ obracające się łopatki turbin, wirniki generatorów i pracujące z mozołem pompy zagłuszały nasze kroki.

Na klatce schodowej, po zamknięciu wytłumionych drzwi, hałas zmniejszył się czterokrotnie i stopniowo cichł, gdy szliśmy w górę.

Gwyneth lekko, z naturalną gracją, wędrowała coraz wyżej, jakby była lekka niczym piórko i niesiona wiatrem, którego oczywiście nie było.

Światło wydawało się dostatecznie jasne, by wydobyć moją twarz z mroku, więc pochylałem okrytą kapturem głowę, na wypadek gdyby Gwyneth spojrzała za siebie. Chciałem, by ta niespodziewana przygoda trwała przez jakiś czas, chciałem dzielić z nią tę noc jak najdłużej.

Drzwi na szczycie schodów prowadziły do ciemnego budynku, w którym przechowywano kosiarki do trawy oraz inny sprzęt używany do pielęgnacji zieleni Riverside Commons. Korzystając z latarek odnaleźliśmy wyjście.

Wyszedłem za Gwyneth z budynku, ale zawahałem się, przytrzymując drzwi. Jako wyjście awaryjne były zawsze otwarte od środka, ale po zamknięciu nie dałoby się ich otworzyć od zewnątrz, a ja nie miałem klucza. W parku mieszkało trochę bezdomnych; wprawdzie na ogół byli nieśmiali i nie opuszczali swoich legowisk ukrytych w gęstych zaroślach, ale od czasu do czasu któryś z nich, doprowadzony do szału przez chorobę psychiczną lub narkotyki, stawał się agresywny. W tę grudniową noc nikt nas nie zaczepił. W parku było bardzo spokojnie i nie musieliśmy się wycofywać.

Poszliśmy ścieżką między trawnikami, obok stawu, gdzie w cieplejszych porach roku przy pełni księżyca widać było czasami na wpół uśpione karpie koi. Były zbyt tłuste od jedzenia chleba rzucanego im przez ludzi w ciągu dnia i zbyt zmanierowane, by zjadać owady z powierzchni wody.

– Pewnie już zdążyli wyłowić koi i przenieść je na zimę pod dach – powiedziała dziewczyna, jakby czytała w moich myślach.

Kiedy spałem w hamaku, widziałem te ryby cętkowane i blade, zwiewne jak mgła, a ich płetwy falowały w delikatnych prądach. W lustrzanej tafli wody widziałem w snach ciemne odbicie mojej twarzy. Błyszczące koi miały w tym świecie miejsce pod moim odbitym obrazem. Kiedy budziłem się ze snu, zawsze przepełniała mnie tęsknota, pragnienie domu w świetle, z kwitnącym i pięknie owocującym ogrodem.

Teraz, gdy staliśmy przy strzelistej sośnie w wejściu na Riverside Commons od strony Kellogg Parkway, Gwyneth wskazała dom po drugiej stronie ulicy.

– To jedno z miejsc, gdzie mieszkam. Wstąp na kawę.

Nie mając przyjaciół, nie miałem też doświadczenia z takimi zaproszeniami i przez chwilę stałem oniemiały, zanim zdołałem powiedzieć:

– Lepiej nie. Już prawie ranek.

– Do świtu zostało jeszcze półtorej godziny – zauważyła.

- Muszę iść do banku żywności, zaopatrzyć się, zanim otworzą.

- Jakiego banku żywności?

- W parafii Świętego Sebastiana.

- Chodź na górę, zjedz śniadanie. A do banku żywności pójdziesz jutro w nocy.

- Ale ktoś może zobaczyć, jak wchodzę do twojego mieszkania. To zbyt niebezpieczne.

- W budynku nie ma portiera, a o tej porze nikt nie przychodzi ani nie wychodzi. Wejdziemy szybko po schodach.

Pokręciłem głową.

- Nie powinienem. Nie mogę.

Gwyneth wskazała na wąskie przejście między jej domem a sąsiednim budynkiem.

- Przejdź tamtędy do alejki. Z tyłu znajdują się schody pożarowe.

- Nie. Naprawdę nie mogę.

- Możesz. No! - odparła i wbiegła na ulicę za przejeżdżającą obok limuzyną z przyciemnianymi szybami, również czarnymi jak lakier karoserii.

Zanim zdążył się pojawić jakiś inny pojazd, ruszyłem za Gwyneth sprintem. Kiedy byłem na prowadzącym do alejki przejściu, ona wbiegała po schodach od frontu domu.

Schody pożarowe prowadziły zakosami w górę budynku; miałem wrażenie, że będą dzwonić pod moimi stopami niczym uderzane z werwą sztabki ksylofonu, ale moja wspinaczka była cichsza niż pianissimo. W mieszkaniu na pierwszym piętrze ramę okna wypełniało miękkie światło, a zasłony były zaciągnięte do połowy. O ile zdołałem zauważyć, pokój za oknem był pusty. Skręciłem na kolejny bieg żelaznych stopni.

Gwyneth otworzyła wprawdzie okno na trzecim piętrze, ale nie czekała na mnie. Na drugim końcu ciemnego pokoju, za otwartymi drzwiami kryształowa lampa sufitowa rozświetlała korytarz pryzmatycznymi wzorami.

Zapalając latarkę, zauważyłem słowa wypisane czarnymi literami na białym parapecie okiennym, zanim jednak zdążyłem się im przyjrzeć, za otwartymi drzwiami pojawiła się Gwyneth i powiedziała:

– Przyjdź do kuchni, Addisonie.

Nim wdrapałem się przez okno i zasunąłem je za sobą, dziewczyna zniknęła. Stałem w przestronnym pokoju wyposażonym skromnie jak klasztorna cela: wąskie łóżko, jeden stolik nocny, lampa i cyfrowy zegar. Wnętrze pachniało świeżością i ten minimalizm wystroju do mnie akurat przemawiał.

Po drugiej stronie korytarza znajdował się równie duży pokój, mieszczący jedynie biurko, fotel biurowy, komputer, skaner i dwie drukarki.

Przygaszona lampa oświetlała salon, który był pewnie tak duży jak trzy moje podziemne pomieszczenia łącznie, jednak znajdujące się w nim książki czyniły go przytulnym. Domowej atmosferze przeczył tylko pojedynczy fotel, jakby jej ojciec, póki żył, nigdy tutaj nie mieszkał.

Za sklepionym przejściem znajdowała się jadalnia ze stołem i krzesłami, połączona z dużą kuchnią, w której Gwyneth krzątała się przy świecach. Nawet te dyskretne płomienie w świecznikach z rubinowego szkła były wystarczająco jasne, żeby narazić mnie na ryzyko ujawnienia twarzy.

Choć wydawało się, że wiele nas łączy, nagle zrobiłem się nieufny i poczułem, że powinienem cichaczem wyjść.

– Proszę. Jajecznica i podgrzana w tosterze bułka maślana z rodzynkami będą zaraz gotowe. Dobrze? – powiedziała, mimo że stała odwrócona do mnie plecami.

– Powinienem już iść.

– Nie pójdziesz. Przecież jesteś dobrze wychowany. Odsuń krzesło i usiądź.

Choć widziałem jedno wąskie łóżko i choć w salonie stał tylko jeden fotel, powiedziałem:

– Nie mieszkasz tutaj sama, prawda?

– Jest ktoś, kto odwiedza mnie z rzadka, ale nie chcę o tym mówić. – wyjaśniła, wbijając jajko do miski. Na ścianie drżał jej cień. – To ci w niczym nie zagraża.

Stałem obok stołu, nie bardzo wiedząc, co robić.

Gwyneth nadal była odwrócona do mnie plecami, a mimo to domyśliła się chyba, że nie odsunąłem krzesła. Trzymała w dłoni kolejne jajko, wahając się, czy je rozbić.

– Teraz wszystko zależy od wzajemnego zaufania, Addisonie Goodheart. Usiądź albo odejdź. Nie ma trzeciej możliwości.

20

Osiemnaście lat wcześniej, w drugim tygodniu mojego pobytu w mieście, gdy ujrzałem Przejrzystego w szpitalnym uniformie, jak chodził nocą po wysokim gzymsie...

Później, w domu, w naszym głębokim szańcu, kiedy już schowaliśmy produkty spożywcze, Ojciec zaparzył dzbanek herbaty ziołowej o pomarańczowym smaku, a ja ukroiłem ciasto biszkoptowe z kokosową polewą i usiedliśmy przy stoliku – Ten i Syn Tego. Dopóki nie zjadł swojego kawałka ciasta i nie odłożył widelca, rozmawialiśmy o różnych sprawach, po czym poruszył temat, który uważał za ważniejszy od naszej luźnej rozmowy: temat Mglistych i Przejrzystych.

Nigdy ich tak nie nazywał. Nie miał dla nich żadnych określeń, a jeśli nawet wysnuł hipotezę, kim mogą być, to nie chciał o niej dyskutować. Wiedział jednak, co powinniśmy zrobić, gdy ich spotkamy.

Instynktownie, podobnie jak ja, wyczuwał, że Mgliści zwiastują tylko złe wieści, choć nie potrafił określić jakie. Jego zdaniem nawet słowo „niegodziwi" nie określało ich w dostateczny sposób. Najlepiej było ich unikać, a z pewnością nie należało się do nich zbliżać. Z drugiej strony, rozsądek nakazywał chyba, żeby nie uciekać przed nimi, bo mogło to, niczym ucieczka przed wściekłym psem, sprowokować atak. Udawanie obojętności na Mglistych sprawdziło się w jego przypadku i w przypadku jego ojca, więc stanowczo radził, bym bezwarunkowo reagował na ich widok tak samo jak on.

Pochylając się nad stołem, rzekł tak cicho, jakby nawet tutaj, tak głęboko pod powierzchnią ziemi, ktoś mógł podsłuchać jego niemal pogrzebany pod górą betonu głos:

– Jeśli zaś chodzi o tych drugich, tych, których nazywasz Przejrzystymi, to oni nie są niegodziwi, jak Mgliści, ale na swój sposób są jeszcze groźniejsi. Wobec nich też udawaj obojętność. Staraj się nie patrzeć im w oczy, a jeśli rzeczywiście znajdziesz się w pobliżu jednego z nich, gdy staniesz z nim oko w oko, natychmiast się odwróć.

Skonsternowany tą przestrogą, odparłem:

- Ale mnie oni nie wydają się straszni.
- To dlatego, że jesteś bardzo młody.
- Mam wrażenie, że są wspaniali.
- Sądzisz, że oszukałbym cię?
- Nie, Ojcze. Wiem, że nigdy byś tego nie zrobił.
- Gdy będziesz starszy, zrozumiesz.

Nie chciał powiedzieć nic więcej. Ukroił jeszcze jeden plasterek ciasta.

21

W blasku jednej świecy, ustawionej koło talerza Gwyneth i w sporej odległości od mojego, zjedliśmy przed świtem proste, ale pyszne śniadanie – jajecznicę i bułkę maślaną z rodzynkami. Nigdy nie próbowałem tak dobrej kawy.

Po sześciu latach samotności wspólny posiłek i rozmowa były przyjemnością. Więcej niż przyjemnością – zaskakująca gościnność i towarzystwo Gwyneth były dla mnie chwilami na tyle wzruszające, że mógłbym każdym słowem zdradzić, jak silne targały mną emocje.

Zachęcana przeze mnie Gwyneth mówiła znacznie więcej niż ja. W ciągu niespełna pół godziny brzmienie jej głosu – czystego, opanowanego i łagodnego, wbrew temu, że zapewniała mnie o swej bezwzględności – oczarowało mnie nie mniej niż wdzięk, z jakim się poruszała, oraz determinacja, z którą zdawała się podchodzić do każdego podejmowanego zadania.

Powiedziała, że od dzieciństwa jest samotnicą, ale nie cierpi na agorafobię, nie boi się wcale przestrzeni poza ścianami swojego mieszkania. Uwielbiała świat i poznawanie go, czyniła to jednak na ogół w okolicznościach narzucających pewne ograniczenia. Ośmielała się wyjść z domu, gdy robiło się późno i po ulicach chodziło niewiele osób. Kiedy pogoda pogarszała się tak bardzo, że wszyscy ograniczali czas spędzany na zewnątrz do absolutnego minimum, ona z entuzjazmem krążyła po ulicach. Poprzedniego roku nad miastem przeszła gwałtowna burza o tak niespotykanej sile, że najszersze aleje prawie całkowicie opustoszały na dwa dni, i w tej burzy Gwyneth spędziła na dworze wiele godzin, jakby była boginią błyskawic, piorunów, deszczu i wiatru, niezrażona furią Natury, wręcz podekscytowana nią, przemoczona do suchej nitki, zwalana niemal z nóg przez wicher, pełna życia.

Odrazę budzili w niej ludzie. Psycholodzy nazywali to fobią społeczną. Gwyneth mogła przebywać w towarzystwie ludzi tylko przez chwilę i nie znosiła tłumów. Nie chciała nikogo dotykać i nie pozwalała, by jej dotykano. Miała telefon, ale rzadko go odbierała. Zakupy robiła prawie wyłącznie przez internet. Dostawcy zostawiali towar przed progiem jej mieszkania, skąd mogła go zabrać, gdy znikali. Powiedziała, że uwielbia ludzi z kart książek, bo tak na ogół ich poznawała, wystrzegała się jednak wszelkich związków z tymi, którzy nie byli wytworami fikcji literackiej.

Wtedy przerwałem jej, by zauważyć:

– Czasami myślę, że w literaturze może kryć się więcej prawdy niż w realnym życiu, a przynajmniej prawdy skondensowanej, bardziej zrozumiałej. Ale co ja, ze swoją dziwną historią, wiem o prawdziwych ludziach czy prawdziwym świecie?

– Być może zawsze wiedziałeś wszystko, co ważne, ale będziesz potrzebował całego życia, aby odkryć tę wiedzę. Chociaż chciałem, żeby wyjaśniła, co przez to rozumie, jeszcze bardziej pragnąłem usłyszeć coś więcej o jej przeszłości, nim nadchodzący świt zmusi mnie do zejścia pod ziemię. Zachęciłem ją, by mówiła dalej.

Jej bogaty owdowiały ojciec, ubolewający nad jej stanem i nieufający psychologom, postanowił spełniać życzenia córki, zamiast zmuszać ją do terapii. Jako dziecko Gwyneth zdradzała wyjątkowe uzdolnienia, była samoukiem, nad wiek dojrzałym emocjonalnie. Mieszkała sama na najwyższym piętrze śródmiejskiej rezydencji ojca, za zamkniętymi drzwiami, do których klucz otrzymał tylko on. Żywność i inne rzeczy zostawiano przed progiem mieszkania, a gdy od czasu do czasu sprzątał je personel, ona przenosiła się do pokoju, który porządkowała samodzielnie, i czekała, aż personel wyjdzie. Sama prała swoje rzeczy i ścieliła łóżko. Przez długi czas oprócz przechodniów na ulicy, których obserwowała z okien na trzecim piętrze, widywała jedynie ojca.

Niedługo przed swoimi trzynastymi urodzinami przez przypadek natrafiła w jakimś magazynie na artykuł o stylu gotyckim. Zafascynowały ją dołączone do niego zdjęcia. Oglądała je całymi dniami. W internecie szukała innych przykładów gotek ukazanych w całej ich dziwacznej krasie. W końcu zaczęła myśleć, że jeśli zostanie osobą inną od tej, którą zawsze była, i zacznie odmawiać światu władzy nad sobą, rzucając mu wyzwanie samym wyglądem, być może będzie mogła w miarę swobodnie chodzić po ulicach. Jej pozbawiona kontaktu ze słońcem skóra już była blada jak płatki lilii. Nastroszone i wypomadowane włosy, grubo nałożony czarny tusz do rzęs, reszta makijażu, biżuteria na twarzy, okulary przeciwsłoneczne i sztuczne tatuaże na grzbiecie dłoni były czymś więcej niż kostiumem – stanowiły również świadectwo odwagi. Odkryła, że gotycki wygląd w zbyt skrajnej postaci przyciąga uwagę, której nie chciała przykuwać, ale niebawem znalazła złoty środek. Odtąd mogła żyć poza ścianami swojego mieszkania, chociaż nie opuszczała go często, nie wchodziła w tłum, wolała ciche ulice i najswobodniej czuła się nocą i przy najbrzydszej pogodzie.

Ojciec Gwyneth, równie przewidujący, jak pobłażliwy, zadbał o pomyślną przyszłość córki, co było roztropnym krokiem, biorąc pod uwagę fakt, że zmarł przed jej czternastymi urodzinami. Przypuszczając, że Gwyneth będzie tak samo samotna w wieku osiemdziesięciu lat, jak była jako nastolatka, zakładając, że pewność siebie i swoboda, które czerpała ze swojego gotyckiego przebrania lub dowolnego wyglądu, jaki może później przybrać, nigdy nie będą nieograniczone, stworzył sieć funduszy powierniczych, żeby zapewnić jej utrzymanie na całe życie. Z funduszy tych mogła korzystać na wiele sposobów, prawie wcale nie rozmawiając z powiernikami, a tak naprawdę kontaktując się tylko z jednym człowiekiem, Teague'em Hanlonem, najserdeczniejszym przyjacielem ojca i jedynym administratorem tych funduszy, któremu w pełni ufał. Po zamordowaniu ojca, do czasu ukończenia przez Gwyneth osiemnastego roku życia, Hanlon był jej opiekunem prawnym; do końca życia bądź do śmierci swojej podopiecznej miał być głównym zarządcą powiązanych ze sobą funduszy.

Zgromadzone w funduszach środki zapewniały Gwyneth między innymi osiem wygodnych, choć niedrogich w utrzymaniu mieszkań, usytuowanych w atrakcyjnych częściach miasta – także to, w którym teraz siedzieliśmy. Możliwość wyboru miejsca zamieszkania pozwalała jej przebywać w różniących się od siebie wnętrzach, co było prawdziwym dobrodziejstwem, skoro niechęć do wychodzenia na zewnątrz sprawiała, że przez wiele dni była odcięta od miasta i widziała je tylko z okien. Dodatkowo ojciec Gwyneth uważał, że z uwagi na jej wrodzoną elegancję i baśniową urodę – której nie chciała dostrzec – może ona być obiektem niepożądanych zalotów jakiegoś niebezpiecznego mężczyzny, a wtedy będzie mogła natychmiast i bez trudu przeprowadzić się do innego gotowego mieszkania. Podobnie pożar bądź inna katastrofa nie skazywały jej na bezdomność na dłużej niż godzinę, co było istotne, w razie gdyby fobia społeczna z biegiem lat powodowała u niej coraz większy strach przed kontaktem z ludźmi i wzmagała skłonność do pustelniczego życia. Z mieszkania do mieszkania przenosiła się również po to, by zniechęcić sąsiadów do prób okazywania życzliwości, choć zapewne podejmowali je pełni najlepszych intencji.

Gwyneth wstała od stołu, żeby przynieść dzbanek z zaparzoną w ekspresie kawą.

Noc wycofywała się z miasta, za niespełna pół godziny pierwsze promienie światła miały posiąść jego ulice.

Podziękowałem za kolejną porcję kawy.

Mimo to dziewczyna napełniła moją filiżankę.

Siadając z powrotem na krześle, powiedziała:

– Zanim wyjdziesz, musimy sobie odpowiedzieć na kilka pytań.

– Pytań?

– Spotkamy się znowu?

- Chcesz tego?

- Bardzo - odparła.

To słowo było nie tylko muzyką dla moich uszu, ale całą pieśnią.

- W takim razie spotkamy się - powiedziałem. - Tylko co z twoją... fobią?

- Na razie jej nie wywołałeś.

- Dlaczego?

Wypiła łyk kawy. Srebrny kolczyk w kształcie węża, delikatny jak nos, którego był ozdobą, zamigotał, gdy zamrugał płomień świecy, i wydawało się, że obraca się w przekłutym nozdrzu.

- Nie wiem - odparła. - Może następnym razem odwrócę się i ucieknę od ciebie, i już na zawsze będę chciała być sama.

Patrzyła prosto na mnie, ale siedziałem zbyt daleko od świecy, żeby mogła zobaczyć coś więcej niż zakapturzoną postać w rękawiczkach, a pod kapturem cokolwiek ponad to, co byłoby widać, gdybym był samą Śmiercią.

- Przyjdź dziś wieczorem o siódmej. Zjemy kolację i powiesz mi coś więcej o sobie.

- Nigdy nie wychodzę przed północą. To zbyt niebezpieczne.

Po chwili milczenia Gwyneth zapytała:

- Masz w sobie nadzieję?

- Gdybym nie miał, już dawno odebrałbym sobie życie.

- Mając wiarę i zaufanie, można sprostać każdemu niebezpieczeństwu. Boisz się śmierci, Addisonie?

- Własnej nie. Nie tak, jak boją się jej ludzie w książkach. Czasami bałem się, że umrze Ojciec. I gdy zmarł, poczucie straty było bardziej dotkliwe, niż przypuszczałem. I ten ból.

– Przy kolacji chcę się dowiedzieć wszystkiego o tobie i twoim ojcu – powiedziała.

Moje serce wezbrało – nie żalem, jak po śmierci Ojca, lecz mieszanymi uczuciami, które nie były ciężarem, tylko niosły optymizm. Pamiętałem jednak, że serce jest przede wszystkim zwodnicze, choć miałem pewność, że teraz mnie nie zwodzi.

Odsunąłem krzesło i wstałem od stołu.

– Zostaw okno otwarte. O tej godzinie będę musiał bardzo szybko przedostać się z kanału burzowego do schodów pożarowych i w górę.

– Zasady się nie zmieniają – zastrzegła, podnosząc się z krzesła.

– Pozostają takie same – zgodziłem się. – Ty nie patrzysz, ja nie dotykam.

Uśmiechnęła się i przytoczyła moje słowa:

– Jesteśmy nawzajem zakładnikami swoich dziwactw.

Poszedłszy za mną do ciemnej sypialni na drugim końcu mieszkania, zatrzymała się w jej drzwiach, otwartych na słabo oświetlony korytarz, a ja włączyłem latarkę, przysłoniłem soczewkę palcami i podszedłem do okna.

Odwróciłem się, by spojrzeć na Gwyneth, i zacytowałem coś, co wcześniej powiedziała:

– Jest ktoś, kto odwiedza mnie z rzadka, ale nie chcę o tym mówić. – Milczała, więc zapytałem: – Powiesz o tym przy kolacji?

– Być może. Ale jak już mówiłam, to ci w niczym nie zagraża.

Kiedy uniosłem okno, snop światła latarki przypomniał mi o wypisanych mazakiem na parapecie słowach, które mignęły mi przed oczyma, gdy wchodziłem do sypialni. Jeśli były to słowa, nie zaś tylko symbole, napisano je w jakimś obcym języku i tak naprawdę przypominały trochę litery greckiego alfabetu, występujące w nazwach żeńskich i męskich korporacji studenckich.

– Co to jest? – zapytałem.

– Pamiętaj o słońcu. Idź już, Addisonie. Idź, póki trwa jeszcze noc.

Gasząc latarkę, wymknąłem się z pokoju na schody pożarowe. Powietrze było chłodne i wszędzie dokoła miasto zdawało się otrząsać ze swoich snów, a miliony jego komórek budziły się jedna za drugą.

Kiedy schodziłem po żelaznych stopniach, usłyszałem odgłos zamykającego się za mną okna i trzask zasuwki.

Nagle pomyślałem, że na pewno już nigdy więcej nie zobaczę Gwyneth. To przekonanie było tak przejmujące, tak głęboko intuicyjne, że zastygłem w bezruchu nad biegnącą pod schodami alejką.

22

Po chwili odnalazłem w sobie nadzieję i ruszyłem dalej w dół schodów pożarowych. W mieszkaniu na pierwszym piętrze w oknie nadal płonęło światło, a zasłony pozostały lekko rozsunięte. Tym razem moją uwagę przyciągnął jakiś ruch w pokoju. Gdybym ujrzał w przelocie tylko tego mężczyznę, nie zatrzymałbym się ani nie zbliżył do szyby. Jednak w środku był z nim jeden z Mglistych.

Mężczyzna wyglądał na zwykłego trzydziestolatka, miał przyjemną twarz i włosy mokre po niedawnej kąpieli pod prysznicem. Był w szafirowym szlafroku i stał boso przed kinem domowym, przeglądając niewielki stos płyt DVD. Mglisty wędrował po salonie, pływając w powietrzu od ściany do ściany, od sufitu do podłogi i z powrotem, niczym węgorz leniwie penetrujący akwarium, którym już dawno się znudził. Biały od stóp do głów, bez oczu i ust, tak naprawdę bez żadnych charakterystycznych cech, nie powinien wydawać się groźniejszy od ślepego robaka. Budził jednak taką odrazę, że kwaśna papka, powstała z kawy i bułki maślanej, podeszła mi do gardła. I chociaż musiałem bardzo się starać, żeby nie zwymiotować, nie byłem w stanie odwrócić od niego wzroku; zastanawiałem się, jakie może mieć zamiary, nigdy bowiem nie widziałem Mglistego w tak kameralnej scenerii.

W stojącym na niskim stoliku przed kanapą kubełku z lodem chłodziły się karton soku pomarańczowego i otwarta butelka szampana. Czekający na napełnienie kieliszek świadczył o tym, że mężczyzna w szlafroku pił na śniadanie koktajl mimozę.

Wybrał płytę z niewielkiej kolekcji i włożył ją do kieszeni odtwarzacza. Nieświadom obecności krążącego po pokoju Mglistego, podszedł do stolika i wlał do wysokiego kieliszka równe ilości soku i szampana, wypił jeden łyk, potem drugi i postawił go na podkładce leżącej na stoliku obok kanapy.

Kiedy usiadł, Mglisty zaatakował. Nigdy przedtem nie byłem świadkiem czegoś takiego i o ile wiem, nie widzieli tego ani Ojciec, ani jego ojciec. Jeśli to, co nastąpiło później, było typowe, to Mgliści zadawali sobie wiele trudu, żeby dokonywać swoich ataków tylko tam, gdzie nie było świadków, gdzie ich ofiara była sama i bezbronna. Mimo że tylko Ojciec, jego ojciec oraz ja widzieliśmy te istoty, reakcja ofiary uświadomiłaby każdemu obecnemu, że dzieje się coś niezwykłego. Kiedy wijąca się postać gwałtownie napadła na mężczyznę i okręciła się wokół niego, zareagował tak, jakby poraził go prąd, całe jego ciało zrobiło się sztywne. Próbował poruszyć skrępowanymi rękami, ale nie mógł; próbował poderwać się z kanapy – bez powodzenia – i otworzył usta, jakby chciał krzyknąć, lecz z jego krtani nie wydobył się żaden dźwięk. Twarz mu poczerwieniała, wykrzywiał ją grymas, który w jednej chwili wydawał się wyrazem męki, a w następnej ekstazy, zaczął przewracać wybałuszonymi ze strachu oczami, lecz jego szczęki rozluźniły się w akcie kapitulacji; wiązadła na szyi mężczyzny były napięte jak struny. Chociaż drapieżca nie miał ust, myślałem, że jakoś pożre mężczyznę, a tymczasem to ofiara ataku pożarła napastnika wbrew swojej woli. Mglisty wsunął się w jej otwarte w niemym krzyku usta. Bestia przestała przypominać gęstą mgłę. Teraz wyglądała muskularnie jak pyton, była tak samo potężna i poskręcana. Policzki mężczyzny wydęły się, a gardło spuchło mu groteskowo, gdy Mglisty przeciskał się przez przełyk. Jak wcześniej owinął się wokół swojej ofiary, tak teraz się odwijał, a mężczyzna połykał go stopniowo. Kiedy jednak jego ręce były już swobodne, nie użył ich do obrony, zacisnął je tylko w pięści, by okładać nimi kanapę i samego siebie.

Pomyślałem, że powinienem wpaść przez okno, ruszyć na pomoc ofierze ataku, ale powstrzymała mnie intuicja. Nie bałem się o swoje życie, ale wiedziałem, że z Mglistym

mogę się zmagać z takim samym skutkiem, z jakim po-
skramiałbym kłąb dymu. To było coś więcej niż starcie
drapieżcy i jego ofiary, coś więcej i coś innego. Chociaż
nic nie świadczyło o tym, że mężczyzna sam naraził się
na tę napaść bądź był przed atakiem świadom niebez-
pieczeństwa, każdą chwilę jego walki cechowały nie tylko
strach i odraza, ale też w równym stopniu coś, co wyglądało na cielesną uległość, jakby przyjmował Mglistego
z przyjemnością dorównującą niemal przerażeniu.

Ogon mglistej istoty wśliznął się do ust mężczyzny, jego
gardło po raz ostatni obrzydliwie spuchło i wyczerpany,
z poszarzałą twarzą, opadł na oparcie kanapy. Po niespełna
minucie jego skóra zaczęła znowu nabierać rumieńców,
a rytm oddechu na powrót stał się normalny. Wyprostował
się i rozejrzał, jakby oszołomiony i niezbyt pewny tego,
co właśnie, jeśli w ogóle, się stało.

Chociaż byłem świadkiem całego incydentu, nie mogłem z całą pewnością stwierdzić, co on oznaczał. Byłem
jednak przekonany, że Mglisty wciąż żyje, że teraz rozwija
się jako pasożyt w ciele mężczyzny i że jego odziany
w jedwabny szlafrok żywiciel, zmuszony jakoś do zapomnienia tej obrzydliwej penetracji, nie zdaje sobie sprawy,
co się w nim zagnieździło.

Mężczyzna sięgnął po koktajl, wypił jedną trzecią zawartości kieliszka i odstawił go na podkładkę. Podniósł pilota
ze stolika, włączył wielkoekranowy telewizor i uruchomił
odtwarzacz płyt.

Chociaż telewizor stał pod kątem do okna, widziałem
ekran wystarczająco dobrze, by dostrzec, że pojawili się
na nim ładna dziewczynka w wieku dziesięciu lub jedenastu lat i dorosły mężczyzna. Kiedy zaczął ją rozbierać,

uświadomiłem sobie, że okropność niedawnego ataku była niczym w porównaniu z ohydą, która miała się za chwilę rozegrać na ekranie telewizora.

Siedzący na kanapie mężczyzna pochylił się do przodu. Kolekcja obscenicznych płyt należała do niego, zanim wniknął weń Mglisty, i to on, tylko on, uśmiechał się teraz i oblizywał, rozkoszując się ohydnym nagraniem, które z pewnością oglądał już wcześniej.

Z ostrożnością, będącą stałym warunkiem mojego przetrwania, uciekłem na dół, trzęsąc się z odrazy, z oczami piekącymi od łez.

Przystanąłem i spojrzałem w górę, na okno nie na pierwszym, ale na trzecim piętrze. Czy Gwyneth była bezpieczna w sytuacji, gdy dwie kondygnacje pod nią mieszkał taki człowiek? Zastanawiałem się, czy nie wrócić i jej nie ostrzec, ale spokojna dotąd metropolia zaczęła rozbrzmiewać odgłosami aktywności swoich najwcześniej wstających obywateli. Zdałem sobie sprawę, że Gwyneth więcej wie o mieszkańcach tego miasta, niż ja się kiedykolwiek dowiem, i rozumie lepiej ode mnie, a przynajmniej tak samo dobrze, jakie zepsucie i bezlitosne okrucieństwo może się kryć za maskami przywdziewanymi przez niektórych ludzi.

Blady rumieniec zabarwił noc na horyzoncie od wschodu i wkrótce miał nasycić całe niebo. Dłońmi w rękawiczkach otarłem oczy i zamazany obraz otoczenia znów stał się wyraźny.

Pragnąłem światła, chłodnego powietrza i rozległej przestrzeni, w której mógłbym biec do utraty tchu, ale świadomość, jaki budzę wstręt, była tak wielkim brzemieniem, że musiałem ubiec wschód słońca, zstąpić w podziemny

114

mrok o brzasku i spędzić pogodny dzień z dala od tych, których obraziłbym samym swoim istnieniem. Ruszyłem pośpiesznie w głąb alejki, szukając wejścia do krainy cieni.

23

Noc, gdy przybyłem do miasta... galeria handlowa ciągnąca się wzdłuż rzeki, gdzie szczwana marionetka obserwowała przechodniów...

Szklane kule na szczycie ozdobnych żeliwnych latarni jarzyły się jak podświetlone perły, a drobinki miki w wypalanej glinie kostki brukowej iskrzyły się pod stopami, gdy oddalałem się od sklepu z zabawkami i szedłem na północ obok innych wystaw sklepowych, na których każda rzecz pozostawała z całą pewnością nieożywiona.

Zanim ujrzałem tego człowieka, najpierw go usłyszałem go. Jeden krzyk, drugi, drżący jęk przerażenia, a potem tupot.

Nigdy nie dowiem się, kim był, choć podejrzewam, że jakimś włóczęgą, bezdomnym nawykłym do rozkładania legowiska w ukrytych i osłoniętych wnękach gdzieś na terenie galerii handlowej. Ukazał się między dwoma budynkami – w jednym z nich mieściła się restauracja – biegnąc niezdarnie w zapinanych na sprzączki gumowych śniegowcach, które w zetknięciu z kostką brukową wydawały odgłos przypominający chlupotanie. Miał na sobie połatane spodnie khaki, jasnopopielaty sweter założony na kraciastą koszulę, poplamioną sztruksową kurtkę z paskudnie wystrzępionymi mankietami i kapelusz z szerokim rondem, jakiego nie widziałem nigdy przedtem i nigdy potem.

Denko kapelusza lizały płomienie, lecz mężczyzna chyba nie zdawał sobie sprawy, że niebezpieczeństwo jest bliżej niż dwaj prześladowcy, przed którymi uciekał. Kiedy zbliżył się do mnie, wskazałem na kapelusz i zawołałem:
– Pali się, pali!

Mężczyzna najprawdopodobniej był jednym z tych zniszczonych przez alkohol i narkotyki ludzi, którzy są młodsi, niż się wydają, wyglądał bowiem na osiemdziesiąt lat, a poruszał się dość żwawo. Kaprawe oczy, wynędzniała twarz, cera ziemista, ospowata i poorana bruzdami, wysoki i chudy, z dłońmi o długich palcach, wielkich niczym ogrodowe grabie, przypominał stracha na wróble, który ożył na polu uprawnym i teraz, niczym nieskrępowany, znalazł się w mieście, gdzie nikomu nie był potrzebny.

Niezależnie od tego, czy groźbę sytuacji uświadomił mu mój okrzyk, czy nagłe uczucie gorąca, jednym płynnym ruchem dłoni zdjął kapelusz i odrzucił go niczym frisbee. Jaskrawe nakrycie głowy, w którym ogień zaczął już trawić rondo, przeleciało o centymetry od mojej twarzy. Kiedy uciekający kloszard przemknął obok mnie, spostrzegłem smugi dymu wydobywające się z jego postrzępionej brody. Wyglądało to tak, jakby – zanim zapłonął kapelusz – ogień zagościł też i jakoś szybko został stłumiony w przypominających miotłę czarownicy włosach na szczęce mężczyzny.

Za nim nadbiegło dwóch młodych mężczyzn; byli podekscytowani i roześmiani, ich oczy połyskiwały jak ślepia wilków w blasku księżyca. Każdy miał w ręku mały palnik gazowy w rodzaju tych, których używają kucharze, na przykład do karmelizowania powierzchni crème brûlée. Być może byli pomocnikami w pobliskiej restauracji, którą zamknięto jakąś godzinę wcześniej, ale mogli zlądować tu skądkolwiek bądź też być zwyczajnymi bandytami, grasującymi nocą z zamiarem palenia żywcem bezdomnych ludzi.

Kiedy mnie zobaczyli, stałem akurat w świetle lampy, wciąż w kapturze, lecz z uniesioną głową i częściowo widoczną twarzą. Wprawdzie byłem tylko ośmioletnim chłopcem, a oni dorosłymi ludźmi, ten pierwszy powiedział: – O cholera, spal go, spal go – a równocześnie ten drugi zapytał: – Kim on jest, kim on, do diabła, jest?

Na swoich długich nogach dogoniliby mnie z łatwością. Zrozumiałem, że jedyne, co mogę zrobić, to wymykać się im wśród ławek, skrzynek z zasadzonymi drzewami i latarń, które ustawiono wzdłuż promenady, i starać się, by stale coś nas dzieliło, licząc na to, że pojawi się jakiś nocny stróż lub kilku policjantów, a wtedy napastnicy uciekną w jedną stronę, a ja dam nogę w drugą, żeby nie paść ofiarą moich wybawicieli.

Ci dwaj, szybcy i śmiali, zaszli mnie z dwóch stron i po krótkiej gonitwie osaczyli za ławką, między dwiema skrzynkami. *Pstryk-pstryk. Pstryk-pstryk.* Dwufunkcyjne wyłączniki awaryjne uwolniły z dysz dwa syczące żółte płomienie połyskujące na niebiesko. Mężczyźni pluli na mnie, klęli wściekle, dźgając ogniem palników niczym szpadą, próbując mnie podpalić z odległości wyciągniętej ręki, jakby ich lęk przede mną dorównywał odrazie. Płomienie odbijały się w ich oczach, tak że wydawało się, że musi przepełniać je ten sam ogień, którym miotali z dysz swoich palników.

Gdzieś w głębi promenady rozbite szkło spadło kaskadą odłamków na chodnik i rozległ się alarm przeciwwłamaniowy. Zaskoczeni napastnicy spojrzeli w stronę, z której dobiegał hałas. Kolejne okno wystawowe rozpadło się w skrzące kawałki, które z lodowym chrzęstem rozsypały się po kostkach brukowych, a potem trzecie i wtedy dzwoniły już natarczywie trzy alarmy.

Moi prześladowcy pobiegli na południe, ja na północ. Oni uciekli w mrok nocy, ja – nie.

24

Kiedy wróciłem od Gwyneth do moich trzech ślepych pomieszczeń, nie byłem w nastroju do snu. Powinienem był spać. To była moja pora odpoczynku. Nie mogłem jednak położyć się i leżeć. Po prostu czułem, że to nie w porządku. Leżąc w hamaku i zamykając oczy, miałem wrażenie, że sen będzie rodzajem niewoli. Byłem zbyt ożywiony, żeby spać; tak ożywiony nie czułem się od czasów, gdy byłem małym chłopcem żyjącym za dnia – a niekiedy również nocą – w dzikim lesie, żeby nie zawracać głowy mojej zatroskanej matce w małym domu na szczycie góry.

Siedząc w fotelu Ojca, próbowałem uciec w świat fikcji literackiej, ale to także nie pomogło. Trzy różne książki nie zdołały mnie wciągnąć. Nie mogłem się skupić na znaczeniu zdań, czasem też słowa wydawały mi się obce, jakby zapisano je symbolami z parapetu w sypialni Gwyneth.

Nie sądziłem, że to miłość do dziewczyny nie daje mi spokoju, chociaż w pewnym sensie rzeczywiście już ją kochałem. Znałem to uczucie, kochałem bowiem Ojca, a także, trochę mniej, matkę. Miłość jest absorbująca, pokrewna przywiązaniu, lecz silniejsza, pełna zrozumienia wartości tej drugiej osoby – i zachwytu nad nią – naznaczona pragnieniem, by zawsze ją zadowalać i przysparzać jej korzyści, zawsze słać jej drogę przez życie różami i czynić co tylko możliwe, by ona lub on czuli się docenieni. Tego wszystkiego doświadczyłem już wcześniej i czułem to wszystko teraz, tyle że towarzyszyła temu również nowa i przejmująca tęsknota duszy do pewnej doskonałości, którą ta dziewczyna ucieleśniała; tęsknota nie tylko, a w istocie wcale nie, do fizycznego piękna, lecz do czegoś cenniejszego, czego jednak nie umiałem nazwać.

Myślałem też o mężczyźnie, do którego wdarł się Mglisty. Wiedziałem, że powinienem coś zrobić, by zwrócić na niego uwagę stróży prawa. Możliwe, że nigdy nie popełnił przestępstw, które z tak wynaturzoną przyjemnością oglądał na ekranie telewizora, ale kupując te filmy i oglądając je, zachęcał sprawców tych i być może jeszcze gorszych zbrodni. Pragnął przecież robić to, co pragnął oglądać, i gdyby się ich naoglądał wystarczająco dużo, mógłby pewnego dnia spełnić swoje pragnienie i zrujnować życie jakiemuś dziecku.

W końcu zmogło mnie zmęczenie i choć nie miałem ochoty się kłaść, zasnąłem w fotelu, zasnąłem i pogrążyłem w sennych marzeniach. Nie pamiętam, jakie sny poprzedziły ten zły, ale z czasem znalazłem się w galerii handlowej, do której trafiłem mojej pierwszej nocy w mieście.

W tym wyobrażonym na nowo starciu wydawałem się mieć dwadzieścia sześć lat, chociaż kloszard wyglądał dokładnie tak jak wtedy, gdy odrzucał swój płonący kapelusz i uciekał w mrok nocy. Ścigało go nie dwóch przestępców, lecz para marionetek wielkości człowieka. Jedna była kukiełką ze sklepu z zabawkami, a druga podobizną Ryana Telforda, kustosza biblioteki i zabójcy ojca Gwyneth. W stawach miały prymitywne przeguby i chociaż uwolniły się od ciągnącego za sznurki lalkarza, zamiast biec, zbliżały się w groteskowych tanecznych podrygach. Mimo to poruszały się szybko i niełatwo było ujść ich pogoni; obie trzymały w rękach palniki gazowe. Kiedy mnie osaczyły, przemówiły, klekocząc drewnianymi żuchwami. Ryan Telford zameldował o tym, co wcześniej dostrzegłem w gazetowym nagłówku: – Zaraza w Chinach – a bezimienna marionetka o mocno umalowanej twarzy i czarnych oczach ze szkarłatnymi prążkami dodała cicho głosem, w którym pobrzmiewała wyraźna groźba: – Wojna na Bliskim Wschodzie. – Zamiast dźgać mnie swoimi ognistymi szpadami, powaliły mnie na bruk i wydając z siebie nieme okrzyki wściekłości, ze stukiem obcasów pobiegły dalej w pościgu za kimś innym. Kiedy zerwałem się na nogi i obróciłem, by poznać cel ich agresji, okazało się, że ścigają Gwyneth, którą lizały już języory ognia. Rzuciłem się w jej kierunku, rozpaczliwie pragnąc ocalić ją i ściągnąć gryzące płomienie na siebie, i wtedy obudziłem się zlany potem i wstałem z fotela.

Resztę ranka, przedpołudnie i porę lunchu przespałem. Mój zegarek wskazywał drugą pięćdziesiąt pięć.

Do ponownego spotkania z Gwyneth zostały cztery godziny, ale w pierwszych chwilach po przebudzeniu czułem, że mój sen musi być ostrzeżeniem, że ona już teraz jest w niebezpieczeństwie.

Nie miałem telefonu, z którego mógłbym do niej zadzwonić. Dotąd nie był mi potrzebny. Nie znałem też numeru, pod którym można by się z nią skontaktować.

Przemierzając nerwowo pokój i usiłując stłumić dreszcze, o które przyprawił mnie senny koszmar, zdawałem sobie sprawę, że wizyta u niej byłaby o tej porze zbyt ryzykowna. Zachód słońca miał nastąpić dopiero za dwie godziny. Nigdy wcześniej nie wychodziłem za dnia na powierzchnię, na ulice pełne ludzi.

W ciągu dwunastu lat, w których los obdarzył mnie jego towarzystwem, Ojciec stale i z dobrym skutkiem uczył mnie sztuki dyskrecji i przetrwania. My, pozostający w ukryciu, jesteśmy tak znienawidzeni, że nie możemy sobie pozwolić na żadne błędy, a te, które mogą skutkować najgorszym, zdarzają się wtedy, gdy myślisz, że aby zapewnić sobie bezpieczeństwo, nie musisz już być tak rygorystycznie ostrożny.

Gdybym zginął, moja i tak niewielka przydatność dla Gwyneth w krytycznym momencie byłaby zerowa.

Nauki i mądrość Ojca stopniowo wzięły górę nad panicznym lękiem, wywołanym przez zły sen.

Napełniwszy kubek herbatą o smaku brzoskwiniowym i podgrzawszy ją w kuchence mikrofalowej, zacząłem się moczyć w starej wannie na nóżkach i wypiłem herbatę. Postanowiłem uzbroić się w cierpliwość. Zapewniałem siebie w myślach, że mimo swojej socjofobii, dziewczyna ma więcej sprytu, niż ja mógłbym kiedykolwiek nabrać. Wiedziała, jak się bronić, a poza tym fundusze powiernicze ustanowione przez jej bogatego ojca chroniły ją przed znaczną częścią wynaturzeń otaczającego nas świata.

Zanim się wytarłem ręcznikiem i ubrałem, zacząłem żałować, że nie zjadłem lunchu. Przyrządziłem sobie kanapkę i kolejny kubek herbaty.

Kiedy już prawie skończyłem posiłek, uświadomiłem

sobie coś, co na pierwszy rzut oka wydawało się osobliwe i co było tym dziwniejsze, im dłużej o tym myślałem. Duże czarne romby na twarzy Gwyneth i jej wyjątkowe oczy pośrodku tych specyficznych figur były zadziwiająco podobne do rombów i oczu marionetki ze sklepu z zabawkami, a mimo to nie wspomniałem jej o kukiełce. Starałem się też nie myśleć zbyt często o tych dziwnych podobieństwach.

Kilka minut później, gdy myłem talerz i kubek w łazience, w mojej jedynej umywalce, przypomniałem sobie o czymś, co stało się tamtej odległej październikowej nocy, gdy rozległ się brzęk tłuczonych szyb w oknach wystawowych i dwaj młodzi chuligani z palnikami gazowymi dali drapaka.

25

Moja pierwsza noc w mieście, a pod stopami wszędzie szkło...

Ponieważ moi prześladowcy czmychnęli na południe, ja ruszyłem biegiem na północ, ale już po chwili zderzyłem się z człowiekiem, który przeciął mi drogę. Wcześniej widział z ukrycia moje spotkanie z kloszardem i ścigającą go dwójką mężczyzn. To on rozbił kamieniami szyby i w ten sposób uruchomił alarm, zamierzał bowiem mnie uratować. Jednak ja nie od razu zrozumiałem jego intencje.

On był wysoki i silny, a ja drobny i niski, ale choć opór mógł być daremny, usiłowałem się wyswobodzić z jego rąk. Miał na sobie czarny płaszcz przeciwdeszczowy, który wyglądał niczym peleryna. Trzymając mnie mocno prawą ręką, lewą odsunął kaptur płaszcza, ukazując swą twarz. Kiedy zobaczyłem, że jest podobny do mnie, przestałem się szarpać i z trudem łapiąc oddech, stałem i patrzyłem na niego zdumiony.

Aż do tego momentu zakładałem, że muszę być kimś wyjątkowym, wybrykiem natury, jak nazwały mnie akuszerka i jej córka, potworem skazanym na samotną egzystencję dopóty, dopóki ktoś mnie nie zabije. Teraz zaś byłem jednym z dwóch, a skoro było nas dwóch, to mogli być następni. Nie spodziewałem się, że przeżyję dzieciństwo, ale tutaj stał ktoś taki jak ja, dwudziestoparolatek, cały i zdrowy.

– Jesteś sam? – zapytał.

Pod wpływem szoku straciłem rezon.

Powtórzył pytanie, przekrzykując dzwonki alarmowe:

– Jesteś sam, synku?

– Tak. Tak, proszę pana.

– Gdzie się ukrywasz?

– W lesie.

– W tym mieście nie ma lasu.

– Nie mogłem tam zostać.

– Jak tu dotarłeś?

– Pod plandeką. Na ciężarówce.

– Czemu przyjechałeś do miasta?

– Nie wiedziałem.

– Czego nie wiedziałeś?

– Dokąd mnie przywiezie.

– Przywiozła cię do mnie, żebyś mógł żyć. A teraz chodźmy. Szybko.

Z kapturami na głowach i szkłem chrzęszczącym pod nogami ruszyliśmy w pośpiechu promenadą obok dymią-

123

cych pozostałości spalonego kapelusza. Kiedy mijaliśmy sklep z zabawkami, w którym zostało rozbite okno, przedmioty na wystawie były ułożone tak jak wcześniej, tyle że brakowało marionetki. Omal się nie zatrzymałem, żeby sprawdzić, czy na pewno zniknęła. Czasami jednak ogarniałem sercem rzeczy, których umysł nie potrafił wyjaśnić, i właśnie wtedy moje serce nalegało, bym szedł dalej, nie oglądał się i nie pytał, gdzie się podziała marionetka, bo moje pytanie może nie doczekać się odpowiedzi.

Kiedy usłyszeliśmy syreny, znajdowaliśmy się w odległości dwóch przecznic od galerii handlowej, w wybrukowanej uliczce, ciemnej niczym leśna ścieżka wydeptana przez jelenie w blasku półksiężyca. Nagły podmuch wiatru naruszył bezruch nocy, gdy człowiek, którego w końcu nazwałem Ojcem, podniósł żeliwny krąg i odłożył go na bok. Przelatując przez otwór włazu zasłoniętego wcześniej żeliwną pokrywą, wiatr zagrał na nim jak na oboju, a ja pogrążyłem się w tych dźwiękach i wszedłem w świat, którego wcześniej nie potrafiłbym sobie wyobrazić i w którym miałem stworzyć sobie lepsze życie.

Trzy lata minęły, zanim wspomniałem Ojcu o marionetce. Zrobiłem to tej nocy, gdy ostrzegł mnie przed pozytywką, która z pewnością kryła w sobie coś więcej, niż mi się zdawało.

26

Nie było mi łatwo zrezygnować z pomysłu składania Gwyneth kolejnej wizyty o godzinie wcześniejszej niż ta, na którą się umówiliśmy. Znałem ją jednak niespełna dobę. Chociaż nasza znajomość rozwinęła się z niemal cudowną łatwością, gdybym pojawił się o zmierzchu, dwie godziny wcześniej, niezależnie od pretekstu, wyglądałoby na to, że nie liczę się z jej życzeniami. Co gorsza, dla dziewczyny cierpiącej na tak silną socjofobię, że nie mogła znieść dotyku, moja nadgorliwość byłaby pewnie odstręczająca.

Zrozumiałem – tak mi się przynajmniej wydawało – dlaczego czuła się swobodnie ze mną, choć wzdragała się przed kontaktem, jeśli nie ze wszystkimi, to z większością ludzi. Skrajna odraza, z jaką ludzie reagowali na mój widok, fakt, że byłem dla nich jakąś ohydą, pozwoliły Gwyneth uznać mnie za istotę tak obcą ludzkiej rasie, że jej fobia nie miała w moim przypadku zastosowania. Równocześnie, ponieważ ja żyłem w samotności, a ona w zupełnym odosobnieniu, nasze życie emocjonalne musiało być do pewnego stopnia podobne i to wspólne doświadczenie stworzyło podstawę jej sympatii do mnie.

Miałem nadzieję, że w końcu będzie traktować mnie z taką czułością, jaką kiedyś darzyła swojego ojca. Nie oczekiwałem niczego więcej, bo też nic więcej nie było możliwe między kimś, kto nie pozwala na siebie spojrzeć, a kimś, kto nie życzy sobie, by go dotykać. Po sześciu latach samotności przyjaźń była najbardziej bajecznym darem, jaki dane mi było otrzymać i na jaki mogłem liczyć.

Chcąc spotykać się z Gwyneth przy trochę lepszym świetle, a jednocześnie zmniejszyć ryzyko, że dziewczyna przypadkiem zostanie narażona na szokujący widok mojej twarzy, a także uniknąć ujawnienia się na ulicach wieczorem, gdy miasto żyło dosyć intensywnie, oprócz kaptura nosiłem kominiarkę. Miała otwory tylko na oczy i rozcięcie przy ustach. Mogłem bez trudu oddychać przez dzianinę i byłem przekonany, że w ten zimny grudniowy wieczór kominiarka nie zdziwi nawet najbardziej podejrzliwego obserwatora.

Przechodząc podziemiami miasta w kierunku mieszkania Gwyneth w sąsiedztwie Riverside Commons, uznałem, że wobec jej przypadłości nierozsądne byłoby dzielenie się z nią tym, co widzimy tylko my, ukryci, a czego nie widzą wszyscy inni. Ona przyznała wprawdzie, że ma swoje tajemnice, ale ich nie zdradziła. Nie chcąc, by zaczęła postrzegać mnie jak istotę nie z tego świata, będę ujawniał własne sekrety równie powoli, jak ona ujawniała swoje.

Tym razem ominąłem elektrownię pod parkiem, ponieważ na popołudniowej zmianie pracowało więcej ludzi niż na nocnej. Żeby ułatwić wypompowywanie wody z tuneli kolejowych podczas powodzi, przewidziano szyby robocze łączące je w newralgicznych punktach z kanałami burzowymi. Zszedłem po żelaznych szczeblach drabinki w jednym z takich szybów – dziewięciometrowej rurze o średnicy półtora metra – niedaleko Commons. Kiedy zbliżałem się do dna, w ciemnościach poniżej przejechał pośpieszny pociąg wahadłowy, co znaczyło, że będę miał co najmniej trzy minuty do czasu, aż przemknie z łoskotem następny. Musiałem przejść tylko niespełna sto metrów tunelem metra, uważając, by nie nastąpić na trzecią, podłączoną do prądu szynę, aby dotrzeć do drzwi wyjścia awaryjnego, które otwierały się do środka na szerokie dwubiegowe schody prowadzące na powierzchnię.

Niektóre takie wyjścia z podziemi kończyły się w miejscach publicznych, często na stacjach metra, i dlatego były dla mnie nieprzydatne. Jednak to prowadziło niegdyś na parter Zbrojowni przy Pięćdziesiątej Siódmej Ulicy. Tę fabrykę broni zburzono dziewięć lat wcześniej, w kolejnym z kilku okresów gorączkowej przebudowy miasta. W czasie gdy na ukończeniu był ambitny projekt architektoniczny mającego tu powstać budynku z mieszkaniami po przystępnych cenach, wzniesiona została buda osłaniająca szczyt schodów biegnących z tunelu metra. W trudnych czasach miasto wciąż szukało funduszy na realizację projektu, a buda z otwartymi od wewnątrz drzwiami nadal stała.

Żeby dostać się za budynek, w którym mieszkała Gwyneth, musiałem przebiec na drugą stronę bocznej ulicy, przejść alejką wzdłuż jednego kwartału, przeciąć ruchliwą arterię i odnaleźć wąskie przejście dla służby między dwoma wspaniałymi starymi domami. Z uwagi na światło latarni ulicznych i reflektorów nadjeżdżających pojazdów zawahałem się jedynie przed sprintem na drugą stronę alei. Ale jedyną reakcją, jaką wywołała postać człowieka w kominiarce, kapturze, kurtce i rękawiczkach, było gniewne trąbienie jednego kierowcy.

W osadzonych w tylnej ścianie jej budynku oknach mieszkań na parterze i drugim piętrze jarzyły się ciepłym blaskiem światła. Wchodząc po schodach pożarowych, z wielką ulgą stwierdziłem, że w oknie na pierwszym piętrze, przez które przyglądałem się, jak Mglisty wnika do ciała mężczyzny w jedwabnym szlafroku, zasłony są szczelnie zaciągnięte.

Na najwyższym podeście dolna rama otwieranego pionowo okna zaciemnionej sypialni była podniesiona. Drzwi na przeciwległej ścianie były otwarte na korytarz, gdzie światło z sufitu, rozszczepione kryształowym kloszem, tworzyło na ścianie wzór w kształcie włóczni z grotami, z widoczną tu i ówdzie jaskrawą plamą koloru wydzielonego z widma – niebieskiego, indygo i czerwieni. Kiedy przelazłem przez parapet okienny i dostałem się do sypialni, od razu zrozumiałem, że coś jest nie w porządku.

27

Mając jedenaście lat, w tym trzy spędzone z Ojcem, kiedy to codziennie uczyłem się, że miasto jest czymś w rodzaju dżungli, przez którą tacy jak my mogą się skradać niczym lisy wśród leśnych paproci...

Pewnego dnia o drugiej nad ranem, używając klucza darowanego Ojcu przez człowieka, który się go bał, ale nie żywił do niego nienawiści – i o którym jeszcze opowiem – dostaliśmy się do banku żywności prowadzonego przez parafię Świętego Sebastiana. Po zamknięciu banku okna budynku były zasłonięte roletami antywłamaniowymi, zrobionymi z zazębiających się stalowych listew. Pozwoliło nam to włączyć kilka lamp bez ryzyka, że wzbudzimy podejrzenia policyjnego patrolu, który mógłby przechodzić obok.

Budynek spełniał dwie funkcje: banku żywności i sklepu z artykułami używanymi, a pierwszy z drugim łączyło sklepione przejście. Ojciec otrzymał zgodę na zaopatrywanie się w używane części garderoby ze sklepowych zasobów, a teraz ja też mogłem z nich korzystać. Przed wybraniem puszkowanej i paczkowanej żywności mieliśmy znaleźć dla mnie nowe spodnie i swetry, ponieważ rosłem jak na drożdżach.

Sklep oferował nie tylko odzież, ale i używane meble, półki pełne zaczytanych książek oraz płyt CD i DVD, używane zabawki i sztuczną biżuterię. Do tego naczynia i ozdoby.

Tamtej nocy odkryłem tam pozytywkę, która mnie zachwyciła. Zrobiono ją z drewna, misternie pomalowano i polakierowano, ale tym, co mnie szczególnie urzekło, były cztery maleńkie figurki tancerzy na wieczku. Siedmiocentymetrowe, pięknie wyrzeźbione i pomalowane, z kunsztownie zaznaczonymi detalami, przedstawiały między innymi księżniczkę w długiej sukni i z diademem oraz księcia w mundurze galowym i koronie. Mimo kunsztownego wykonania rzeźba wyglądała komicznie, ponieważ para książęca nie tańczyła razem, tylko miała za partnerów dwie dziwaczne postaci. Książę obejmował prawym ramieniem żabę z wyłupiastymi oczami, a w lewej dłoni trzymał płetwowatą kończynę tego uśmiechniętego płaza, jakby szykowali się do walca. Śliczna księżniczka stała w podobnej pozie, ale w objęciach trzymał ją stwór mający głowę, pierś i ręce mężczyzny, ale nogi, kopyta, uszy i rogi kozła; wyglądał wyjątkowo głupio, ponieważ na głowie miał wieniec z zielonych liści.

Kiedy nakręciłem pozytywkę i pchnąłem przełącznik, dwie niesamowite pary zaczęły pląsać do melodii, wirując w tańcu i kreśląc ósemki. Roześmiałem się, ale Ojciec przyglądał mi się bez cienia uśmiechu, z rzadką u niego powagą.

– Ona tańczy z greckim Panem – powiedział – a książę z kimś jeszcze gorszym.

– Są zabawni.

– Nie dla mnie.

– Nie uważasz, że wyglądają zabawnie?

– To nie jest walc – zauważył Ojciec.

– Nie?

– To jakaś przeróbka.

– A wcześniej co to był za taniec?

Tancerze wciąż pląsali.

– Zmienili go, żeby sobie zadrwić.

W środku pozytywki umieszczone na obracającym się wałku wypustki szarpały za nastrojone stalowe zęby na płycie z melodią. Mimo swojej mechaniczności, muzyka z początku wydała mi się błyskotliwa i żywiołowa. Teraz brzmiała bezsprzecznie niepokojąco, stalowe zęby odgryzały nuty, jakby muzyka była sztuką pełną przemocy i nienawiści. W miarę jak tempo rosło, książęca para i jej partnerzy pląsali coraz szybciej, aż w końcu można było odnieść wrażenie, że już nie tańczą, tylko wirują w gorączkowym szale.

Ojciec wyłączył muzykę i zatrzymał cztery figurki. Wyciągnął stalowy kluczyk, który służył do nakręcania mechanizmu pozytywki, i wsunął go do kieszeni spodni.

– Zabierasz go? Dlaczego? – zapytałem.

– Żeby nie można było wydobyć z niej dźwięków.

– Ależ, Ojcze, wtedy nie będzie można jej sprzedać.

– Tym lepiej.

– Czy to nie przypomina kradzieży?

– Dam ten klucz naszemu przyjacielowi.

– Jakiemu przyjacielowi?

– Temu, który pozwala nam tutaj przychodzić.

– Naprawdę jest naszym przyjacielem?

- Nie. Ale nie jest też wrogiem.
- Po co dasz mu ten kluczyk?
- Żeby podjął decyzję w sprawie pozytywki.
- Jaką decyzję?
- O tym, co z nią zrobić.
- Sklep musi zarabiać. Nie zdecyduje się jej sprzedać?
- Mam nadzieję, że nie.
- A liczysz, że co zrobi?
- Rozbije ją. No chodź, poszukajmy dla ciebie tych spodni i swetrów.

Wybraliśmy jedną parę spodni w kolorze khaki, niebieskie dżinsy i jakieś swetry. Ojciec zwinął je i upchał w specjalnie zabranym jutowym worku.

W banku żywności, gdy już napełnił mój plecak lekkimi paczkami makaronu i pudełkami krakersów, a ja jego – puszkami i blokami sera – rzekł:
- Chcesz się dowiedzieć, co to za pozytywka?
- Po prostu zastanawiam się, po co ją rozbijać.
- Znasz to, co obaj widzimy, a dla innych jest niedostrzegalne.
- Masz na myśli Mglistych i Przejrzystych.
- Nazywaj ich, jak chcesz. Mówiłem ci, żebyś nie patrzył im w oczy, gdy poczujesz na sobie ich wzrok.
- Pamiętam.
- Mówiłem też, że częste myślenie o nich jest lekkomyślne.
- Ale nie powiedziałeś dlaczego.
- Będziesz musiał sam do tego dojść w odpowiednim momencie. W tej chwili musisz wiedzieć, że Mgliści, jak ich nazywasz, chowają się czasem w takich rzeczach jak ta skrzynka.

- Chowają się w pozytywkach?
- Nie tylko w nich – odparł Ojciec. – We wszelkiego rodzaju rzeczach wytworzonych przez człowieka, wszędzie, gdzie chcą.
- Tylko w wytworzonych przez człowieka?
- Tak sądzę. Być może ma to związek z tym, kto zrobił taką rzecz, z charakterem tej osoby. Jeżeli taki przedmiot został zrobiony przez kogoś zżeranego przez złość bądź nienawiść, albo przez żądzę lub inną namiętność, to Mglisty czuje pociąg do tego przedmiotu, czuje się swobodnie w jego wnętrzu.
- Czemu się kryją w rzeczach? – zapytałem.
- Cóż, nie wiem, czy kryją się to właściwe określenie. Być może wnikają do takich rzeczy jak ta pozytywka, żeby śnić. Zapaść tak jakby w sen zimowy. Nie wiem. Śnią tak tygodniami, miesiącami, przez lata i dziesiątki lat, lecz czas nic dla nich nie znaczy, więc nie jest istotny.
- Jeden z nich śni w tej pozytywce?
- Śni i czeka. Tak, czuję to. Pewnego dnia ty też nauczysz się to wyczuwać.
- Na co tak czeka?
- Na kogoś, kto zobaczy tę pozytywkę i weźmie ją do domu, kto weźmie do domu Mglistego.
- Co się wtedy dzieje?
- Dochodzi do zguby – wyjaśnił Ojciec. – Ale już zbyt długo o tym rozmawiamy. Jeśli on śni, zbyt długa rozmowa o nim może go obudzić.

I znowu pogrążyliśmy się w mroku nocy, gdzie stworzone przez ludzi miasto tętniło życiem i spało, śmiało się i płakało, tańczyło i śniło, oraz czekało.

Kiedy byliśmy już bezpieczni pod powierzchnią ulic,

gdy szliśmy szlakiem niezliczonych powodzi, z przeszłości i tych nadciągających, a szepczące echa naszych głosów rozchodziły się spiralnie po betonowych łukach kanału, opowiedziałem ojcu o marionetce, która trzy lata wcześniej zniknęła ze sklepowej wystawy. Odparł, że właśnie to miał na myśli, gdy rozmawialiśmy o pozytywce. Zwróciłem uwagę, że przecież nikt nie wziął kukiełki do domu, i usłyszałem w odpowiedzi, że uciekając, mógł ją zabrać jeden z przestępców z palnikami gazowymi lub też marionetka, ponieważ miała nogi, sama gdzieś poszła. Dodał, że nie powinniśmy o tym więcej rozmawiać, że jeśli śpi gdzieś w mieście od trzech lat, nie należy jej budzić gadaniem.

28

W ciemnej sypialni Gwyneth unosił się niepokojący zapach. Wcześniej powietrze było tu świeże i czyste, a teraz zalatywało lekko korzenną wodą kolońską. Gotycka dziewczyna nie potrzebowała i nie używała perfum, to zaś był zapach, który wyczułem poprzedniej nocy w bibliotece.

Kolejną budzącą obawy rzeczą była potężna cisza – z kuchni nie dobiegały żadne brzęki i stuki towarzyszące przygotowaniom do kolacji, nie usłyszałem żadnych kroków ani słów powitania, choć przyszedłem punktualnie. Nawet miasto dziwnie ucichło, mimo że uliczny hałas i odległa muzyka ludzkich głosów mogły bez przeszkód dotrzeć tu przez otwarte okno.

Stałem z zapartym tchem, pozwalając, by ciemność owinęła się wokół mnie swą ciszą; nieruchomy niczym mumia, czekałem na jakiś odgłos – Gwyneth bądź tego mężczyzny, który wtargnął do jej mieszkania. Czułem, że jestem sam. Jako ekspert od samotności nie wątpiłem w trafność mojej obserwacji.

Z obawy, że światło mojej latarki może ukazać pokiereszowane zwłoki, przez chwilę wahałem się, czy ją włączyć. Materac został ściągnięty ze sprężyn, jakby intruz myślał, że coś może być pod nim ukryte. Szuflada stolika przy łóżku była otwarta, podobnie jak drzwi garderoby. Jej wnętrze zostało przeszukane, a ubrania i buty leżały porozrzucane na podłodze.

Jeśli poznałem Gwyneth tylko po to, by ją stracić, to równie dobrze mógłbym ponieść śmierć w płomieniach, czego od dawna się spodziewałem. Strata może wywoływać palącą trwogę porównywalną z żarem ognia.

Ruszyłem w pośpiechu do jej gabinetu po drugiej stronie korytarza. Szuflady biurka zostały opróżnione, a ich zawartość rozrzucona. Komputer był włączony i domyśliłem się, że mężczyzna próbował przeszukać zawartość jej dysku, tak jak ona wcześniej przeszukała jego komputer.

Zgromadzone w salonie książki zostały zmiecione z półek i zwalone na stos, jak do spalenia.

Podłoga w kuchni była usłana skorupami rozbitych talerzy i szkła. Kiedy zadzwonił telefon, wystraszyłem się, po czym przeszedłem po kruchych, chrzęszczących pod stopami szczątkach, by zdjąć słuchawkę z widełek. Ponieważ w ciągu dwudziestu sześciu lat życia nigdy nie odbierałem telefonu, nie przyszło mi do głowy, żeby powiedzieć „halo".

– Addison? – zapytała Gwyneth.

– Tak. Ja. To ja. Cieszę się, że to ty dzwonisz, że nic ci się nie stało.

– Wiedziałam, że przyjdziesz. Nie wystawiłbyś mnie do wiatru.

– Przewrócił do góry nogami twoje mieszkanie.

– O piątej, stałam akurat przy oknie, wyczekując burzy. Zawsze lubię patrzeć, jak się zaczyna.

– Jakiej burzy?

– Śnieżnej. O piątej miał padać śnieg, ale jeszcze nie spadł. Zobaczyłam, jak parkuje przy krawężniku i wysiada z samochodu. Nie wiedział o tym mieszkaniu ani o żadnym z siedmiu pozostałych. Ktoś mnie sypnął.

Pamiętając nazwisko jedynego człowieka, któremu ojciec Gwyneth powierzył opiekę nad nią, powiedziałem:

– Teague Hanlon?

– Jeśli to jego sprawka, mój koniec już bliski. Ale to nie on. Jest jeszcze druga możliwość. Tak czy inaczej, gdy zobaczyłam, jak Telford wysiada z auta, zrozumiałam, że skoro ma adres, to ma też klucz. Wydostałam się więc przez okno w sypialni i zeszłam po schodach pożarowych. Pomożesz mi, Addisonie?

– Tak. Oczywiście. Co mogę zrobić? Mów, czego potrzebujesz.

– Zachowajmy ostrożność – powiedziała. – Na wypadek, gdyby ktoś podsłuchiwał. Zadam ci parę pytań. Odpowiadaj tylko tak lub nie. Rozumiesz?

– Tak.

– Pamiętasz te ryby?

– Nie.

– Wczoraj w nocy. Ryby, których tam nie było.

– Nie. Tak! W porządku – powiedziałem, przypominając sobie staw w Riverside Commons, z którego na zimę wyłowiono karpie koi.

– Możesz się tam ze mną spotkać za godzinę?

– Tak. Lub wcześniej.

– Za godzinę. Wypatruj land rovera.

– Co to jest land rover?

– Jeep. SUV.

– Jeździsz samochodem?

– Nie będę ryzykować. Po prostu się nie wystrasz.

– Ty też się nie wystrasz. Teraz noszę kominiarkę. – Wyjaśniając poniewczasie, dlaczego nie odezwałem się, gdy podniosłem słuchawkę, dodałem: – To moja pierwsza rozmowa przez telefon.

– Niemożliwe.

– Ale to prawda. Nie znam nikogo, do kogo mógłbym dzwonić.

– I jak ci się podoba?

– Telefon? W porządku, ale wolałbym, żebyśmy byli w tym samym pokoju.

– Zostało pięćdziesiąt osiem minut.

– Przyjdę – zapewniłem.

Gwyneth przerwała połączenie, a po około trzydziestu sekundach ja też odwiesiłem słuchawkę.

29

Mając czternaście lat, dostałem od pewnego nieboszczyka zegarek. Ojciec zapewnił mnie, że to nie jest kradzież, ale ja też nigdy tak nie uważałem. Ten człowiek chciał dać Ojcu swojego roleksa, nim skonał, w tych okolicznościach nieprzyjęcie go byłoby wielkim nietaktem. Pewnej listopadowej nocy byliśmy poza domem. Dzięki zimnemu ulewnemu deszczowi, który spadł na miasto niczym wyrok niebios, nie baliśmy się zdemaskowania i wściekłej napaści. Mieszkańcy miasta byli dumni ze swej bezkompromisowej waleczności. Nazywali siebie zaprawionymi w bojach negocjatorami, brutalnymi zawodnikami, ludźmi bezlitosnymi dla głupców oraz pozbawionymi sentymentów – bo odartymi ze złudzeń przez uliczne realia; twierdzili też, że nie szukają zwady, lecz są zawsze gotowi do walki. Nie potrafię ocenić, czy jakaś znacząca część tutejszej ludności rzeczywiście posiadała wszystkie te cechy lub którąkolwiek z nich. Wiem za to, że to miasto jest machiną dobrego samopoczucia, mającą im ułatwić życie oraz zapewnić wszelkie wygody, i niezależnie od tego, jak twardzi i nieczuli mogli być dla obcych czy nawet wobec siebie, od razu uciekali od Natury, gdy ta wpadała w furię. Chronili się w ciepłych i przytulnych mieszkaniach zapewniających tyle rozmaitych rozrywek, że o dżdżystym i wietrznym świecie za ich ścianami można było zapomnieć na wiele godzin.

Tamtej nocy z nieba lały się takie potoki deszczu, że miasto przemieniło się w zestaw instrumentów perkusyjnych, w którym każda powierzchnia była źródłem rytmicznych dźwięków. Strugom wody z nieba odpowiadały chodniki, okna i brezentowe markizy, znaki uliczne i zaparkowane samochody, kontenery dudniące jak tam-tamy, wreszcie pokrywy kubłów na śmieci, szeleszczące, gdy wiatr kręcił strugami ulewnego deszczu niczym perkusista muskający miotełką membranę werbla.

Obaj z Ojcem nosiliśmy gumiaki, rękawiczki, podszyte polarem czarne płaszcze przeciwdeszczowe z kapturem zapinanym na rzepy. Twarze ukryliśmy pod kominiarkami, mimo że pieszych było niewielu, a gdy się pojawiali, szli w pośpiechu pochyleni, chroniąc się pod parasolami, które musieli trzymać tuż nad głową, żeby wiatr nie mógł ich wywinąć na drugą stronę.

Burza – jak się później okazało, najgwałtowniejsza od dekady – spławiła również z ulic większość pojazdów. W tej nocnej nawałnicy po opustoszałych alejach nie krążyły w poszukiwaniu klientów żadne taksówki. Kierowców tych nielicznych, jadących na wezwanie, zatrzymywały zalane wodą skrzyżowania i oślepiające tafle deszczu, który obezwładniał pióra wycieraczek, nie mieli więc czasu, by się nami zainteresować. Nawet liczbę patroli policyjnych ograniczono do minimum, chyba dlatego, że – potwierdzają to statystyki – przy paskudnej pogodzie przestępczość raptownie spada, ponieważ przestępcy, tak samo jak praworządni obywatele, wolą ciepłe i przytulne mieszkania.

Jednak nie wszyscy wyjęci spod prawa leżeli w ciepłej pościeli bądź zasiedli do gier komputerowych, bo podczas naszej wyprawy napotkaliśmy czterech takich osobników.

Nie mieliśmy do załatwienia żadnej pilnej sprawy, niczego nie potrzebowaliśmy. Wyszliśmy pozwiedzać.

Przy dobrej pogodzie, nawet nocą, musieliśmy unikać dobrze oświetlonych miejsc i przemykać w cieniu niczym dwa karaluchy obawiające się rozdeptania pod podeszwą buta. Czas naszego pobytu na powierzchni był przeważnie z konieczności dobrze zaplanowany i przeznaczony na realizację istotnych zadań.

Kiedy przenikliwy wiatr wył w wąwozach między wieżowcami i gdy potop zamazywał sylwetki tych monolitycznych budowli, jakby zamierzał w ciągu jednej nocy wymazać z powierzchni ziemi cywilizację, którą inaczej obróciłoby w pył dopiero tysiąc lat historii, wtedy obaj z Ojcem czuliśmy się w tym mieście wolni jak nigdy. Mogliśmy chodzić, dokąd chcieliśmy, i bez obaw zatrzymywać się przy oświetlonych witrynach najlepszych sklepów na najbardziej eleganckich ulicach. Oglądając wystawy, mogliśmy cieszyć oczy artystycznym pięknem i blaskiem luksusowych towarów, na jakie nigdy nie będzie nas stać i których, nawet gdyby uśmiechnął się do nas los, nie moglibyśmy kupić, nie stając twarzą w twarz ze sprzedawcą, uznającym już na sam widok naszych oczu, że jesteśmy obrzydliwi.

W takie noce możliwość odwiedzania miejsc, które zazwyczaj musieliśmy omijać, sprawiała równie dużą satysfakcję jak aura, którą się rozkoszowaliśmy. Pod ziemią nie mieliśmy żadnego kontaktu ze zjawiskami pogodowymi poza wodą spływającą po burzy. Do świeżego powietrza, ciepła słońca na skórze oraz gwałtownych podmuchów wiatru tęskniliśmy równie mocno jak do światła dziennego. Zachwycała nas pogoda tak fatalna, że inni przed nią uciekali, ponieważ tylko takiej mogliśmy doświadczać spokojnie i bez lęku.

Kiedy wybuchła strzelanina, znajdowaliśmy się wiele przecznic od najpiękniejszych sklepów, w zupełnie innej okolicy.

Szliśmy jakąś ulicą, oczarowani architekturą zaprojektowanych w duchu Beaux Arts niskich budynków użytkowych z początku dwudziestego wieku, a coraz silniejszy wiatr i zacinający deszcz wywoływały wrażenie, jakby wokół nas bezustannie podrywały się stadami do lotu tysiące ptaków. Niektóre z tych budowli zostały odrestaurowane, ale inne podupadły i właśnie w jednej z nich paliły się światła.

Zbliżaliśmy się do tego miejsca, gdy w szumie deszczu rozległy się strzały i w jednym z okien na parterze wyleciała szyba. Drzwi otworzyły się gwałtownie i z budynku wyszedł jakiś mężczyzna. Deszcz nie zdążył jeszcze zmoczyć mu włosów, gdy dostał kulą w plecy. Natychmiast po strzale zgiął się wpół na chodniku, wiotki niczym garnitur, który miał na sobie.

Wewnątrz budynku jeszcze przez kilkanaście sekund trwała strzelanina, a cisza, jaka zapadła po ostatnim strzale, wydawała się równie grobowa jak spokój w trumnie pod dwoma metrami świeżo nasypanej ziemi. Drzwi stały otworem, ale nikt nie wyszedł za próg, by pomóc albo dobić postrzelonego mężczyznę, który leżał na boku i płakał.

Jezdnia nadal była pusta. W oknach okolicznych budynków nie rozbłysło ani jedno światło. Wszystko oprócz srebrnych nici deszczu i przedzierającego się przez nie wiatru tkwiło w martwym bezruchu.

Mieliśmy kaptury i kominiarki, ale można nas było rozpoznać po oczach. Choć nasza szczera troska z pewnością wywołałaby u niego strach i odrazę, musieliśmy zająć się płaczącym mężczyzną.

Ojciec podszedł najpierw do drzwi, odważył się zajrzeć do środka. Zniknął z pola widzenia, ale szybko wrócił. Kiedy przyklęknął razem ze mną obok rannego, rzekł:

– Tam jest pięciu ludzi, wszyscy martwi.

Byliśmy w ciemnym miejscu między ulicznymi latarniami, ale nawet gdybyśmy klęczeli w ich świetle, mężczyzna i tak nie poznałby nas po oczach; może nawet nie zmieniłoby tego ujawnienie przez nas twarzy. W malignie widział nie to, co miał przed oczami, lecz to, co pragnął zobaczyć. Pozwolił mojemu Ojcu unieść jego lewą rękę i sprawdzić puls, nie zdawał sobie jednak sprawy, że jest w towarzystwie obcych.

– Papo Gino, skąd przyjechałeś? – zapytał. – Dawno cię nie widziałem. – W głosie mężczyzny pobrzmiewały znużenie i konsternacja. Już wkrótce miał się stać wybrankiem śmierci.

Ojciec zapytał go o imię, żeby móc odmówić za niego modlitwę.

– Nie poznajesz mnie, Papo Gino? To ja, twój Jimmy. Dorosły i dobrze ustawiony. – Jimmy kaszlnął i spomiędzy warg wyciekło mu trochę krwi. Chyba dlatego, że Ojciec trzymał go za nadgarstek, umierający mężczyzna dodał: – Widzisz mój zegarek, Papo? Zajebisty rolex, lite złoto. Weź go. Nigdy niczego ode mnie nie dostałeś. Bardzo tego żałowałem, ale teraz mogę dać. Weź go, Papo. – Ojciec się wzbraniał, a Jimmy zaczął żałośnie szlochać i prosił o przebaczenie za coś, o czym nie mogliśmy wiedzieć; jego udręka z tego powodu wydawała się większa niż ból fizyczny. Kiedy mówił: – Proszę, weź go, Papo Gino, tyle mogę zrobić, chociaż tyle – dwukrotnie pluł krwią. Ojciec zdjął zegarek z nadgarstka umierającego mężczyzny i podał go mnie, ponieważ akurat w poprzednim tygodniu wysiadł mój używany timex z parafialnego sklepu. Ojciec podziękował Jimmy'emu za zegarek, nazwał go synem i powiedział, że ten gest wiele dla niego znaczy. Trzymając oburącz dłoń konającego, zmówił za niego modlitwę; ja też się pomodliłem, tyle że po cichu.

Za życia miał płaską twarz i surowe rysy, ale gdy umarł, jego oblicze się zmieniło, stało się łagodne i niemal miłe. Jego nieruchome oczy były ciemne i puste, a deszcz zmył z nich łzy.

Pojawienie się po raz pierwszy śmierci na świecie musiało być czymś strasznym, lecz nawet teraz, gdy jest naturalna, budzi nieopisany strach. Bez względu na to, czy przychodzi po twoją matkę samobójczynię, czy po nieznajomego, który na swą obronę może powiedzieć tylko tyle, że jego zegarek jest z litego złota, bycie świadkiem śmierci pogrąża w bezdennym smutku.

Pozwoliliśmy innym znaleźć i pochować wszystkie trupy i odeszliśmy w głąb burzy, w której wiatr ciskał odłamkami deszczu na wszystkie strony, niebo zaś przypominało ocean, w którym utonął cały świat. Wróciliśmy stamtąd do domu, do naszych trzech ślepych pomieszczeń i nie rozmawialiśmy już więcej o śmierci Jimmy'ego, jakby ten złoty zegarek znalazł się na moim nadgarstku za sprawą lampy Alladyna.

Tamtej nocy nie zmrużyłem oka, choć Ojciec spał lub udawał, że śpi. Martwiłem się, że on też może umrzeć, i zastanawiałem, jak mógłbym żyć dalej sam, bez niego. Miałem nadzieję, że umrę wcześniej, chociaż ta nadzieja mogła świadczyć o egoizmie. Ale jak wiecie, sprawy ułożyły się inaczej.

30

Staw na Riverside Commons znajdował się zaledwie o kilka minut od mieszkania Gwyneth, ale ona najwyraźniej potrzebowała godziny, żeby tam dotrzeć, dzięki czemu miałem czas na zrobienie czegoś użytecznego. Zapaliwszy światło i zasunąwszy okno sypialni, które wcześniej zostawiłem otwarte, zacząłem sprzątać w salonie, podnosząc książki zrzucone na podłogę przez Ryana Telforda. Wygładzałem pomięte obwoluty i odkładałem tomy na półki, alfabetycznie, według autorów.

Po tych porządkach miałem zamiar pozbierać w kuchni potłuczone talerze i szklanki. Zamiast tego podszedłem do okna, przy którym Gwyneth musiała stać w chwili, gdy ujrzała, jak Telford wysiada ze swojego auta.

Śnieg jeszcze nie zaczął padać. Znajdujące się po drugiej stronie ulicy Riverside Commons wydawały mi się teraz – inaczej niż wtedy, gdy przemierzałem tę dzielnicę – jakieś mroczne, zapewne za sprawą drzew przesłaniających niskie lampy. Nie był to największy park w mieście ani nawet drugi pod względem wielkości, ale w tym momencie Commons wyglądały na miejsce, gdzie łatwo można było się zgubić, spacerując po terenie, na który bywalcy parku wcześniej nigdy nie zaglądali, gdzie drzewa uległy mutacji, a trawa była siwa jak włosy staruszka.

Pewnego letniego poranka dwa i pół roku wcześniej w stawie wśród karpi koi znaleziono unoszące się na powierzchni nagie zwłoki kobiety; jej ubranie leżało rozrzucone niedbale na brzegu, jakby powodowana jakimś nagłym pogańskim impulsem rozebrała się tam, żeby popływać. Okazało się, że to pielęgniarka, żona, matka dwojga dzieci i że mieszkała na tyle blisko szpitala, by wczesnym wieczorem wracać z pracy do domu pieszo. Niedługo potem policja znalazła trzech młodych mężczyzn – Orcotta, Clerkmana i Sabbateau – którzy zabawili się z nią, potem zaszlachtowali, po czym szybko wyrzucili pokiereszowane ciało, nieudolnie pozorując utonięcie. Orcott miał kochającego wujka, Bentona Orcotta, który był właścicielem trzech kwiaciarni. To od niego pożyczyli samochód dostawczy. Z tyłu umieścili stary materac i nazwali furgonetkę wozem do rżnięcia. Zbrodnie popełniali w trasie, gdy zmieniali się za kierownicą i na fotelu obok kierowcy, a jeden zawsze był z porwana kobietą. Żona Bentona Orcotta, Verbina, gardziła swoim bratankiem, uważając, że jest beznadziejnym, zdeprawowanym ćpunem. Przekonana, że w końcu uszkodzi samochód, nazajutrz rano obejrzała go dokładnie. Nie zdołała wprawdzie znaleźć żadnej rysy ani wgniecenia, ale pod fotelem pasażera znalazła pielęgniarski czepek, a w nim majtki, które jeden z gwałcicieli zachował na pamiątkę i zapomniał zabrać z szoferki. Zadzwoniła na policję. Dwa dni później śledczy znaleźli materac przechowywany – bo miał się jeszcze przydawać – w opuszczonym budynku naprzeciwko kamienicy, w której mieszkał jej bratanek. Wszyscy trzej byli absolwentami szkoły średniej, nie potrafili znaleźć sobie miejsca na wiecznie kulejącym rynku pracy. Adwokat oskarżonych ubolewał, że społeczeństwo zawiodło ich nadzieje. Pielęgniarka miała na imię Claire. Pochodzi ono od łacińskiego słowa *clarus*, które znaczy „przejrzysty, jasny, promienny". Sabbateau zeznał, że wybrali ją, ponieważ „była taka ładna, że wydawało się, że promienieje".

Nie podszedłem do okna, by zaczekać, aż spadnie śnieg, lub rozmyślać nad co bardziej przygnębiającymi chwilami w dziejach parku. Zwolniłem zatrzask, podniosłem dolną ramę i odkryłem na parapecie takie same, napisane mazakiem i przypominające alfabet grecki litery, jakie znajdowały się na parapecie okna sypialni. Zapewne znajdowały się one na wszystkich parapetach okiennych w mieszkaniu. Czując na rękach liźnięcia mokrego wiatru, opuściłem ramę i zatrzasnąłem okno. W małym holu wyjrzałem przez rybie oko judasza, żeby się upewnić, czy nikt nie czai się na podeście schodów na trzecim piętrze. Kiedy otworzyłem drzwi, okazało się, że próg mieszkania jest ozdobiony identycznym napisem. Zamknąłem drzwi, zaryglowałem je i stałem tam przez chwilę, zastanawiając się.

Te symbole – bądź najprawdopodobniej słowa – miały chyba powstrzymać jakiegoś wroga. Ryana Telforda nie powstrzymały; nie przeszkodziłyby też takim typom, jak ci trzej, którzy zamordowali pielęgniarkę. Bez względu na to, czego Gwyneth bała się najbardziej, nie był to nikt zrodzony z mężczyzny i kobiety.

31

Ojciec powiedział, że powinniśmy bać się Mglistych i Przejrzystych w równym stopniu, że ci drudzy są, na swój sposób, tak samo straszni jak ci pierwsi i że należy ich traktować z ostrożną obojętnością. Chociaż zawsze byłem mu posłuszny, chociaż nigdy nie spojrzałem Przejrzystemu w oczy ani nie starałem się wzbudzić zainteresowania Przejrzystych, nie bałem się ich. Tak naprawdę ich widok nadal sprawiał mi przyjemność.

Przez większość życia byłem mniej lub bardziej szczęśliwy, po części dlatego, że świat ma nieskończenie wiele uroku, jeśli tylko pragnie się to dostrzec. Poza tym liczne tajemnice, które skrywa, fascynują mnie i budzą we mnie nadzieję tak głęboką, że gdybym miał wyrazić to szczerze i szczegółowo w rękopisie o treści zdecydowanie bardziej filozoficznej niż ten, to przypuszczalnie każdy normalny człowiek, z tych, którzy chodzą swobodnie w świetle dziennym, uznałby go za dzieło niepoprawnego optymisty, zasługujące jedynie na drwiny.

Oczywiście miewam również okresy melancholii, ponieważ w glinie i kamieniu, z których ulepiony jest świat, kryje się smutek. Większość tych smętnych chwil zdarzyła się w roku śmierci Ojca, gdy przekonałem się, jak trudno jest być samemu po długich latach w jego towarzystwie.

Tamtej nocy, niewiele ponad pięć lat przed spotkaniem Gwyneth, ośmielając się wyjść na powierzchnię, natrafiłem na spektakl tak zachwycający, że moja melancholia zniknęła. Nazwałem go w myślach Synodem. To słowo uznałem za właściwe, choć wówczas nie wiedziałem dlaczego.

Był wyjątkowo chłodnym sierpień. Po pierwszej w nocy wyszedłem na powierzchnię i gdzie tylko spojrzałem, tam widziałem Przejrzystych. Nosili to, co zawsze: białe buty na miękkiej podeszwie, luźne spodnie z gumką w pasie oraz koszule z rękawami trzy czwarte, jedni ubrani w całości na biało, inni na szaroniebiesko, jeszcze inni w kolorze bladozielonym, jakby w tych ubraniach mieli stanowić personel szpitalnych izb przyjęć i sal operacyjnych. Byli tam mężczyźni i kobiety wszystkich ras, ale wydawało się, że są z grubsza w tym samym wieku, od trzydziestu do trzydziestu pięciu lat. Chodzili po gzymsach, po ośmiu, dziesięciu lub nawet więcej na jeden budynek, i jarzyli się na dachach, spacerowali po chodnikach, kroczyli śmiało środkiem ulicy, stali na skrzyżowaniach. W budynkach ze szkła o gładkich ścianach Przejrzyści stali, promieniejąc w niektórych oknach, i wyglądali na zewnątrz. Inni wędrowali po parkach, widziałem też, jak schodzili do stacji metra.

Nigdy wcześniej nie widziałem więcej niż czterech Przejrzystych w ciągu nocy. Byłem zachwycony widokiem tych tłumów.

Nie rozmawiali ze sobą ani nie sprawiali wrażenia zaangażowanych w jakieś skoordynowane działania. Wydawało się, że każdy zajmuje się spokojnie swoimi sprawami, czymkolwiek one były, niektórzy byli poważni, natomiast inni się uśmiechali. Czułem, że wszyscy słuchają czegoś, czego ja nie słyszę, to zaś mogło oznaczać, iż mają zdolności telepatyczne i są do siebie dostrojeni; nie mogłem jednak w żaden sposób tego sprawdzić.

Nieliczni kierowcy przejeżdżający o tej porze nie zdawali sobie sprawy z obecności tego świecącego tłumu. Przejeżdżali prosto przez nich i można było odnieść wrażenie, że zarówno Przejrzyści, jak i samochody to niezależne od siebie miraże, istniejące jakby w różnych wymiarach i połączone w tej jednej scenie wyłącznie za sprawą moich niezwykłych zdolności wzrokowych.

Kiedy z zachwytem mijałem kolejne przecznice, kilku Przejrzystych zerkało na mnie i wtedy natychmiast odwracałem wzrok. Ale w tym ułamku sekundy, gdy spotykały się nasze oczy, za każdym razem miałem wrażenie, że ktoś jeździ mi po plecach kostką lodu. Uczucie zimna było tak dojmujące, że nie zdziwiłbym się, gdyby się okazało, iż moja skóra pokryła się pęcherzami od kręgów szyjnych aż po kość ogonową.

Rzeczywiście budzili wówczas moje przerażenie, ale tylko przez chwilę, i nadal zachwycałem się ich widokiem.

147

Tamtej nocy widziałem tysiące Przejrzystych i już nigdy więcej nie byłem świadkiem takiego spektaklu.

Potem przez wiele dni czułem, że powinno wydarzyć się coś nowego, jakiś incydent, do którego jeszcze nigdy w tym mieście nie doszło i którego wcześniej nikt nie mógłby sobie wyobrazić. Ale czas płynął i nie stało się nic, co nie spotykało mieszkańców miasta na co dzień. Byłem lekko zawiedziony, dopóki nie pomyślałem, że ów niewyobrażalny epizod, którego oczekiwałem, był czymś, co Synod miał uprzedzić, nie ułatwić.

Uświadomiwszy to sobie, poczułem, że suchy lód znowu sunie po moim grzbiecie, chociaż po Przejrzystych nie było nawet śladu.

32

Czekałem na jednej ze ścieżek Riverside Commons, przy stawie, na zimnie, które wzmagało się z każdą minutą, i myślałem, że zaraz mogę zobaczyć, jak na powierzchni czarnej płytkiej wody tworzą się pierwsze kryształki lodu.

To nie Gwyneth się spóźniała, tylko ja przyszedłem kilka minut wcześniej. Nie pozbierałem wprawdzie wszystkich kawałków potłuczonego szkła i porcelany z kuchennej podłogi, ale nagle poczułem, że muszę natychmiast się stamtąd wydostać. Nie wiem dlaczego. Owładnęło mną uczucie, że zasuwając okno w sypialni, nie zamknąłem zatrzasku i ktoś lub coś wchodzi teraz po schodach pożarowych i zaraz znajdzie się w mieszkaniu, pełen złych zamiarów.

To przeczucie było tak silne, że zaniechałem ostrożności i wydostałem się stamtąd drzwiami, zbiegłem po schodach, ryzykując spotkanie z jednym z sąsiadów, i wypadłem na noc jak z katapulty. Na ulicy był ruch, ale nosiłem kaptur, kominiarkę oraz rękawiczki. Uskakując przed pojazdami przy gershwinowskiej rapsodii klaksonów i dźwiękach piszczących opon, przedostałem się na drugą stronę jezdni.

Tuż za bramą prowadzącą na Riverside Commons zatrzymałem się pod wielką sosną, gdzie oboje z Gwyneth staliśmy poprzedniej nocy, i spojrzałem z powrotem w kierunku kamienicy, spodziewając się, że zobaczę coś w oknie jej salonu, ale widać było jedynie niczym nieprzesłonięty prostokąt światła. Z nadzieją, że nikt nie zauważył, jak uciekałem, ruszyłem dalej ku stawowi, gdzie czekałem teraz na pierwszy lód.

Ponieważ wcześniej wspominałem zamordowaną pielęgniarkę znalezioną w wodzie i teraz znajdowałem się w pobliżu miejsca, w którym koroner wyciągnął ją na brzeg, zdjęła mnie litość – nie tylko dla tej martwej kobiety i jej rodziny, ale również dla tego miasta, chociaż ono z pewnością nie potrzebowało mojej litości. To uczucie stało się tak głębokie, że zrozumiałem, iż tracę samokontrolę, której potrzebowałem w każdej minucie pobytu na powierzchni ziemi.

Kiedy usiłowałem opędzić się od myśli o pielęgniarce, ni stąd, ni zowąd przyszła mi na myśl marionetka. Akurat ona. Choć może się to wydawać irracjonalne, zastanawiałem się, czy siedziała na tym brzegu tamtej ponurej nocy, przyglądając się, jak blade ciało kobiety unosi się na powierzchni stawu, a karpie koi wpadają na nią, żywiąc złudną nadzieję, że ich wielbiciele rzucili im do wody ogromny bochen chleba. Na pozór irracjonalne, owszem, ale ta myśl wryła mi się w świadomość i czułem w kościach, że to prawda. Żałowałem też, że przyszedłem na Riverside Commons wcześniej, niż było trzeba. Dokładnie w tym momencie z nieba spadły pierwsze płatki śniegu. Były duże jak płatki róży, kręciły się w ponurym mroku i rozbłyskiwały w świetle rozstawionych wzdłuż ścieżki lamp. Znikały wprawdzie w czarnej wodzie, ale za to na sztywnej brunatnej trawie i na chodniku zbierało ich się coraz więcej. Mniejsze płatki leciały za dużymi w takiej masie, że wiedziałem, iż nadciąga zadymka, którą miasto zapamięta na długo. Potem nocna bryza nasiliła się na tyle, by można ją było nazwać wiatrem.

Kiedy spojrzałem na zegarek po nieboszczyku na przegubie mojej dłoni, spostrzegłem, że nadeszła pora naszego rendez-vous. Punktualnie o ósmej land rover pojawił się na jednokierunkowej asfaltowej alejce dojazdowej, potem jednak zjechał na trawnik i dotarł nim na brzeg stawu; nieco wcześniej światła mijania przełączyły się na postojowe.

Samochód wydał mi się olbrzymi, chyba dlatego, że wiedziałem, iż Gwyneth jest drobna, i trudno było mi uwierzyć, że ważąca czterdzieści parę kilo dziewczyna może zapanować nad tak potężną maszyną. Byłem też trochę wystraszony, bo nigdy wcześniej nie podróżowałem samochodem osobowym; jechałem jedynie pod plandeką na platformie ciężarówki, i to tylko raz.

Czasami życie toczy się razem z tobą niczym głaz ze stromego wzgórza – jak w dniu gdy moja matka wysłała mnie samego w nieznane – i potem wszystko się zmienia. W momencie gdy Gwyneth zatrzymała obok mnie samochód, poczułem, że mój od dawna ustabilizowany świat znowu rusza z miejsca, z tego miejsca. Wprawdzie ten ruch bywa czasami czymś dobrym i możesz trafić do lepszego życia, wiedziałem jednak, że nie ma żadnych gwarancji.

Gdybym tamtego wieczoru wymienił tysiąc różnic pomiędzy moim przyszłym życiem a tym, jakie wiodłem przez ostatnich osiemnaście lat, oraz wyliczył potencjalne zyski i straty, moje przewidywania okazałyby się całkowicie chybione, a zyski i straty grubo niedoszacowane.

CZĘŚĆ DRUGA

—

Ćma zachwyca się płomieniem,
dopóki nie spali sobie skrzydeł

33

Wiedziałem, do czego służą pasy i że prawo wymaga, by je zapinać. Nigdy wcześniej jednak nie zależało od nich moje życie i chociaż zapięcie pasa wydawało się dość proste, gdy o tym czytałem, w praktyce dochodziłem do tego tak długo, że Gwyneth wyraziła żal, iż nie może mi pomóc. Powiedziała to z uroczą wyrozumiałością, bez zniecierpliwienia i szyderstwa. Gdyby jednak spróbowała mi pomóc, najprawdopodobniej dotknęlibyśmy się, czego przecież nie mogłaby znieść.

W końcu zrobiłem to, aczkolwiek w pasie nie czułem się bezpieczniej niż bez niego. Czułem się za to niebezpiecznie spętany. Zastanawiałem się, co jest bardziej ryzykowne: wypadnięcie przez przednie okno czy uwięzienie w pułapce płonącego samochodu z zapiętym pasem, którego klamra nie chce puścić.

– Poduszki powietrzne także ma? – zapytałem.

– Tak, oczywiście.

– Co muszę zrobić, żeby zadziałały?

– Nic. Działają samoczynnie.

– To chyba fajnie.

- Cóż, to proste. Tak czy inaczej, nie mam zamiaru z niczym się zderzyć.
- A zdarzyło ci się to już?
- Nie. Ale ja mało jeżdżę, prawie w ogóle nie siadam za kierownicę.

Włączyła światła mijania, zwolniła dźwignię hamulca i poprowadziła monstrualny SUV po trawniku do alejki dojazdowej z taką łatwością, jakby to była przejażdżka wagonikiem kolejki po szynach w parku rozrywki, takim z atrapą kierownicy.

Zapewniam was, że wrażenie było niesamowite – siedzieć w ciepłej kapsule z oknami, przez które dobrze widać wszystko, co się chce zobaczyć, i przemieszczać się gładko przez zimną noc, najpierw po trawie, a potem po asfalcie. W wielu książkach są elektryzujące sceny z udziałem samochodów osobowych i ciężarówek, ale żadna z nich nie przygotowała mnie na czystą przyjemność tej jazdy, na wrażenia jak z lotu czarodziejskim dywanem.

Kiedy Gwyneth skręciła i wyjechała z parku w szeroką aleję, zapytałem:
- Jak, mimo swojej socjofobii, nauczyłaś się jeździć samochodem?
- Tato mnie nauczył. Kiedy skończyłam trzynaście lat, kilka razy pojechaliśmy daleko na wieś, sami, tylko we dwoje. Martwił się, że gdy w końcu odejdzie, może się zdarzyć coś takiego, iż będę musiała wyjechać z miasta.
- Coś takiego jak dziś?
- Jak cokolwiek. Wszystko może się zdarzyć.
- Dokąd pojechałabyś, gdybyś jednak opuściła miasto?
- Jest takie miejsce, ale w tej chwili to bez znaczenia.

Na ulicach był duży ruch, wokół nas tłoczyły się auta.

Wozy dostawcze. Autobusy. Na chodnikach ciepło opatuleni ludzie szli w pośpiechu w zimowych ciemnościach.

– Odbierając prawo jazdy, musiałaś znaleźć się w otoczeniu wielu osób, w biurze wydziału komunikacji lub innym miejscu.

– Nie mam prawa jazdy.

Trudno powiedzieć, że mnie tym zaszokowała, ale wpadłem w lekką konsternację.

– Jazda bez niego jest niezgodna z prawem.

– To nielegalne – przyznała – ale nie niemoralne.

– A jeżeli spowodujesz wypadek i zrobisz komuś krzywdę?

– Wypadek może się zdarzyć każdemu, z prawem jazdy czy bez. Wina nie polegałaby na jeździe bez dokumentu, lecz na nieuwadze, brawurze albo na prowadzeniu po spożyciu alkoholu.

– Nie jeździsz po alkoholu, prawda?

– Nie. Nieuważnie i brawurowo również nie.

Przez minutę rozważałem to wszystko i sądzę, że Gwyneth zastanawiała się, co oznacza moje milczenie.

– Więc? – powiedziała.

– Cóż, w takim razie chyba wszystko gra.

– Bo tak jest – zapewniła.

– W porządku. Dobrze. Widzisz, co ten śnieg wyprawia?

– Pada.

– Mam na myśli to, że krążąc w powietrzu nad maską silnika i dachem, nie dotyka szyby.

– Kiedy się poruszamy, tworzymy cień aerodynamiczny, który unosi śnieg nad nami. – Gwyneth zatrzymała się na czerwonym świetle i wtedy śnieg od razu przywarł do ciepłego szkła i się stopił. – Widzisz?

– Super – odparłem.

Jakiś Przejrzysty w niebieskim szpitalnym uniformie wyłonił się z zacinającego śniegu i wszedł na jezdnię, obojętny na paskudną pogodę. Na środku skrzyżowania przystanął i obrócił głowę na boki, jak to czynią Przejrzyści, być może szukając czegoś, lecz najwyraźniej nasłuchując raczej, niż patrząc.

Światło się zmieniło i Gwyneth najechała na Przejrzystego. Widziałem, jak przechodzi przez samochód między naszymi fotelami, ale nie odwróciłem się, by zobaczyć, czy oddala się przez tylną klapę.

Nic o nim nie powiedziałem, bo co mógłbym powiedzieć? Gwyneth tolerowała mój kaptur, kominiarkę i rękawiczki, mój brak doświadczenia i to, co zapewne wydawało się jej wytworem paranoi – przekonanie, że jeśli nie wszyscy, to większość ludzi będzie reagować na mój widok odrazą i przemocą. Gdybym jej jeszcze powiedział o Przejrzystych i Mglistych, mogłaby uznać, że jak na jej gust jestem odrobinę zbyt zakręcony, zatrzymać samochód przy krawężniku i kazać mi wysiąść.

Nasze stosunki były delikatne, być może podobnie jak krystaliczna i misterna struktura tych pierwszych wielkich płatków śniegu, które wirowały wokół mnie na Riverside Commons. Zaakceptowaliśmy siebie nawzajem od razu, ponieważ nie potrafiliśmy zaakceptować nikogo innego. Podziwiałem jej śmiałe próby radzenia sobie ze swoją fobią, a ona chyba podziwiała, jak uporałem się z tym, co – jak przypuszczała – było skutkiem irracjonalnej paranoi. Byliśmy wyrzutkami, ona z wyboru, ja za sprawą stanu, w jakim przyszedłem na świat, to jednak nie gwarantowało przyjaźni. Gwyneth nie chciała świata, a świat nie chciał mnie; gdy o tym myślałem, stawało się dla mnie jasne, że jesteśmy mniej podobni do siebie, niż się wydaje, że między nami w każdej chwili mogą powstać napięcia, które doprowadzą do ostatecznego rozstania.

Ja już ją kochałem. Byłbym gotów adorować ją przez całe życie, nie dotykając jej, ale nic nie wskazywało na to, że ona kocha mnie w taki sam sposób, ani że w ogóle darzy mnie miłością. Gdyby zaczęła podejrzewać, jak głębokie żywię do niej uczucia, to z uwagi na swoją socjofobię mogłaby się wycofać i mnie porzucić. Być może nie byłaby w stanie kochać mnie tak, jak ja ją, a tym bardziej tak gorąco, jak z pewnością pokochałbym ją z upływem czasu. Nadzieję czerpałem z tego, że ona najwyraźniej kochała swojego ojca. Potrzebowałem tej nadziei, ponieważ jej utrata po tym, jak doznawałem jednej straty za drugą, mogłaby w końcu mnie złamać.

Wcześniej nie zamierzałem o to pytać, ale teraz zmieniłem zdanie.

– Dokąd jedziemy?

– Zobaczyć się z kimś.

– Z kim?

Do tamtego momentu gotycki makijaż Gwyneth wydawał się egzotyczny i dziwaczny, ale nie stwarzał wrażenia, że ona sama może być groźna. Teraz jej twarz stężała, usta stały się niczym rysa na kamieniu, zęby zacisnęły się tak, jakby wgryzła się w coś, co chciała rozszarpać, a szkarłatny koralik na przekłutej wardze lśnił i drżał jak kropla prawdziwej krwi.

– Nikt nie wie, jak ta dziewczynka się nazywa – wyjaśniła w odpowiedzi na moje pytanie. – Mówią, że nie żyje, ale ja nie chcę w to wierzyć. Nie chcę.

34

Ulica, wysadzana klonami, których nagie gałęzie two-rzyły fotogeniczną strukturę, pełną doskonałego wdzięku, gdy były zielone, i ogniście czerwoną na jesieni, znaj-dowała się w przyjemnej okolicy. Żółty murowany dom stał za małym ogrodem i podwyższoną werandą, ozdo-bioną bożonarodzeniowymi lampkami. Na drzwiach wisiał wieniec.

Kiedy Gwyneth zaparkowała przy krawężniku, spodzie-wałem się, że zostanę w samochodzie, ale ona powiedziała:

– Chcę, żebyś wszedł ze mną. Będziesz bezpieczny.

– Jedyny dom w tym mieście, w którym byłem, należy do ciebie. Jedyny. Dom to pułapka, miejsce, którego nie znam i w którym jest za mało wyjść ewakuacyjnych.

– Nie ten.

– Nie mogę.

– Możesz, Addisonie.

Zsunąłem się niżej na fotelu.

– Oni nie zrobią ci krzywdy – zapewniła Gwyneth.

– Kim są oni?

– Opiekują się nią.

– Tą dziewczynką bez imienia?

– Tak. Chodź. Chcę, żebyś ją zobaczył.

– Dlaczego?

Otworzyła już usta, by odpowiedzieć – i zabrakło jej słów. Przez chwilę patrzyła na czarne konary klonów, na których korze wiatr powoli splatał białą koronkę. Potem odparła:

– Nie wiem. Nie wiem, dlaczego tego chcę. Ale wiem, że musisz to zrobić. To ważne. Wiem, że to ważne.

Wziąłem głęboki oddech i wypuściłem powietrze, jakbym wraz z nim pozbywał się wątpliwości.

– Zadzwoniłam do nich. Wiedzą o naszym przyjeździe. Powiedziałam im, że masz... problemy. Poważne problemy. Rozumieją mnie, to, jaka jestem. Uszanują twoją odmienność.

– Skoro ty się ich nie obawiasz, to ja chyba też nie powinienem.

Mimo tego, co powiedziałem, bałem się wejść do środka. Wysiadłem jednak, zamknąłem drzwi i czekałem, aż Gwyneth obejdzie samochód od przodu.

Śnieg natychmiast ozdobił jej czarne włosy diamentami płatków, a jego cienka warstwa na chodniku przystroiła noski srebrnych butów białymi pióropuszami.

W tym momencie zdałem sobie sprawę z kolejnego, poza czarnymi rombami makijażu i oczami, podobieństwa między nią a marionetką. Kukiełka miała na sobie czarny smoking z czarną koszulą i białym krawatem, a Gwyneth, jeśli nie liczyć butów, też ubierała się na czarno.

Mało brakowało, a zawróciłbym, ale kochałem ją, więc poszedłem za nią przez furtkę w żelaznym, zakończonym ostrymi grotami ogrodzeniu.

– Ma na imię Walter – uprzedziła. – Jest wdowcem z dwójką małych dzieci. Był wojskowym sanitariuszem, a teraz jest asystentem lekarza.

Raczej kroczyła, niż stąpała, i wydawało się, że się wręcz ślizga po powierzchni chodnika. Pomyślałem, że ta dziewczyna nigdy nie straci równowagi na zdradliwym podłożu ani nie poślizgnie się na lodzie, tak niezwykła była jej pewność siebie.

Wchodząc na werandę, dodała:

– Jego siostra, Janet, też tu mieszka. I jedna starsza kobieta, Cora. Janet i Cora są pielęgniarkami. Pacjentka nigdy nie zostaje sama na dłużej niż kilka minut.

– Nie jest ich dla ciebie za dużo?

– Oni rozumieją mój problem i nie podchodzą za blisko. Dbają o to, by w pokoju przebywały ze mną maksimum dwie osoby. Nic ci się nie stanie.

– Tego nie wiem.

– Ja wiem – odparła. – Nic ci się nie stanie.

Po naciśnięciu dzwonka rozległy się kuranty, które słyszeliśmy przez ozdobione wieńcem drzwi, stojąc na świątecznie oświetlonej werandzie.

Drzwi otworzyły się niemal natychmiast i jakiś mężczyzna rzekł:

– Gwyn, brakowało nam twoich wizyt.

Nie widziałem go, ponieważ głowę miałem spuszczoną ze strachu, że kominiarka nie będzie mnie wystarczająco maskować, że mężczyzna rozpozna mnie po oczach.

– U mnie nic się nie zmieniło, Walterze, więc nieczęsto gdziekolwiek jeżdżę. Ale dzisiejszy wieczór jest... szczególny.

Pełen obaw wszedłem za nią do holu z podłogą z desek i okrągłym dywanem w kwiaty. Z telewizora w sąsiednim pokoju wydobywał się czyjś poważny głos.

– A to pewnie Addison – rzekł Walter, a ja odparłem:

– Przepraszam, że mam mokre buty.

– Drobiazg, to tylko trochę śniegu – uspokoił mnie gospodarz.

Podobało mi się brzmienie jego głosu. Sprawiał miłe wrażenie. Zastanawiałem się, jak wygląda, ale nie uniosłem głowy, by to sprawdzić.

162

- Pamiętaj o zasadach Addisona, jak ci mówiłam – przypomniała Gwyneth, a on odparł, że pamięta. – A gdzie dzieci? – zapytała.

- W kuchni. Wiedzą, że mają tam zostać.

- Bardzo chciałabym je zobaczyć, naprawdę, ale to źle działa na Addisona.

Zastanawiałem się, jak Walter oceniał stopień mojej neurozy. Pewnie sądził, że jestem na dobrej drodze do szaleństwa.

- Janet jest w kuchni. Gdy zadzwoniłaś, robiła kolację, ale czeka z podaniem posiłku.

- Przepraszam, że uprzedziłam was tak późno.

- Przecież masz się tu czuć jak u siebie. Nie musisz nas wcale uprzedzać. Pójdę sprawdzić, czy potrzebuje pomocy przy dzieciach lub w czymś innym.

Kiedy zostaliśmy w holu tylko we dwoje, Gwyneth zapytała:

- Dobrze się czujesz?

- Taa... w porządku. A ty?

- Bywało lepiej.

Uniosłem głowę i ogarnąłem wzrokiem hol. Sklepione przejście po prawej stronie prowadziło do salonu. Wszystko było czyste, schludne, jasne i ładne, hol był urządzony harmonijnie i pozbawiony kontrastów. Pomyślałem, że mieszkańcy tego domu muszą się czuć bezpieczni, i cieszyło mnie to, a nawet więcej – byłem szczęśliwy, że oni, i nie tylko oni, mogą wieść takie życie.

Głos w telewizorze oznajmił, że zaraza w Chinach zaczęła się tak naprawdę za chińską granicą, w Korei Północnej.

Z kuchni do holu wyszła jakaś kobieta i znowu po-

163

chyliłem głowę. Powitała Gwyneth i przedstawiła się – miała na imię Janet – a ja powiedziałem, że miło mi ją poznać, patrzyłem jednak tylko na okrągły dywan.

Janet zaprowadziła nas na piętro. Czekaliśmy u szczytu schodów, a ona poszła do pokoju na końcu korytarza, gdzie Cora, starsza z pielęgniarek, doglądała tej bezimiennej dziewczyny.

Poczułem, że po schodach wszedł za nami cichaczem, blokując wyjście, ktoś mający złe zamiary, więc odwróciłem się, by spojrzeć, ale nikogo tam nie było.

Janet i Cora wyszły z pokoju pacjentki, weszły do drugiego, położonego na wprost, po przeciwnej stronie korytarza, i zamknęły drzwi.

– To ważne – powiedziała Gwyneth.

– Nie wątpię.

– Teraz już wiem, po co cię tutaj przywiozłam.

– Po co?

Zamiast odpowiedzieć, ruszyła korytarzem w stronę otwartych drzwi, a ja poszedłem za nią. W progu zawahała się. Podniosła ręce, jakby chciała zakryć twarz, potem jednak zacisnęła je w pięści i na tej bliżej mnie tatuaż przedstawiający niebieską jaszczurkę wygiął się tak, że wydawało się, iż gad może zaraz ożyć i zeskoczyć z jej skóry. Ze zmarszczonym czołem, mocno zamkniętymi oczami, zaciśniętymi szczękami i pulsującą tętnicą skroniową Gwyneth wyglądała tak, jakby cierpiała lub usiłowała stłumić wielki gniew. Potem jednak pomyślałem – sam nie wiem dlaczego – że widocznie w takiej pozie się modli, o ile w ogóle to robi.

Otworzyła oczy i opuściła pięści. Weszła do pokoju. Ze względu na mnie zgasiła górne światło i użyła ściemniacza w lampie do czytania, by osłabić jej blask do tego stopnia, że trudno było dostrzec moje oczy pod kapturem.

Spojrzałem na drzwi, za którymi schroniły się Janet i Cora, a potem w kierunku schodów.

Przestępując próg pokoju, spostrzegłem na nim tajemniczy napis, który wcześniej odkryłem w wejściach do mieszkania Gwyneth.

Duży pokój mieścił dwa fotele, stoliki, komodę i szafki nocne. Były w nim także dwa łóżka: szpitalne i drugie, stojące dalej, starannie posłane i udekorowane ozdobnymi poduszkami.

Górna część ruchomego materaca była podniesiona, a na niej, spoczywając w sferze głębszej niż zwykły sen, leżała około sześcioletnia dziewczynka. Gdyby była awatarem, wcieleniem nie bogini, lecz ideału, jej twarz byłaby odpowiednia dla awatara pokoju i miłosierdzia, bądź nadziei, a gdyby była zdolna do ekspresji mimicznej, jej uśmiech mógłby działać cuda.

Stojąc obok dziewczynki, patrząc na nią, lecz zwracając się do mnie, Gwyneth powiedziała:

– Jeśli Ryan Telford mnie zabije, jeśli ktokolwiek to uczyni, musisz się nią zaopiekować. Chronić ją. Za wszelką cenę. Każdą cenę.

35

Bezdomny mężczyzna zobaczył nocą dno konsumowanej właśnie butelki i później budził się wielokrotnie ze snów o niedostatku. W tych snach wszyscy, których zawiódł w swoim życiu, wracali, by udaremnić wszelkie

jego próby nabycia choćby półlitrowego wytworu sztuki go-
rzelniczej. I dlatego, wbrew swoim nawykom, już o pierwszym brzasku wyruszył spenetrować zaułki handlowe
w swoim rewirze, szukając puszek po napojach gazowanych i innych skromnych skarbów w wystawionych na
zapleczu kontenerach na śmieci, które od dawna utrzy-
mywały go przy życiu.

I tak się złożyło, że w kontenerze na śmieci znalazł
nagie ciało około trzyletniej dotkliwie pobitej dziewczynki, które uznał za zwłoki, dopóki nie wydobyło się z niego
ledwie słyszalne kwilenie. Przypomniało mu ono miau-
czenie przejechanego przez samochód kotka, którego
kiedyś znalazł kilka minut przedtem, nim ranny czworo-
nóg rozstał się z tym światem. Przez prawie całe życie
wybierał ucieczkę od obowiązków. Ale w głębi jego duszy
pozostało zasuszone ziarno lepszego człowieka, którym
kiedyś miał nadzieję się stać, i stłumiony płacz dziecka
przemówił do tej pozostałości. Odkrył, że jest jeszcze
zdolny do litości.

W swoim znoszonym do cna, połatanym i zatłuszczo-
nym ubraniu, ze splątanymi włosami sterczącymi spod
poplamionej i pogniecionej brązowej fedory, od dziesięcioleci niewidywanej na głowach mężczyzn w tym mieście,
z oczami sinymi niemal od nabiegłej krwi i nosem pokrytym nieregularną siatką naczyń włosowatych, kopnia-
kiem otworzył drzwi do popularnej cukierni mieszczącej
się przecznicę dalej. Z posiniaczoną dziewczynką na swoich długich kościstych rękach, płacząc gorzko i krzycząc:
„Wezwijcie karetkę!", wkroczył pomiędzy zdumionych
klientów czekających na złożenie zamówienia; dwaj z nich
byli policjantami.

Z początku, ale niezbyt długo, podejrzewano, że to on jest odpowiedzialny za stan dziewczynki. Odkrycie jej ciała w kleistych stertach śmieci nadszarpnęło jednak już i tak kruche zdrowie menela, więc gdy zabrano dziewczynkę z jego rąk, nie mógł ustać dłużej prosto ani opanować drżących dłoni, którymi na przemian skrobał po podłodze w bezsensownych gestach, szarpiąc się za twarz i pierś, jakby przywarło do nich coś odrażającego, co rozpaczliwie pragnął zrzucić. Zakończył ten ranek nie w więziennej celi, lecz jako pacjent w tym samym szpitalu, do którego przewieziono pośpiesznie małą.

Lekarze stwierdzili, że była nie tylko bita, ale i torturowana, i to nie raz, lecz wielokrotnie, być może przez ponad połowę jej mniej więcej trzyletniego życia. Policja nie zdołała odnaleźć jej rodziców. Rozpowszechnienie wykonanego ołówkiem portretu dziewczynki nie doprowadziło do uzyskania żadnych przydatnych wskazówek od ludzi, a zdjęcie, zrobione, gdy zbladły siniaki na jej buzi, również nie przyniosło żadnych tropów. Śledczy doszli do wniosku, że przez większość swojego krótkiego życia była skrycie więziona, a w takich wypadkach, z nielicznymi wyjątkami, to właśnie matka i ojciec bądź jedno z nich, jeśli oboje nie przebywają z dzieckiem, znęcają się nad ofiarą.

Podczas leczenia dziewczynka trafiła pod opiekę kuratora sądowego. W ciągu miesiąca rany się zagoiły, ale ona się nie obudziła. Sześćdziesiąt dni po jej znalezieniu rokowania co do wyjścia ze śpiączki były fatalne. Lekarski zespół doradczy orzekł jednomyślnie, że choć u dziewczynki z formalnego punktu widzenia nie doszło do śmierci mózgu, już na zawsze będzie ona w stanie wegetatywnym.

Zgodnie z aktualną wiedzą bioetyków osoba w takim stanie, pozbawiona jedzenia i płynów, nie mogła odczuwać bólu. Sąd nakazał usunięcie rurki, którą pożywienie wprowadzano do jej żołądka, i zaprzestanie wszelkich nadzwyczajnych prób utrzymania jej przy życiu, aczkolwiek ów nakaz wstrzymano na piętnaście dni, by dać organizacjom praw pacjentów czas na wniesienie odwołania.

Wszystko to usłyszałem od Gwyneth, gdy w żółtym domu z cegły staliśmy po przeciwnych stronach łóżka bezimiennej dziewczynki, a za oknem zacinał śnieg i hulał zimny wiatr, z cicha przypominając mieszkańcom tego miasta, że świat został stworzony tak potężnym, iż może w każdej chwili równać z ziemią ich największe dzieła, choć tylko nieliczni ludzie przyjęliby to z taką pokorą. Zaskoczyła mnie, gdy w trakcie opowieści sięgnęła po rączkę dziewczynki i ujęła ją w swoje dłonie. Oprócz jej ukochanego ojca, póki żył, była to jedyna osoba, której dotyku się nie bała.

Walter pracował w szpitalu, w którym opiekowano się małą. Zadzwonił do Gwyneth z informacją, że lekarze z zespołu doradczego są pewni, iż sędzia, który podzielał ich negatywne nastawienie do nadzwyczajnej opieki nad osobami w śpiączce, odrzuci wszelkie odwołania bez względu na ich zasadność, ale w tym momencie dziewczynka i tak albo poważnie ucierpi wskutek odwodnienia, albo umrze, a wszystko to stanie się, zanim jakaś protestująca organizacja zdoła znaleźć życzliwego sędziego w sądzie wyższej instancji, gotowego odroczyć decyzję kolegi po fachu.

– Skąd znałaś Waltera?

– Mój ojciec spędził kiedyś kilka dni w szpitalu z powodu krwawiącego wrzodu. Za dnia opiekowała się nim żona Waltera. Okazała mu dużo życzliwości. Po wypisaniu ojca utrzymywałam z nią kontakt. Kiedy bardzo młodo zmarła, dwa lata po śmierci taty, przekonałam mojego opiekuna, by stworzył fundusz powierniczy na wykształcenie dzieci Waltera.

– I Walter miał nadzieję, że weźmiesz na siebie koszty opieki nad tą dziewczynką.

Gwyneth pokręciła głową.

– Gdy do mnie zadzwonił, tak naprawdę nie wiedział, czego chce. Powiedział tylko, że jego zdaniem mała nie jest w stanie wegetatywnym.

– On nie jest lekarzem.

– Nie. To asystent lekarza. Ale powiedział też, że w tej dziewczynce jest coś szczególnego, nie potrafił określić co, ale to czuł. Poprosił, żebym ją odwiedziła. Wprowadził mnie ukradkiem do jej pokoju po północy, gdy na oddziale było na tyle mało osób, bym nie straciła panowania nad sobą.

– Przecież jesteś opanowana.

– Różnie z tym bywa.

Wskazując na bezwładną rękę dziewczynki, którą Gwyneth trzymała w swoich dłoniach, zapytałem:

– Tamtej nocy też jej dotknęłaś?

– Tak. Nie wiem, dlaczego się odważyłam, ale dotknęłam jej.

– I sądzisz, że ona jest wyjątkowa?

– Tak.

– Dlaczego?

Gwyneth pochyliła się, by pocałować dłoń małej.

– Nie jestem pewna, co sądzę na jej temat, ale wiem

na pewno, że powinnam ją chronić, dopóki się nie obudzi i nie powie, jak się nazywa.

– Jesteś taka pewna, że ożyje.

– Owszem. Jestem pewna nawet mimo tego... – Delikatnie odgarnęła lniane włosy z lewego policzka dziewczynki, ukazując wgniecenie w miejscu, gdzie skroń łączyła się z czołem, ślad poczynań jakiejś bestii, która złożyła swój podpis nie piórem, lecz przedmiotem tępym i twardym jak kamień.

– Jak trafiła tutaj?

– Opowiem ci przy kolacji. Nie chcę dłużej przysparzać kłopotu Walterowi i jego rodzinie. Poczekaj na mnie na werandzie, a ja tymczasem pogadam z Janet i Corą.

Zszedłem do holu. Ktoś wyłączył telewizor. Stałem sam w cieple i ciszy, w szerokim sklepionym przejściu do salonu, wciąż zdenerwowany, lecz mimo to skłonny jeszcze przez chwilę napawać się urokiem domowego ogniska.

Na lewo od przejścia, na jakiejś szafce, paliła się świeca, na wszelki wypadek umieszczona w pojemniku z przezroczystego szkła z perforowanym wieczkiem. Ów lampion służył do oświetlenia kapliczki z porcelanową figurką Matki Świętej.

Wszedłem do salonu, by się lepiej przyjrzeć dwóm oprawionym w ramy fotografiom, które wisiały po obu stronach świętego posążka, i ujrzałem na nich jakąś kobietę. Obiektyw aparatu nie tylko uchwycił jej urodę, ale również życzliwość oraz inteligencję. Refleksy płomienia ofiarnego kładły się na ramach ze srebra, w której złotnik wygrawerował różany wzór.

Stanąłem na werandzie, u szczytu schodów i obserwowałem widmowy pochód śniegowych zasp rzeźbionych

170

przez wiatr, co chwilę zmieniających kształt i przesuwających się przez smugi światła latarni i strefy cienia. Nagie i czarne konary klonów wystukiwały idiotyczny rytm i trzeszczały niczym stopnie schodów w domu zrobionym przez marnego cieślę.

Po chwili Gwyneth wyszła na werandę, zamknęła drzwi domu i stanęła przy mnie.

– Zachowywałeś się bez zarzutu. Nie było tak źle, prawda?

– Było źle, nadspodziewanie źle, tyle że pod innym względem, niż myślałem.

– Chodź. Czekam na parę telefonów, ale tymczasem zjemy jakąś kolację.

W land roverze, gdy uruchamiała silnik, zapytałem:

– Żona Waltera okazała twojemu ojcu życzliwość.

– Z tego, co o niej wiem, była życzliwa dla wszystkich.

– Ona nie umarła tak po prostu, została zamordowana, prawda?

– Tak.

– Miała na imię Claire?

– Zatem znasz tę sprawę.

– Było ich trzech. Ukryli jej ciało w stawie na Riverside Commons. Wyrzucili ją jak śmieci.

Z kratek nawiewu wylewało się ciepłe powietrze i zimno ustępowało stopniowo, a my siedzieliśmy w milczeniu – nie patrząc na siebie ani się nie dotykając, ale będąc blisko.

Potem Gwyneth powiedziała:

– Ryan Telford jest znanym, szanowanym i świetnie wykształconym człowiekiem, piastuje prestiżowe stanowisko, ale za tym wszystkim kryje się ktoś dokładnie taki jak tamci trzej. Zdolny do wszystkiego. W ostatecznym rozrachunku takim jak oni chodzi o jedno, o władzę. O władzę nad innymi, rozkazywanie, co masz robić, zabranie ci tego, co posiadasz, wykorzystanie ciebie zgodnie z ich widzimisię, poniżenie, złamanie i zmuszenie do posłuszeństwa, a w końcu pozbawienie wiary w prawdę, sprawienie, byś rozpaczał, że nie ma nadziei i nigdy nie było. Od wczorajszej nocy wie, że stanowię dla niego zagrożenie. Na to nie można pozwolić. Wpadł w furię. Nic go nie powstrzyma.

– Może się dowiedzieć o tym domu?

– Nie sądzę. O miejscu, w którym dzisiaj zatrzymam się na noc, też nie. Ale przy jego koneksjach niczego nie mogę być pewna. Nie powinnam cię prosić, byś chronił tę dziewczynkę. Biorąc pod uwagę twoje ułomności, to zbyt trudne zadanie.

– Tobie twoje ułomności w tym nie przeszkodziły. Gdyby miało do tego dojść, dałbym sobie jakoś radę. Ale do tego nie dojdzie. Masz dowody na popełnioną przez niego kradzież?

– Zdobycie ich wymagało czasu, ale mam. Dowody to nie problem. Wielką niewiadomą jest to, komu je powierzyć.

– Policji – odparłem.

– Policja, biuro prokuratora okręgowego, sądy... wszędzie tam znajdziesz porządnych ludzi, Addisonie. Panuje tam jednak również głęboka demoralizacja. To miasto inne niż kiedyś. Wszyscy mówią o sprawiedliwości, ale tam, gdzie nie ma prawdy, sprawiedliwości być nie może, a żyjemy w czasach, gdy prawdę rzadko się uznaje i często miewa się ją w pogardzie. To chlew, a pieniądze są błotem, na ogół to brudna forsa lub lekkomyślnie trwonione podatki i pławi się w tym więcej ludzi, niż mógłbyś sobie wyobrazić. Jeśli te dowody przekażę w niewłaściwe ręce, będą przy nich majstrować dopóty, dopóki nie przestaną mieć jakiejkolwiek wartości, a ja z dnia na dzień przysporzę sobie następnych wrogów.

Kiedy ruszała od krawężnika, śnieg spadał niczym prochy z wypalonego niewidocznego nieba. Mimo swego blasku, otaczające nas miasto wydawało się mroczne, a miliony jego mieszkań nie zapewniały bezpiecznego schronienia.

36

Ojciec zmarł w noc spowitą w gęsty śnieg. Ulice były niemal nieprzejezdne z powodu strajku pracowników miejskiego Wydziału Dróg i Urządzeń Sanitarnych, którym burmistrz bał się stawić czoło. Pługi nie odgarniały śnieżnego puchu na brzeg chodnika, wywrotki nie czekały na załadunek. Ponieważ burza przyniosła obfite opady, ale obyło się bez wiatru, na każdej poziomej powierzchni tworzyły się idealnie równe warstwy, gładkie jak szkło. Daszki na sygnalizatorach świetlnych nosiły białe kaptury, a pod nimi paliły się cyklopowe oczy, które – gdy nie były ciemne jak u ślepca – miały czerwony, zielony bądź żółty kolor. Jedyne pojazdy na jezdni – kilka biało-czarnych SUV-ów z napędem na cztery koła, z policyjnymi tarczami na drzwiach, oraz zabezpieczona przed mrozem karetka o podobnej kolorystyce – ignorowały te sygnały i przejeżdżały przez skrzyżowania, nie zatrzymując się.

Czytaliśmy o prognozowanej burzy w gazecie podczas

naszej wieczornej wizyty w bibliotece i przygotowaliśmy się na nocne, bardziej niż zwykle atrakcyjne zwiedzanie miasta zaczarowanego przez śnieg. Ciepło odziani pod podszytymi polarem płaszczami przeciwdeszczowymi, w zimowych butach, rękawiczkach i kominiarkach, z zawiązanymi pod brodą kapturami, wyszliśmy na powierzchnię w dobrych nastrojach.

Podczas pierwszej godziny naszej wędrówki widzieliśmy wiele cudownych rzeczy, a jedna szczególnie utkwiła nam w pamięci, gdy znaleźliśmy się w miejscu, gdzie stała wspaniała katedra Świętego Saturnina z Tuluzy. Kościół i związane z nim budynki zajmowały cały kwartał na rozległym i płaskim Cathedral Hill. Niezbyt strome schody prowadziły do trzech wejść świątyni. W każdym z nich pod pięciolistnym łukiem wachlarzowym znajdowały się pokryte brązem drzwi. Dwie gotyckie wieże wznosiły się tak wysoko w ciemności nocy, że ich iglice znikały chwilami w kalejdoskopowych opadach śniegu.

Ulicą nadjechały sanie ciągnięte przez konia, niemal dorównującego wielkością koniom rasy Clydesdale. Tłumiony przez śnieg stukot podkutych kopyt i brzęk dzwonków na uprzęży świadczyły o jego realności, w którą inaczej trudno by nam było uwierzyć, tak fantastyczne było to zwierzę, podobnie jak czteroosobowy tobogan, do którego je zaprzężono. Przednie miejsca zajmowała jakaś para, druga siedziała z tyłu, a wszyscy byli ubrani jak postaci z powieści Dickensa: kobiety w czepkach i obszernych sukniach okrytych pelerynami, z futrzanymi mufami, w których ogrzewały dłonie; mężczyźni w szynelach i cylindrach, na szyjach jaskrawe apaszki. Uznaliśmy, że na pewno planowali to od dawna, jako żart, i cieszyła nas myśl, iż ktoś zadał sobie tyle trudu dla takiego głupstwa. Pomachaliśmy im, a oni odwzajemnili pozdrowienie i skręcili na zachód wzdłuż grzbietu katedralnego wzgórza.

Zainspirowani tym widokiem zaczęliśmy bitwę na śnieżki na środku ulicy, niedaleko za kościołem. Kiedy więc policyjny SUV wyjechał zza rogu i skierował się ku nam, byliśmy pochłonięci zabawą, a w mroźnym powietrzu niosły się salwy naszego śmiechu.

Być może dwaj policjanci z patrolu chcieli jedynie przestrzec przed kontynuowaniem naszej zabawy na środku jezdni, mimo że ruch uliczny zamarł niczym po dniu Sądu Ostatecznego. A może obawiali się, że uszkodzimy któryś z pojazdów zaparkowanych przy krawężniku, nieopatrznie zgarniając z popękanej powierzchni asfaltu kawałek smołowanego żwiru razem ze śniegiem i nadając ulepionej z niego śnieżce impet wystarczający, by rozbić szybę.

Pomachaliśmy im, żeby pokazać, że rozumiemy ich troskę, i przeszliśmy między dwoma zaparkowanymi autami na chodnik, zmierzając dalej na północ. Jednak ten gest i skwapliwe uznanie ich władzy najwyraźniej ich nie zadowoliły. Zawrócili za nami i reflektorem punktowym wyłowili nas z mroku nocy.

– Proszę się zatrzymać – polecił jeden z nich przez megafon.

Kiedy matka wyrzuciła mnie z domu, moje życie potoczyło się długą drogą zmiany, ale odkąd Ojciec uratował mnie przed spaleniem, przez dwanaście lat było lepsze i bardziej ustabilizowane. Jednak to, co wydarzyło się w ciągu następnych kilku minut, wydawało się nie drogą zmiany, lecz urwiskiem, z którego zepchnięto mnie w ciemność. Już nigdy nie będę w stanie wspominać tego bez bólu.

37

W land roverze, w środku miasta, pomyślałem, że padający śnieg zaczyna wyglądać złowieszczo, niemal identycznie jak ten, w którym zginął Ojciec, jakby w ciągu tych sześciu lat wiatr okrążył ziemię niezliczoną ilość razy i teraz wracał po mnie.

– Gdy Walter stracił Claire, zmienił się – powiedziała Gwyneth, kiedy zmierzaliśmy do miejsca, w którym schroniła się po ucieczce z mieszkania w pobliżu Commons. – Okrucieństwo, z jakim została zamordowana, a potem zakrawające na farsę wyroki uniewinniające zradykalizowały jego poglądy.

Jeden z trójki gwałcicieli, Clerkman, był synem długoletniego prezesa związku reprezentującego interesy miejskich policjantów i strażaków. Prasa i wszystkie odpowiedzialne władze uznały, że rodzinne koneksje Clerkmana nie wpłyną w żaden sposób na to, jak biuro prokuratora okręgowego zbierze dowody i jak będzie prowadzić sprawę.

W sądzie zapisy w ewidencji zgromadzonych dowodów rzeczowych wykazały, że czepek i majtki pielęgniarki zostały znalezione wraz z innymi częściami jej garderoby w pobliżu stawu. Funkcjonariusz, który oznaczał i pakował te rzeczy w foliowe worki, przeszedł już na emeryturę i wyjechał poza granice stanu; okazał się zbyt schorowany, by można go było wezwać przed oblicze sądu. Z niewyjaśnionych przyczyn prokurator był przekonany, że zapisy w ewidencji nie zostały zmienione i że czepek oraz majtki znalezione w furgonetce nie należały do pielęgniarki. Dlatego też obrońca oświadczył, że ciotka Orcotta, Verbina Orcott, twierdząca, że znalazła te części garderoby, umieściła je w sklepowej furgonetce, żeby obciążyć winą swojego bratanka, którego nienawidziła i uważała za narkomana. Czyż nie było prawdą to, że uważała, iż jej mąż jest naiwny i zbyt szczodry dla ich bratanka? Czyż nie było prawdą, że często sprzeczali się o to? Czyż nie było prawdą, że po przekazaniu przez nią tego rzekomego dowodu policji jej mąż wystąpił o rozwód? W złożonych pod przysięgą zeznaniach Verbina oświadczyła, że czepek i majtki pokazane jej w sądzie nie są tymi, które znalazła pod fotelem w furgonetce, ale gdy wzięto ją w krzyżowy ogień pytań, momentami traciła głowę.

Chociaż w swoich pierwszych oświadczeniach rzecznik policji wspominał, że badanie DNA ze śladów na materacu wykazało ich zgodność z DNA oskarżonych i ofiary, gdy rozpoczął się proces, prokurator nie miał dowodu na zgodność próbek DNA zabitej i Orcotta z wykrytymi śladami, a dowody dotyczące Clerkmana i Sabbateau okazały się nieprzekonywające. Ponieważ zwłoki pielęgniarki przez wiele godzin unosiły się na powierzchni stawu, woda dostała się do martwego ciała wszystkimi jego otworami. Zastępca koronera zeznał, że nie zdołał wydobyć próbki DNA sprawcy. Nie sprecyzowano, dlaczego do sądu nie został wezwany naczelny koroner.

Przy tak marnych ponoć dowodach sprawa być może nigdy nie trafiłaby na wokandę, gdyby nie zeznanie Sabbateau złożone podczas śledztwa. W sądzie oskarżony powiedział, że zeznawał fałszywie, ponieważ dwaj przesłuchujący go śledczy grozili mu i znęcali się nad nim psychicznie i bał się o swoje życie. Nie pozwolili mu też zadzwonić do adwokata. Dwóch psychologów zeznało, że Sabbateau ma iloraz inteligencji poniżej średniej i cierpi na kompleks niższości; w konsekwencji jest wstydliwy i nawet w zwyczajnych sytuacjach odczuwa lęk. Nie posunęli się do tego, by twierdzić, że Orcott i Clerkman spędzali czas z żałosnym Sabbateau wyłącznie z litości, lecz tak szlachetne intencje sugerowali.

Dwaj detektywi, Hines i Corzo, najlepsi przyjaciele, słabo spisali się w roli świadków. Po tym, jak przysięgli wydali werdykt uniewinniający, zawieszono ich na rok bez prawa do wynagrodzenia. Mimo braku dochodów standard życiowy Hinesa i Corzo nie obniżył się w zauważalny sposób. Wynajęli nawet garsonierę w Las Vegas i przez większość roku korzystali z wszelkich uciech tego miasta, po czym zawstydzeni i skruszeni wrócili na służbę.

Teraz, prowadząc land rovera w coraz gęstszej śnieżycy, Gwyneth dodała:

– Kiedy więc znaleziona w kontenerze dziewczynka nie doczekała się obrońcy w sądzie, gdy sędzia Gallagher zapoczątkował proces odłączenia rurki doprowadzającej pokarm, Walter uznał, że system zawodzi tak, jak zawiódł w przypadku Claire. Nie używając ani razu mojego nazwiska, przekonano Gallaghera, by pozwolił na utworzenie funduszu powierniczego do opieki nad małą. Pieczę nad nią przyznano w tajemnicy Walterowi i jego siostrze Janet, aby mogli troszczyć się o nią w domu, który zapewniłam poprzez fundusz.

Biorąc pod uwagę brzemię jej socjofobii i ograniczenia,

które stąd wynikały, nie mogłem się nadziwić, jak wiele zdołała osiągnąć. Przypuszczam, że umiejętności i odwagę, podobnie jak ja, zawdzięczała naukom ojca, o którym wyrażała się z takim uznaniem.

– Jak udało się przekonać sędziego, by to wszystko zrobił, nie wiedząc, kto jest fundatorem?

– Matka sędziego Gallaghera, Rose, ma na niego duży wpływ, gdyż po jej śmierci dostanie po niej ogromny spadek. A człowiekiem, któremu Rose ufa najbardziej na tym świecie, nie jest jej syn, który często się jej przeciwstawia, lecz Teague Hanlon.

– Twój opiekun.

– Powiedział jej, co można by zrobić dla dziewczynki, gdyby tylko sędzia na to pozwolił. Dręczyła ją myśl, że mała mogłaby zostać zagłodzona na śmierć. Nie wspominając o swoim doradcy, powiedziała synowi, że jeśli Janet i Walter nie otrzymają prawa do opieki, sporządzony zostanie nowy testament, a wtedy zamiast całości przypadnie mu jedna czwarta jej majątku. Sąd uznał, że litość ma jednak sens, i machina sprawiedliwości ruszyła pełną parą.

– Tyle pieniędzy i wysiłku dla dziewczynki, której nie znałaś – zauważyłem.

– Na co są pieniądze, jeśli nie na takie rzeczy? Poza tym widziałeś ją. Jest wyjątkowa.

Pamiętałem tę twarz, która nasunęła mi myśl o pokoju, miłosierdziu i nadziei.

– Myślę, że tak. Ale w jakim sensie?

– Czas pokaże. Być może dowiemy się już wkrótce.

Wiatr niósł szybko drobny suchy śnieg po jezdni, a zatłoczona ulica doprowadziła nas w trochę wolniejszym tempie w pobliże rozległego kompleksu teatrów i restauracji. Przez spływające z nieba płatki odczytywałem tytuły sztuk i nazwiska aktorów wypisane na markizach.

Zastanawiałem się, jak by to było siedzieć w takim teatrze, z widownią w dyskretnym mroku i całym światem skurczonym na jakiś czas do rozmiarów sugestywnie oświetlonej sceny, siedzieć bez lęku pośród setek ludzi i śledzić opowieść, śmiać się razem z nimi, dzielić z nimi niepewność i płakać razem z nimi w najbardziej wzruszającym momencie przedstawienia.

I znowu pomyślałem o dziewczynce pogrążonej w śpiączce, leżącej w łóżku niczym jakaś zaczarowana księżniczka w spektaklu dla dzieci, i o wielu latach czekania, zanim dorośnie na tyle, by obudził ją swym pocałunkiem i poprosił o rękę jakiś książę. I jak w baśni, ów pocałunek uleczyłby także zmiażdżoną kość skroniową, tak aby po odgarnięciu lnianych włosów w czaszce dziewczyny nie było już głębokiego wgniecenia.

Mogłem się spodziewać, że taka myśl przypomni zmaltretowaną twarz Ojca oraz rozpryśniętą na śniegu krew, która niczym aureola okalała głowę tego świętego człowieka.

– Co się stało? – zapytała.

– Nic.

– Coś ci jest.

– Nie. Wszystko w porządku.

Gwyneth, jak podejrzewałem, nadal sądziła, że moja twarz jest oszpecona jedynie bliznami po oparzeniach. Nie chciałem jej mówić, że tacy też byli Ojciec i jego ojciec, więc na świecie podobnych nam – ukrytych – może być więcej. Zapewne myślała, że podobnie jak jej ojciec, mój też był normalnie wyglądającym mężczyzną, który wędrował po ulicach za dnia i nocą, który chodził, dokąd chciał i kiedy chciał. Miałem nadzieję, że jeszcze przez jakiś czas będzie tak myśleć. Te godziny kruchej przyjaźni mogły się zakończyć, gdyby wreszcie zrozumiała, że ludzi nie przeraża w naszym wyglądzie coś tak prozaicznego jak strawione ogniem ciało czy zwykła deformacja twarzy, która ma swą medyczną definicję, lecz to, że jesteśmy tak przerażający, iż nawet ona, mimo swojej tolerancji i współczucia, mogłaby cofnąć się ze strachu i obrzydzenia.

– Wszystko w porządku – powtórzyłem z odwróconą głową. – Po prostu zgłodniałem.

– Jesteśmy prawie na miejscu. Wkrótce zjemy kolację.

– Dobrze. Byłoby miło.

Wiedziałem, jak brzemienne w skutki było to, że odnalazłem ją w bibliotecznej kryjówce. Gdybym miał umrzeć w tym śniegu, tak jak Ojciec umarł białą nocą przed sześciu laty, to dlatego, że swoimi działaniami sprowokowałem tę śnieżycę, a mój bunt przeciwko samotności musiał być dla mnie zabójczy.

38

– Proszę się zatrzymać.

Oświetleni reflektorem punktowym staliśmy na chodniku, który stał się teatrem. Byliśmy dwoma aktorami z czteroosobowej obsady, pozostali mieli niebawem wejść zza lewej kulisy. Uliczna scena była dopracowana z takimi szczegółami, a śnieg był rozesłany tak kunsztownie i efektownie, że musiałem jednak uznać, iż ten spektakl rozgrywa się naprawdę. Mimo to przez pół minuty stałem sparaliżowany wypieraniem tego faktu, uparcie wmawiając sobie, że to musi być teatr snów, z których lada chwila się przebudzę.

Mieliśmy plany awaryjne na różne sytuacje, jakie mogły wyniknąć podczas pobytu na powierzchni, a najgorszą z nich było spotkanie z policją. Ponieważ nigdy nie popełniliśmy żadnych przestępstw, ci dwaj nie mieli podstaw do zatrzymania, ale z drugiej strony, byli przecież przedstawicielami legalnych władz, którym wszyscy powinni się podporządkować. W naszym przypadku podporządkowanie się oznaczałoby śmierć.

Nasza taktyka w takiej konfrontacji nie różniła się od taktyki starożytnych zaskoczonych przez stado lwów: uciekać. Na nasze nieszczęście zostaliśmy zatrzymani na Cathedral Hill, w miejscu zapewniającym niewiele dróg ucieczki. Za nami stało Muzeum Historii Naturalnej, które zajmowało cały, pozbawiony uliczek kwartał i o tej porze było zamknięte. Po drugiej stronie ulicy, także tworząc pełny kwartał, mieściło się Centrum Sztuki Scenicznej Ruthaforda, ciemne i zamknięte na cztery spusty. Mogliśmy tylko biec dalej na północ lub wycofać się na południe.

W takiej sytuacji, z którą nigdy wcześniej się nie zetknęliśmy, ale o której rozmawialiśmy, mieliśmy poczekać, aż policjanci wysiądą z samochodu i zaczną się do nas zbliżać. Dzięki temu, rzuciwszy się do ucieczki, moglibyśmy uzyskać kilka sekund przewagi, które zajmie im powrót do wozu patrolowego. Gdybyśmy jednak pozwolili im podejść zbyt blisko, mogliby nas ścigać pieszo. Plan przewidywał ucieczkę w przeciwnych kierunkach i ściągnięcie ich uwagi na każdego z nas z osobna. Ponieważ nie mieli powodu podejrzewać nas o przestępstwo, zareagowaliby zgodnie z policyjnymi zasadami interwencji, które pozwalały na pościg, ale nie na strzelenie nam w plecy.

– Biegnij na południe – poradził mi Ojciec, gdy drzwi przygotowanego do zimowych patroli SUV-a otworzyły się i policjanci wyszli na jezdnię.

Byli wysokimi i krzepkimi mężczyznami, których dodatkowo powiększały granatowe ocieplane mundury. Krótkie pikowane kurtki były ściągnięte gumką tuż nad pasem z bronią, pistolety spoczywały w kaburach na prawym biodrze.

– Jesteśmy już za starzy na bitwy na śnieżki, ale to taka ekscytująca noc – powiedział bardzo przyjaznym tonem Ojciec.

– Mieszkacie w pobliżu? – zapytał jeden z policjantów.

– Tak, panie władzo. W rzeczy samej.

W tej sytuacji ten ostatni zwrot był naszym hasłem i oznaczał: w nogi.

Kiedy skręcałem na południe, kątem oka zobaczyłem, że Ojciec potyka się na śniegu przy drugim kroku, chwieje się, ślizga i upada.

My, ukryci, może i jesteśmy mutantami, ale kimkolwiek byśmy byli, nie mamy nadprzyrodzonych zdolności, jakie cechują filmowych mutantów. Jesteśmy bardziej ludzcy, niż nas się postrzega, podlegamy prawom fizyki, przyciąganiu ziemskiemu, musimy ponosić konsekwencje swoich decyzji. Lekkomyślna walka na śnieżki na środku jezdni przyciągnęła uwagę, to zaś w naszej sytuacji było niczym wyciągnięcie zawleczki z ręcznego granatu.

Szok spowodowany upadkiem Ojca sprawił, że wszystkie plany awaryjne wyleciały mi z głowy i z obawy o swoje życie odwróciłem się ku niemu, zapominając na chwilę o własnym bezpieczeństwie.

Jeśli chodzi o policjantów, próba ucieczki była równie obciążająca jak sama ucieczka. Wyciągnęli broń, jeden wycelował we mnie, drugi go osłaniał i mówili to, co mówią w takich sytuacjach, wydawali rozkazy. Nie śmiałem się poruszyć, a Ojciec, zgodnie z ich żądaniem, wstał z rozłożonymi rękami i dłońmi z dala od kieszeni, w których mógł trzymać broń.

Nie posiadał broni, ale to nie miało znaczenia. Ten moment rozstrzygał o dalszym scenariuszu, równie oczywistym jak to, że rzeki płyną od źródeł do mórz.

Zanim zdążyli mu wydać następne polecenie, zanim zdołali nas obu skuć i potem niechybnie zabić, Ojciec rzekł:

– Panie władzo, musi pan zobaczyć, kim jestem. Zdejmę kaptur i kominiarkę. – Policjant ostrzegł go, by nie wykonywał żadnych nagłych ruchów, a Ojciec odparł: – Nie muszę ich wykonywać.

– Nie – powiedziałem, gdy rozwiązywał sznurki ściągające kaptur. Pełne lęku oczekiwanie sprawiło, że czułem tak silny ucisk w piersi i tak trudno mi było wydobyć z niej oddech, że nawet tego krótkiego słowa nie mogłem wypowiedzieć powtórnie i tylko modliłem się nim bezgłośnie: *Nie, nie, nie, nie.*

Ojciec zsunął kaptur i ściągnął kominiarkę.

Doznawszy zapierającego dech w piersiach szoku na widok jego twarzy, mężczyźni na chwilę zamarli. Początkowo, ale tylko wtedy, ich wykrzywione oblicza przypo-

184

minały miny bezradnych dzieci osaczonych przez istotę, która prześladowała je w najgorszych snach, istotę, która w krainie snu nigdy nie miała wyraźnych rysów, teraz jednak ukazała twarz bardziej przerażającą niż ich naj-koszmarniejsze wyobrażenia.

Ojciec spojrzał na mnie i rzekł:

– Przetrwaj.

Słowo to zadziałało katalizująco, wyraz dziecięcej trwogi na twarzach policjantów zmienił się w obrzydzenie, chociaż trwoga pozostała w oczach i drżących szczękach. Potem zaś w nienawiść, chociaż trwoga i obrzydzenie wciąż pozostały, malując na groteskowych i udręczonych facja-tach prawdziwą galerię koszmarnych emocji.

Funkcjonariusz, z którym Ojciec rozmawiał, strzelił do niego dwa razy; huk wystrzałów, stłumiony w spowitej śniegiem nocy, wybrzmiał krótkim echem na opustoszałym grzbiecie katedralnego wzgórza między muzeum a salą koncertową. Wcale nie przypominał odgłosów strzelaniny, lecz łomotanie pięściami do drzwi, dźwięki, które budzą, a potem cichną, pozostawiając niepewność, czy były praw-dziwe, czy ze snu, z którego się ocknęliśmy.

Ojciec upadł na wznak w miękki śnieg, którego pióro-pusz wzbił się w powietrze, a potem iskrząc się, opadł na czarny płaszcz. Usiłował złapać oddech, a jego otwarte jak wachlarz dłonie drżały na śniegu niczym ptaki z po-łamanymi skrzydłami.

W tym momencie dla dwóch policjantów przestałem na pewien czas istnieć. Całym ich światem była teraz twarz Ojca oraz jego gasnące oczy. I chociaż musieli widzieć, że jest śmiertelnie ranny i nie stanowi zagrożenia, rzucili się na niego z pałkami, okładając go z furią tam, gdzie leżał, nie stawiając oporu. Nasz wygląd działa z taką siłą, że gdy już zabili jednego z nas, ich agresja nasiliła się, jakby czuli, że nawet jeśli był martwy, wciąż żył i należało go uśmiercić powtórnie.

Już dawno przestałem być małym chłopcem, którego Ojciec ocalił przed spaleniem. Ale i tak, mimo że byłem dorosłym, dwudziestoletnim mężczyzną, nie mogłem mu pomóc. Nie byłem w stanie.

Wiedząc, jak bardzo widok jego twarzy przykuje ich uwagę, ofiarował za mnie swoje życie, a gdy powiedział „Przetrwaj", miał na myśli wiele rzeczy, z których pierwszą była ucieczka. Nie mogłem mu pomóc, ale nie mogłem też uciec i zostawić go tam bez świadków ostatnich chwil jego męki.

Cofnąłem się chodnikiem do pojazdów zaparkowanych przy krawężniku, wśliznąłem się między dwa z nich, padłem na ziemię i wczołgałem się pod jakiś samochód. Pełzałem naprzód, aż w końcu, nadal ukryty w mroku, spod przedniego zderzaka mogłem się przyglądać, jak bandyci w mundurach próbują połamać pałki na kościach Ojca.

Nie płakałem, bo płacz mógłby zdradzić moją obecność, a przecież byłem mu winien swoje przetrwanie, za które zapłacił najwyższą cenę. Z mojego stanowiska obserwacyjnego nie widziałem ich twarzy – i całe szczęście, bo brutalność ataku na martwego lub konającego człowieka, siarczyste przekleństwa oraz ciche okrzyki nienawiści i strachu były tak potworne, że widok ich twarzy mógłby zamienić mnie w kamień.

Kiedy skończyli, stali przez moment w ciszy, w której słychać było jedynie ich nierówne oddechy. Potem zaczęli zadawać sobie nawzajem pytania: „Co, u diabła? Co to było? Co to jest? Co, do kurwy nędzy?" Jeden z nich zwymiotował, a drugi wydawał odgłos przypominający szlochanie. I chociaż ten szloch mógł być oznaką skruchy, wyrażał też inne, jeszcze gorsze niedole.

Leżąc pod samochodem, modliłem się, żeby nie przyjrzeli się moim śladom na śniegu i nie wywlekli mnie stamtąd.

Kiedy zorientowali się, że zniknąłem, ich reakcja, ujawniona w błyskawicznej wymianie zdań, była dwojaka. Z jednej strony bali się, że jestem taki jak ten, którego zabili, a skoro istniało dwóch, być może kolejni tacy zbierają się teraz gdzieś za rogiem. Z drugiej zaś strony zdali sobie sprawę, że stracili panowanie nad sobą. Bez względu na to, kim byliśmy, ich postępowanie nie miało nic wspólnego z profesjonalizmem, a to wzbudzało w nich poczucie winy i strach przed karą.

Ponieważ Ojciec opowiedział mi o śmierci swojego ojca, nie zdziwiłem się, gdy w pierwszym odruchu wsiedli do wozu patrolowego i wynieśli się stamtąd. Kiedy ucichły pobrzękiwanie owiniętych łańcuchami opon i warkot silnika, wylazłem spod samochodu. Wiedziałem, że policjanci wrócą, gdy osłabnie ich strach i ustanie zamęt w głowach, i że zanim to nastąpi lub zjawi się ktoś inny, muszę wykonać okropne zadanie.

39

Gdybyśmy jechali przez miasto o dziewiątej normalnego wieczoru, w trzecim akcie codziennie odgrywanego spektaklu, ujrzelibyśmy tysiące aktorów – ludzi tłoczących się na ulicach, w restauracjach i miejscach zorganizowanej rozrywki, próbujących przeżyć jakoś resztę dnia. Tym razem jednak śnieżyca przesłoniła urok kuszących wydarzeń kulinarnych, muzycznych, teatralnych i wielu innych, a większość ludzi pofrunęła do domu, jakby ściągnięto ich ze sceny na niewidocznych linach.

Gwyneth zwróciła mi uwagę, że nawet tutaj, gdzie zwykle stały samochody, a ich kierowcy kupowali narkotyki, przestrzega się zakazu parkowania. Zniknęli również zwykli sprzedawcy z pierwszej linii, młodzi, których można było poświęcić, liczący na to, że unikną więzienia przez wystarczająco długi czas, by awansować i zejść z ulicy; niektórzy z nich zazwyczaj załatwiali interesy na łyżworolkach, by szybciej zniknąć za rogiem i uciec na widok policjanta lub przynajmniej zniknąć z pola widzenia na dostatecznie długą chwilę, by wrzucić trefny towar do studzienki ściekowej, zanim zakończy się pościg i zostaną zatrzymani.

Zniknęły także z rogów ulic prostytutki, które w goreteksowych kombinezonach i kurtkach z kapturem wyglądałyby nie dość zmysłowo, by przyciągać klientów.

W drugiej zaledwie godzinie swojego panowania zamieć zdążyła już zadekretować tymczasowy zakaz jawnego szerzenia rozpusty.

Pomyślałem o Mglistym, który wniknął w mężczyznę w mieszkaniu dwa piętra poniżej lokum Gwyneth, i zastanawiałem się, ilu ludzi na tym świecie jest żywicielami dla tych istot. Sądząc z tego, że widziałem znacznie więcej Przejrzystych niż Mglistych, doszedłem do wniosku, iż tych drugich jest o wiele mniej. Nie sądziłem też, że Przejrzyści mogą w kogokolwiek wniknąć. Większość ludzi oddawała się rozpuście albo trwała w cnocie w zależności od swojej reakcji na pokusy i niedopasowanie, nie zaś dlatego, że jakiś Inny w ich ciele kierował ich zachowaniem. Przypuszczałem, że gdy ktoś stoczył się do pewnego poziomu deprawacji, Mgliści mogli wyczuć go jak psy gończe i wychwytując trop mordercy, podążać śladem przestępcy przez lasy, pola i wrzosowiska.

Pamiętając Ryana Telforda w jego gorączkowej pogoni za Gwyneth w bibliotece i to, jak później próbowałem posprzątać jej rozbite w drobiazgi mieszkanie, podejrzewałem, że jakiś Mglisty wszedł w niego wiele lat wcześniej i z radością przemierzał świat w jego towarzystwie.

W padającym płatami śniegu przejechaliśmy powoli kwartał ulicą, przy której kiedyś stały cztero- i pięciopiętrowe kamienice. Tylko nieliczne z nich nadal służyły celom mieszkaniowym. Inne przerobiono na tanie biurowce dla raczkujących dopiero lub upadających firm, przypominające mi budynki, w których mieli swoje biura prywatni detektywi z kart czarnych kryminałów. Na parterze mieściły się bary z wyszynkiem, salony tatuażu oraz specjalistyczne sklepy oferujące ograniczoną linię produktów, takich jak płyty winylowe, pamiątki z ery muzyki psychodelicznej i wypchane zwierzęta.

Przed wąskim czteropiętrowym budynkiem z brązowej cegły, którego parter przekształcono na garaż, Gwyneth powiedziała:

– Jesteśmy na miejscu.

Wyłączyła pilotem alarm i podniosła rolowaną bramę. Kiedy tylny zderzak land rovera znalazł się za progiem garażu, od razu opuściła metalową roletę, obserwując ją w lusterkach, dopóki nie opadła z hukiem; pewnie obawiała się, że ktoś mógłby zakraść się za nami do środka.

189

Gdy wysiadłem z samochodu, sypki śnieg zsunął się z drzwi na betonową posadzkę. W garażu, słabo oświetlonym automatycznie włączającą się lampą sufitową, było zimno. Jedyny zapach stanowiła cierpkawa woń unoszących się w powietrzu spalin.

Gwyneth wskazała schody za zamkniętymi na klucz stalowymi drzwiami, ale skorzystała z windy, którą można było ściągnąć na dół nie przyciskiem, ale wyłącznie kluczem.

Na podłodze kabiny, tuż za prowadnicami, w których przesuwały się drzwi windy, widniały słowa napisane nieznanym alfabetem, te same co na progu i parapetach mieszkania. Pytałem o nie już przedtem, a ona unikała odpowiedzi. Nie ponowiłem pytania.

Winda, napędzana zapewne przez siłownik hydrauliczny, sunęła do góry, a ja patrzyłem w podłogę, żeby ukryć twarz przed światłem jarzeniówek, umieszczonych za kratką na suficie kabiny.

– Nawet Teague Hanlon nie wie o tym mieszkaniu. Żeby je kupić, tato utworzył fundusz powierniczy na Kajmanach. Z funduszu opłacane są podatki i media. To moja kryjówka ratunkowa.

– Na wypadek czego?

– Czegokolwiek. W tej chwili na wypadek ucieczki przed Ryanem Telfordem. Skoro znalazł jedno z moich ośmiu mieszkań, znajdzie wszystkie, ponieważ wszystkie one są własnością rodzinnego funduszu powierniczego.

– Twój ojciec zorganizował to, zanim skończyłaś trzynaście lat?

190

– Sądzę, że coś przeczuwał, mam na myśli przeczucie rychłej śmierci. Chociaż nie spodziewał się, że zostanie zamordowany... ani przy użyciu miodu, ani w inny sposób. Jechaliśmy na czwarte, najwyższe piętro budynku.

– Co znajduje się na pozostałych piętrach? – zapytałem.

– Nic. Mogłeś tego nie zauważyć, ale okna na niższych kondygnacjach zamurowano. Zostały przeznaczone na magazyn, ale teraz są puste.

Drzwi kabiny rozsunęły się, ukazując hol. Potężne stalowe drzwi, oddzielające to niewielkie pomieszczenie od reszty mieszkania, można było otworzyć tylko wstukując czterocyfrowy kod i przyciskając gwiazdkę na klawiaturze.

– Bardzo porządne zabezpieczenie – zauważyłem.

– Wstyd powiedzieć, ale tato nazywał mnie bezcennym skarbem. To jest mój skarbiec.

W salonie włączyła lampę, po czym zaczęła rozstawiać świece, w których świetle czułbym się pewniej. Salon był niemal tak samo skąpo wyposażony jak ten w mieszkaniu, gdzie jajecznicę przygryzaliśmy bułką maślaną, ale mieścił się w nim fortepian.

Stojąc przy oknie, odkryłem na dachach dwóch budynków po drugiej stronie ulicy troje jarzących się łagodnym blaskiem Przejrzystych, kobietę i dwóch mężczyzn. Padający śnieg, świecący z lekka odbitym światłem miasta, był jaśniejszy w pobliżu ich sylwetek, ale wydawał się przez nie przelatywać; nie zostawiał też w ich włosach koronkowych mantylek. Jeden z mężczyzn spoglądał w niebo, a pozostała dwójka zerkała na ulicę, którą niedawno przyjechaliśmy.

Niebiosa oferowały wyłącznie ocean śniegu. Po drugiej stronie ulicy jakiś mężczyzna szedł pochylony na wietrze, ciągnąc dwa kawałki długiego szalika, jakby był chodzącym wiatrowskazem. Prowadził też za sobą na smyczy psa – sądząc po potężnej piersi, prostym grzbiecie i opadającym zadzie, owczarka niemieckiego.

Kiedy wyszli z cienia i znaleźli się pod latarnią, owczarek uniósł pochylony dotąd łeb i odwrócił pysk od niesionego wiatrem śniegu, by spojrzeć w górę, jakby nagle wyczuł moją obecność w oknie; jego oczy promieniowały blaskiem w świetle latarni. Nie cofnąłem się od okna. Mgliści mogli brać w najem złych ludzi i śnić w pewnych przedmiotach, ale mam powody, by ufać psom.

Gwyneth skończyła rozmieszczać świece w kubkach z rubinowego szkła, wyłączyła lampę i powiedziała:

– Postawiłam kieliszek pinota grigio na fortepianie. Pijesz wino?

– Obaj z Ojcem wypijaliśmy od czasu do czasu kieliszek lub nawet dwa – odparłem, odwracając się od okna.

– Chcę się dowiedzieć wszystkiego o twoim ojcu.

– A ja chcę się dowiedzieć wszystkiego o tobie – odrzekłem, jeszcze niegotowy do otwarcia tych drzwi.

– Niewiele tego jest.

W pełgającym rubinowym blasku pojedynczych lampionów wyraźnie widziałem tylko prawą dłoń Gwyneth, ściskającą kieliszek, w którego czaszy migotało odbicie płomienia najbliższej świecy.

– Jestem pewien, że na każdą drobną rzecz, której dowiedziałem się o tobie, przypada tysiąc innych, znacznie ważniejszych.

– Jesteś strasznym romantykiem.

– Czy na przykład grasz na fortepianie?

– Gram i komponuję.

– Zagrasz mi coś?

– Po kolacji. Muzyka lepiej brzmi jako brandy niż jako aperitif.

Rozległ się dźwięk telefonu i Gwyneth wyjęła komórkę z kieszeni kurtki.

Dzwonek połączenia stanowiło kilka taktów pięknej muzyki, ale w jakiś sposób wyczułem, że ten telefon oznacza złe wieści.

40

Sześć lat wcześniej, w inną śnieżną noc...

Okna centrum sztuk scenicznych i muzeum były ciemne, a wysokie wieże usytuowanej na południe od nich katedry Świętego Saturnina przeszywały mrok nocy, która stała się równie gotycka, jak kwiatony, czołganki, iglice i dzwonnice świątyni.

Klęcząc obok Ojca, patrzyłem na jego zmasakrowaną twarz, aby na zawsze zapamiętać, jak okrutne były jego męki i co przecierpiał, żeby mnie ocalić. Wypełniająca kielich oczodołu krew, ciemna w tym świetle niczym burgund, zakryła jedno oko.

Oczekiwałem przez chwilę, że katedralne dzwony rozdzwonią się in memoriam, że usłyszę radosny karylion, który oznajmi, że *Ktoś się wreszcie wyzwolił*, a równocześnie solenną jak te odgrywane dla bohaterów i mężów stanu monodię ciężkich, żelaznych dzwonów, które powiedzą, iż *Odszedł Ten, którego bardzo kochano.* Lecz nocnej ciszy nie wypełnił żaden dzwon. Dzwony nie grały dla takich jak my, nie urządzano nam pogrzebów, a wokół grobów nie gromadziły się tłumy żałobników.

Wstrząśnięci tym, co się stało, policjanci, mogli w każdej chwili wrócić. Częściowo pod wpływem żalu, co nie przeszkodziłoby im zapewne w użyciu wobec mnie przemocy, której doświadczył z ich strony Ojciec.

Wsadziwszy jego zwiniętą kominiarkę do kieszeni mojego płaszcza, ściągnąłem mu z szyi szalik. Tym kawałkiem wełny owinąłem Ojcu głowę, zakrywając twarz, i unieruchomiłem go kapturem, który zawiązałem mu pod brodą, opasując sznurkiem jego opadającą pogruchotaną żuchwę.

Śnieg padał tak intensywnie w tę bezwietrzną noc, że z tego miejsca pośrodku kwartału sięgałem wzrokiem tylko do najbliższych przecznic. Strajk pracowników Wydziału Dróg i Urządzeń Sanitarnych sprawił, że aleje, które zwabiły nas na noc zabawy, świeciły pustkami, i teraz, kilka godzin po północy, ten sam strajk gwarantował niemal, że tutaj, u szczytu najbardziej stromych i zdradliwych dróg w metropolii, przez kilka najbliższych minut nie natknę się na nikogo.

Cathedral Hill było najwyżej położonym punktem miasta, to zaś znaczyło, że tutejsze kanały burzowe miały bardzo małą średnicę, gdyż nie spływały do nich żadne inne cieki. Nie mogłem od razu znieść ciała Ojca do naszego podziemnego świata, tutejsze wejścia do tunelu były bowiem zbyt wąskie, by nas pomieścić.

Miałem tylko dwie możliwości, ale z pierwszej wolałem nie korzystać. Mógłbym zawlec lub zanieść ciało jedną z długich, stromych ulic, które prowadziły z tego płaskowyżu, mijając kolejne przecznice, aż dotarłbym do możliwie równego terenu z zejściami do kanałów burzowych, na tyle wysokich, bym mógł się w nich poruszać wyprostowany. Nawet w tej pierzastej śnieżnej mgle zmniejszającej widoczność, im dłużej pozostawałem na powierzchni, tym bardziej prawdopodobne było to, że zobaczą mnie albo powracający policjanci, albo ktoś inny. Poza tym nie zdołałbym zanieść Ojca tak daleko, nie w sięgającym połowy łydek śniegu, a nie miałem ochoty wlec go po chodniku niczym myśliwy ciągnący upolowanego jelenia.

Drugą możliwość stwarzał kościół Świętego Saturnina. W kwartale zajętym w całości przez zespół katedralny znajdowały się przynależące do niego budynki, nie tylko rezydencja arcybiskupa i biura diecezjalne, ale i klasztor z kapitularzem, refektarz i krużganek biegnący wokół ogrodu. Istniało sekretne przejście z tego wspaniałego wzgórza, ale żeby się tam dostać, musiałem zanieść Ojca do katedry.

W tamtych czasach, a właściwie wiele lat wcześniej, kościoły zamykano na cztery spusty po kończących dzień nieszporach lub spotkaniach laikatu. Wcześniej były otwarte przez całą dobę i każdy zatroskany człowiek mógł wejść do środka i posiedzieć tam lub się pomodlić. Jednak od kilku dziesięcioleci otwarte nocą drzwi kościoła stanowiły zachętę do aktów wandalizmu i bezczeszczenia ołtarza; taki był współczesny świat.

Różne wejścia do zespołu katedralnego otwierano o świcie i znałem miejsce, gdzie niewidoczny dla przechodzących lub przejeżdżających ulicą mógłbym doczekać tej chwili. Miałem dwadzieścia lat i sporo siły, ale gdy zarzuciłem zwłoki Ojca na ramiona i ruszyłem w stronę kościoła, wystawiłem się na ciężką próbę.

Żeby tuż po świcie zabrać Ojca na odpowiednie dla niego miejsce ostatecznego spoczynku, musiałbym zanieść go do świata umarłych, a potem zejść jeszcze głębiej.

41

Lampion na fortepianie miał grube denko z przezroczystego szkła i rubinową czaszę wielkości filiżanki. Na wykończonym na wysoki połysk czarnym steinwayu szklany lampion otaczała aureola ciemniejszego niż krew czerwonawego światła, mieniąca się na powierzchni lakierowanego hebanu niczym płonący pod wodą wątły ogień.

Moje przeczucie, że telefon oznacza złe wieści, było zapewne zgodne z intuicją Gwyneth, ponieważ zanim powiedziała „Halo?", przestawiła komórkę na tryb głośnomówiący, żebym mógł śledzić przebieg ewentualnej rozmowy.

Poprzedniej nocy, będąc świadkiem pościgu w bibliotece, słyszałem tylko kilka słów, jakie wykrzyknął do niej Ryan Telford. Choć więc nie rozpoznałem jego głosu, wystarczyło mi usłyszeć, co mówi, by upewnić się, że to on.

– Byłem przekonany, że po przedwczesnej śmierci ojca przebywasz w sanatorium, na jakimś nadzwyczaj kosztownym turnusie, chowając się pod łóżkiem i ssąc palec, niema i nieuleczalnie chora.

W niemal ciemnym pokoju stałem przy klawiaturze fortepianu, a Gwyneth przy nodze instrumentu, czyli w bezpiecznej, choć niewielkiej odległości. Jednak światło z ekranu komórki było zbyt słabe, żeby ukazać wyraz jej twarzy.

Gwyneth milczała i Telford po chwili dodał:

– Jesteś neurotyczną małą myszką. Bojącą się ludzi, zbzikowaną na punkcie gotyku, czmychającą z jednej mysiej nory do drugiej, ale na swój sposób wspaniałą.

– Morderca – powiedziała spokojnie.

– Ależ ty masz wynaturzoną wyobraźnię, mała myszko. Pewnie wyobrażasz sobie również, że spec od deratyzacji odwiedził już niejedną z twoich żałosnych mysich nor i niebawem odwiedzi wszystkie osiem.

Gwyneth znowu postanowiła milczeć.

– Mój aktualny model biznesowy wymaga wspólnika. Wiedziałaś o tym? I on jest tak samo rozczarowany niedawnym obrotem zdarzeń jak ja. Fatalnie, że ty nie masz wspólnika, mała myszko. Martwi mnie, że jesteś sama na tym okrutnym świecie.

– Nie jestem sama – odparła Gwyneth.

– A tak, ten twój opiekun. Ale na nim nie można już polegać.

– To nie on dał ci ten numer i tamte adresy.

– To prawda. Nie chciał. Ale on jest na smyczy i to krótszej, niż mu się wydaje. Jeśli kiedyś się z niej urwie, no cóż, będę musiał się z nim spotkać i wyjaśnić mu zasady gry. Teraz, gdy już wiem, że nie jesteś i nigdy nie byłaś w sanatorium, powinniśmy się spotkać. Bardzo mnie pociągasz, myszeczko.

– Nie jestem sama – powtórzyła Gwyneth i zauważyłem, choć w niemal całkowitych ciemnościach nie mogłem być tego pewny, że na mnie patrzy.

– Pogratulować odwagi. Sierota, skrajnie neurotyczna, odizolowana wskutek swojej nerwicy, niedoświadczona. A mimo to tak odważna. Odważna mała myszko, czy zdarza ci się marzyć o tym, że jesteś z dwoma mężczyznami naraz? Chodzi mi o prawdziwych mężczyzn, nie takich jak ten twój szlachetny opiekun.

Gwyneth zakończyła rozmowę bez dalszych komentarzy. Spodziewałem się, że telefon natychmiast zadzwoni, ale tak nie było.

Jej kieliszek zamigotał w świetle świec, gdy uniosła go do ust.

– Co masz zamiar zrobić? – zapytałem.

– Zjeść kolację.

– Ale jeśli on znajdzie to miejsce...

– Nie znajdzie. Zrobię kolację, zjemy, a potem zagram ci na fortepianie. Może nawet wypiję drugi kieliszek wina.

Kuchnia była zbyt mała, żeby pomieścić dwóch kucharzy w sytuacji, gdy jednego z nich nie można było dotknąć, a drugi musiał skrywać swą twarz.

Wróciłem do okien i spojrzałem na ulicę. Śnieg zalegał na tyle grubą warstwą, że koleiny wyżłobione przez opony samochodów nie sięgały już czarnej nawierzchni jezdni. Mężczyzna z owczarkiem niemieckim najprawdopodobniej dotarł już do domu.

Trójka Przejrzystych zniknęła z dachów po drugiej stronie ulicy. Ciekawe, czy przenieśli się na nasz budynek. Zastanawiałem się, czy nie otworzyć okna, wychylić się na zewnątrz i poszukać wzrokiem ich charakterystycznego blasku.

Niczym w baszcie mającej ochronić bezcenny skarb, okna się nie otwierały. Kiedy postukałem lekko kłykciami w szybę, szkło wydało mi się niezwykle grube. Byłem ciekaw, czy może być kuloodporne.

42

Ojciec nie żył od kilku zaledwie minut, udręczone miasto spowił biały całun śniegu, a jedyna droga umożliwiająca bezpieczne przeniesienie zwłok ze wzgórza na drugi koniec miasta wiodła sekretnym przejściem, dostępnym jedynie od środka wspaniałego kościoła...

Imponująca gotycka fasada katedry Świętego Saturnina wychodziła na Cathedral Avenue, a północne skrzydło ciągnęło się wzdłuż East Halberg Street.

Skręciłem w tę ulicę i zgięty niczm troll, kołysząc się na boki jak małpa, niosłem ciało Ojca na plecach; nagła konieczność działania tłumiła moją rozpacz.

Sąsiadujący z kościołem wysoki kamienny mur otaczał kwadratową katedralną posiadłość z trzech stron. Dostęp do różnych budynków połączonych z nim w jedną całość umożliwiały wejścia w strategicznych punktach muru. Wszystkie one były sklepione łukowo, a nad każdym straż trzymał dostojnie osadzony w murze posąg. Zwieńczenie wejścia, przez które wniosłem ciało Ojca, stanowił święty Jan Ewangelista z zatrwożonym obliczem człowieka, który sięgał wzrokiem dalej niż do East Halberg Street.

Mur mierzył u podstawy prawie dwa i pół metra i mieścił korytarz, łączący wszystkie przyległe budynki. W tym miejscu za sklepionym wejściem znajdował się głęboki na ponad dwa metry przedsionek, oświetlony jedną żarówką, a na jego końcu zwykłe drzwi z tekowych desek, które miały zostać otwarte tuż przed świtem.

Opuściłem Ojca jak najdelikatniej na posadzkę przedsionka i oparłem plecami o ścianę w pozycji siedzącej. Wyglądał tak, jakby jego ubranie było wypchane starymi obszarpanymi łachami, przetartymi ręcznikami czy dziurawymi skarpetkami, a on – jakby był szmacianą lalką z bajki dla dzieci, w której został zaczarowany, ożył i doświadczał wspaniałych przygód, dopóki nie wkroczył ze świata fikcji w ten świat, gdzie czary przestały działać.

W podszewce jego płaszcza były duże kieszenie, gdzie zawsze trzymał klucz, który pozwalał nam wchodzić do biblioteki oraz innych budynków, a także zakończony hakiem łom, którym mogliśmy z łatwością przesuwać klapę włazu. Te rzeczy należały teraz do mnie i były dla mnie cenne nie tylko dlatego, że ułatwiały przemieszczanie się po mieście, ale również dlatego, że wcześniej stanowiły jego własność.

Druciana siatka na środku sufitu przedsionka osłaniała żarówkę. Chociaż był to akt wandalizmu i żałowałem wyrządzanej w ten sposób szkody, przez wzgląd na moje bezpieczeństwo napierałem łomem na druty tak długo, aż zrobiłem w osłonie szparę na tyle szeroką, by wepchnąć go do środka i stłuc żarówkę. Większość odłamków szkła pozostała na siatce, ale kilka maleńkich przeleciało w nagłych ciemnościach; były cieńsze niż skorupki jajka i chrzęściły pod nogami, gdy wróciłem do sklepionego wejścia i stamtąd wyjrzałem na ulicę.

Nigdy nie doświadczyłem w mieście takiego bezruchu. Przy bezwietrznej pogodzie niewidoczne niebo bezszelestnie zrzuciło z siebie zasłonę i miałem wrażenie, że biliony konających gwiazd, mocno skurczonych w trakcie dogasania, opadły teraz nisko i przyniosły z sobą idealną ciszę przestrzeni międzygwiezdnej. Ta niesamowita cisza przepełniła mnie lękiem, którego nie umiałem nazwać. East Halberg Street stała się szeroką, białą, wieczną murawą i byłem gotów uwierzyć, że przede mną roztacza się wizja odległej epoki, w której miasto wciąż stoi, ale jego ulice, place i parki są usłane sproszkowanymi kośćmi dawnych mieszkańców.

Jeśli dwaj policjanci złożyli kolejną wizytę przy Cathedral Avenue, gdzie Ojciec poświęcił dla mnie życie, to nie dotarli tam od strony East Halberg Street ani nie przyjechali na sygnale.

Wróciłem do Ojca i usiadłem obok. Ostatnie godziny przed świtem były mroźne, ale przenikliwie zimne powietrze nie dokuczało aż tak jak żal, którego nie mogłem z siebie wyrzucić i który niczym ciernistę pnącze zacisnął się na moim sercu. Samokontrola była podstawą i starałem się o niczym nie myśleć. Jednak na miejscu myśli pojawił się obraz marionetki, sklepowej pozytywki i widok małego domu na szczycie góry, w chwili gdy w środku rozległ się huk śrutówki. I to wcale nie poprawiło mi nastroju.

Codziennie chwilę przed poranną zorzą zakonnicy przechodzili z klasztoru dużym krużgankiem okalającym ogród francuski, otwierając południowe i północne furty w wielkim murze, a w tym samym czasie księża zapalali lampy w katedrze i otwierali drzwi od ulicy.

Zesztywniałem, usłyszawszy zgrzyt odsuwanego rygla, i szykowałem się do odegrania roli skromnego bezdomnego człowieka, siedzącego z opuszczoną głową u boku śpiącego przyjaciela. Na szczęście, otworzywszy drzwi, zakonny klucznik nie sprawdzał, czy ktoś koczuje w zimnym przedsionku, co, jak przypuszczam, od czasu do czasu się zdarzało.

Nawet my, ukryci, mający wszelkie powody – ale nie skłonność – by być cynikami, wierzymy zwykle, że napotykając przypadkiem duchownego, jesteśmy trochę bardziej bezpieczni, niż stając twarzą w twarz z kimś innym. Mamy jednak dość rozsądku, by nie oczekiwać powszechnej litości od ludzi pobożnych. Mimo upływu lat, doskonale pamiętałem biały kościół z niebieskimi listwami nad rzeką, gdzie jeden z wiernych, chyba diakon, rzucił się na mnie z kijem baseballowym w ręku, a także pastora, który połamał Ojcu palce.

Po mniej więcej minucie, gdy uznałem, że wszyscy konfratrzy weszli do katedry, uchyliłem drzwi do wewnątrz. Za odcinkiem znajdującego się tuż przede mną krużganka, między otaczającymi go kolumnami widać było ogród. W pierwszym bladym świetle dnia ośnieżone iglaste żywopłoty wyglądały jak osłonięte prześcieradłami meble w domu zamkniętym po sezonie.

Wychynąłem zza drzwi i przekonałem się, że krużganek jest pusty. Ponieważ w przedsionku było za mało miejsca, bym zarzucił ciało Ojca na grzbiet, wyciągnąłem je przez próg na krużganek. Zamknąłem drzwi i podniosłem zwłoki, po czym ruszyłem w prawo zadaszoną ścieżką.

Jedynym wejściem do katedry, z którego miałem odwagę skorzystać, była kruchta północna, w której znajdowało się czworo drzwi. Pochyliłem się bardziej do przodu, chcąc utrzymać nieporęczny ciężar na plecach jedną ręką, żeby drugą otworzyć wrota z lewej strony.

Z wnętrza świątyni doleciała monotonna, melodyjna jak pieśń recytacja. Mnisi odmawiali jutrznię, pierwszą z siedmiu modlitw brewiarzowych liturgii godzin.

Z nadzieją, że będą zbyt rozmodleni, by mnie zauważyć, wszedłem do północnego transeptu. Nocą zdrapałem z butów zaskorupiały śnieg i teraz zostawiałem na marmurowej posadzce tylko ślady mokrych zelówek.

Odkąd pierwszy raz ujrzałem je podczas potajemnej wizyty, zawsze podziwiałem wachlarzowe sklepienia transeptu osiemnaście metrów nad głową, teraz jednak, obarczony brzemieniem zwłok i lękiem, że zostanę zauważony, nawet nie próbowałem sięgać wzrokiem tak wysoko. Katedra była duża, a transept długi. Kiedy z wysiłkiem uniosłem nieco głowę, stojąc na jego przecięciu z jeszcze dłuższą nawą, nie zobaczyłem nikogo. Nie wiedziałem, czy mnisi zebrali się w prezbiterium, czy gdzieś indziej.

Wydawało się, że ciało Ojca z każdą chwilą staje się cięższe. Poczułem piekący ból w łydkach.

Na lewo ode mnie, z boku chrzcielnicy, za sklepionym wejściem z kolumnami znajdowała się sala, w której mieściły się prowadzące w dół wspaniałe kręcone schody z szerokimi na blisko dwa metry stopniami z kamienia wapiennego. Między dwoma słupkami z brązu wisiał gruby sznur z czerwonego aksamitu, broniący wejścia na schody. Kiedy odsuwałem jeden z nich, słychać było głośne szuranie po posadzce.

Monotonny śpiew nie ustał, a ja, niczym średniowieczny porywacz ciał zwracający ze skruchą to, co wcześniej wykradł, zaniosłem mojego martwego Ojca do krypty głęboko w podziemiach kościoła zapewniającej dostęp do ukrytego przejścia, łączącego wzgórze katedralne z niżej położoną częścią miasta. U stóp schodów, pod rzeźbionym w wapieniu tympanonem przedstawiającym Chrystusa Odkupiciela, drogę zagradzały wprawdzie ozdobne drzwi z brązu, ale nie zamykano ich na klucz. W tym momencie kryptę oświetlało jedynie kilka świeczników zwieńczonych gazowymi płomieniami, które paliły się na okrągło, by zaświadczać o nieśmiertelności dusz tych, których tutaj pochowano. Wnętrze było podzielone na odrębne komory grobowe kolumnami podtrzymującymi sklepienie krzyżowe z malowidłami. Spoczęły tu ciała biskupów oraz kardynałów i być może niektórych spośród najszlachetniejszych parafian.

Posadzka w poszczególnych komorach została ułożona niewielkimi spadkami, na co zwrócił mi uwagę Ojciec, gdy dawno temu wchodziliśmy do katedry drogą, którą teraz miałem z nim wyjść. Szedłem wśród kolumn w towarzystwie zakapturzonych postaci w czarnych sutannach, które tak naprawdę były cieniami, jakie rzucałem na wszystkie strony w świetle drżących płomieni świeczników, wyolbrzymionymi w mojej wyobraźni. Szybko doszedłem do kąta, ku któremu po pochyłej posadzce spłynęłaby woda, gdyby krypta została kiedykolwiek zalana.

Położywszy zwłoki Ojca na posadzce, użyłem klucza do bramy, a potem ściągnąłem hakiem pokrywę włazu, pozostawiając kilkunastocentymetrowy prześwit. Od czasu do czasu z katedry dolatywał fragment psalmodii, wiedziałem jednak, że mnisi mnie nie słyszą.

Pionowy szyb o średnicy stu dwudziestu centymetrów opadał osiemnaście metrów do kanału burzowego, pozwalającego na przejście w pochylonej pozycji. Były to jedne z pierwszych kanałów burzowych w miejskiej sieci, kanalizacyjnej zrobione z cegieł, ale bardzo trwałe.

Szyb wyposażono w żelazną drabinkę dla tych, którzy musieli z niego korzystać, ale kilka szczebli było poluzowanych i chcąc uniknąć ześlizgnięcia się dłoni bądź stopy, trzeba było zachować ostrożność. Otwór był zbyt wąski, bym mógł zejść, trzymając zwłoki na grzbiecie. Tak czy inaczej, nie byłem w stanie tego zrobić.

Miałem jedno makabryczne wyjście i wahałem się tylko przez chwilę, zanim wsunąłem Ojca do włazu nogami do dołu. Odwróciłem się, ale nie zakryłem uszu, uważałem bowiem, że powinienem dać świadectwo o każdym szczególe jego ostatniej drogi – na miejsce wiecznego spoczynku.

W miarę jak spadał, tkanina jego przeciwdeszczowego płaszcza z coraz głośniejszym szelestem ocierała się o cegły. Uderzył o dno większego kanału, który był zbyt słabo nachylony, by ciało Ojca zsunęło się dalej.

Chyba przez minutę stałem roztrzęsiony, powstrzymując łzy i przygotowując się do zejścia w głąb szybu.

Z drugiego końca krypty dobiegł mnie odgłos stąpania po kamiennej posadzce, a potem echo głosów rozchodzące się po kamiennym sklepieniu.

43

Zgodnie z warunkami naszego osobliwego oblubienia, o ile można to tak nazwać, jadalnia była słabo oświetlona: trzy świece w kubkach z niebieskiego szkła paliły się na kredensie, sześć innych w większej odległości w otwartej kuchni. Na stole, przy którym jedliśmy, nie było żadnych świec. Zdjąłem kominiarkę, ale zostałem w kurtce i w nasuniętym na głowie kapturze.

Na łańcuchu nad nami wisiał prosty szklany żyrandol, zgaszony ze względu na mnie, ale po jego chromowanych ramionach przesuwały się drżące refleksy słabego światła świec, a małe czasze kloszy jarzyły się błękitnym blaskiem, tworzącym kręgi na ich krawędziach. Kieliszki do wina i talerze też tak migotały, a na ścianie za kredensem drżało miękkie błękitne światło tańczących płomieni.

Gwyneth przyrządziła kotleciki z krabów z surówką z białej kapusty i papryką oraz maleńkie ziemniaki podsmażone na odrobinie tłuszczu, a potem upieczone w piekarniku. Wszystko było bardzo smaczne i nie umiałem ocenić, które składniki kolacji były mrożone, a które świeże.

– Kto może być tym wspólnikiem, o którym wspomniał Telford? – zapytałem.

– Trudno mi powiedzieć. On kłamie jak z nut, może więc nie być żadnego wspólnika.

– Myślę, że jest.

– Ja też tak sądzę – przyznała po chwili milczenia.

– Co miał na myśli, mówiąc, że twój opiekun jest na smyczy?

– Spotkamy się z nim później. Wtedy się dowiesz.

– Mówiłaś, że nawet on nie wie o tym mieszkaniu.

– To prawda. Znowu wyjedziemy, żeby się z nim zobaczyć.

– To bezpieczne?

– Niezupełnie. Ale konieczne.

Pinot grigio przypadł mi do gustu. Nigdy wcześniej go nie próbowałem. Podobała mi się także postać Gwyneth przy drugim końcu stołu, jej dłonie przypominały zgrabne ręce syreny z jasnobłękitnego snu.

– Wydaje się zepsuty do cna – zauważyłem.

Gwyneth roześmiała się cicho i odparła:

– Nie zaprzeczę.

– Pięć lat temu, gdy...

Zawahałem się, więc dokończyła pytanie za mnie:

– Gdy próbował mnie zgwałcić?

– Miałaś dopiero trzynaście lat. Mówiłaś, że mieszkałaś wtedy z dala od ludzi na najwyższym piętrze domu ojca.

– Pamiętasz najgorszą noc swego życia, Addisonie?

Pomyślałem o Ojcu, postrzelonym i zatłuczonym na śmierć na Cathedral Hill.

– Owszem, pamiętam.

– Ja też. Gdy Telford próbował mnie dopaść, byłam sama na trzecim piętrze, ale kilka minut wcześniej, w kuchni, został zamordowany mój ojciec.

– Nie zdawałem sobie sprawy, że to się zdarzyło tej samej nocy.

Z góry dobiegło gwałtowne pukanie, trzy podwójne, szybkie, lecz niezbyt mocne stuknięcia, jakby perkusista w orkiestrze uderzał bijakiem w pudełko akustyczne.

Nigdy nie słyszałem, by Przejrzyści wydawali jakieś dźwięki, ale teraz, patrząc na sufit, zapytałem:

– Ktoś jest na dachu?

– Tam jest strych. Ale to pewnie jakaś rura...

Dźwięk rozległ się znowu: *puk-puk, puk-puk, puk-puk.*

– Pewnie rury się zapowietrzyły – dodała Gwyneth.

Puk-puk, puk-puk, puk-puk.

– Zawsze sześć stuknięć parami? Jak to możliwe?

– Nie zawsze. Czasem jedno bądź dwa, czasem długie terkotanie. Nie ma się czym przejmować. To tylko zapowietrzone rury. Jak ci smakują kotleciki?

W panującym mroku jej twarz była równie słabo widoczna jak moja.

– Pyszne. Gotujesz znakomicie.

– Znakomicie podgrzewam.

Podniosłem kieliszek i zawahałem się w daremnym oczekiwaniu na następną serię stuknięć.

Wypiwszy łyk wina, powiedziałem:

– Gwyneth?

– Słucham.

– Tak się cieszę, że tu jestem.

– Ja też się cieszę – odparła. – Moje życie zawsze było bardzo ułomne, ale w tej chwili mam wrażenie, że jest inaczej.

44

Sześć lat wcześniej, w krypcie katedry, stojąc przy otwartym włazie, nie śmiałem się poruszyć, ponieważ najcichszy dźwięk odbiłby się od łuków krzyżowego sklepienia chóralnym echem i zdradził moją obecność.

Cztery komory grobowe nie były odgrodzone od siebie, ich granice wytyczały jedynie kolumnady. Chociaż dźwięk niósł się dobrze, dostrzeżenie czegokolwiek w gąszczu kolumn i cieni nie było łatwe. Przypomniały mi się sosnowe lasy, które przemierzałem w dzieciństwie, zanim dotarłem do kościoła nad rzeką. Tych drzew, których najniższe konary znajdowały się nad moją głową i wokół których nie rosły żadne krzewy, było tyle, że widziałem niewiele. Tutaj, przy pełgającym świetle świeczników i zlewających się ze sobą cieniach, nie widziałem prawie nic.

Mogłem wejść do szybu, ale nie dałoby się zrobić tego bezszelestnie, a gdyby przyszli, zobaczyliby odsuniętą pokrywę włazu. Nie zakładaliby, że to robota komunalki, a ja już nigdy nie mógłbym wrócić tu, gdzie czasami w środku nocy odnajdowałem pewien spokój.

Kimkolwiek byli, było ich dwóch. Jeśli nawet nie rozmawiali tonem spiskowców, to sprawiali wrażenie ludzi, którzy pragną zachować swoje opinie w sekrecie.

– Ogłoszą to dopiero za pięć dni, ale wiadomość już dotarła. Klamka zapadła.

– Tylko mi nie mów, proszę, że to Wallache.

– Niestety tak.

– Oni wszyscy oszaleli.

– Nikomu ani słowa, bo będę skończony. To absolutna tajemnica.

– Ale przecież muszą znać... on zna na pewno... przeszłość Wallache'a.

– Chyba wierzą w jego wersję.

– Miał szczęście, że nie został zdemaskowany jak inni.

– Może coś więcej niż szczęście.

– Znasz moje odczucia w tej kwestii.

– A jednak o tym wiadomo. Wiadomo.

– Nie wszystkim.

– Teraz mamy dwojakiego rodzaju obowiązki. Wobec Wallache'a, które powinniśmy spełniać w jak najmniejszym zakresie, i wobec prawości.

– Są jeszcze inni, którzy podzielają nasze zdanie. Wielu innych.

– Owszem, ale to słaba pociecha w sytuacji, gdy decyzja zapadła i wiadomo, że nadchodzi długi okres zła.

Po tych słowach wyszli z krypty równie nagle, jak przyszli.

Nie byłem w stanie zrozumieć tego, co usłyszałem, i nie byłem wówczas zainteresowany doszukiwaniem się sensu w ich rozmowie. Po śmierci Ojca moje życie rozlazło się w szwach i nie wierzyłem, że zdołam temu zaradzić. Całe moje życie było tajemnicą i drobne tajemnice innych wydawały się ich prywatną sprawą.

Zszedłem do szybu, głęboko pod kryptę, jakbym właśnie trafił do świata zmarłych, obarczony obowiązkiem samodzielnego pochówku. Trzymając się mocno jednego szczebla lewą ręką, do drugiego przywiązałem koniec piętnastocentymetrowego postronka, jaki dawno temu przyszyłem porządnie do paska mojego płaszcza. Ta krótka lina ratunkowa była zakończona dużym karabińczykiem, który sprawdzałem wystarczająco często, by wierzyć, że nie zawiedzie. Oparty stopami o niższy szczebel i przywiązany w pasie, mogłem oburącz chwycić pokrywę włazu i zasunąć ją przy pomocy haka, robiąc przy tym sporo hałasu. Odczepiwszy sznurek od szczebla, pogrążyłem się w ciemności tak gęstej, że zdawało mi się wdychać ją razem z chłodnym powietrzem. A wydychając je, miałem wrażenie – chociaż była to imaginacja – że ten mrok we mnie zostaje.

Wiedziałem, ile szczebli ma drabinka osiemnastometrowego szybu, i liczyłem je, schodząc do pokiereszowanego ciała Ojca. Kiedy zbliżyłem się do dna szybu, przystanąłem, wyjąłem z kieszeni płaszcza latarkę i poświeciłem nią w dół. Na wysokości stu dwudziestu centymetrów nad posadzką w ścianie szybu wycięty był łuk prowadzący do większego kanału burzowego, do którego wpadły zwłoki. Ojca obróciło na bok i tylko zakapturzona i owinięta szalikiem głowa pozostała w obrębie pionowego szybu.

Uklęknąłem na dnie kanału, pchnąłem go mocno i wczołgałem się za nim. Usiłowałem się skupić na zadaniu do wykonania, próbując jednocześnie nie zastanawiać się zbytnio nad tym, kogo właściwie muszę przenieść niemal na drugi koniec miasta.

Musiałem zostawić go tam na jakiś czas w ciemnościach i liczyć na to, że pod moją nieobecność nie znajdą go szczury. Po kanałach burzowych przemykało mniej tych gryzoni, niż można by sądzić, ponieważ niewiele tu było rzeczy, którymi mogły się pożywić, a także dlatego, że po każdym ulewnym deszczu rwące wały wody topiły je niczym Wezera pod Hameln i spłukiwały do rzeki.

Pochylony jak troll, przeszedłem przez kanał doprowadzający, w którym gładkie niegdyś cegły, ułożone w wątek amerykański, z warstwą główkową w co szóstym rzędzie, były teraz nierówne i zniszczone przez erozję wodną. Następny kanał, o większej średnicy, wykonano z nieregularnego kamienia łamanego z jednolitymi spoinami z zaprawy; choć był nowszy od części ceglanej, wyglądał na bardzo starą konstrukcję.

Kiedy doszedłem do nowoczesnego betonowego przepustu, w którym mogłem się wyprostować, zacząłem biec. Przez środek posadzki płynęła powoli mętna strużka wody, błyszcząca w przecinającym mrok snopie światła latarki niczym stopiony tłuszcz. Musiałem kilka razy zmieniać tunel, ale po dwudziestu pięciu minutach dotarłem do żaluzjowej stalowej płyty, która otwierała się na korytarz prowadzący do naszego pozbawionego okien lokum.

Korytarze pod powierzchnią miasta stanowiły labirynt, ale nie były to katakumby, w których ściennych niszach można by było pochować nas, ukrytych, aby z ciał zostały szkielety. Trzeba nas było wrzucić do wody, do łożyska rzeki, gdzie stalibyśmy się osadem, którym mogłyby się pożywić wszystkie zadomowione tam stworzenia.

Po tym jak w wieku ośmiu lat przybyłem do miasta, mój Ojciec zdał sobie sprawę, że musi przygotować zestaw pogrzebowy, którego miał użyć ten z nas, który przeżyje drugiego. Na szczęście dożyłem wieku, gdy mogłem podołać temu pilnemu, tudzież zniechęcającemu zadaniu. Zestaw zajmował kąt naszej czytelni. Brezentowa plandeka, znaleziona w kontenerze na śmieci, została spryskana z jednej strony silikonowym smarem dostarczonym na życzenie Ojca przez znajomego, który wcześniej dał mu klucz do banku żywności. Ojciec wszył remizki na dwóch końcach plandeki i przeciągnął przez nie sznury. Złożył plandekę tak, by niespryskana silikonem strona i sznury znalazły się w środku. W tym samym kącie stały również dwa wiadra zawierające gwoździe, śruby, podkładki i rozmaite zardzewiałe elementy, a także główki kilku młotków oraz wszelkiego rodzaju drobne i stosunkowo ciężkie rzeczy, które znajdowaliśmy podczas nocnych wędrówek i gromadziliśmy przez lata; miały posłużyć jako balast potrzebny do zatopienia zwłok i utrzymania ich pod powierzchnią.

Wyniosłem wiadra z naszego sekretnego lokum i postawiłem je na podniesionym pomoście eksploatacyjnym za żaluzjową płytą, po czym pobiegłem ze złożoną plandeką do kanału doprowadzającego, w którym zostawiłem ciało Ojca.

Nie wiemy, co mieszkańcy świata na powierzchni zrobiliby z naszymi zwłokami. Biorąc jednak pod uwagę agresję, z jaką większość z nich reaguje na nasz widok, zakładamy, że mogliby się dopuścić niewyobrażalnych potworności. Osaczeni odważnie stawiamy opór i giniemy, ale nie pozwalamy – i nie możemy pozwolić – by odebrali nam godność po śmierci.

Mój złoty rolex wskazywał, że odkąd zostawiłem Ojca, minęła godzina i dziesięć minut. Leżał jak przedtem, bez towarzystwa szczurów, w spokoju, którego świat na powierzchni nie zazna nigdy, nawet w tym cichym, bezwietrznym i śnieżnym dniu.

Rozłożyłem plandekę na posadzce kanału, posmarowaną stroną do dołu. Kiedy zawijałem w nią Ojca, podrygiwał w swoim ubraniu niczym masa kości, pogruchotanych i rozerwanych nie tylko przez kule i pałki, ale i wskutek długiego spadania na dno szybu.

Końce plandeki dało się bez trudu opasać i mocno związać sznurami, ponieważ Ojciec porządnie wykonał swój całun. Sznury na jednym końcu były dłuższe i zaopatrzone w podwójny uchwyt, który on sam wyciął z drewna.

Producent silikonowego smaru, tworzącego teraz śliską, lecz z pozoru suchą powłokę na brezencie, dawał gwarancję, że wyrób jest trwały i wytrzyma znaczne tarcie, choć zapewne nigdy nie wyobrażał sobie takiego zastosowania tego produktu. W przysiadzie, z wyciągniętymi do tyłu obiema rękami, złapawszy za uchwyt, ruszyłem chwiejnym krokiem naprzód. Powleczony smarem brezent dość dobrze się ślizgał po cegłach i kamieniu, ale jeszcze lepiej sunął po betonie, mimo że obciążony ciałem mojego Ojca. Ciągnąłem go ku miejscu ostatniego spoczynku niczym ojciec małego syna na sankach, tyle że wolałbym, żeby role nie były odwrócone.

Potrzebowałem trzech kwadransów, by dotrzeć do wiader z metalowym balastem. Ręce, ramiona i plecy bolały mnie później tak, jakbym ciągnął pełen wagon, ale w tym momencie poczucie obowiązku połączone z żalem działało niczym morfina. Rozwiązałem sznury i rozchyliłem plandekę na tyle, by wypełnić ją zawartością pierwszego wiadra i połową drugiego. Obaj z Ojcem obliczyliśmy ciężar, pod którym owinięte brezentem ciało może zatonąć – nie od razu, lecz kilka metrów od brzegu. Dodawszy balast, zawiązałem oba końce zwiniętego brezentu i jeszcze raz wyruszyłem ze swoim ładunkiem, tym razem mając do pokonania niewiele ponad czterysta metrów. Siedem największych tuneli, końcowych kanałów burzowych w sieci, kończyło się w różnych punktach wzdłuż rzeki. Większość wypluwała strumienie ścieków do dużych studni wpadowych i dopiero gdy woda w tych zbiornikach osiągała pewien poziom, trafiała do schodkowego przelewu spływowego i stamtąd do rzeki. Dzięki temu wszystkie śmieci cięższe niż papier i pióra osiadały na dnie studni zamiast lądować w rzece.

Przyciągnąłem Ojca do wylotu jednego z tych ogromnych kanałów burzowych. Studnia przed nami miała boki długości od piętnastu do osiemnastu metrów i dziewięć metrów głębokości. Opróżniona ze śmieci po niedawnym deszczu, była teraz sucha i pusta, jeśli nie liczyć warstwy śniegu.

Żeby ułatwić konserwację studni, zamontowano nad nią szeroką kładkę z ażurowej stali prowadzącą do przeciwległej ściany. Pokrywał ją śnieżny kobierzec, podziurawiony tak samo jak stal, przypominający papierową serwetkę o koronkowym wzorze. Przejście na drugą stronę byłoby niebezpieczne, ale przecież były poręcze. Poza tym nie miałem wyboru.

Początkowo się wahałem, zastanawiając się, czy nie powinienem zaczekać, aż nadejdzie wieczór. Jednak do zmroku zostało wiele godzin. Poza tym pracownicy Wydziału Dróg i Urządzeń Sanitarnych, którzy zajmowali się studniami wpadowymi, strajkowali i ryzyko, że ktokolwiek będzie w pobliżu, zwłaszcza przy tej pogodzie, było znikome.

Niebo słało na ziemi dywan ze śnieżnych kryształów, jak wcześniej na wzgórzu katedralnym, sypiąc nimi tak intensywnie, że nie widziałem drugiego brzegu. Zdawało się, że ten cały biały puch, który miał spaść przez dziesiątki lat, został zrzucony dzisiaj, ponieważ do końca świata nie zostało aż tyle czasu. Tak wcześnie zimą rzeka jeszcze nie zamarzła i wszystkie pływające po niej teraz jednostki były łodziami roboczymi, przecinającymi zwiewne białe zasłony, które chwilami je zakrywały; nie dostrzegłem wśród nich ani jednego statku wycieczkowego. Członkowie ich załóg raczej nie mieliby czasu ani ochoty na to, by się zastanawiać nad moją obecnością tutaj, o ile w ogóle by mnie zauważyli.

Ciągnąc okryte całunem ciało po kładce, upadłem dwa razy – raz na poręcz, raz boleśnie na kolana. Na drugim końcu kładki znajdował się przelew, ciąg stromych schodków głębokości piętnastu centymetrów, szerokich jak sama studnia i prowadzących na skraj wody.

Z tego bliższego punktu obserwacyjnego statki na rzece było widać równie słabo, jak wcześniej, mimo że wszystkie miały zapalone światła pozycyjne używane nocą i we mgle.

Ponieważ na myśl o tym, że szczątki Ojca spadną do wody w niegodny pochówku sposób, bolało mnie serce, próbowałem pokonać schodki przelewu, panując nad spuszczanym ciężarem. Jednak już w jednej trzeciej drogi w dół pakunek wymsknął mi się z rąk, zsunął po karbowanym zboczu i z cichutkim pluskiem wpadł do rzeki.

Nogi zaczęły mi drżeć, jakby zaraz miały się ugiąć pode mną, i usiadłem na jednym ze stopni. Wypowiedziałem słowa pożegnania i odmówiłem modlitwy głosem, którego drżenie wcale nie było spowodowane zimnem.

Rzeka nawet przy umocnionym brzegu miała niemal dwa metry głębokości, a dno gwałtownie opadało, umożliwiając ruch statków o dużym zanurzeniu. Zawiązane końce plandeki nie były wodoszczelne i miałem nadzieję, że ciało odpłynęło na tyle daleko, by po zatonięciu nie było go widać.

Zanim zniknęło pod powierzchnią fal, woda uniosła je nadspodziewanie daleko od brzegu. Dołożony do całunu ciężar miał przede wszystkim przytrzymywać zwłoki na dnie, gdy zaczną się rozkładać i wydzielać gazy; powstrzymać ich wypłynięcie na powierzchnię, kiedy zaczną się ku niej unosić, tak jak przez całe spędzone w odosobnieniu życie dążył do niej Ojciec, marząc o czerpaniu z wszystkich jej dóbr.

W następnych dniach wezbrana podczas bardzo gwałtownych burz woda przyspieszy swój bieg, a jego szczątki, niesione silniejszym niż zwykle prądem, zawędrują dalej w dół rzeki. W pewnym momencie przemieszczający się stale muł z dna może pokryć je kolejnymi warstwami, aż w końcu Ojciec spocznie pod rzeką, tak jak za życia mieszkał pod miastem, które rzuciło na niego urok.

W panującym bezruchu spadający z nieba śnieg nie tworzył gąszczu splątanych nici, lecz wielowarstwowe arabeski, ruchomy filigran, ozdabiający mroźne powietrze. Intensywnie biały, co było szczególnie widoczne w szaroniebieskim świetle poranka, układał puchowe boa na konarach bezlistnych drzew i gronostajowe kołnierze na

216

szczytach murów, łaskawie łagodząc surowe oblicze świata. Można by pomyśleć, że już nigdy nie przestanie padać, że po wsze czasy śnieg będzie upiększać wszystko, czego dotknie, z wyjątkiem pamiętliwej rzeki. Kiedy bowiem śnieżne płatki trafiały do falistej wody, przestawały istnieć.

Wszystko na tym padole ma swój kres, także wszyscy, których cenimy. Kochałem świat nie dla niego samego, ale jako cudowny dar, a miłość do czegoś potężniejszego, większego nawet niż iskrzący się gwiazdami nieskończony kosmos, była moją jedyną nadzieją na wyrwanie się z ostatecznej rozpaczy.

Siedziałem tam, wspominając wiele szczególnych chwil spędzonych z Ojcem, dopóki zimno nie przedarło się wreszcie przez kominiarkę i warstwy ubrania. Kiedy wstałem, spadła ze mnie peleryna śniegu, jakbym był posągiem, który nagle ożył.

Powróciłem znad rzeki do mojego lokum bez okien, teraz już należącego wyłącznie do mnie. Przez następnych sześć lat przemierzałem potajemnie miasto, poniżony własną samotnością, aż pewnej nocy w bibliotece głównej ujrzałem biegnącą dziewczynę, która wprawdzie była ubrana na czarno, lecz miała w sobie nie mniej wdzięku niż malowniczo padający śnieg.

45

Dopijając wino z kieliszków, siedzieliśmy z Gwyneth przy uprzątniętym stole i choć stukanie na strychu rozległo się na krótko jeszcze dwa razy, nie wspominała już więcej o nim, opowiadając mi o nocy, której zginął jej ojciec. Wiedziała, jak doszło do morderstwa, ponieważ Ryan Telford z radością, barwnie i obrazowo, opowiedział jej o tym.

Jej ojciec od wielu lat w okresie świąt Bożego Narodzenia dawał swoim pracownikom urlop od dwudziestego drugiego grudnia aż do noworocznej fety. Prawie dekadę wcześniej spieniężył swoje inwestycje na rynku nieruchomości i zrobił nieprawdopodobną karierę w nowej profesji, pracując z domu. Choć jego przyjaciele, z którymi Gwyneth nie była w stanie się spotykać, uważali, że nowa praca z pewnością zapewnia mu dostatecznie dużo czasu na wypoczynek, był bardziej zajęty niż kiedykolwiek. Z nadejściem świąt wolał więc być sam, traktować je jako czas spokoju, a mieszkająca z nim Gwyneth miała dzięki temu do dyspozycji nie tylko trzecie piętro, ale całą piękną rezydencję, po której mogła chodzić bez obawy, że napotka zarządcę domu, pokojówkę bądź kucharkę.

Jedynym gościem spodziewanym w okresie świąt był J. Ryan Telford, który wówczas sprawował pieczę nad znanymi zbiorami biblioteki i związanego z nią muzeum sztuki po drugiej stronie ulicy. Kustosz od lat zawierał z ojcem dziewczyny umowy na skatalogowanie i wycenę zgromadzonych przez niego pierwszych wydań rzadkich książek i dzieł sztuki, których niewielką część trzymał w rezydencji, a większość w klimatyzowanym magazynie. Późnym popołudniem dwudziestego drugiego grudnia Telford miał dostarczyć do domu kolekcjonera sprawozdanie roczne. Kiedy przyszedł, przyniósł ze sobą torebkę świeżych babeczek z najlepszej piekarni w mieście i słoik miodu.

Ojciec Gwyneth mówił od czasu do czasu o ofiarowaniu pokaźnych części swoich zdobyczy ulubionym instytucjom i niedawno uznał, że nadchodzi moment, by to zrobić. Telford od dawna bał się, że dokonana przez niego kradzież najważniejszych elementów kolekcji może w końcu zostać odkryta, i wyglądało na to, iż ta brzemienna w skutki chwila wkrótce nastąpi.

W poprzednich dwóch latach, chcąc wkraść się w łaski kolekcjonera, Telford udawał, że podziela jego entuzjastyczne upodobanie do egzotycznych miodów, nauczył się też żargonu pszczelarzy i wytwórców miodu. W rozmowie przeprowadzonej kilka dni przedtem, zanim pojawił się na progu jego domu ze zbrodniczym zamiarem, zachwalał egzotyczny miód kremowy, kupiony, jak twierdził, podczas podróży do Włoch, choć nie chciał zdradzić, z jakich roślin pszczoły zbierały nektar. Tamtego grudniowego popołudnia wręczył ojcu Gwyneth pozbawiony etykietki słoik tej osławionej ambrozji. Mając ochotę się zabawić, zażądał od gospodarza, by ten rozpoznał wyjątkowy smak miodu.

Poszli od razu do kuchni, gdzie ojciec Gwyneth otworzył słoik, wciągnął nosem jego zapach, rozłożył talerze, noże oraz filiżanki i zabrał się do parzenia herbaty. Korzystając z nieuwagi gospodarza, Telford rozerwał torebkę z babeczkami i umieścił ją na środku stołu; zawartość torebki wysypywała się z niej jak z rogu obfitości. Wcześniej jedna babeczka została przekrojona na pół, posmarowana innym, nieszkodliwym miodem kremowym i złożona z powrotem. Telford położył ją na swoim talerzu, jakby dopiero teraz ją rozciął. Wymieszał miód nożem, ale nie posmarował nim babeczki i gdy gospodarz wrócił do stołu z dzbankiem herbaty, kustosz siedział już tam, gotowy do jedzenia.

Pędy, liście i kwiaty oleandra, z nektarem włącznie, są bardzo toksyczne, a objawy zatrucia występują już po kilku minutach od połknięcia choćby minimalnej dawki toksyny.

Ojciec Gwyneth nie szczędził sobie miodu, zjadł z entuzjazmem połowę posmarowanej nim babeczki, próbując określić jego egzotyczny smak, i napoczął drugą, gdy nagle oblał się potem. Twarz mu pobladła, wargi zsiniały i upuściwszy babeczkę, przyłożył dłoń do piersi. Z odgłosem, który Telford przyrównał do kasłania niemowlęcia krztuszącego się przecierem z jarzyn, ofiara zatrucia poderwała się z krzesła. Ponieważ zawarte w oleandrze glikozydy stanowią środek nasercowy, serce kolekcjonera waliło pewnie w tempie dwustu uderzeń na minutę. Z trudem oddychając, osunął się na kolana, a potem upadł na podłogę, gdzie wił się bezradnie w konwulsjach.

Telford zjadł babeczkę, po czym włożył swój talerz do zlewu, umył go, wytarł do sucha i schował. Swoją herbatę wylał do zlewu, wypłukał i wytarł filiżankę i ją także schował.

Jego ofiara zwymiotowała i skonała. Gdyby ojciec Gwyneth wcześniej zwrócił przesączone oleandrowym nektarem pieczywo, mógłby przeżyć. Wiedząc jednak o uśmierzających właściwościach miodu i ciesząc się jego słodkim smakiem, zatrzymał trującą przekąskę w żołądku zbyt długo.

Telford starł ślady swoich palców z rączki noża i trzymając go przez papierowy ręcznik, położył na talerzu gospodarza. Zostały dwie babeczki. Zapakował je do rozdartej torebki, żeby zabrać ze sobą, były bowiem bardzo smaczne i nadawały się doskonale na późnowieczorną przekąskę, tyle że już nie z miodem, którego nie znosił, ale z cytrynową marmoladą.

Telford dowiedział się kiedyś od ojca Gwyneth i od kilku jego służących o cierpiącej na socjofobię córce, która mieszkała w odosobnieniu na trzecim piętrze domu. Pewnego dnia zobaczył ją, wychodząc po spotkaniu z kolekcjonerem z jego gabinetu na pierwszym piętrze. Miała wówczas jedenaście lat i gotyk nie stał się jeszcze jej stylem rozpoznawczym. Ze spuszczoną głową, trzymając przy piersi coś, czego nie potrafił rozpoznać, przemknęła korytarzem i zniknęła na schodach, najwyraźniej zmierzając do swoich pokoi na górze.

Była gibka i szybka. Chochlik, pomyślał, sylfida, która żyje bez skrzydeł w powietrzu. Wydawała się najbardziej nieskazitelną i najdelikatniejszą dziewczyną, jaką kiedykolwiek widział, i zapragnął jej tak namiętnie i tak gwałtownie, że gdyby nie obecność jej ojca i personelu, pobiegłby za nią, rzucił na podłogę i zerwał z niej ubranie. Wziąłby ją, nie zważając na konsekwencje.

Chociaż Telford znał pewne sadomasochistyczne gry i sposoby znęcania się nad kobietami, które lubił stosować, oddawał się im wyłącznie z dyskretnymi partnerkami, które czerpały przyjemność z tego rodzaju zalotów. Nigdy nie narzucał się żadnej kobiecie, mimo że często miał ochotę to uczynić i marzył o dokonaniu gwałtu. Dzieci również nigdy wcześniej go nie pociągały; teraz jednak gwałtownie pragnął złamać obydwa tabu i wziąć Gwyneth siłą.

Zatrwożony intensywnością swych pragnień zapanował nad sobą i pozwolił ojcu dziewczyny odprowadzić się do drzwi, nie zdradzając swojego wzburzenia i niepohamowanej żądzy. W ciągu niemal dwóch następnych lat często o niej myślał, a w snach była jego niewolnicą.

Telford postanowił zamordować ojca Gwyneth, żeby zapobiec wykryciu swoich bezczelnych kradzieży, gdy zaledwie na miesiąc przed dostarczeniem zatrutego miodu znowu zobaczył dziewczynkę. Czekał na pana domu w salonie od frontu, kiedy trzynastoletnia teraz dziewczyna minęła sklepione wejście, zawahała się, spojrzała na niego wzrokiem wystraszonej łani, ale nic nie powiedziała i odeszła w pośpiechu.

Mimo jej gotyckiego stylu, a może właśnie za jego sprawą Telford pożądał jej jeszcze silniej niż poprzednio. Potem już wiedział, że moment poczęstowania jej ojca zatrutym miodem nastąpić powinien w porę świat Bożego Narodzenia, kiedy w domu zostaną tylko ona i staruch, a gdy ten będzie leżał martwy w kuchni, on spędzi bardzo przyjemną noc na trzecim piętrze.

Potem musiałby ją oczywiście zabić. Zawsze jednak wiedział, że potrafi to zrobić, jeśli tylko nagroda będzie wystarczająco wysoka. Był człowiekiem odpowiednio wyrafinowanym.

Z uwagi na uzyskaną niedawno przez wymiar sprawiedliwości możliwość identyfikacji sprawców na podstawie ich DNA pozbędzie się jej ciała, zawożąc je w jakieś odległe miejsce, polewając benzyną i podpalając. Najpierw jednak będzie musiał wybić jej wszystkie zęby i zatrzymać je w celu uniemożliwienia identyfikacji za pośrednictwem dokumentacji stomatologicznej.

Ten dom był rezydencją z garażem, w którym stały cztery pojazdy. Załaduje jej zwłoki do bagażnika mercedesa S600 i wywiezie, by je spalić.

Kiedy w opuszczonym kamieniołomie, który znalazł w dość sporej odległości za miastem, ciało dziewczyny zmieni się w sczerniałe kości i ohydny popiół, odwiezie auto do garażu. Potem wejdzie do domu, by otworzyć drzwi od frontu i zablokować je w tej pozycji jakimś przedmiotem należącym do dziewczyny. Sam wyjdzie bocznymi drzwiami. Po przeprowadzeniu śledztwa policja uzna, że neurotyczna i śmiertelnie wystraszona córka, znalazłszy martwego ojca, uciekła z domu. A gdy jej nie odnajdą... Cóż, to przecież wielkie i niebezpieczne miasto, gdzie trzynastoletnie dziewczyny mające więcej sprytu niż Gwyneth znikały dość regularnie.

Kustosz nie był zaskoczony swoim niemoralnym pożądaniem ani zdolnością do skrajnej przemocy, nie mógł jednak wyjść ze zdumienia, jak szybko i elegancko – oraz jak zmyślnie i drobiazgowo – zaplanował pozbycie się jej zwłok. Czuł, jakby był w nim jakiś drugi on, kolejny i jeszcze bardziej pewny siebie J. Ryan Telford, który czekał, dość niecierpliwie, aż ten pierwotny rozpozna ich łączny potencjał.

Teraz, w wieczór morderstwa, Telford przeszedł z kuchni do gabinetu zarządcy domu. Znalazł w biurku szufladę z przegródkami na klucze: te do czterech samochodów, do frontowych drzwi oraz do licznych innych zamków, wszystkie z wyraźnie opisanymi przywieszkami.

Żeby nie obudzić czujności Gwyneth, nie skorzystał z windy, tylko wszedł na trzecie piętro po schodach. Znajdowały się tam jednoskrzydłowe drzwi, które broniły dostępu do jej mieszkania. Jak najciszej otworzył zamek, wszedł do holu i zamknął drzwi.

Opuściwszy hol, znalazł się w dużym salonie umeblowanym antykami i ozdobionym co najmniej dwudziestoma wielkimi gwiazdami betlejemskimi, żeby stworzyć w nim świąteczną atmosferę. Dziewczyna uwielbiała te kwiaty, a ojciec dawał jej wszystko, co tylko mógł, by wynagrodzić jej życie w izolacji od świata.

Kustosz zastał ją w pełnym gotyckim rynsztunku na wyściełanej ławie w sypialni, opartą plecami o ścianę niszy okiennej, z podciągniętymi nogami i pejzażem miejskim w tle. Czytała książkę.

Ujrzawszy go, zrozumiała, że ojcu przydarzyło się coś strasznego i że już niebawem coś równie potwornego może przydarzyć się jej. Zdała sobie sprawę, że sam krzyk jej nie ocali i że jedyną szansą jest uczynienie wrażenia słabszej, bardziej nieśmiałej i płochliwej, niż myślał.

Kiedy do niej podszedł, spojrzała na książkę, jakby żyła w takim oderwaniu od świata, że nie rozumiała, co oznacza jego wizyta. Udawała pogrążoną w lekturze, zrobiła to jednak tak, żeby wiedział, iż to tylko pozory i tak naprawdę się boi. Telford przycisnął guzik na ściennej płytce i spuścił automatyczne żaluzjowe rolety, które zakryły okna obok Gwyneth. Sam usiadł koło jej stóp i obserwował jej grę pozorów, ciesząc oczy tą próbą zamaskowania strachu.

Po kilku minutach powiedział, że jej ojciec nie żyje, i opisał z detalami swój postępek oraz skutki działania pokaźnej dawki toksyn z liści oleandra. Ponieważ tak bardzo pragnął ujrzeć żal na jej twarzy, Gwyneth postanowiła powstrzymać łzy. Nie udało się jej zapanować nad sobą całkowicie i łzy napłynęły jej do oczu, nie szlochała jednak i nie jęczała. Wyczuwając żądzę w głosie mordercy, wiedziała, że jej płacz go podnieca. Nie starała się połykać łez, stały się bowiem dla niej narzędziem podstępnej manipulacji.

Jeszcze jej nie dotknął. Wiedział od ojca dziewczyny, jaki ból sprawi jej choćby muśnięcie ręką, i dlatego delektował się świadomością lęku, z jakim oczekiwała kontaktu jego dłoni ze swoją skóra.

Kiedy skończył opowieść o losie jej ojca, zaczął wyjaśniać, co ma zamiar z nią zrobić, gdzie będzie ją pieścił i na jakie sposoby w nią wejdzie.

– Gdy z tobą skończę, ślicznotko, będziesz się zastanawiać, dlaczego kiedyś raził cię zwykły dotyk, i poczujesz się tak paskudnie zbrukana, że pożegnasz się z wszelką nadzieją na odzyskanie czystości. Nie tak, jakby zgwałcił cię jeden człowiek, ale jakby cały świat ocierał się o ciebie i cię wykorzystał.

Nie musiała symulować dreszczy. Kartki książki w jej dłoniach zaszeleściły i Gwyneth odłożyła ją na bok; nadal jednak nie patrzyła na Telforda. Skrzyżowała ręce na piersi.

Mówił o rozkoszy, jaką młoda dziewczyna może dać mężczyźnie, i zapytał, czy kiedyś o tym marzyła. Miał całą listę nieprzyzwoitych pytań i zarzucał ją nimi bezustannie, tak że miała wrażenie, że i tak jej dotyka.

Początkowo milczała mimowolnie, ale potem doszła do wniosku, że milczenie może być częścią skutecznej strategii. Nie sądziła, by ojciec powiedział Telfordowi coś poza tym, że córka cierpi na socjofobię; być może kilka osób z domowego personelu zdradziło mu parę dodatkowych szczegółów. Ona nie powiedziała jeszcze ani słowa, a on chyba wiedział o niej tak niewiele, że można by go skłonić do przypuszczeń, iż niemota stanowi jeden z objawów jej choroby. Im silniej uwierzy w jej głęboką neurozę i upośledzenie emocjonalne, tym bardziej będzie przekonany o swojej absolutnej władzy nad nią i tym większa będzie szansa, że popełni jakąś nieostrożność.

Kontynuując swój lubieżny monolog, Telford przyglądał się Gwyneth przenikliwym wzrokiem wygłodniałego wilka krążącego wokół jagnięcia. Teraz zareagowała, nie tylko wzdrygając się i kuląc na ławie pod oknem, ale i cichymi jękami udręczenia i lęku. Kiedy domagał się odpowiedzi na swoje wulgarne pytania, kleciła je z półsłówek i krótkich zbitek nic nieznaczących sylab, chrząknięć, bełkotu i cichych łkań, które w innym człowieku wzbudziłyby litość, jednak Telford nie miał litości. Po kilku takich wymianach zdań doszedł do wniosku, że dziewczyna wprawdzie potrafi czytać, ale nie jest w stanie mówić, i albo ogranicza ją jakaś wada fizyczna, albo upośledzenie umysłowe.

Słowa tworzą fundament świata, a język jest najpotężniejszym orężem w odwiecznej wojnie prawdy z kłamstwem. Telford był o głowę wyższy od Gwyneth, ważył dwa razy więcej od niej; był śmiały w sytuacjach, które ją onieśmielały, okrutny w takich, w których ona okazywała łagodność. Kiedy zdał sobie sprawę, że ona nie potrafi go ani błagać, ani oskarżać, ani zawstydzić, jej bezradność jeszcze mocniej go rozpaliła. W jego oczach i na zarumienionej twarzy pojawił się wyraz tak wynaturzonej zmysłowości, że dziewczyna bała się, że oprócz tych wszystkich obiecanych sposobów znęcania się nad nią na zakończenie tej gehenny rozszarpie ją zębami.

Już nie zwracał się do niej po imieniu. Nie nazywał jej już „dziewczyną" i nie raczył nawet jej tykać. Miał dla niej kilka określeń, wszystkie ordynarne, wiele nieprzyzwoitych.

W końcu kazał jej zsiąść z ławy i pójść do sąsiadującej z sypialnią łazienki.

– Chcę dostać na pamiątkę ten kolczyk, jaki masz w nosie, i czerwony koralik z twojej wargi – powiedział. – Zetrzemy z ciebie ten idiotyczny gotycki makijaż, żebym mógł pod nim zobaczyć dziewczynkę, delikatną ptaszynę, która tak rozpaczliwie pragnie się stać jastrzębiem.

Chwiejąc się niezdarnie i jęcząc cicho w rozpaczy, Gwyneth weszła do łazienki. Gorączkowo rozważała kolejne sposoby odwrócenia jego uwagi bądź zwalenia go z nóg, żeby mieć szansę ucieczki, lecz Telford był silny, a chuć i głębokie pragnienie popełnienia tych wymarzonych okrucieństw i największych występków przydawały mu jeszcze siły.

W przestronnej łazience kazał się jej rozebrać. Bała się, że jeśli się zawaha, Telford wymierzy jej policzek, to zaś otworzy mu drogę do jeszcze mroczniejszych stanów niż ten, w którym aktualnie znajdował się jego umysł, i skłoni go do nagłego przyśpieszenia zaplanowanego gwałtu i morderstwa. Łzy spływały po jej twarzy, rozmazując gotycki makijaż; płakała po ojcu, nie nad sobą. Nie mogła opanować drżenia. Kiedy zaczęła rozpinać bluzkę, odwróciła się twarzą do toaletki i spuściła oczy, jakby rozpaczliwie próbowała zachować skromność.

Usłyszała, jak morderca jej ojca pociąga za dźwignię, która zamykała odpływ w wannie. Uniosła głowę, by spojrzeć w lustro nad toaletką, nie na swoje odbicie, lecz na to, co działo się za jej plecami, i zobaczyła, że pochylił się nad wanną, żeby odkręcić kurek ciepłej wody. Nareszcie. W tej pozycji nie mógł się bronić przed atakiem. Obróciła się i popchnęła go mocno. Wpadł do wanny, pod kran, i poparzony wodą, krzyknął z bólu.

Windą zjeżdżałaby zdecydowanie zbyt wolno, a gdyby potknęła się i upadła, zbiegając po schodach, Telford by ją dopadł. Tak czy inaczej, mógł ją bez trudu złapać. Wypadając niczym strzała z łazienki, słyszała, jak gramoli się z wanny, i zamiast pognać do drzwi mieszkania, podbiegła prosto do stolika nocnego, gwałtownym szarpnięciem wysunęła szufladę i pochwyciła małą puszkę z gazem pieprzowym w aerozolu.

Wiedziała, że morderca jest tuż za nią. Odwróciła się, ujrzała go trzy kroki przed sobą i dała mu po oczach, jak nauczył ją kiedyś ojciec. Telford krzyknął i zatoczył się do tyłu, jakby się zderzył ze ścianą. Gwyneth wykorzystała ten moment, pryskając mu gazem prosto w nos i do oczodołów.

Gaz pieprzowy Mace nie powoduje trwałych obrażeń, ale jest bardzo skuteczny. Z oczu tryskają łzy, wzrok staje się zupełnie zamglony i następuje coś w rodzaju kilkuminutowej ślepoty. Nawet niewielka dawka utrudnia oddychanie i wprawdzie człowiek będący celem ataku nie jest zagrożony, ale ma wrażenie, że się udusi.

Mimo niepełnej sprawności, braku tchu i niemożności dostrzeżenia czegokolwiek poza zlewającymi się bezkształtnymi kolorowymi plamami Telford gwałtownie wymachiwał obiema rękami, gorączkowo usiłując zadać cios, chwycić ją za włosy lub za ubranie. Gwyneth zrobiła unik, skuliła się i czmychnęła przed nim z sypialni. Przebiegając przez mieszkanie, strąciła z delikatnych poisencji szkarłatne przylistki, które opadły smutno niczym nadzieje na spokojne święta.

Skakała, biorąc po dwa stopnie naraz, spadając na każdy podest obiema nogami, a ostatni bieg schodów pokonała, nie mając odwagi się obejrzeć. Wypadła przed dom na wieczorne powietrze, zimne i wilgotne jak w lodowni, choć pokrywającej wszystko sadzy i ostrych konturów miasta nie zamaskował jeszcze pierwszy śnieg.

Cztery domy dalej na wschód stała rezydencja Billinghamów, równie duża – choć bardziej pretensjonalna – jak dom jej ojca. Z obu stron schodów od frontu znajdowały się szerokie kamienne murki, na których w pozycji sfinksa, z uniesionymi łbami, poważnymi obliczami i obojętnymi spojrzeniami zwróconymi w stronę ulicy – jakby zamiast czujnie wyczekiwać zdobyczy, wypatrywały pierwszych ohydnych apokaliptycznych bestii – spoczywały dwa wykute w kamieniu masywne lwy.

Billinghamowie, których znała tylko z nazwiska, wyjechali na dłużej do Europy, a na ulicy roiło się od pojazdów i dlatego nie próbowała przedostać się na drugą stronę przez cztery pasy jezdni, lecz popędziła do kamiennych lwów. Wysokość biegnących wzdłuż schodów murków z wapienia malała z każdym stopniem i dziewczyna wdrapała się na górę i położyła na zwieńczeniu z polerowanego granitu obok lwa, który był od niej ponad dwa razy większy. Ostrożnie wysunęła głowę, by spojrzeć zza piersi wielkiego kota w kierunku swojego domu.

Ani przez moment nie pomyślała, by głośno wzywać pomocy, ponieważ każdy, kto odpowiedziałby na jej wezwanie, chciałby ją chronić lub pocieszyć i w naturalnym odruchu wyciągnąłby dłoń, wziął ją za rękę, pogładził lub objął ramieniem, a przecież ona nie mogła znieść niczyjego dotknięcia. Zadawałby pytania, na które musiałaby odpowiedzieć, a wtedy wybawca usłyszałby ją. Nie miała ochoty dzielić się sobą, choćby tylko swym głosem, i nigdy tego nie robiła, nawet w kontaktach ze służbą w domu ojca.

Kiedy leżała na brzuchu, zimny granit wyciągał ciepło z jej ciała. Nie była odpowiednio ubrana i przenikający ją dreszcz strachu szybko przerodził się w gwałtowne dygotanie z zimna.

Po kilku minutach, zerkając zza posągu, ujrzała, jak Telford opuszcza jej dom i idzie po schodach. Miał na sobie płaszcz i niósł w ręku białą paczkę, zapewne były w niej babeczki, które mogłyby go obciążyć, gdyby zostawił je na miejscu zabójstwa. Ku jej przerażeniu skręcił w stronę domu Billinghamów.

Oceniła, że choć widział już lepiej, wzrok nadal u niego szwankował, poruszał się bowiem jak ktoś, komu się nie śpieszy, z głową wysuniętą do przodu, jakby nie był pewien, co ma przed sobą. Mijając latarnię, odwrócił się od światła, które było zbyt silne dla jego piekących i rozszerzonych oczu.

Kiedy się zbliżył, z ust buchała mu para, niczym smokowi zaklętemu w człowieka. Gwyneth była przekonana, że Telford instynktownie spojrzy w lewo oraz w górę i zobaczy ją mimo kłopotów ze wzrokiem i księżycowego cienia, w którym się ukryła. To przeświadczenie wynikało jednak tylko z lęku i kustosz przeszedł obok nieświadomy jej bliskości, przeklinając po cichu głosem zdławionym przez strach.

Dwa domy dalej wsiadł do zaparkowanego przy krawężniku auta. W szumie jadących ulicą pojazdów Gwyneth nie zdołała wyłowić odgłosu uruchomiania silnika, ale z rury wydechowej wzbił się niczym cmentarne zjawy pióropusz spalin, które snuły się wśród zwisających nad samochodem nagich jak szkielet gałęzi.

Cadillac Telforda stał zwrócony przodem do Gwyneth,

ale rozpościerające się przed nią konary drugiego drzewa zasłaniały prawie całą przednią szybę i nie widziała go za kierownicą. Była pewna, że na razie mu uciekła, ale nadal leżała plackiem w cieniu kamiennego lwa.

Telford oczywiście ochlapał twarz zimną wodą, żeby uwolnić się od działania gazu łzawiącego, ale chociaż na pewno bardzo chciał zniknąć, odczekał kolejnych pięć minut, zanim ruszył od krawężnika. Dojechał do końca kwartału i skręcił w aleję na południe.

Gwyneth pobiegła do domu i zaryglowała drzwi. Odważyła się stanąć w wejściu do kuchni, by potwierdzić śmierć ojca. Kiedy tylko ujrzała jego martwą twarz, odwróciła się, nie będąc w stanie znieść tego widoku. Mogłaby się pogrążyć w czarnej otchłani żalu, ale taka kapitulacja byłaby niegodna jej ojca, który wierzył, że w obliczu straty bądź nieszczęścia nie wolno się poddawać. Uciekła na trzecie piętro.

Telford spodziewał się zapewne, że wezwie policję, ale ona nigdy by tego nie zrobiła. Umundurowani funkcjonariusze, detektywi, pracownicy biura koronera, reporterzy i nie wiadomo kto jeszcze opadliby ją, osaczyli jak plaga szarańczy odzierająca z prywatności i nadziei. Ich wzrok spoczywający na niej bez przerwy, ich pytania wymagające tysiąca odpowiedzi, te ręce wyciągnięte, by ją uspokoić, wziąć pod ramię, gdy ugną się pod nią kolana, technicy zbierający dowody rzeczowe w jej mieszkaniu, może też jazda do szpitala w celu zbadania obrażeń i oceny jej stanu emocjonalnego – ta perspektywa była nie do zniesienia. To by ją dobiło.

Poza tym, jeśli Telford usunął świadectwa swojej obecności tak starannie, jak twierdził, nic nie mogłoby go łączyć ze śmiercią jej ojca. W mieszkaniu zostawił być może odciski palców tylko na drzwiach wejściowych i armaturze łazienkowej. Zdążyłby je zatrzeć nawet z zapuchniętymi oczami i gorączkowym pragnieniem, by wyjść, zanim przyjedzie policja. Jeśli był tak metodyczny, jak się spodziewała, to na pewno miał alibi na godziny, które zamierzał spędzić w ich domu. Czyż to nie sprowadziłoby się do słowa przeciwko słowu? I komu uwierzyłaby policja: szanowanemu kustoszowi czy mającej obsesję na punkcie gotyku, neurotycznej trzynastolatce z ostrą fobią społeczną?

Gwyneth spakowała kilka niezbędnych rzeczy do torby należącej do jej ojca. Wyszła z domu, zarzucając ją na ramię, i zostawiwszy otwarte drzwi, udała się do najbliższego z ośmiu mieszkań, które jej przewidujący ojciec przygotował dla córki na wypadek swojej śmierci.

Na razie bezpieczna, zatelefonowała do Teague'a Hanlona i opowiedziała mu o wszystkim, co się stało. Chciał wezwać policję, ale gdy wysłuchał jej argumentów, zrozumiał, że nie doprowadzi to do uwięzienia mordercy, a tylko ją dobije.

– Jeśli Telford ma kiedykolwiek trafić w ręce sprawiedliwości – powiedziała Hanlonowi – to muszę zebrać dowody przeciwko niemu po swojemu i wtedy, kiedy uznam za stosowne. Straciłam tak wiele. Najlepszego ojca na świecie. Nigdy nie dam za wygraną. Nigdy.

46

Wino skończyło się wcześniej niż jej opowieść, ale za to świece nadal paliły się równym płomieniem, zabarwiając mrok w jadalni na niebiesko.

– Więc uznano tę śmierć za nieszczęśliwy wypadek – powiedziałem.

– Tak, wypadek spowodowany zanieczyszczonym miodem.

– A policja cię nie szukała?

– Niezbyt energicznie. Za pośrednictwem lokalnej telewizji i gazet wystosowano apel z prośbą, by wszyscy, którzy widzieli zagubioną i dotkniętą chorobą dziewczynkę, powiadomili policję o miejscu jej pobytu. Ale opatrzono to zdjęciem, na którym jestem z ojcem i wcale nie wyglądam jak gotka. To była jedyna moja fotografia od czasów wczesnego dzieciństwa, a ja w rzeczywistości nie przypominałam już tamtej dziewczyny.

– Jedyna twoja fotografia od tylu lat?

– Jeśli pozwolisz, by zrobiono ci zdjęcie, nie wiesz, kto może je obejrzeć za miesiąc lub za rok. Obcy patrzący na twoją fotografię, gapiący się na ciebie, przypatrujący się bacznie... Nie jest to takie okropne jak przebywanie w obecności obcych ludzi, dotykających cię oraz mówiących do ciebie i oczekujących, że odpowiesz. Ale to wystarczy. Taka perspektywa jest dla mnie bolesna.

Milczeliśmy wspólnie przez minutę.

Biorąc pod uwagę problemy Gwyneth z psychiką i ograniczenia, które z nich wynikały, biorąc pod uwagę to, że ja mogłem zaryzykować wyjście z mojego schronienia tylko w najspokojniejszych godzinach nocy, w kurtce z kapturem, narażając się na śmierć, nasze spotkanie i to, jak rozwinęła się ta przyjaźń, zakrawały na cud. Pragnąłem nie tylko przyjaźni, ale rozumiałem, że w naszym przypadku miłość – ofiarowana i odwzajemniona – jest niemożliwa. Nawet niedoskonałą księżniczkę mógł obudzić do życia pełną piersią jedynie pocałunek prawdziwego księcia, nie kogoś takiego jak ja. Mimo swoich pragnień zadowalałem się tym, co cudowne, i nie dążyłem do niemożliwego. Teraz najbardziej bałem się tego, że możemy stracić to, co razem mamy, i każde z nas pójdzie swoją drogą albo rozdzieli nas śmierć.

W końcu powiedziałem:

– Jednak z czasem sąd może stwierdzić, że nie żyjesz. Co wtedy stanie się z funduszami, z których się utrzymujesz?

– Pozostałam w odosobnieniu przez kwartał, kontaktując się wyłącznie z Teague'em Hanlonem. Pod koniec trzeciego miesiąca powiedział władzom, że dotarłam do niego, że jako mój opiekun, za moją aprobatą, umieścił mnie w sanatorium w spokojnym wiejskim otoczeniu, żebym mogła odpocząć, otrzymać pomoc psychologa i nauczyć się panować nad moją fobią lub radzić sobie z nią lepiej w życiu.

– Przez telefon Telford powiedział, że jesteś w sanatorium.

– Tak właśnie myślał przez te lata. Do wczorajszej nocy.

– I władze uwierzyły panu Hanlonowi?

– Oczywiście. I nie dlatego, ze jest moim opiekunem, ale z uwagi na to, kim jest.

– A kim jest?

Choć w niebieskawym mroku nie widziałem jej twarzy, podejrzewałem, że Gwyneth uśmiecha się, mówiąc:

– Moim opiekunem.

Dała tym samym wyraźnie do zrozumienia, że niezależnie od wszystkiego, czym się dotąd ze mną podzieliła, wciąż zachowuje część tajemnic wyłącznie dla siebie.

– Nie miałam żadnych bliskich krewnych, tylko jednego przyjaciela, który był również moim opiekunem, więc ryzyko, że jakiś adwokat wystąpi z prośbą, by dla mojego dobra sąd sprawdził mój aktualny stan zdrowia i leczenie, było niewielkie – wyjaśniła. – Poza tym biurokraci w tym mieście są tak obojętni, że służby odpowiedzialne za ochronę dzieci najczęściej przydzielają je do domów tymczasowej opieki, gdzie są bite lub wykorzystywane seksualnie albo faszerowane lekami na ADHD, aż pozbawi się je wszelkiej indywidualności, i wszyscy o tym wiedzą. Myśl, że jakiś dom zastępczy w tym mieście jest z zasady lepszy od kosztownego zakładu opieki, nikomu nie przyszłaby do głowy.

– Przykro mi, że będąc w takim stanie, musiałaś oglądać martwego ojca – powiedziałem po chwili milczenia.

– Wydawało mi się, że odwróciłam się zbyt szybko, by ten obraz został mi w pamięci. Ale nadal w niej jest. Sugestywny i straszny. Nigdy go nie zapomnę.

Oczyma wyobraźni ujrzałem pokiereszowaną twarz mojego Ojca, z krwią zbierającą się w oczodole.

Gwyneth odsunęła krzesło i wstała od stołu.

– Obiecałam, że zagram ci coś na fortepianie.

Poszedłem za nią do salonu, gdzie świece migotały w lampionach z czerwonego szkła, lecz atmosfera była równie melancholijna jak wcześniej, w świetle zabarwionym na niebiesko.

Kiedy stanąłem obok stołka, na którym usiadła, by grać, Gwyneth powiedziała:

– Nie tak blisko, Addisonie. Od śmierci taty, żeby dobrze grać, muszę czuć, że gram tylko dla niego i siebie. Usiądź i nie przeszkadzaj.

Druga świeca paliła się na stoliku obok fotela i siadłem tam, żeby słuchać.

– *Sonata quasi una fantasia* w tonacji cis-moll.

W momencie gdy Gwyneth zaczęła grać, rozpoznałem sonatę *Księżycową* Beethovena i wstałem poruszony, ponieważ ze wszystkich utworów muzycznych, których obaj z Ojcem słuchaliśmy na naszym odtwarzaczu CD, właśnie ten jednakowo nas wzruszał, właśnie tego mogliśmy słuchać bez przerwy. To muzyka przemawiająca do najgłębszych pokładów duszy, a adagio stopniowo podnosi człowieka na duchu, moim zdaniem lepiej i skuteczniej niż nawet którakolwiek ze skomponowanych przez niego mszy.

Podszedłem do okien i stałem tam, patrząc na śnieg, który padał równie obficie jak przedtem. Wiatr trochę osłabł i zrobił się kapryśny, chociaż dogadzał swym kaprysom dość niemrawo. Płatki śniegu nie były już miotane po ulicy, tylko łączyły się w na wpół uformowane bryły, które rozsypywały się chwilę później, w odwiecznej procesji duchów, osiadając miękko na ziemi niczym skrystalizowane nuty przynoszące melodię sfer niebieskich.

Tytuł *Księżycowa* nie był pomysłem Beethovena, lecz został dodany przez jakiegoś przyjaciela kompozytora, któremu ten utwór przypomniał piękno Jeziora Czterech Kantonów oglądanego z łodzi sunącej po jego wodach w blasku księżyca.

Z mroku i śniegu wyłoniła się trójka Przejrzystych, ta sama, którą wcześniej widziałem na dachach budynków po drugiej stronie ulicy – dwóch mężczyzn i kobieta, ona w białym szpitalnym stroju, a oni w niebieskich. Jak bywa czasem z Przejrzystymi, ci nie szli, lecz sunęli w powietrzu wyprostowani, jakby podtrzymywały ich liny w jakiejś inscenizacji.

Mężczyźni opadli na jezdnię i stali tam teraz, rozglądając się na wszystkie strony, a kobieta uniosła się w powietrzu do okien. Można było odnieść wrażenie, że została zwabiona przez muzykę. Kiedy przeniknęła przez szyby, mniej więcej metr na prawo ode mnie, szkło pozostało nienaruszone. Stąpała teraz tak, jakby ograniczała ją grawitacja, co oczywiście nie było prawdą, i gdy szła przez pokój, niczym lampa rozpraszała ciemności, które skradały się jej śladem. Opuściła salon i przez jadalnię dotarła do kuchni, gdzie straciłem ją z pola widzenia. Zajrzała zapewne do innych pokoi, wkrótce bowiem wróciła nie drzwiami, lecz przez pokrytą tynkiem ścianę, przenikając ją z taką samą łatwością, z jaką ja mogłem co najwyżej iść przez mgłę.

Przejrzysta podeszła do fortepianu i stała wpatrzona w Gwyneth, nie uśmiechając się ani nie krzywiąc; przyglądała się jej ze spokojnym zainteresowaniem. Dziewczyna nie zdawała sobie z tego sprawy, nie widziała też łagodnego blasku, który padał na nią i na część klawiatury. Grała tak, jakby towarzyszyło jej tylko wspomnienie ojca i ja.

Po chwili nasz gość odwrócił się od instrumentu i podszedł do mnie. Kierując się przestrogą Ojca, patrzyłem przez okno, unikając jej wzroku. Wyobrażałem sobie, że spojrzenie jej w oczy może mnie przeobrazić tak, jak w mitologii greckiej wzrok Meduzy zamieniał żywe istoty w kamień. Ojciec nigdy nie wyjaśnił, co mi się stanie, jeśli się uprę, żeby stanąć oko w oko z jakimś Przejrzystym, ale orientował się we wszystkim, a ja nie miałem powodu wątpić w słuszność jego rad.

Jej blask spłynął na mnie i pokrył szybę cienką warstwą srebra. Widziałem jej twarz odbitą w szkle, gdy patrzyła nad moim prawym ramieniem, nie śmiałem jednak spojrzeć w jej oczy nawet w zwierciadle szyby. Po chwili zawahania Przejrzysta przeniknęła przeze mnie i okno w mrok nocy i pomyślałem, że chyba żyje w innym wymiarze i może penetrować ten świat, choć ja nie mogę wkroczyć do jej rzeczywistości.

Opadła w sypiącym śniegu i dołączyła do swoich towarzyszy. Odeszli ulicą w kierunku, w którym wcześniej podążył mężczyzna z psem.

Sonata dobiegła końca, lecz Gwyneth na pewno nie życzyła sobie pochwał za swoją grę. Po bardzo krótkiej przerwie, poddając się nastrojowi chwili, który tworzy ostatnia nuta każdego głęboko przeżywanego utworu muzycznego, wydobyła z klawiatury kolejną melodię. Rozpoznałem ją równie szybko jak wcześniej sonatę *Księżycową*, ale tytułu nie znałem. Były to te piękne, lecz smutne dźwięki, które nocą docierały czasem do mojego pozbawionego okien lokum i nie dawały mi spokoju, muzyka, której źródła nigdy nie zdołałem ustalić, jakby płynęła z innego, niewidzialnego świata.

Przeszedłem na drugi koniec pokoju i stanąłem za Gwyneth, w odpowiedniej odległości, tak aby nadal wyobrażała sobie, że gra tylko dla siebie i utraconego ojca, ale na tyle blisko, bym czuł tę muzykę tak samo dobrze, jak ją słyszałem. Muzyka to dźwięk, dźwięk składa się z drgań cząstek powietrza, a te konkretne drgania przenikały mnie do szpiku kości, trafiały w głąb serca.

Kiedy Gwyneth skończyła grać, siedziała ze spuszczoną

głową, z dłońmi na listwie klawiatury i twarzą zarumie-
nioną od migotliwego światła świecy.

Nic nie mówiła. Wiedziałem, że powinienem pozwolić
jej milczeć, jak długo zechce, ale zapytałem szeptem:

– Czyja to była muzyka?

– Ten pierwszy utwór to Beethoven.

– Tak, wiem. Sonata *Księżycowa*. A ten drugi?

– To moja własna kompozycja. Napisałam go w tygodniu po śmierci ojca. To wyraz bólu... bólu po jego stracie.

– Jest piękny. Nie wiedziałem, że masz tak wielki talent.

– Nie przesadzaj z tym podziwem. To po prostu coś,
co umiem robić. Dar. Nie wymaga pracy. To nie moja
zasługa.

– Pewnie nagrałaś ten ostatni utwór.

Pokręciła głową.

– Nie. To muzyka tylko dla niego i dla mnie. I, przynajmniej tym razem, dla ciebie.

– Ale ja już go słyszałem.

– To niemożliwe.

Kiedy znowu zaczęła go grać, tym razem pianissimo,
powiedziałem:

– A jednak słyszałem to wielokrotnie. W moim lokum
pod ziemią. I nigdy nie zdołałem ustalić, skąd pochodzi
ta melodia.

Stałem w milczeniu, a ona dograła utwór do końca.
Ostatnia nuta odleciała niczym ptak niesiony powoli w górę ciepłym prądem powietrza.

– Naprawdę słyszę go czasem nocą.

– Wierzę ci.

– Skoro jednak nie nagrałaś go i nikt inny nie...

– Mimo to słyszałeś go. Nie wiem jak, ale chyba wiem dlaczego.

Nie bardzo rozumiałem logikę tego stwierdzenia, zapytałem jednak:

– Dlaczego?

Najpierw odpowiedziała milczeniem, ale potem wyjaśniła:

– Nie chcę powiedzieć... i się pomylić. Nie chcę zawieść się w moich nadziejach.

Zadzwonił jej telefon. Przełączyła na tryb głośnomówiący.

– Halo?

– To ja, panno Gwyneth – rozległ się głos szorstki od spożywania taniej whiskey, a wypowiedziane nim słowa zabrzmiały ostro i basowo, jakby padły z wypełnionych kamieniami ust.

– Coś się stało, Simonie?

– Szukają pani jacyś ludzie.

– Kto?

– Dzwonili do mnie pani sąsiedzi z dwóch mieszkań, powiedzieli, że ci ludzie wypytywali o panią. Niespecjalnie podobał im się wygląd tych ludzi i pomyśleli, że powinienem o tym wiedzieć.

– Moi sąsiedzi prawie w ogóle mnie nie widują. Nie znam ich, Simonie, więc jakim cudem znasz ich ty?

– Cóż, panno Gwyneth, to życzliwi ludzie i dałem im swój numer na wypadek, gdyby ciekła jakaś rura lub coś się stało pod pani nieobecność.

– Sąsiedzi mają numer do zarządców nieruchomości i nie potrzebują innych. Mówiłam ci, Simonie, żebyś nigdy z nikim o mnie nie rozmawiał.

Ton rozczarowania w jej głosie wyraźnie go przygnębił.

– Nie, nie, nigdy tego nie robiłem. Nie rozmawiałem o pani. Podałem im inne nazwisko, nie pani prawdziwe, i rozmawialiśmy tylko o... no wie pan... różnych sprawach, jak to między ludźmi.

Gwyneth wstała.

– Ale dałeś im numer swojego telefonu. Simonie, musisz się stamtąd natychmiast wynieść.

– Stąd? Z mojego mieszkanka? Dokąd miałbym pójść?

– Dokądkolwiek. Ci ludzie po ciebie przyjdą.

– Ale, panno Gwyneth, ci sąsiedzi mają tylko numer mojego telefonu, nie znają adresu ani nawet nazwiska.

– Ludzie, którzy po ciebie przyjdą, mają kontakty, przyjaciół na stanowiskach, pieniądze. W końcu cię znajdą.

– Ale dokąd miałbym pójść? Nie mam gdzie się podziać.

– Jedź do mojego opiekuna. Zadzwonię do niego i uprzedzę o twojej wizycie.

– Nawet przy dobrej pogodzie to za daleko, panno Gwyneth. W tej śnieżycy to szmat drogi, znaczy dla człowieka w moim wieku.

– Nadal nie prowadzisz auta?

– Z moją kartoteką nigdy nie dostanę prawa jazdy. Zresztą, komu w mieście potrzebny samochód? Mam rower, jeżdżę taksówkami i dobrze sobie radzę, ale nie da się jeździć rowerem w głębokim śniegu, a w tej zadymce żaden taksówkarz nie wyjedzie w trasę.

Gwyneth zawahała się, po czym powiedziała:

– Przyjadę po ciebie, Simonie. Zawiozę cię.

– Jeśli ci ludzie tu przyjdą, nie powiem im nic a nic.

Nie puszczę pary z ust. Pani wie, że tak będzie, panno Gwyneth. Prędzej bym umarł.

– Wiem, Simonie. Ale nie chcę, żebyś umierał, a mogłoby się tak stać. Będę tam za pół godziny.

– Niech panią Bóg błogosławi, panno Gwyneth. Przepraszam, że sprawiam pani kłopot. Pani jest aniołem i niczego takiego nie chciałem.

– Wiem, Simonie. Pół godziny, dobrze?

– Dobrze.

Zakończyła rozmowę.

– Telford i osobnicy jego pokroju uchodzą za ludzi, ale to zwierzęta.

– To nie są zwierzęta – odparłem. – Zwierzęta zabijają tylko to, czym muszą się pożywić. Cierpią, ale nikogo nie obwiniają za swoje cierpienie i nigdy nie są zawistne. Kim jest Simon?

– Człowiekiem, który omal nie stracił duszy, ale ją odnalazł. Chodź.

47

Na żywo, a nie tylko na zdjęciu, prawdziwe psy ujrzałem po raz pierwszy w wieku ośmiu lat, wkrótce po tym, jak zostałem wygnany przez matkę z domu.

Zanim dotarłem na parking, na którym znalazłem kryjówkę w jednej z ciężarówek, i po tym jak omal nie zostałem pobity przed kościołem, wędrowałem przez las, w którym roiło się od lelków i rzekotek drzewnych, przemierzałem dzikie łąki, gdzie roje żółtych motyli wzbijały się do lotu niczym płatki słońca, do którego próbowały powrócić, po czym natrafiłem na obszar uprawny otoczony na wpół zwalonym płotem z drewnianych żerdzi, pastwisko, na którym nie było żadnego inwentarza.

Ciężkie kłęby wisiały tu i tam nisko nad ziemią, między nimi widać było jaskrawoniebieskie skrawki przedwieczornego nieba. Zachodzące słońce rozpalało swym blaskiem te pasma chmur, które u dołu były stalowoszare, a u szczytów złote. W porze, w której możliwy był dowolny scenariusz, upływający dzień wahał się między burzą a spokojem.

Przeskoczyłem płot i ruszyłem przez pole. Przebyłem chyba jedną czwartą jego długości, gdy z lewej strony nadbiegły po trawie dwa psy. Jeden był owczarkiem niemieckim, a drugi połączeniem owczarka z ogarem.

Ponieważ psy są najbardziej udomowionym gatunkiem na Ziemi, zakładałem, że nie będą aż tak pokojowo nastawione jak dzikie zwierzęta z lasu, w którym dorastałem. Wskutek swojego przywiązania do ludzi z pewnością dzieliły ich uprzedzenia. Kiedy zaczęły krążyć wokół mnie i niechętnie warczeć, spodziewałem się, że za chwilę padnę ofiarą ataku i wykrwawię się na śmierć.

Pognałem po trawie, poruszałem się jednak w zbyt wolnym tempie, by przed nimi uciec. Kiedy mnie dogoniły, nie rzuciły się na mnie, lecz merdając ogonami, biegły u mego boku i szczerzyły zęby w głupich uśmiechach.

Przestałem biec z obawy, że czworonogi wyczują mój strach, ale nie zatrzymałem się. Sadziły teraz przede mną susami, gryząc się dla zabawy, przewracając nawzajem i znowu zrywając na nogi. Nadal się ich bałem, ale z radością obserwowałem psie igraszki.

Kiedy byłem na środku pola, wróciły, dysząc i węsząc.

Wyczuły w moim plecaku szynkę z kościelnego pikniku. Zjadłem na śniadanie dwa plastry, ale jeden, zawinięty w aluminiową folię, został w kieszeni plecaka. Pomyślałem, że psy mogą jednak być równie uległe jak zwierzęta z lasu. Tamte dzikie stworzenia były mi bliższe niż moja matka. Nie zdejmując plecaka z ramienia, sięgnąłem do zamka w bocznej kieszeni, gdzie schowałem szynkę. Rozwinąłem folię, porwałem plaster na kawałki i nakarmiłem nimi psy.

Miały nienaganne maniery, każdy cierpliwie czekał, aż dam drugiemu kawałek wędliny, jeden po drugim, do ostatniego kęsa. Nie wyrywały ich z moich palców, tylko zlizywały z dłoni. Wreszcie powiedziałem, że więcej nie mam, a psy nie domagały się następnych kawałków.

I właśnie wtedy ktoś zawołał:

– One nie ugryzą. To grzeczni chłopcy.

Około pięćdziesięciu metrów dalej jakiś mężczyzna w myśliwskiej kurtce z nakładanymi kieszeniami szedł powoli w moją stronę, niosąc śrutówkę z lufą opartą na zgięciu lewej ręki. Mimo że uzbrojony, wydawał się niegroźny, ale to mogło się zmienić, gdybym podszedł bliżej i zobaczył moją osłoniętą kapturem twarz.

Podciągnąłem szalik pod oczy i ruszyłem sprintem, spodziewając się ostrzegawczego strzału bądź komendy dla psów, po której rzucą się na mnie. Żadne z nich nie padło. Przeskoczyłem przez zwalony płot i uciekłem do lasu.

Towarzyszyły mi psy, wiedzione duchem przygody. Odpędzałem je, ale nie chciały odejść. Z ich zachowania wywnioskowałem, że raczej nie szukają pożywienia. Przyklęknąłem i dłońmi w rękawiczkach drapałem je za uszami i pod brodą. Powiedziałem, że muszą natychmiast odejść, zanim ich pan pomyśli, że je ukradłem. W tym momencie myśliwy przywołał je ze znacznie mniejszej niż przedtem odległości. Po moich naleganiach psy odwróciły się i ruszyły w stronę pastwiska, szły jednak z podwiniętymi ogonami, oglądając się raz za razem, jakby spotkała je kara.

Wiele lat później, po innych doświadczeniach z psami, zastanawiałem się, czy jako gatunek zostały ukształtowane i zaczarowane do roli czworonożnych przewodników, które mogły pomóc zaprowadzić ludzkość z powrotem do naszego pierwotnego – i utraconego – domu. Swoją przykładną radością i wiernością, tym, że nie pragną niczego oprócz jedzenia, zabawy i miłości, głęboką satysfakcją, którą czerpią z tych skromnych rzeczy, psy zadają kłam wszelkim wyznaniom wiary w potęgę i sławę. Choć mogą szarpać zębami, najłatwiej zdobywają to, czego chcą, proszącym spojrzeniem i machnięciem ogona.

48

Miasto stopniowo poddawało się śnieżycy, ale Gwyneth nie. Opasane łańcuchami zimowe opony ubijały miękki puch i wyrzucały go spod siebie w postaci kawałków zbitej waty. Śnieg padał intensywnie, prawie pięć centymetrów na godzinę, i ziemię okrywał już ponad trzydziestocentymetrowy całun, lecz Gwyneth i tak uważała, że to idealne warunki do szybkiej jazdy, coraz bardziej ponaglając land rovera, zmuszając go do omijania łukiem pojazdów, których samochody pomocy drogowej nie zdążyły jeszcze ściągnąć z jezdni, i pokonując wiraże w taki sposób, jakby niebezpieczeństwo przechylenia się i dachowania zostało wyeliminowane jakimś zarządzeniem, które wyegzekwowała w sądzie w sporze z prawami fizyki.

Mimo młodego wieku pamiętałem, jak kiedyś pługi śnieżne szybko wyjeżdżały na ulice i sprzątanie śniegu zaczynało się, zanim jeszcze burza rozpętała się na dobre. Obecnie – można by sądzić po spóźnionej reakcji – miasto zdaje się, jak we wcześniejszym stuleciu, na brygady pracowników z łopatami, którzy potrzebowali czasu, by się ciepło ubrać i pokrzepić mocnymi trunkami przed zameldowaniem się na stanowiskach, oraz na sanie i konie pociągowe do wywozu nagromadzonego śniegu.

Simon okazał się bezdomnym mężczyzną, który w poszukiwaniu puszek po napojach, wymienialnych na gotówkę niezbędną do zakupu whiskey, znalazł w kontenerze na śmieci brutalnie pobitą nagą dziewczynkę. Mężczyzna, któremu teraz pospieszyliśmy na ratunek, był kiedyś, kilkadziesiąt lat wcześniej, młodym artystą, którego kariera nabierała rozpędu. Odniesiony sukces przeraził go jednak tak bardzo, że dzięki alkoholowi, który pozwalał mu odlecieć, i skłonności do palenia mostów, jakby były paskami papieru błyskowego iluzjonisty, zdołał utknąć w martwym punkcie i upaść tak spektakularnie, że w ciągu jednego roku trafił z penthouse'u pod most.

Po swoim załamaniu w cukierni, do której przyniósł pobite dziecko, i pobycie w szpitalu, z dnia na dzień, bez pomocy leków, terapeutów i bez kuracji odwykowej, przestał pić. Podnosząc do ust kieliszek lub butelkę dawnej trucizny, wzdrygał się na jej zapach, a gdy próbował ją wypić, wymiotował. Woń i smak alkoholu działały na

246

niego tak jak smród z kontenera na śmieci. Ilekroć próbował się napić, musiał uprzytomnić sobie to, z czego zdał sobie sprawę w szpitalu: że marnowanie życia, w sytuacji gdy okrutni ludzie lub brutalne żywioły uśmiercają lub pozbawiają nadziei na przyszłość tyle niewinnych osób, jest przejawem nie tylko słabości, ale i zła.

Żył, trzeźwy i pracowity, w dziwacznej okolicy, w enklawie malowniczych parterowych domów z lat dwudziestych XX wieku przy pętli u skrzyżowania dwupasmowej ulicy zwanej John Ogilvie Way w południowo-wschodniej gminie niedaleko rzeki.

W pierwszej połowie XX wieku w przestrzeni miasta dominowała harmonia i wszędzie można było spotkać rzeczy cieszące oko. Jednak w epoce, w której władze zwróciły się do fachowców od urbanistyki, znaczną część architektonicznej spuścizny uznano za pospolitą lub wręcz odrażającą. Architekturę, która budziła w myślach chęć docenienia historii, uważano za żenującą, ponieważ większość tej historii była godna pożałowania, może nawet haniebna. Nie było miejsca dla rzeczy osobliwych, uroczych i wspaniałych. Wszystko, co można było postrzegać jako dzieło sentymentalnych troglodytów, rozbierano i zastępowano masywnymi budynkami, najwyraźniej inspirowanymi sowieckimi blokami mieszkalnymi, oraz lasami wieżowców biurowych ze stali i szkła, które płonęły w świetle dnia, jakby były wspanialsze niż jego źródło – słońce.

Parterowe domy przy John Ogilvie Way cieszyły się popularnością wśród malarzy, rzeźbiarzy i ceramików, którzy mieszkali w nich i wykorzystywali je jako swoje galerie. Dzielnica ta przetrwała wystarczająco długo, by stać się atrakcją turystyczną, skarbem kultury, którym miasto się szczyciło. Ponieważ we współczesnej sztuce chodzi rzekomo o przyszłość i postęp, o abstrakcję i niemożność poznania prawdy, jej zwolennikami stają się nie tylko autentyczni miłośnicy sztuki, ale i ci, którzy gardzą przeszłością. Tak więc Ogilvie Way została otoczona budowlami, które śmiało wyrażając brutalną siłę i dominację, wyglądały tak, jakby pochodziły ze świata, gdzie zatriumfował Hitler.

W podzięce za uratowanie bezimiennej dziewczynki Gwyneth kupiła w tej enklawie dom, żeby Simon mógł tam mieszkać za darmo i próbować znowu rozwinąć swój talent. Dom, choć parterowy, był przestronny, miał głęboki ganek od frontu i elementy stylu Arts and Crafts. We wszystkich oknach paliły się światła. Gwyneth dojechała do końca ulicy i zaparkowała po drugiej stronie jezdni.

Wysiedliśmy z land rovera.

– Nie możemy pójść prosto do drzwi – powiedziała.

– Dlaczego?

– Muszę się rozejrzeć na wypadek, gdyby go odnaleźli. Jeżeli coś mu się stało, nigdy sobie tego nie wybaczę. Powiedziałam, że będę za pół godziny, i nie zdążyłam.

Zerkając na swojego roleksa, zauważyłem:

– Trzydzieści pięć minut to niewiele więcej. Pięć minut nie mogło nic zmienić.

– Coś mi mówi, że jednak zmieniło.

W tej okolicy nawet po jedenastej wieczorem w oknach prawie wszystkich domów paliły się światła. Przypuszczałem, że artyści, którzy nie muszą stosować się do godzin normalnego dnia pracy, mogą być najbardziej kreatywni, gdy reszta świata zaczyna się uspokajać, że wraz z talentem mogli otrzymać rytm dobowy odmienny od rytmu zwykłych śmiertelników, którym brakowało ich szczególnych zdolności.

Ulica przypominała mi jeden z zimowych pejzaży Thomasa Kinkade'a: urokliwe domki i wybrukowane pasaże oraz zimozielone drzewa efektownie przyozdobione śniegiem niczym gronostajowa skórka brylantami, a całość przesycona ciepłym światłem ukazanym w nieoczekiwany, ale sugestywny sposób. Ta scena była pełna magii, lecz magia ma dwojaką postać – jasną i mroczną.

Gwyneth wręczyła mi wyjętą z kieszeni płaszcza małą puszkę gazu pieprzowego. Z drugiej wydobyła swój paralizator.

Przeszliśmy na drugą stronę ulicy i przedostaliśmy się wąskim bocznym podwórkiem sąsiedniego domu na jego tyły. Jakieś okazałe drzewo iglaste urosło na wysokość osiemnastu metrów, zapewniając nam zacieniony i osłonięty punkt obserwacyjny pod kapturem i habitem swoich uginających się pod ciężarem śniegu gałęzi.

Dom Simona stał spokojnie w białej śnieżycy, szarpany przez słabszy już teraz i zmienny wiatr, lecz nieporuszony i tak przytulny, że wydawał się witać z zadowoleniem zaspy, które mogły go zakryć i jeszcze bardziej odizolować od świata. Za oświetlonymi oknami nie przesuwały się żadne cienie.

Jedyną osobliwość stanowił blady wachlarz światła, który w nieregularnych odstępach czasu to rozszerzał się, to zwężał na tylnym ganku; nie towarzyszył temu żaden dźwięk. Kiedy odsunęliśmy się od drzewa w stronę niskiego ogrodowego murku, który oddzielał dwie posesje, zobaczyliśmy, że to światło dociera z domu i jest regulowane przez skrzydło otwartych drzwi, które raz za razem zamykały się niemal całkowicie po to tylko, by się otworzyć wskutek podmuchu zmieniającego się wiatru.

– Niedobrze – stwierdziła Gwyneth.

Sforsowaliśmy murek ogrodowy, przecięliśmy podwórko i powoli, z obawą weszliśmy po schodach. Na ganku usłyszeliśmy jakiś głos, ale był to głos spikera z muzyką w tle i zapewne dobiegał z telewizora.

Z właściwą sobie śmiałością Gwyneth przestąpiła próg. Chociaż jedyne dwa mieszkania, do których wszedłem w tym mieście, należały do niej i choć ten dom wydawał się pułapką, ruszyłem za nią bez wahania.

– Zamknij drzwi – szepnęła.

Zastanawiałem się, czy to rozsądne, ale zamknąłem je bezszelestnie.

Staliśmy w otwartym pomieszczeniu, z małą kuchnią na lewo od nas i z większą częścią, która zapewne miała być pokojem dziennym. Simon najwyraźniej mieszkał głównie tutaj, stało tu bowiem łóżko, dwa fotele z małymi stolikami, i stara bieliźniarka, a do ściany zamocowany był telewizor. Lokum Simona było prawie tak skromne jak moje trzy pokoje, ale człowiekowi, który przez trzydzieści lat mieszkał na ulicy i sypiał pod mostem, to miejsce mogło wydawać się wspaniałe.

Na ekranie telewizora jakiś ogromny statek wycieczkowy stał zakotwiczony na redzie, a prezenter wiadomości mówił coś o władzach odmawiających kapitanowi prawa wejścia do portu.

Głęboko pod powierzchnią ulic, pod ogromną masą betonu i stali, nie dało się odbierać fal radiowych i mikrofal. Ilekroć więc podczas moich wizyt na powierzchni widziałem obraz w telewizorze, byłem zaintrygowany. Zawsze jednak przypominałem sobie wtedy, że zdaniem Ojca brak telewizora był dla nas korzystny, że telewizja jest narzędziem mogącym nas zmienić w ludzi, jakimi nie chcielibyśmy być.

W swoim położonym na odludziu domu moja matka nie miała telewizora, a mimo to nie stała się tym, kim chciała być. Może w dzieciństwie często oglądała telewizję w domu rodziców i wszędzie tam, gdzie mieszkała, zanim się przeniosła do domu w górach. Tyle było rzeczy, o których nie wiedziałem, o których mogłem się nigdy nie dowiedzieć; nie rozumiałem też wielu elementów psychiki ludzi, którzy nie musieli się ukrywać pod ziemią.

W każdym razie lokum Simona było w istocie kawalerką, w której utrzymywał sterylną czystość. Ani śladu brudu, ani śladu kurzu. I dlatego stłuczona waza i plama krwi na jasnym drewnie podłogi aż biły po oczach.

49

Była dziewczyną, która otwierała drzwi nie dlatego, że chciała je otworzyć, tylko dlatego, iż wiedziała, że musi to zrobić.

Ciemnobrązowe drzwi między pomieszczeniami mieszkalnymi Simona a resztą parterowego domu sprawiały wrażenie monolitu, potężnej płyty, za którą znajduje się coś strasznego, świadectwo dokonanego aktu przemocy bądź jej groźba. Gdybym to ja miał decydować, chyba od razu bym wyszedł; ale decyzja należała do Gwyneth.

Drzwi prowadziły do krótkiego korytarza. Z lewej strony

znajdowały się łazienka oraz pokój służący jako magazyn; obydwa te pomieszczenia były otwarte i w obu jarzyło się lekko przytłumione światło. Po prawej mieściła się pracownia, w której Simon tworzył swoje prace. Nikt żywy ani umarły tam na nas nie czekał.

Na końcu korytarza weszliśmy do galerii utworzonej z dwóch pokoi. Reflektory punktowe przymocowane do krokwi belkowanego stropu oświetlały ściany ozdobione obrazami olejnymi, które wprawiały w zdumienie, odwołując się w równym stopniu do intelektu i uczuć. Simon celował w malarstwie figuratywnym, zarówno w portretach pojedynczych osób przedstawianych od stóp do głów, jak i grup ludzi zajętych wspólnym działaniem w różnych miejscach, ukazanych z wyjątkową dbałością o szczegóły.

– Zabrali go – powiedziała Gwyneth.

– Dokąd?

– Nie do mieszkania Telforda ani do miejsca, w którym by ich z nim widziano. Sądzą, że uda im się z niego wycisnąć adres mojego dziewiątego lokum.

– Mówiłaś, że Simon nie wie, gdzie ono jest.

– Bo nie wie. Tak naprawdę to nawet nie wie o jego istnieniu.

– Co może im powiedzieć?

– Nic. Ale nawet gdyby wiedział, nie zdradziłby tego. Najwyraźniej nie powiedział im, że przyjadę zabrać go stąd w bezpieczne miejsce, bo inaczej po prostu zaczekaliby na nas.

– Co się z nim stanie? – zapytałem.

Zapomniawszy na moment o warunkach naszej znajomości, Gwyneth popatrzyła na mnie. Na ułamek sekundy przedtem, zanim spotkały się nasze spojrzenia, zdążyłem pochylić głowę z obawy, że kominiarka nie zapewni mi wystarczającej ochrony przed nagłym i gwałtownym odrzuceniem.

Wyłączyła reflektory, sprawiając, że mrok w galerii rozjaśniało jedynie światło wlewające się z korytarza, i podeszła do okna, by spojrzeć w śnieżną noc.

Chociaż Simona znałem jedynie z opowieści Gwyneth i olśniewających obrazów na otaczających nas ścianach, czułem, że musimy coś zrobić.

– Co się z nim stanie? – zapytałem powtórnie.

– Będą go torturowali, Addisonie. A gdy nic im nie powie, będą musieli go zabić.

– I wszystko po to, żeby do ciebie dotrzeć?

– Mówiłam ci, Telford ukradł miliony. A do zwędzenia jest jeszcze wiele następnych milionów z przechowywanych w magazynie muzealnych i bibliotecznych zbiorów, rzeczy, których brak zostanie stwierdzony dopiero po latach, zwłaszcza że to Telford sprawuje nadzór nad księgami inwentarzowymi. I on sam decyduje, jakie obrazy, rzeźby, białe kruki oraz iluminowane manuskrypty zostaną wyjęte z magazynu na specjalne wystawy. W takiej sytuacji niełatwo będzie go przyłapać.

Nie wiedziałem, co powiedzieć ani co zrobić. Byłem istotą z głębokiego mroku, obcym, który w ostatnich osiemnastu latach miał tylko jednego przyjaciela, Ojca, i żadnych, odkąd on zginął. Wydawało mi się, że dzięki Gwyneth, mimo jej socjofobii, dowiem się, jak ludzie odnoszą się do siebie, jak działają, reagują i nawiązują kontakty, co i jak mówią, czego chcą, na co liczą – szybciej, niż mógłbym się dowiedzieć z samych książek. Myślałem, że może w końcu odkryję, z jej pomocą, jak, jeśli w ogóle, ludzie dochodzą do zrozumienia, dlaczego żyją, ponieważ to pytanie nie dawało mi spokoju i miałem wrażenie, że nie ma na nie odpowiedzi. Jeżeli jednak w ciągu ostatniej doby czegokolwiek się dowiedziałem, nie rozumiałem jeszcze, jak tę wiedzę wykorzystać. Nie miałem pojęcia, co powiedzieć ani co zrobić. Po prostu nie wiedziałem.

Nie słyszałem jej płaczu. Stała tam cicha niczym śnieg padający w świetle ulicznych latarni, a mimo to byłem pewny, że płacze. Wiedziałem, że łzy są bezwonne, ale to nie pięć moich zmysłów i nie intuicja pomogły mi w uświadomieniu sobie jej żalu, lecz jakieś głębsze postrzeganie, którego nie umiałem nazwać.

Gdyby mi było wolno dotknąć tej uroczej dziewczyny, wziąłbym ją w ramiona. Jednak w swym obecnym nastroju, gdy nie skrywała emocji, mogłaby nie tylko wzdrygnąć się przed dotknięciem, ale zareagować na nie tak, jakby poraził ją prąd. A wtedy to pogwałcenie zasad mogłoby otworzyć między nami przepaść nie do zasypania.

Gwyneth odwróciła się od okna, przeszła na drugi koniec galerii i rzekła:

– Chodź.

– Co zrobimy?

– Nie wiem.

Ruszyłem za nią korytarzem.

– Dokąd jedziemy?

– Nie wiem.

Pozostałe światła zostawiliśmy włączone, telewizor też, i wyszliśmy z kuchni na tylny ganek, gdy prezenter wiadomości mówił:

– ...z naszym reporterem Jeffreyem Stockwellem w Bombaju.

Jeśli to w ogóle możliwe, to śnieg padał mocniej niż przedtem, jakby niebo opróżniało się do cna, tak aby po tym, jak ostatnie chmury pozbędą się całej zawartości, została nad nami jedynie ciemność, bez księżyca i gwiazd, bez słońca o poranku. Teraz był tylko kapryśny wiatr i wirujący w powietrzu śnieg, piękny chaos.

– Dziś wieczorem to miejsce nawiedziła śmierć – zauważyła Gwyneth, gdy podeszliśmy do land rovera. – Towarzyszy nie tylko Simonowi. Nam też. Czujesz jej obecność?

Nie odpowiedziałem, ponieważ moja odpowiedź nie dodałaby jej otuchy.

Znowu, po sześciu latach, miałem coś do stracenia i bardzo się bałem.

50

Noc błyskawic, rozpalone niebo, gdy staliśmy odsłonięci i przeżyliśmy...

Kiedy byliśmy razem, obaj z Ojcem penetrowaliśmy miasto w trakcie gwałtownych burz, nie tylko podczas tej jednej, gdy konający mężczyzna dał mi złoty zegarek. W pewną lipcową noc, w szesnastym roku mojego życia, niebiosa rozwarły się, by uwolnić morze wody. Wyszliśmy na zewnątrz w wysokich gumiakach, czarnych płaszczach przeciwdeszczowych z kapturami i kominiarkach. Brodziliśmy w potokach deszczu przez zalane ulice, jakbyśmy byli żeglarzami zmytymi z pokładu, lecz za sprawą jakichś czarów mogącymi chodzić po wodzie w poszukiwaniu naszego statku.

Staliśmy we wspaniałym parku w środku miasta. Wszystko to, co w słońcu byłoby tutaj ciepłe i zielone, było zimne i czarne. Światło latarni ustawionych wzdłuż krętych chodników srebrzyło deszcz oraz delikatną mgiełkę, powstałą, gdy krople wody rozpryskiwały się na powierzchni chodnika. Te wijące się ścieżki, spowite mlecznymi oparami mgły, niknęły z pola widzenia za zasłoną krzewów i drzew. Tamtej nocy wydawały się skrywać jakąś tajemnicę i obietnicę objawienia, ale znaliśmy je w całości i wiedzieliśmy, że prowadzą jedynie w inne rejony parku.

Wspaniała błyskawica, tak bliska, że grzmot nastąpił równocześnie z błyskiem, rozdarła niebo nad skoszoną łąką, na której staliśmy, przeleciała na wschód i uderzyła w iglicę na dachu wieżowca, po drugiej stronie ulicy biegnącej wzdłuż parku. Setki świateł w budynku zamigotały, ale nie zgasły i byłem pewien, że iglica – będąca piorunochronem – przez chwilę jarzyła się na czerwono.

Bardzo się bałem i chciałem się gdzieś schronić, lecz Ojciec zapewnił, że piorun w nas nie trafi, że żadna burza nas nie uśmierci. Jeśli mamy umrzeć, nie doczekawszy starości, zabójcze ciosy zadane zostaną bronią trzymaną w rękach naszych współobywateli. Nie sądziłem wprawdzie, że coś nas chroni przed furią natury, lecz powściągnąłem swój lęk, jak tylko mogłem, i stałem u boku Ojca, wierząc w jego mądrość.

Czarna skorupa nocy pękała raz za razem i niektóre z tworzących się w niej szczelin biegły zygzakiem ku celom poza zasięgiem naszego wzroku, podczas gdy inne zdawały się przeskakiwać z miejsca na miejsce na niebie, jakby byli tam toczący ze sobą wojnę bogowie. Między kolejnymi kanonadami grzmotów Ojciec mówił o potędze natury:

o tym, że każdy piorun burzowy jest gorący niczym roztopione słońce, że zdarzają się trzęsienia ziemi, w których
budynki walą się jak delikatne kopce termitów, że są
tornada, huragany, tsunami.

– Natura to wyjątkowa machina, która posługuje się
przemocą tylko wtedy, gdy trzeba wyrównać rywalizujące
w niej siły. I wówczas ta przemoc niemal zawsze jest
krótkotrwała, parę dni burzy, dziesięć minut tsunami, minuta na przesunięcie i dopasowanie płyt tektonicznych. Natura
nie toczy wojny całymi latami i nie ma złych zamiarów.

Z drugiej strony ludzkość... No cóż, to była bardziej
ponura historia. Jego zdaniem Adam i Ewa szukali raczej
władzy, możliwości upodobnienia się do bogów niż zaka-
zanej wiedzy. Wielka władza może być wspaniałą rzeczą,
gdy dysponujący nią mężczyźni i kobiety są skłonni korzystać z niej mądrze i z dobrocią. Ta skłonność cechuje
jednak nielicznych. Jeżeli jakiś przywódca wykorzystuje
swą władzę nad rządzonymi w celu wyrównania rachun-
ków, zwiększenia poczucia własnej wartości i przeobra-
żenia społeczeństwa według swoich wspaniałych wzorów,
dochodzi do walki klasowej i ludobójstwa.

Nie wiedziałem, po co mi to mówi, i gdy poprosiłem
o wyjaśnienie, jeden z ostatnich piorunów w tym gwałtownym spektaklu rozpłatał olbrzymi dąb stojący trzydzieści metrów od nas. Z rozszczepionego pnia trysnęły
płomienie, jakby jego rdzeń od zawsze krył łatwopalną
ciecz, tylko dotąd nie ukazywał jej na zewnątrz. Połowa
drzewa wyrwała z ziemi dymiące korzenie i runęła, ale
druga stała wyzywająco, a ulewa szybko ugasiła pożar.

Kiedy zakończyły się pirotechniczne pokazy i z nieba
spadał już tylko deszcz, Ojciec rzekł:

– Gdy ludzie u władzy uznają, że wszystko należy za wszelką cenę wyrównać, przemoc nigdy nie trwa krótko i nigdy nie jest wymierzona w nierówność, która ją rzekomo wywołała. Zamiast prawa rządzi siła. Zemsta staje się synonimem sprawiedliwości. Żadne miasto nie jest wolne od takiego okropieństwa, żaden naród, żaden okres w dziejach. Bądź gotów rozpoznać ten moment. Bądź zawsze gotowy.

Miałem wiele pytań, ale nie chciał na nie odpowiedzieć. Skończył rozmowę na temat zjawiska, które wyraźnie budziło jego niepokój. Przez nasze pozostałe cztery lata spędzone razem nigdy więcej go nie poruszył.

Ilekroć wspominałem tę noc i zastanawiałem się nad słowami Ojca, wydawało mi się, że wiedział bądź podejrzewał coś, czym nie chciał się dzielić nawet ze mną. Być może we śnie lub w chwili jasności umysłu bliskiej jasnowidzeniu dostrzegł kształt przyszłości i czuł respekt przed wyjątkową wspaniałością lub straszną potęgą tych wydarzeń do tego stopnia, że nie był w stanie o nich mówić i mógł jedynie mieć nadzieję, że tak naprawdę nie widział ich wystarczająco wyraźnie.

51

Gwyneth prowadziła samochód, jakby była walkirią z tradycji ludowej wikingów, której przycięto skrzydła, jakby jej misją było odnalezienie poległego wojownika, który był jej przypisany przed śmiercią, i zawiezienie jego duszy do Walhalli, gdy tylko opuści ona ciało. Wcześniej sprawiała wrażenie brawurowego kierowcy, ale teraz, mimo że jechała szybciej i brała zakręty ostrzej niż poprzednio, nie wydawała się nieostrożna czy nierozsądna, lecz przenikliwa, jakby wiedziała, dokąd jedzie i dlaczego. A wrażenia tego nie zmieniało nawet to, że od czasu do czasu zawracała i wyglądało na to, że trasę wybrała przypadkowo.

Kiedy pędziliśmy na łeb na szyję przez miasto do Ogilvie Way, powodował nią lęk o Simona, teraz jednak rozpalał ją gniew, nie na Telforda i jego wspólników, lecz na siebie, za to, że spóźniła się do domu artysty. Była zła, nie na Simona, ale znowu na siebie, bo nie dostrzegła, że odbudowawszy swoje życie z ruin, był na tyle dumny z powrotu do zdrowia i jej zaufania, że mógł ucieszyć się także życzliwością sąsiadów – zwłaszcza wobec podzielenia się informacją, że ktoś powierzył mu klucze do swojego mieszkania – a przecież w ten sposób narażał się na niebezpieczeństwo. Istnieje coś takiego jak słuszny gniew, szczególnie, lecz nie zawsze, gdy gniewamy się na samych siebie.

Byłem jednak zdruzgotany tym, do jakiego stopnia Gwyneth obarcza się winą. Dla mnie zawsze i we wszystkich ewentualnych sytuacjach byłaby niewinna, wiedziałem bowiem, jak czyste ma serce.

Nic, co mógłbym powiedzieć, nie skłoniłoby jej do złagodzenia siły oskarżeń pod swoim adresem, tak że na razie dotrzymywałem jej jedynie towarzystwa podczas jazdy – i była to jazda niesamowita. Mijaliśmy slalomem jeszcze większą niż przedtem liczbę unieruchomionych pojazdów, przejechaliśmy chodnikiem na odcinku ulicy, gdzie dwa SUV-y zderzyły się i blokowały jezdnię. Kiedy kierowcy miejskich pługów trąbili, ostrzegając ją w ten sposób przed skutkami nadmiernej szybkości, w odpowiedzi naciskała tylko na klakson land rovera i jeszcze mocniej na pedał gazu, przebijając się przez niemal puste, zasypane śniegiem aleje.

Chociaż pokonywana przez nią trasa wydawała się niezaplanowana, wiedziałem, że Gwyneth obrała ją celowo, ponieważ kilka razy zwalniała, zatrzymywała się i przyglądała jakiejś rezydencji bądź siedzibie firmy, jakby to tam mógł trafić Simon. Potem albo kręciła głową, albo mamrotała coś pod nosem i znowu ruszaliśmy. Łańcuchy na kołach chrzęściły cicho na zbitym śniegu, a ów chrzęst się nasilał przy coraz rzadszych okazjach, gdy ich ogniwa przebijały się do nawierzchni jezdni.

– Po co mu wspólnik? – zapytała Gwyneth. – Do pomocy w kradzieży tych rzeczy nikt nie jest mu potrzebny. Ma do nich swobodny dostęp. I wszelkie możliwości zatajenia kradzieży. Po co dzielić się ze wspólnikiem?

To pytanie nie było chyba adresowane do mnie, najwyraźniej głośno myślała. Poza tym, mimo że wiodła życie mocno ograniczone jej fobią, miała o wiele więcej doświadczenia niż ja. Ona być może wiedziała wystarczająco dużo o tym, jak urządzony jest świat, by zrozumieć przyczyny zachowania przestępcy, ale ja byłem w tym zakresie ignorantem i zdawałem sobie z tego sprawę.

Zanim zdążyłem pożałować własnej bezużyteczności, Gwyneth sama odpowiedziała ma swoje pytanie.

– Przecież to jasne! Potrzebuje pasera! Gdyby sam sprzedawał te rzeczy, nabywca wiedziałby, że Telford nie jest na tyle zamożny, by mieć w swoich zbiorach takie dzieła. Podejrzewałby, że okrada muzeum i bibliotekę. Potrzebuje jakiegoś marszanda z niezłą reputacją... i ze skłonnością do kradzieży. – Zdjęła nogę z gazu i powtórzyła: – Tak, to jasne. – Zawróciła na alei, przejeżdżając z głuchym odgłosem przez pas dzielący jezdnię, zamiast tracić czas na dojazd do następnego skrzyżowania. – Goddard. Edmund Goddard.

– Kto to taki?

– Handluje ekskluzywnymi dziełami sztuki i antykami, sprzedaje w galeriach i na aukcjach. Ma znakomitą reputację, ale nie u mnie.

– Dlaczego?

– Tata współpracował z wieloma dobrymi marszandami, by stworzyć swoją kolekcję, ale po kilku doświadczeniach z Goddardem już nigdy więcej nie załatwiał z nim interesów. Twierdził, że Goddard poczyna sobie tak agresywnie, iż pewnego dnia sam się sparzy i to śmiertelnie.

Na ulicy z luksusowymi sklepami zatrzymała się przy krawężniku przed dużą galerią, której szyld stanowiło jedno słowo: GODDARD. Na obrzeżach wewnętrznej powierzchni każdego z czterech dużych okien przyklejone były ośmiocentymetrowe paski fazowanego lustra, mające stworzyć wrażenie szkatuły na klejnoty, w której z pomocą zmyślnie zainstalowanego oświetlenia i czarnego aksamitnego tła, niczym bezcenne brylanty, zaprezentowano zaledwie cztery obrazy.

Były to postmodernistyczne abstrakcje, moim zdaniem nie tylko brzydkie, ale i przygnębiające. Przyznaję, że nie rozumiem sztuki, która nie jest w najmniejszym nawet stopniu realistyczna. Nie muszę jednak jej rozumieć.

– Wiem, gdzie on mieszka – powiedziała Gwyneth. – Ale ciągnie mnie tutaj.

Ruszyła od krawężnika, za rogiem skręciła w lewo, a potem znowu w lewo – w uliczkę, która biegła za sklepami wychodzącymi na aleję. Tylne drzwi galerii były otwarte na oścież, a jakiś mężczyzna w długim płaszczu wsuwał duży karton do otwartego bagażnika dużego mercedesa.

Pozbywszy się ciężaru, odwrócił się ku nam. Był wysoki, tęgi i zupełnie łysy. Z oddali nie mogłem określić, w jakim dokładnie jest wieku, mógł mieć od czterdziestu do sześćdziesięciu lat. Wielu mężczyzn, nawet młodych, paraduje z łysymi głowami i trudno ocenić, kto wyłysiał, a kto tylko udaje łysego.

Gwyneth zahamowała kilka metrów przed nim, przestawiła dźwignię skrzyni biegów na parkowanie, zgasiła reflektory i wyłączyła silnik.

– To on. To Goddard.

– I co teraz? – zapytałem.

– Nie mam pojęcia.

Wysiedliśmy z land rovera i zbliżyliśmy do marszanda, a on rzekł do Gwyneth:

– Nic tu po tobie, dziewczyno.

– Szukam Simona.

Kiedy zmniejszyliśmy dystans między nami, Goddard wyjął z kieszeni płaszcza pistolet i wycelował w nią, mówiąc:

– Wystarczy, ani kroku dalej.

Nie łudziłem się, że z gazem pieprzowym i paralizatorem moglibyśmy zwyciężyć w starciu z uzbrojonym w pistolet mężczyzną; Gwyneth również nie miała co do tego złudzeń.

– Nie zastrzeliłbyś mnie, ryzykując swoje wygodne i luksusowe życie.

– Jeśli dostarczysz mi najdrobniejszego powodu – odparł – zastrzelę ciebie i twojego tajemniczego przyjaciela,
a potem naszczam na twoje zwłoki.

52

Uliczkę rozjaśniało jedynie kilka lamp alarmowych
w drucianych osłonach, oświetlających tylne wejścia do
niektórych firm; lampa nad drzwiami do galerii była
zgaszona. Pokrywa śnieżna nie poprawiała widoczności
na drodze, ponieważ pięcio- i siedmiopiętrowe budynki
po obu stronach stały blisko siebie i zasłaniały nastrojowe
światło miasta. Wzdłuż uliczki widać było dziwne i udręczone cienie, pomyślałem jednak, że to tylko kontury
rzeczy, a nie one same.

Stojąc wystarczająco daleko od Goddarda, by mieć
pewność, że nie może widzieć moich ukrytych pod kapturem oczu, patrzyłem prosto na niego, nadal jednak nie
byłem w stanie odgadnąć, ile ma lat. Tłuszcz wygładził
wszystkie zmarszczki, jakie czas mógł wyryć w jego twarzy.
Głos Goddarda brzmiał tak, jakby marszand żywił się
wyłącznie majonezem i masłem i wciąż zalegały one w jego
gardle; i nawet w tym słabym świetle widać było oznaki
wewnętrznego rozkładu.

– Szukam Simona – powtórzyła Gwyneth. – Będziesz
udawał, że nie wiesz, o kogo mi chodzi?

Goddard machnął lekceważąco pistoletem, ale natychmiast potem znowu w nią wycelował.

– Nie muszę już niczego udawać. Po co miałbym to
robić? Tutaj go nie ma.

– Gdzie go trzymają? – zapytała Gwyneth.

– Czemu miałbym ci mówić? Teraz już wszystko skończone, nawet jeśli Telford nie chce tego dostrzec.

– Simon nie wie, jak mnie znaleźć. Nie ma sensu go krzywdzić.

– Nic z tego nie ma już sensu – odparł Goddard – ale twój Simon za mało mnie obchodzi, bym ci cokolwiek powiedział. Chyba że...

– Że co?

– Wyjeżdżam z miasta. Ty też powinnaś wyjechać, jeśli nie chcesz umrzeć.

– Chyba jeszcze trochę zostanę.

– Mam własną wyspę i wszystko, co potrzebne do życia.

– Oprócz uczciwości.

Zakrztusił się cichym śmiechem.

– Uczciwość nie jest cechą zapewniającą przetrwanie, maleńka.

– Powiedziałeś „chyba że". Chyba że co?

– Pewnie nie uwierzysz, ale potrafię być miły – odparł Goddard. – Jestem człowiekiem kulturalnym, o bardzo wyrafinowanym smaku i z dużym doświadczeniem. Z dala od tego wyścigu szczurów, nie mając nic więcej do wygrania i stracenia, przekonasz się, że się całkiem dobrze nadaję. Może nawet się przekonasz, że nie przeszkadza ci mój dotyk.

Już wcześniej zacząłem się zastanawiać, czy oni oboje nie mówią o dokładnie tej samej rzeczy. Wydawało się, że w jego słowach kryją się sugestie, które nie odnoszą się wyłącznie do Simona i Telforda. Jego propozycja zabrzmiała tak szokująco, że uznałem, iż musi być lekko stuknięty.

264

– Wyjedź ze mną z miasta, a po drodze zadzwonię do Ryana Telforda i powiem mu, że oboje, ty i ja, wycofujemy się z tego, i nie ma powodu, by wyduszać informacje z twojego przyjaciela malarza. Teraz jest już po wszystkim. To daremny trud.

Przez chwilę milczenie Gwyneth świadczyło, że chyba zastanawia się nad jego propozycją, potem jednak rzekła:

– Zawiózłbyś mnie po prostu do Telforda.

– Moje dziecko, gdybyś ze mną pojechała, zdradziłbym setkę Telfordów. Dla ciebie zastrzeliłbym ich stu oraz własną matkę, gdyby jeszcze żyła.

W panującym mroku padający śnieg nie był tak jaskrawo biały jak w innych miejscach, a w zaciszu budynków wiatr okazał się mniej nieprzewidywalny niż wcześniej, tak że atmosfera nocnego chaosu osłabła. Mimo to, słuchając ich rozmowy, miałem wrażenie, że wszystko jest podejrzane, i nie byłbym zaskoczony, gdyby te budynki pochyliły się pod niebezpiecznie dużym kątem lub gdyby chodnik zakołysał się nagle pode mną niczym pokład statku.

Gwyneth znowu wybrała milczenie i im dłużej ono trwało, tym bardziej zastanawiałem się, dlaczego nie poczuła się urażona. Potem rzekła:

– Najpierw musiałabym wiedzieć kilka rzeczy. Nie żeby miało to jeszcze jakieś znaczenie. Po prostu dla własnej satysfakcji.

– Ta moja wyspa ma ponad cztery hektary powierzchni oraz...

– Nie o to chodzi. Jestem pewna, że twoja wyspa jest piękna, a twoje przygotowania są zakończone.

– W takim razie o co? Pytaj, moja droga. O wszystko.

– Sprzedawałeś dzieła sztuki dla Telforda.

– Całkiem sporo. Niektóre należały do twojego ojca.

– Wśród nich znajdowało się wiele słynnych dzieł. Skradzionych dzieł.

– Owszem, słynnych pod takim lub innym względem.

– Jeśli nabywcy kiedykolwiek spróbują je sprzedać bądź wystawić, narażą się na oskarżenia.

– Na wszystko, co przynosi mi Ryan, mam tylko jednego nabywcę. Pewne konsorcjum. I to konsorcjum nie zamierza sprzedawać niczego, co kupuje.

– Jak więc mogą liczyć na zysk?

– Nie kierują się chęcią zysku. Konsorcjum składa się z kilku najbogatszych ludzi na świecie. Pragną oni nabyć pewne znaczące dzieła sztuki stanowiące dziedzictwo kultury Zachodu, aby móc je zniszczyć.

Nie wytrzymałem.

– Zniszczyć je? Zniszczyć wielkie dzieła sztuki? Dlaczego?

– To głupcy – odparł Goddard. – Mniejsi niż większość ludzi, ale mimo to głupcy. Niczym wyznawcy voodoo, wierzą, że każda ikona sztuki, którą spalą, stłuką bądź stopią, wzmocni ich sprawę i osłabi ich wroga. Ze swojego królestwa na Bliskim Wschodzie mają zamiar zniszczyć niebawem cały Zachód, najpierw jednak chcą mieć osobistą satysfakcję z wyplenienia niektórych spośród jego najcenniejszych i najbardziej inspirujących wytworów, kawałek po kawałku.

– Ale to jest szaleństwo – powiedziałem z odrazą.

– Szaleństwo i zło – dodała Gwyneth.

– Zupełne szaleństwo – zgodził się Goddard. – Ale obecnie szaleństwo jest wszędzie i zapewnia sławę. Błys-

266

kawicznie staje się nową normą. Nie sądzisz? A co do zła... No cóż, wszyscy wiemy, że zło to pojęcie względne. Czy zaspokoiłem twoją ciekawość, maleńka?

– Jeszcze jedno. Marionetki Paladine'a.

– Co z nimi? – zapytał wyraźnie zaskoczony Goddard.

– Za pośrednictwem moich pełnomocników prawnych odnalazłam, kupiłam i zniszczyłam cztery z nich.

Marszand znowu zakrztusił się śmiechem, brzmiącym równie ponuro jak świszczący oddech suchotnika.

– Nie różnisz się w niczym od dżentelmenów z tego konsorcjum.

– Różnię się bardziej, niż mógłbyś sobie wyobrazić. Oni niszczą to, co inspirujące i cenne. Ja nie. Muszę wiedzieć, czy było ich tylko sześć. Tylko tyle kiedyś zapowiedziano, ale może ukryłeś parę, czekając, aż wzrośnie cena.

– Czemu przejmujesz się wyimaginowanymi marionetkami, skoro masz znaleźć jeszcze dwie oryginalne?

– Muszę wiedzieć. To wszystko. Muszę wiedzieć.

– Było ich tylko sześć. To kicz, nie sztuka. Nie spodziewam się, by zyskały na wartości. Gdyby było siedem lub osiem, sprzedałbym je wtedy, gdy to się opłacało. Pojedź ze mną dzisiaj, a zażądam pozostałych dwóch dla ciebie. Spalimy je wspólnie. Och, maleńka, znam setki fascynujących opowieści, znam prawdę o świecie, wiem, co dzieje się za kulisami. Znajdziesz we mnie dowcipnego i czarującego kompana.

– Wolałabym poderżnąć sobie gardło – odparła bez wahania.

Goddard przycisnął guzik na podniesionej klapie bagaźnika mercedesa i cofnął się, gdy zamykała się samoczynnie.

– Zastrzeliłbym cię za bezczelność, ale ucierpisz bardziej, jeśli po prostu pozwolę ci na powolną śmierć. Będziesz żałowała, że cię nie zastrzeliłem, że nie spotkał cię lepszy los niż tortury z rąk tych szaleńców, którzy teraz znęcają się nad twoim Simonem. Powiedz mi, maleńka, czemu czyjś dotyk budzi w tobie odrazę? Czy dlatego, że gdy byłaś znacznie młodsza, twój tatuś gmerał ci paluchem w majtkach?

– No proszę – powiedziała Gwyneth. – Oto ten legendarny dowcip i czar.

Marszand chwycił pistolet w obie ręce i przez moment myślałem, że nas zabije. Ale po chwili groźnego milczenia rzekł:

– Oboje cofnijcie się za land rovera wzdłuż drzwi kierowcy, a potem jeszcze sześć metrów.

– Nie mamy zamiaru cię ścigać – uspokoiła go Gwyneth. – Wierzę, że powiedziałeś mi prawdę. Biednego Simona nie da się już ocalić. Nie masz niczego, co jest nam potrzebne.

– Tak czy inaczej, cofnijcie się.

Zrobiliśmy, co kazał, i przyglądaliśmy się, jak odjeżdża w śnieżycy. Opony mercedesa wyrzuciły w górę blade chmury śnieżnego pyłu, spaliny zasnuły mrok nocy, a światła hamowania na chwilę utworzyły z nich krwawą mgłę, po czym SUV skręcił w prawo i zniknął z pola widzenia.

Gwyneth ruszyła w kierunku land rovera, ale ja powiedziałem:

– Poczekaj. – A gdy się do mnie odwróciła, cofnąłem się, żeby mieć całkowitą pewność, że nie zobaczy nawet skrawka mojej twarzy. – Ojciec powiedział mi, żebym nigdy nie zapomniał o ćmie.

– O jakiej ćmie i w jakim sensie?

– Powiedział: „Ćma zachwyca się płomieniem, dopóki nie spali sobie skrzydeł".

Widziałem Gwyneth równie słabo, jak ona mnie – jako ciemną dziewczęcą postać w mroku nocy.

– To wszystko?

– Osiemnaście lat temu, mojej pierwszej nocy w tym mieście, nocy twoich narodzin, w oknie sklepu ze staroświeckimi zabawkami, w tej galerii handlowej nad rzeką, zobaczyłem marionetkę. Było w niej coś dziwnego.

– Wszystko wskazuje, że to ta, którą znalazłam i zniszczyłam.

– Umalowałaś się tak, by ją przypominać.

– By ją trochę przypominać – przyznała.

– Marionetki Paladine'a? Sześć marionetek?

– Tutaj jest zimno. Wyjaśnię to w samochodzie.

– Powiedz mi teraz. Po co miałabyś się malować tak, by przypominać tamtą... tamtą rzecz?

Widziałem, że odchyliła głowę, by spojrzeć w niebo, a gdy ją opuściła, powtórzyła to, co już kiedyś od niej usłyszałem:

– Teraz wszystko zależy od wzajemnego zaufania, Addisonie Goodheart.

– Po prostu muszę wiedzieć. To nie jest wyraz nieufności.

– W takim razie wsiądź ze mną do samochodu albo odejdź. Trzeciej możliwości nie ma.

Noc, śnieg, dziewczyna, nadzieja na przyszłość, lęk przed niekończącą się samotnością...

Przerwała moje milczenie słowami:

– Ja nie jestem płomieniem, ty nie jesteś ćmą.

– Nie jestem – przyznałem – ale ty świecisz jaśniej niż jakiekolwiek znane mi światło.

– To jest noc zmian, Addisonie. Teraz to rozumiem. I zostało nam niewiele czasu na zrobienie tego, co trzeba zrobić. Nie masz trzeciej możliwości.

Wróciła do land rovera, usiadła za kierownicą i zamknęła drzwi. Poszedłem za nią.

CZĘŚĆ TRZECIA

—

*Co mogło się stać
i co się stało*

53

Ażeby wyobrazić sobie minione czasy i spróbować je zrozumieć, musicie wiedzieć, że moja matka – co sama przyznała – często zastanawiała się nad popełnieniem dzieciobójstwa. W pierwszych trzech latach mojego życia przy pięciu okazjach od śmierci z jej rąk dzieliła mnie tylko chwila.

Pamiętam, jak w pewną letnią noc, kilka tygodni przed moim wygnaniem, wprawiła się w macierzyński nastrój za pomocą whiskey w pękatej szklance z żółtym brzegiem, białego proszku wdychanego przez srebrną słomkę i dwóch tabletek. Nalegała, byśmy oboje, ona z kolejną porcją szkockiej z lodem, ja ze szklanką soku pomarańczowego, zasiedli w fotelach bujanych na werandzie od frontu, by jak mawiała, „mądrze spędzić czas".

Moja matka bardzo rzadko miała ochotę na długie rozmowy, a jeszcze rzadziej siadaliśmy razem dla towarzystwa. Wiedziałem, że jej czułość jest szczera, że stanowi najprawdziwszą z jej cech, i choć wydobywała ją z serca przy pomocy białego proszku, tabletek i whiskey, spędzałem z nią wtedy czas z wielką radością – taką samą, jaką

273

wywoływały u mnie zdarzające się od czasu do czasu podobne chwile, następujące bez wspomagaczy. Zanim usiedliśmy, przenieśliśmy fotele z werandy do ogrodu przed domem, ponieważ oboje chcieliśmy podziwiać rozległy migoczący łuk nieba nad nami. Nigdy przedtem nie widziałem tylu gwiazd. Przeszywały czarne niebo niczym wszystkie słońca, które wypaliły się przez milion ostatnich lat, rozpalone z dnia na dzień na nowo przez jakiegoś galaktycznego latarnika. Kiedy tak siedzieliśmy odchyleni, z głowami zadartymi ku niebu, dostrzegłem, poza znanymi konstelacjami, wiele fascynujących gwiezdnych zestawów, prawdziwe cuda, i nie mogłem sobie przypomnieć radośniejszych chwil na szczycie góry niż ta godzina spędzona w gwiezdnej kąpieli.

Po raz pierwszy i ostatni matka opowiadała o swoim dzieciństwie. Jej rodzice byli wykładowcami uniwersyteckimi, jedno na wydziale literatury, drugie psychologii, i podejrzewałem, że właśnie oni zaszczepili jej miłość do książek. Zaznaczyła, że dorastała, nie mając żadnych potrzeb materialnych, a mimo to znalazła się w rozpaczliwej potrzebie. Zapytałem, czego potrzebuje, czy to może jest miłość, a ona na to, że z pewnością mogłaby wykorzystać miłość, ale ta rozpaczliwa potrzeba odnosi się do czegoś innego. Zapytałem, co to może być, ale nie odpowiedziała. Kiedy odmawiała odpowiedzi, jedynym bezpiecznym rozwiązaniem było uszanowanie jej powściągliwości.

Przypomniała kilka radosnych przeżyć ze swojej młodości i przyjemnie było słuchać jej historyjek, choć byłoby jeszcze przyjemniej, gdyby ton, jakim je opowiadała, nie był tak melancholijny. Pomimo tych zapamiętanych chwil szczęścia, matka zdawała się żałować, że w ogóle miała dzieciństwo, może dlatego, iż wszelka radość trwała krótko, a wieczorne obietnice już następnego ranka były łamane. Kiedy tak siedzieliśmy na szczycie góry, można było odnieść wrażenie, że mnóstwo tych śnieżnobiałych gwiazd tkwi nieruchomo, chociaż oczywiście wszystkie ciała niebieskie – Ziemia też – stale, z przerażającymi prędkościami, przemieszczały się ku jakiejś otchłani. Teraz uświadamiam sobie, że oboje z matką, siedząc w fotelach bujanych z giętego drewna, tak samo wydawaliśmy się zmierzać donikąd, choć w rzeczywistości my też mknęliśmy naprzód w pociągu czasu, tyle że jak się miało okazać po kilku tygodniach, do różnych celów.

Kiedy przeszła od opowieści z dzieciństwa do opisywania tych pięciu razy, gdy omal mnie nie zamordowała, incydentów, których ja nie pamiętałem, za jej melancholią kryła się delikatna nuta cierpienia. Poza tym nic nie zmieniło się w naszych pozach, zachowaniu i wzajemnych relacjach. Ów epizod nie był naznaczony wylewnymi uczuciami i nie padły słowa przeprosin ani oskarżenia. W jej dawnym życiu, pełnym rabunków i innych przestępstw, okazywała się skuteczna tylko za cenę wyzbycia się wszelkich zasad, a także pozytywnych emocji, które się z nimi łączyły. Trudno więc było oczekiwać, że z łatwością odzyska zdolność ich odczuwania, którą odrzuciła tak nieodwołalnie. Ja zaś nie mogłem pozwolić sobie na gniew, ponieważ wiedziałem, że jestem dla niej ciężarem, ponieważ tolerowała mnie i nawet pielęgnowała najlepiej, jak umiała, choć wzbudzałem w niej strach i obrzydzenie, i ponieważ ocaliła mnie od śmierci z rąk akuszerki.

Z perspektywy czasu rozumiem, że tam, pod oceanem gwiazd, gdy ujawniła tych pięć chwil, w których omal nie padłem ofiarą jej morderczych zamiarów, pragnęła tym wyznaniem nie tylko złagodzić poczucie winy. Chciała też, bym stał się jej spowiednikiem, dał świadectwo jej skruchy i udzielił rozgrzeszenia. Miałem sześć miesięcy, gdy postanowiła utopić mnie w kąpieli, ale choć zdołała wepchnąć mnie pod wodę i patrzyła, jak z nosa lecą mi pęcherzyki powietrza, nie mogła znieść trzymania mnie na dnie wanienki na tyle długo, by mnie zabić. Na dwa miesiące przed pierwszą rocznicą moich narodzin czuła, że może mnie udusić kocykiem, którego chciała użyć akuszerka, ale zamiast to uczynić, spaliła go w kominku. Kiedy miałem czternaście miesięcy, przez dwie godziny obsesyjnie ostrzyła nóż kuchenny, a potem przyłożyła mi go do szyi – nie potrafiła jednak wykonać śmiertelnego cięcia. Pół roku później nadmierna dawka narkotyków, które matka nazywała swoimi lekami, wydawała się wystarczająco łagodnym środkiem, by mogła zrealizować swój plan. Wymieszała wprawdzie ten zabójczy koktajl z sokiem jabłkowym i dała mi w butelce ze smoczkiem, ale odebrała mi ją, gdy tylko zacząłem ssać. Powiedziała, że miałem prawie trzy latka, kiedy zaprowadziła mnie do lasu, odchodząc na tyle daleko od naszego małego domu, by mieć pewność, że nie trafię z powrotem, i zamierzała zostawić mnie tam na łaskę i niełaskę drapieżników, które grasowały po tych zalesionych górach i dolinach. Kazała mi usiąść na małej polanie i czekać na nią, chociaż nie miała zamiaru wrócić. Jednak akurat wtedy spomiędzy otaczających nas paproci wyłoniły się dwa wilki, których oczy świeciły jak latarnie w zielonym mroku. Pod wpływem przerażenia i żalu porwała mnie z ziemi i pobiegła do domu; po sporej porcji whiskey i dawce proszku pogodziła się z faktem, że nie jest zdolna do dzieciobójstwa.

Nie powiedziała, że jest jej przykro, ale smutek niczym rzeka płynął między jej słowami. Wprawdzie chciała, żebym dał jej rozgrzeszenie, ale wtedy nie byłem – i nie jestem teraz – obdarzony taką władzą. Mogłem jedynie jej powiedzieć: „Kocham cię, mamo, i zawsze będę kochał".

Siedzieliśmy w ogrodzie w fotelach bujanych jeszcze przez jakiś czas. Nie mógłbym z całą pewnością orzec, czy trwało to dziesięć minut, czy godzinę. Siedzieliśmy w milczeniu, a gwiazdy, które były ozdobą tej nocy, zdawały się opadać wokół nas, aż dom, las oraz wąska droga łącząca nas ze światem zewnętrznym zniknęły jak za zasłoną, a wielka chmara białych niczym brylanty gwiazd migotała nad naszymi głowami, tworząc kopułę, pod którą czuliśmy się bezpieczni.

54

Poprzednio wydawało się, że Gwyneth skręca bez ładu i składu z ulicy w ulicę, podczas gdy w istocie zmierzała do celu; teraz jednak o kierunku jazdy rzeczywiście decydowały kaprys i fantazja.

Miasto jawiło się mniej realne niż poprzednio, niknąc w padającym śniegu nie jak za narzucaną zasłoną, tylko jakby się wycofywało. Wieżowce w bezpośredniej bliskości stały jak zawsze na miejscu, ale te, które znajdowały się przecznicę dalej, wyglądały na odsunięte o kilka przecznic. Budynki stojące jeszcze dalej tworzyły blade bryły, ich jarzące się okna przypominały zamglone światła pozycyjne na olbrzymich statkach, które długo czekały w porcie, a teraz oddały cumy i szybko wychodziły w morze.

– Charles Paladine był bardzo hołubionym artystą – powiedziała Gwyneth. – Malował coś, co czasami nazywał roztargnionymi abstrakcjami, ale choć gadał takie, a nawet jeszcze większe głupstwa, nikt w środowisku artystycznym się z niego nie śmiał. Tak naprawdę miał niezmiernie pozytywnie recenzje i w wieku dwudziestu ośmiu lat sprzedawał wszystkie wystawiane prace, czy to tutaj, w Nowym Jorku, czy to w Londynie, a Goddard Galleries miały wyłączność na reprezentowanie go na zewnątrz. Kroczył od sukcesu do sukcesu. Mówiono o nim, że to nowy Jackson Pollock, następny Robert Rauschenberg i następny Andy Warhol, wszyscy trzej w osobie jednego współczesnego artysty. Potem Paladine zrobił coś szczególnego, co naraziło na szwank jego reputację. Przestał malować abstrakcje i zaczął mieć obsesję na punkcie realistycznych scen ukazujących marionetki.

– Czarny smoking, czarna koszula, biały krawat, cylinder – wtrąciłem.

– Tak, właśnie, ale również inne postaci... mężczyzn, kobiet i dzieci. Sceny te były egzotyczne, nastrojowe i niepokojące, czasem przedstawiał kilka marionetek, czasem tylko dwie. Marionetka w smokingu, o której mówisz, taka jak w sklepie ze staroświeckimi zabawkami, często odgrywała najważniejszą rolę, ale występowała też na obrazach przedstawiających na pierwszym planie inne marionetki, przynajmniej jako postać czająca się w tle, na wpół zasłonięta przez rozmaite rzeczy albo stojąca w cieniu. Krytycy, którzy chwalili malarstwo abstrakcyjne Paladine'a, byli zdziwieni nowym kierunkiem w jego twórczości. Od tak dawna mówili, że jest geniuszem, że z początku nie potrafili poddać go ostrej krytyce. Jednak ich pozytywne recenzje nie były tak entuzjastyczne jak przedtem, a niektórzy otwarcie ubolewali, że porzucił abstrakcję.

– Nigdy nie rozumiałem sztuki abstrakcyjnej – przyznałem.

– Czasami myślę, że nikt jej nie rozumie, ale ludzie muszą udawać, bo inaczej zostaną uznani za drętwych i nie dość wyrafinowanych. Mój ojciec lubił cytować Paula Johnsona, krytyka, który kiedyś nazwał dzieło Jacksona Pollocka „natchnionym linoleum". Tato nie znosił marionetkowego okresu w karierze Paladine'a, ale twierdził, że teraz artysta przynajmniej umieszcza na płótnach coś rozpoznawalnego zamiast niewyraźnych plam oraz śladów nihilistycznego drapania po farbie, które uczyniły go bogatym.

Gwyneth zaczęła wyprzedzać miejski pług śnieżny, który poruszał się zbyt wolno jak na jej gust, i wtedy ujrzeliśmy drugi, nadjeżdżający z przeciwka. Przejechała szybko między nimi środkowym pasem, który jeszcze nie został odśnieżony, i kierowcy obu pługów zatrąbili na nas z dezaprobatą.

– Co będzie, gdy zatrzyma cię jakiś policjant? – zapytałem.

– Nie zatrzyma. Tak czy owak, Paladine sprzedawał swoje marionetkowe obrazy, tyle że za niższą cenę... dopóki nie zabił swojej żony i dwojga dzieci, dziesięcioletniego chłopca i dwunastoletniej dziewczynki. Na niektórych obrazach wykorzystał ich twarze jako oblicza marionetek. Kiedy już nie żyli, poobcinał im głowy...

– Nie lubię takich historii.

– Mnie ona też nie bawi. Paladine poucinał głowy żonie oraz dzieciom i rozczłonkował ich ciała. Następnie z powrotem je pozszywał, luźno, grubą czarną nicią. Pomalował ich twarze na biało, dodał czarne detale i namalował na policzkach jaskraworóżowe plamy.

W sytuacji gdy płaszcze, togi i całuny bieli wirowały, kłębiły się i wzbijały w powietrze w każdym kwartale, miasto wyglądało tak, jakby zamieszkiwały je raczej zjawy niż żywi ludzie, a wszystkie te duchy były poruszone w swoim udręczeniu.

– Czy kiedykolwiek wytłumaczył swój postępek? Mam na myśli tłumaczenie przed sądem.

– Nie był potrzebny ani sąd, ani zakład dla obłąkanych. Kiedy Paladine wykończył swą rodzinę, pomalował sobie twarz tak, by przypominała oblicze marionetki, którą zobaczyłeś w witrynie sklepowej. Po czym wszedł na dach swojego trzypiętrowego domu, właśnie tutaj, w najfajniejszej dzielnicy miasta, i rzucił się na ulicę.

Wzdrygnąłem się.

– Dlaczego?

– Tego się nigdy nie dowiemy.

– Gdzie w tym jest miejsce na te prawdziwe marionetki?

– Policja znalazła sześć z nich w pracowni malarza, która mieściła się w jego domu. Były identyczne, takie jak ta, którą opisałeś. Własnoręcznie wyrzeźbił je z klocków drewna cisowego, zrobił im stawy i pomalował. Wiesz, jak wygląda cis?

– Nie. Odkąd skończyłem osiem lat, niemal nie oglądałem drzew.

- Cis to drzewo cmentarne, symbol smutku i śmierci.
- Co się stało z tymi sześcioma?
- Och, zostały sprzedane kolekcjonerom. Ceny... nie powiem... wartość jego obrazów z marionetkami poszła w górę po tych morderstwach i samobójstwie. Wielu kolekcjonerów nie chciało już jego prac z tego okresu, ale pewni... entuzjaści nabywali wiele płócien. A gdy Edmund Goddard wystawił je na aukcję, każda z sześciu ręcznie rzeźbionych marionetek osiągnęła znaczną cenę.
- Wszystko to wydarzyło się przed twoimi narodzinami – zauważyłem.
- Owszem. Zanim przyjechałeś do tego miasta.
- I potem, gdy skończyłaś trzynaście lat, wykorzystałaś marionetki jako inspirację w kształtowaniu swojego gotyckiego wizerunku. Dlaczego?
- Przypadkiem zobaczyłam jej zdjęcia w jakimś artykule.
- Rozumiem, ale dlaczego malujesz się podobnie?

Zamiast odpowiedzieć na pytanie, wyjaśniła:
- Jak słyszałeś w mojej rozmowie z Goddardem, z pomocą pełnomocników odnalazłam marionetki i z sześciu kupiłam cztery. I osobiście nadzorowałam ich spalenie.
- Zamierzasz kupić i zniszczyć te dwie pozostałe?
- Nie wiem, gdzie one są. Co budzi mój wielki niepokój.
- Niepokój... dlaczego?

Dojechaliśmy do ronda na placu Waszyngtona, gdzie na cokole, na grzbiecie konia, siedział pierwszy prezydent i legendarny żołnierz; twarz miał poważną, jakby rzucał wyzwanie miastu, może nawet całemu światu, jakby żądał, by żywi sprostali jego wyobrażeniom o prawdzie, wolności i honorze. Troje Przejrzystych w białych szpitalnych uniformach stało wokół pomnika, szukając tego, czego szukali, i czekając na to, czego się spodziewali.

Gwyneth pokonała trzy czwarte ronda, zanim skręciła w jedną z odchodzących od niego alei. Pług odgarnął śnieg z jezdni na zaparkowane przy krawężniku samochody, które nazajutrz rano będą tak zakopane w śniegu, że upodobnią się do ciągu igloo.

Przez te dwie noce bałem się, że jeśli zbyt natarczywie będę się domagał, by ujawniła swoje tajemnice, wywołam u niej atak socjofobii, że zamknie się w sobie lub wręcz zerwie naszą przyjaźń. Teraz jednak wiedziałem, że dużo wcześniej nim się spotkaliśmy, życiorysy Gwyneth i mój stykały się w pewnych punktach, a w istocie zaczęło się to w dniu jej narodzin. W świetle tego intrygującego odkrycia postanowiłem ją dopytywać z nieco większym uporem.

– Dlaczego niepokoją cię te dwie ostatnie marionetki?

– Teraz już mniej niż poprzednio. O pierwszej mamy spotkanie. Nie możemy się spóźnić.

– Spotkanie? Z kim?

– Zobaczysz.

Powróciłem do bardziej istotnej sprawy.

– Czemu niepokoją cię te marionetki?

Gwyneth zawahała się, ale już nie zbywała mnie milczeniem.

– Z biegiem czasu, gdy w pewnej mierze upodobniłam się do nich, stopniowo zdałam sobie sprawę... że uświadomiłam im moje istnienie.

– Uświadomiłaś im swoje istnienie?

– Tak.

– Tej szóstce?

– Wiem, co czuję, i wiem, że to prawda. Ale ty nie musisz dostrzegać w tym sensu, mnie to nie przeszkadza.

Być może właśnie wtedy nadszedł moment, by powiedzieć jej o Mglistych, Przejrzystych, pozytywce z niedobranymi tancerzami oraz o moim przekonaniu, że marionetka w sklepowej witrynie też zdawała sobie sprawę z mojego istnienia. Omal nie uległem temu odruchowi, jednak zamiast zdobyć się na szczerość, zapytałem:

– Jest się czego bać ze strony zabawek?

– One nigdy nie były zabawkami.

– W porządku, ale co takiego jest w tych kukiełkach, żeby się ich bać?

– Nie wiem i nie chcę się tego dowiedzieć.

Wiatr znowu przybrał na sile i miotał w nas śniegiem tak zaciekle, że płatki, teraz mniejsze, stukały lekko w szybę, jakby dzięki swojej mnogości i uporowi miały podziurawić szkło i w końcu je rozpuścić, tak aby burza mogła zawładnąć wnętrzem land rovera i nami, tak jak zawładnęła już ulicami miasta.

Przyszła mi do głowy pewna myśl i podzieliłem się nią z Gwyneth.

– A wcześniej, gdy jedliśmy kolację? To stukanie. Na poddaszu.

– Zapowietrzone rury wodociągowe.

– Są tam jakieś rury?

– Muszą być.

– Poszłaś to sprawdzić?

– Nie.

– Czy z twojego mieszkania można się dostać na poddasze?

283

– Przez klapę w suficie garderoby. Ale ona jest zamknięta na dwie grube zasuwy i tak już zostanie.

– Jeśli chcesz, wejdę tam i sprawdzę.

– Nie – odparła spokojnie, lecz stanowczo. – Nie wejdę tam ja, nie wejdziesz ty, nikt tam nie wejdzie, ani dziś, ani jutro w nocy, ani nigdy.

55

Na odcinku między dwiema przecznicami lub dłuższym słuchałem miarowego głuchego odgłosu wycieraczek na przedniej szybie, którego rytm niemal dokładnie odpowiadał tętnu spoczynkowemu mojego serca, oraz wiatru wstrząsającego samochodem, jakby w zamiarze zwrócenia na siebie naszej uwagi i przekazania nam czegoś swoim lamentem, rozdrażnieniem i natarczywym wrzaskiem.

Chociaż powtarzałem sobie w myślach, że powinienem pozwolić jej odpowiedzieć na pytanie, które pominęła milczeniem, wtedy, kiedy zechce, nie mogłem się powstrzymać przed zadaniem go jeszcze raz.

– Dlaczego po skończeniu trzynastu lat inspirowałaś się w swoim gotyckim przeobrażeniu tą marionetką?

– Byłam nieśmiała, a chciałam wyglądać na osobę twardą. Bałam się ludzi i pomyślałam, że najlepszym sposobem trzymania ich na dystans może być zachowanie budzące lekką trwogę.

Choć to, co powiedziała, wydawało się dość jasne, wyczułem, że nie jest to pełne wytłumaczenie.

Chyba wiedziała, co myślę, ponieważ wdała się w szczegóły, co sprawiło tylko wrażenie kolejnego uniku.

– Gdy zdałam sobie sprawę, że uświadomiłam im moje istnienie, mogłam zmienić wygląd, wybrać jakiś inny styl. Ale wtedy już wiedziałam, że to nie będzie miało znaczenia. One o mnie wiedziały i nie zapomniałyby tylko dlatego, że już ich nie przypominam. Otworzyłam drzwi, których już nie dało się zamknąć. Teraz pewnie nabrałeś przekonania, że lekko zwariowałam.

– Bez przesady.

Rozległ się dzwonek jej komórki. Wyjęła ją z kieszeni, zerknęła na ekran, przełączyła na tryb głośnomówiący, ale nic nie powiedziała.

Przez chwilę z aparatu wydobywały się trzaski, potem jednak usłyszeliśmy głos Telforda.

– Wiem, że tam jesteś, mała myszko.

– Pozwól, że porozmawiam z Simonem.

Telford udał zmieszanie.

– Z Simonem? Z jakim Simonem?

– Przekaż mu słuchawkę.

– Chcesz, żebym przekazał słuchawkę komuś o imieniu Simon?

– On nic nie wie.

– Chyba masz rację.

– Dziś wieczorem widziałam się z Goddardem.

– Co za cienias.

– Goddard wie, że to koniec. To, co robisz, nie ma sensu. Gra skończona.

– Jego wspólnicy uważają inaczej. Dziś wieczorem bardzo mi pomogli i nadal służą pomocą.

– Pozwól, że porozmawiam z Simonem.

– Jest tu jakiś mężczyzna, być może ma na imię Simon, może nie, nie wiem. Chcesz z nim rozmawiać?

- Przekaż mu słuchawkę.

Na linii rozległo się ciche syczenie i bełkot; Gwyneth czekała.

W końcu Telford wyjaśnił:

- Wygląda na to, że nie ma ochoty rozmawiać. Leży tylko na podłodze, patrząc niewidzącym wzrokiem, z opuszczoną szczęką i odrażającą brodą w wymiocinach, i nawet nie próbuje się ogarnąć. Gdyby to miał być twój Simon, to zapewniam cię, że brak mu ogłady, zdrowego rozsądku oraz instynktu samozachowawczego. Powinnaś się zadawać z bardziej rozgarniętymi ludźmi.

Gwyneth przez chwilę starała się powstrzymać łzy, zagryzając wargę tak mocno, że spodziewałem się, iż wokół jaskrawej niby-krwi koralika popłynie prawdziwa. Mimo zdenerwowania nie straciła kontroli nad land roverem. Wreszcie powiedziała:

- To koniec i lepiej się z tym pogódź.

- Och, czyżbyś wybierała się na policję?

Gwyneth nie odpowiedziała.

- Trzy sprawy, mała myszko. Po pierwsze, nie sądzę, byś naprawdę mogła znieść wizytę w pokoju przesłuchań i kontakt fizyczny z tymi zwalistymi policjantami. Po drugie, twój wygląd i twoje zachowanie nie przysporzą ci zbytniej wiarygodności. Jesteś apetyczną małą suką, ale też wybrykiem natury.

- Wspomniałeś o trzech sprawach. To dwie.

- Trzecia to wspólnicy, których użyczył mi Goddard. Teraz, gdy stchórzył, pracują dla mnie. I wyobraź sobie, mała myszko, że obaj pracowali kiedyś w policji. To interesujące, nieprawdaż? Mają tam przyjaciół. Sporo przyjaciół, mała myszko.

Podziwiałem jej pewność siebie, gdy powiedziała:

– Jeszcze możesz się uratować. Zawsze jest na to czas, zanim go zabraknie.

– Fantastycznie, mała myszko. Oprócz wszystkich innych swoich przymiotów masz jeszcze ten, że jesteś filozofem. Zawsze jest czas, zanim go zabraknie. Zapiszę to sobie i przemyślę. Może mi to objaśnisz, gdy się zobaczymy.

– Nie zobaczymy się.

– Dysponuję sporymi środkami, mała myszko. Jestem pewien, że cię znajdę.

Gwyneth zakończyła rozmowę i włożyła telefon z powrotem do kieszeni.

W Simonie miała przyjaciela. Nie przychodziły mi na myśl żadne słowa, które mogłyby przynieść jej ukojenie po takiej stracie. Być może kiedyś świat nie znał śmierci, ale teraz śmierć zagościła tu na dobre i przyszłaby po nas tak, jak przyszła do Simona – jeśli nie tego dnia, to nazajutrz albo za rok bądź za dziesięć lat. Kiedy mówimy „Przykro mi z powodu twojej straty", możemy mówić szczerze, ale wyrażamy również żal nad własnym losem.

– To spotkanie, o którym wspomniałaś, miało być o pierwszej... jest za dziesięć – powiedziałem.

– Jesteśmy już prawie na miejscu.

Początkowo śnieg był piękny, ale teraz już trochę mniej. Delikatność i blask jego płatków nadal oczarowywały, ale śnieżyca przesłoniła niebo, uniemożliwiając nam kontakt wzrokowy z gwiazdami. W tym momencie musiałem widzieć gwiezdny firmament, musiałem zajrzeć poza orbitę Księżyca, w głąb konstelacji, musiałem widzieć to, czego nie da się zobaczyć – nieskończoność.

56

Kino Egyptian – wybudowane w latach trzydziestych w stylu art déco – w czasach swojej świetności było cudem architektury. Choć upłynęło tyle lat, opuszczony i zrujnowany budynek nadal miał w sobie trochę magii. Cień dawnego przepychu pozostał mimo uszkodzeń fasady, a nawet mimo szpecących ją graffiti, pstrokatych i dających po oczach niczym płaszcz Józefa. To dzieło wandali mieniło się neonowymi odcieniami zieleni, oranżu i błękitu: inicjały sprawców; akronimy, które dla mnie nic nie znaczyły; topornie nakreślone węże, ryby i twarze żywych trupów; symbole, których nie umiałem zinterpretować, ale także swastyka i półksiężyc obejmujący pięcioramienną gwiazdę. Według Gwyneth w ostatniej fazie komercyjnej egzystencji kina puszczano w nim filmy dla dorosłych. Markiza, kiedyś nęcąca tytułami filmów, które później stały się klasyką amerykańskiego kina, teraz śmiało reklamowała tytuły, które stanowiły ordynarne dwuznaczności lub były tak szczere jak BZIK SEKSUALNY. Ten model biznesu miał krótki żywot, był rentowny jedynie do czasu, gdy filmy pornograficzne stały się jedną z domowych rozrywek, odtąd więc Egyptian funkcjonował już tylko jako tablica informacyjna dla barbarzyńców. Teraz na markizie widniało jedno słowo: ZAMKNIĘTE. Te duże czarne litery nie wróżyły dobrze. Pomyślałem, że może nadejść taki dzień, iż taka jednosłowna deklaracja będzie widniała przy wszystkich rogatkach tego olśniewającego niegdyś miasta, które popadło w ruinę.

Zaparkowawszy przy krawężniku przed kinem, Gwyneth powiedziała:

– Zamierzali je zburzyć i zbudować hospicjum. Jednak nowe przepisy dotyczące opieki zdrowotnej... to istne bagno, a każdy biurokrata to czyhający w nim aligator.

– To dość dziwne miejsce na spotkanie.

– Mogą obserwować jego dom, więc nie odważyłam się tam jechać.

– Jeśli jest obserwowany, być może przyjechali tu za nim.

– W młodości służył w korpusie piechoty morskiej. Był oficerem wywiadu. Gdyby próbowali go śledzić, wiedziałby o tym. Zadzwoniłby do mnie, by zmienić miejsce spotkania.

Przeszliśmy w pośpiechu do środkowych spośród ośmiorga drzwi, tych, które miały być otwarte na to rendez--vous. W holu śmierdziało pleśnią, zwietrzałym moczem i zjełczałym olejem do prażenia kukurydzy, tak starym, że nawet karaluchy nie chciałyby go tknąć.

Posadzka ze złocistego marmuru inkrustowanego czarnymi granitowymi hieroglifami, widoczna w smudze światła latarki Gwyneth, była popękana i lepiła się od brudu. Miałem wrażenie, że jesteśmy archeologami, którzy dokopali się do grobowca od dawna ukrytego pod pustynnym piaskiem, gdzie ciało jakiegoś faraona, dobrze zmumifikowane w bandażach impregnowanych w wywarze zawierającym taninę, czekało, aż Anubis odeśle duszę zmarłego z zaświatów.

Gruz chrzęścił nam pod stopami, gdy przechodziliśmy przez tę ogromną ciemną salę ku otwartym drzwiom w jej kącie, gdzie przez próg wlewało się mętne światło. W czasach kronik filmowych, krótkometrażowych komedii i podwójnych seansów znajdowało się tu pewnie biuro kierownika, teraz jednak w pozbawionym sprzętów opuszczonym pomieszczeniu był jedynie Teague Hanlon. Wszedłem do sali zamaskowany kominiarką, w rękawiczkach i kapturze. Pochyliłem głowę i zamierzałem ją trzymać w tej pozycji, ale opiekun dziewczyny miał inny pomysł.

Głos pana Hanlona – łagodny, lecz mocny, wyraźny i niemal melodyjny, ale poważny – przypominał pod pewnymi względami głos Ojca, co od razu dobrze mnie do niego usposobiło.

– Addisonie, wiem, że masz problemy i że nie mogę na ciebie spojrzeć pod żadnym pozorem. Szanuję to. Już dawno przywykłem do zasad Gwyneth, a ona z pewnością powiedziała ci, że ich przestrzegam. Nie spojrzę na ciebie nawet z ukosa. W porządku?

– Tak, w porządku.

– Gwynie uprzedziła mnie, co mogę ci powiedzieć, a czego mówić nie powinienem, i spełnię jej życzenie. Uważam jednak, że powinieneś wiedzieć, jak wyglądam, wiedzieć o mnie przynajmniej tyle. Jest bardzo istotne, byś ufał mi w nadchodzących godzinach. Łatwiej ci to przyjdzie, jeśli spojrzysz na mnie i zobaczysz, że nie kłamię. Od tej chwili skupię uwagę wyłącznie na drogiej Gwynie.

Uniosłem nieufnie wzrok z jego zapinanych na zamek butów na czarne spodnie oraz długi, zapięty pod szyją płaszcz z białym, wystającym spod kołnierza szalikiem. W odzianej w rękawiczkę dłoni trzymał granatową marynarską czapkę z dzianiny.

– Telford nie powie tego wprost przez telefon, daje tylko do zrozumienia, ale Simon... oni go zabili.

– Niech Bóg ma go w swojej opiece – rzekł Hanlon. – Miał niełatwe życie, a teraz jeszcze ciężką śmierć.

Opiekun Gwyneth miał dość szerokie czoło i drobną szczękę, jego głowa przypominała gruszkę ustawioną na ogonku. Mimo nieco dziwnych proporcji jego przyjemna twarz budziła pewne zaufanie. Białe rzednące włosy, potargane, gdy ściągał czapkę, były splątane i sterczały wiotkimi kosmykami niczym pióra pisklęcia. Jak na człowieka w jego wieku, czoło miał nadal niezwykle gładkie, a snop zmarszczek w kąciku każdego oka wydawał się świadczyć o życiu pełnym śmiechu, nie zaś mrużenia ich z dezaprobatą.

– Z dnia na dzień coraz trudniej powstrzymać Telforda. Żąda większej części głównego funduszu powierniczego na swoje ulubione projekty i uważa, że musi być jakiś sposób na obejście zabezpieczeń. Powtarzam mu, że to wszystko aż do śmierci należy do ciebie, ale on ciągle zarzuca mnie pomysłami. Zdaje sobie sprawę, co masz zagwarantowane prawnie, ale nie respektuje tych gwarancji. Stale mówi, że twój ojciec zabezpieczył cię zbyt szczodrze, i sugeruje nawet, że ten majątek nie został zdobyty uczciwie, co w najlepszym razie jest oszczerstwem, a każdy, kto znał twojego ojca, może o tym zaświadczyć.

– To obojętne – odparła Gwyneth. – Dałabym mu to wszystko choćby jutro, gdybym dzięki temu mogła... zmienić sytuację. Wiesz, że to już nie ma znaczenia.

Przyjemna twarz Hanlona nie była stworzona do wyrażania gniewu, ale teraz odmalował się na niej smutek, który mnie przeraził. Usłyszawszy to, co dziewczyna właśnie powiedziała, i zobaczywszy ponurą minę jej opiekuna, pomyślałem, że Gwyneth musi cierpieć nie tylko na socjofobię, ale również na coś znacznie gorszego, jakąś nieuleczalną bezobjawową chorobę.

– Nadal jesteś pewna, że nadszedł odpowiedni moment? – zapytał.

– A ty nie?

Po chwili wahania skinął głową.

– Tak. Niestety obawiam się, że masz rację.

– Fakt, że zadzwoniłeś dziś do mnie z tą wiadomością, że wreszcie do mnie trafiła... to potwierdza.

Hanlon wyjął z kieszeni płaszcza klucz przyczepiony do skręconego w spiralę kawałka plastiku i dał go Gwyneth.

– W jego świcie są dwaj ludzie, którzy dokładnie wiedzą, kim on jest. Jeden z nich to jego sekretarz. Ma pokój w tyle domu, na parterze, ale nie weźmie w tym udziału.

– Nie musi. Dość już zrobił.

Zastanawiałem się, o kim mówią, ale czułem, że nie powinienem pytać. Jeżeli będę musiał wiedzieć, ona mi powie.

– System zabezpieczeń jest aktywny – wyjaśnił Hanlon. – Funkcja audio została wyłączona, więc sygnał alarmowy nie rozlegnie się w domu, a klawiatura nie wyemituje żadnych dźwięków, gdy będziesz wprowadzała kod dezaktywujący.

Gwyneth przyjęła od niego kartkę, na której były wydrukowane cztery cyfry i jakiś symbol.

– W domu co prawda nie zabrzmi syrena, ale do stacji monitorującej firmy ochroniarskiej zostanie wysłany sygnał. Masz tylko minutę na wprowadzenie tych cyfr i wciśnięcie klawisza z gwiazdką, żeby zapobiec reakcji uzbrojonych ochroniarzy.

Chociaż przywykłem do wchodzenia do zamkniętych na klucz pomieszczeń, gdzie nie powinienem był się zapuszczać, nigdy nie robiłem tego z zamiarem popełnienia przestępstwa. Słuchając Hanlona, zaniepokoiłem się. Musiałem jednak założyć, że Gwyneth też nie żywi przestępczych zamiarów. Kochałem ją z takim oddaniem, że nie mogłem jej nie zaufać. W ciągu zaledwie kilku godzin zaufanie przestało być kwestią wyboru i stało się, wraz z miłością, fundamentem wszelkich nadziei na przyszłość.

– Jego prywatne mieszkanie zajmuje całe drugie piętro – dodał opiekun Gwyneth. – W salonie znajdziesz to, czego potrzebujesz. Przed snem zazwyczaj zażywa tabletkę lunesty. Powinien mocno spać w swojej sypialni w głębi długiego korytarza. Jeśli będziecie w miarę cicho, nie dowie się, że tam jesteście.

Wyczuwając, że spotkanie dobiegło końca, spojrzałem pod nogi z obawy, że Hanlon zapomni o złożonej obietnicy i odwróci się, żeby się pożegnać, i co zupełnie naturalne, popatrzy mi w oczy.

Chyba niepotrzebnie się martwiłem.

– Addisonie, opiekuj się tą dziewczyną – powiedział.

– Zrobię, co w mojej mocy, proszę pana. Podejrzewam jednak, że w końcu to ona zatroszczy się o mnie.

Wyczułem uśmiech w jego słowach, gdy mówił:

– Chyba masz rację. Nasza Gwynie to prawdziwy żywioł. – Zwrócił się do swojej podopiecznej: – Zobaczymy się niebawem?

– Taki jest plan.

– Jesteś naprawdę pewna, że musisz to zrobić?

– Całkowicie.

– Niech Bóg ma cię w swojej opiece, moje dziecko.

– I ciebie też.

Hanlon towarzyszył nam w drodze przez hol, gdzie stąpaliśmy po hieroglifach, wśród których były sylwetki i symbole niektórych egipskich bogów: Ozyrysa, Horusa, Izydy, Neit, Amona-Re i Anubisa. Wypuścił nas z kina, a gdy ruszyliśmy w pośpiechu do land rovera, zamknął drzwi budynku na klucz.

Kiedy Gwyneth uruchomiła silnik i włączyła reflektory, jej opiekun, zgarbiony i z głową pochyloną w obronie przed wiatrem, zbliżał się do najbliższej przecznicy.

– Nie powinniśmy go podwieźć?

– Nie musi daleko iść. Jeżeli obserwują jego dom, nie powinniśmy się do niego zbliżać.

Ruszyła od krawężnika w głąb skutego lodem, białego niczym tort weselny miasta. Ten obraz wywołał kolejny i wyobraziłem sobie figurkę pana młodego stojącą na górnej warstwie takiego tortu. Był tą odzianą w smoking marionetką. Wyobraźnia to wspaniały, lecz czasem niepokojący dar. Jej oczyma widziałem, że u boku figurki nie ma panny młodej, ale przyszły żonkoś uśmiechał się tak, jakby się spodziewał jej rychłego przybycia.

– Dlaczego mu powiedziałaś, że wolisz, by nie mówił mi o pewnych sprawach? – zapytałem. – Co to za sprawy?

– Wkrótce się dowiesz.

– Cierpisz na jakąś... chorobę?

– Chorobę? Skąd ta myśl?

– Powiedziałaś, że oddałabyś wszystkie swoje pieniądze, gdyby to zmieniło sytuację. Powiedziałaś, że to już nie ma znaczenia.

– Za bardzo się martwisz, Addisonie. Nie jestem chora. Naprawdę. Przecież wiesz, że nigdy nie kłamię.

– Ja też nie kłamię. Ale czasem wykręcam się od odpowiedzi. Ty również.

– Interesujący z ciebie gość – zauważyła po chwili milczenia.

– Naprawdę?

– Tak, i obyś taki był.

– Jaki?

– Interesujący.

– Nie rozumiem.

– Nieważne. Ja rozumiem. A teraz się ucisz. Muszę pomyśleć.

Ulice w końcu zupełnie, jeśli nie liczyć nas i pługów śnieżnych, opustoszały. Jaskrawożółte światła błyskowe, obracające się na ich dachach, przemieniały śnieg w złoto, a fale rzucanego przez koguty siarkowego blasku ścigały drapieżne cienie na murach pobliskich budynków.

57

Kiedy miałem czternaście lat, w ciepłą czerwcową noc we wspaniałym parku pojawiły się chmary robaczków świętojańskich, szybujące bezszelestnie przez mrok; znałem te owady z czasów spędzonych na szczycie góry, ale w metropolii wyglądały zagadkowo. Wyobrażałem sobie, że to maleńkie sterowce, na pokładzie których maleńcy pasażerowie zdążali ze swojego świata do innego, zaludnionego innymi liliputami, przelatując przez nasz świat i zachwycając się tym osobliwym miejscem. Była to pierwsza i ostatnia noc, której widzieliśmy świetliki w mieście, jakby nie zostały tutaj przyniesione przez Naturę, lecz zmaterializowały się za sprawą jakiejś innej siły, wykorzystującej ich pulsujące latarnie do odwrócenia naszej uwagi od czegoś ważnego – lub przeciwnie, do zainteresowania nas czymś takim.

Później, przecinając tej samej nocy jedną z alejek, usłyszeliśmy, jak jakiś mężczyzna woła do nas słabym i drżącym głosem:

– Pomocy! Nic nie widzę! Oślepili mnie!

Znaleźliśmy go leżącego obok kontenera na śmieci i wierząc w tę jego ślepotę, odważyliśmy się podejść i przyjrzeć mu się w świetle latarki. Miał jakieś pięćdziesiąt lat, ubrany był w kosztowny, lecz wymięty garnitur, zniszczony teraz przez plamy krwi. Musiał mocno oberwać po głowie. Widząc jego posiniaczoną i opuchniętą twarz, zacząłem się obawiać o jego stan. Z rozciętej wargi i dziąseł naruszonych przez dwa wybite zęby sączyła się krew. Oczami wodził tylko za dźwiękiem naszych głosów, usiłując zobaczyć to, co słyszy. Miał dość sił, by z naszą pomocą wstać, ale zbyt mało, by samodzielnie chodzić. Trzymając go pod ramionami dłońmi jak zwykle ukrytymi w rękawiczkach, podpieraliśmy go – Ojciec z jego prawej, a ja z lewej strony. Półtorej przecznicy dalej znajdował się szpital i w tę ciepłą noc oblewał nas zimny pot, ponieważ chcąc doprowadzić mężczyznę do szpitalnych drzwi, narażaliśmy się na kontakt z ludźmi.

Kiedy tak wlókł się między nami, stwierdził z pewnym zdumieniem, że to bezpieczna okolica i nawet o tak późnej porze bez żadnych obaw zdecydował się na spacer. Trzej mężczyźni czekali w nieoświetlonej alejce. Zastąpili mu drogę, przytknęli pistolet do brzucha i zaciągnęli go w ciemne miejsce. W portfelu miał tysiąc dwieście dolarów i karty kredytowe, a na ręce zegarek wart piętnaście tysięcy oraz sygnet z brylantem wartości pięciu tysięcy. Sądził, że jeśli odda to wszystko bez słowa protestu, napastnicy nie zrobią mu krzywdy. Znał człowieka, który kilka lat wcześniej na swoje nieszczęście został napadnięty, nie mając przy sobie nic wartościowego; sfrustrowani rabusie dotkliwie go pobili. W tym wypadku rozsierdziło ich to, że miał tak dużo, więcej, niż ich zdaniem powinien mieć, i oskarżyli go, że w tym swoim eleganckim garniturze i butach Gucciego okrada innych na rozmaite sposoby; i pobili go na znak dezaprobaty dla jego majętności. Leżał nieprzytomny nie wiadomo jak długo, a gdy się ocknął, miał wrażenie, że jego czaszka jest w kawałkach, trzymanych razem przez skórę i włosy, i nic nie widział.

Zapewnialiśmy go, że to tylko chwilowy defekt. Nie mogliśmy wiedzieć, czy ślepota rzeczywiście ustąpi po jakimś czasie, ale na jego gałkach ocznych nie było widać ran i zmętnień. Doprowadziliśmy go niemal na próg szpitala i powiedzieliśmy, że nie możemy wejść z nim do środka, chociaż nie wyjaśniliśmy dlaczego.

– Drzwi są przed panem – rzekł Ojciec. – Otwierają się samoczynnie. Wystarczą dwa kroki, a się rozsuną i będzie pan w środku, gdzie ktoś panu pomoże.

Po drodze napadnięty mężczyzna zapytał, jak się nazywamy, a my wykręciliśmy się od odpowiedzi. Teraz zaskoczył mnie, wyciągając rękę i dotykając mojej twarzy; twierdził, że musi wiedzieć, jak wyglądają jego dwaj samarytanie. Noszenie kominiarki w czerwcową noc zwracałoby uwagę, zdaliśmy się na cienkie kurtki z obszernymi kapturami oraz, dopóki nie wezwał nas na pomoc, dyskrecję. Ledwie zaczął wodzić palcami po moim policzku, gwałtownie cofnął rękę. Ponieważ jego twarz była posiniaczona, zakrwawiona i mocno zniekształcona opuchlizną, trudno mi było zinterpretować niuanse malujących się na niej emocji, ale na pewno ogarnęło go przerażenie. Odszedł, potykając się, pneumatyczne drzwi rozsunęły się z sykiem; zatoczył się do środka, a my uciekliśmy sprintem w mrok nocy, jakbyśmy go napadli, a nie uratowali.

Kilka tygodni później, czytając po północy gazetę w bibliotece głównej, natrafiliśmy na artykuł o ofierze napaści, poszukującej dwóch mężczyzn, którzy jej pomogli. Rozpoznaliśmy go tylko dlatego, że artykuł opatrzono dwoma zdjęciami – jednym, zrobionym, gdy już doszedł do siebie, które nic nam nie mówiło, i drugim, wykonanym w szpitalu przez jakiegoś policjanta. Mężczyzna odzyskał wzrok. Nazywał się Robert Pattica i miał nadzieję, że nas odnajdzie i nagrodzi za życzliwość. Nie chcieliśmy nagrody ani jej nie potrzebowaliśmy. Biorąc pod uwagę to, że pan Pattica dotknął mojej twarzy i zdawał sobie sprawę z mojej odmienności, mogliśmy tylko wątpić w prawdziwość podanych przez niego motywów.

Najciekawsze w tym artykule było to, co pan Pattica powiedział o świetlikach. Kiedy dotknął mojej twarzy, to mimo ślepoty ujrzał robaczki świętojańskie, tak jak pamiętał je z młodości spędzonej na wsi. I choć wyglądały znajomo, były również dziwne, a on myślał o nich w zupełnie nowy sposób; miał wrażenie, że są maleńkimi sterowcami szybującymi bezszelestnie przez mrok. Ta wizja była tak urzekająca, że nie mógł o niej zapomnieć. Właśnie

sprzedawał swój dom w mieście, zmieniał pracę i prze-
prowadzał z powrotem do miasteczka, w którym się wy-
chował, gdzie było mnóstwo świetlików oraz fauny i flory,
których brak uświadomił sobie dopiero teraz.

Obaj z Ojcem nie wiedzieliśmy, jak to rozumieć.
Byliśmy pewni, że gdyby pan Pattica zobaczył moją
twarz, uciekłby w popłochu albo mimo swoich obrażeń
mnie zaatakował. Przez lata zbyt wiele wycierpieliśmy, by
wierzyć, że ukazując twarze, spotkamy się z serdecznym
przyjęciem. Jedynym człowiekiem na ziemi, jaki okazał
Ojcu życzliwość, był ten przyjaciel, który dał mu klucz
do banku żywności, ale nawet jemu trudno było spotykać
się z Ojcem częściej niż raz w roku – i to na krótko –
żeby potwierdzić, że Ojciec ma się dobrze.

Ale co z tymi świetlikami? Jak Robert Pattica mógł widzieć świetliki, których obecności byłem wcześniej świadkiem, i jak mógł użyć takiego samego porównania, jakie
mnie przyszło do głowy – do maleńkich sterowców w ciemności? Zdołaliśmy jedynie wywnioskować, że ciosy, które
otrzymał w głowę, nie tylko na pewien czas go oślepiły,
ale również obudziły w nim tymczasową zdolność jasnowidzenia.

Mieliśmy szczęście, ponieważ ta krótkotrwała paranor-
malna wizja odwróciła jego uwagę od tego, co czubki
palców mogły mu powiedzieć o mojej twarzy.

Oczywiście zdawaliśmy sobie sprawę, że to chwilowe
jasnowidzenie stanowi słabe i mało prawdopodobne wytłumaczenie. Struktura tego świata jest jednak tak zagad-
kowa, tak głęboka i złożona, że większość wyjaśnień, które
ludzie przyjmują, by doszukać się sensu w dziwnych
przeżyciach, jest niewystarczająca. Samo nasze istnienie

jako istot myślących jest zagadką, której nie sposób rozwiązać. Wszystkie komórki ludzkie z tysiącami łańcuchów białkowych są bardziej złożone niż boeing 747 czy największy statek wycieczkowy, bardziej nawet niż obydwa razem. Wszelkie życie na ziemi w swojej szalonej różnorodności podlega analizie, ale choć badamy coraz głębsze warstwy jego struktury, sens ziemskiej egzystencji nam się wymyka.

Cudom i tajemnicom nie ma końca: świetliki i pozytywki, gwiazdy, których jest więcej niż ziaren piasku na wszystkich plażach świata, jaja wielkości łebka od szpilki, z których wykluwają się gąsienice rozpuszczające się w genetycznej zupie, z której powstają motyle, oraz to, że jedne serca są mroczne, a drugie pełne światła.

58

O pierwszej czterdzieści w nocy Gwyneth zaparkowała przy krawężniku od południowej strony zespołu katedralnego, kilka kroków od wyłomu w murze, którym wiodła droga do rezydencji arcybiskupa.

– Tutaj?

– Tak.

– Co my tu robimy? – zapytałem.

– Zwiedzamy.

Odwróciła się, sięgnęła po coś, co leżało na podłodze za jej fotelem, i wyciągnęła worek na pranie ściągany sznurkiem.

– Na co to? – zapytałem.

– Dla wygody.

Zamrożone i rozpadające się niebo, niezliczone ławice śnieżnych kryształów spływające z góry w mroku nocy, ulica tworząca spokojne morze bieli...

Wspięliśmy się na zaspę ubitą przez pług śnieżny, przedarliśmy przez zasypany chodnik i podeptaliśmy nieskazitelnie białe kołderki na stopniach prowadzących na znacznie szerszy próg pod portykiem.

Kiedy wyjęła z kieszeni klucz przymocowany do elastycznego kawałka spiralnego przewodu z zielonego tworzywa, powiedziałem:

– A tak naprawdę?

– O co chodzi?

– Nie takiego miejsca się spodziewałem.

– A jakiego?

– Sam nie wiem. Po prostu nie tego.

– No cóż, to na pewno tutaj.

– No, no! Powinniśmy zdjąć buty.

– U Simona tego nie robiliśmy.

– To był tylko parterowy domek, a czas naglił.

– Tu też tak jest – odparła Gwyneth. – I kto ma ocenić, czy to miejsce jest bardziej święte niż dom biednego Simona?

Mimo to rozpiąłem zamki w moich oblepionych śniegiem gumowcach i zrzuciłem je z nóg, a ona zrobiła to samo. Oboje zostaliśmy w sportowych butach, Gwyneth w tych srebrzystych, w których niczym Hermes frunęła między regałami biblioteki.

Klucz pasował, zasuwa schowała się do drzwi i weszliśmy do przestronnego, okrągłego i wyłożonego marmurowymi płytami holu. Cyfry na klawiaturze obok drzwi jarzyły się delikatnym zielonym blaskiem. Zgodnie z zapewnieniem Hanlona sygnał dźwiękowy został wyłączony, a lampka kontrolna nad napisem OBWÓD AKTYWOWANY mrugała bezgłośnie, oznajmiając o naruszeniu granic nieruchomości. Ściągnąwszy rękawiczki i wetknąwszy je do kieszeni kurtki, Gwyneth trzymała w lewej dłoni kartkę, którą dostała od swojego opiekuna. Poświeciłem latarką na kod, a ona palcem prawej ręki wstukała cztery cyfry i nacisnęła symbol gwiazdki. Lampka przestała mrugać i zgasła.

Zaufanie. Nasza znajomość zależała od zaufania. A ja rzeczywiście jej ufałem. Mimo to byłem zdenerwowany. Z obawy przed niepowodzeniem zaschło mi w ustach.

W holu nie było schodów. Zaryzykowaliśmy wejście do dużego pomieszczenia, przeszywając mrok snopami latarek. Był to salon, w którym arcybiskup podejmował gości, ponieważ do jego obowiązków należało żmudne utrwalanie więzi z przywódcami środowisk politycznych, biznesowych, artystycznych i religijnych. Eleganckie fotele i kanapy, perskie dywany i wyszukane antyki były uzupełnione wspaniałymi obrazami ze scenami z Pisma Świętego, marmurowymi posągami biblijnych postaci, z Matką Boską włącznie, i małymi ikonami na różnych stolikach i szafkach. Wisiał tam również duży portret Chrystusa, pędzla artysty obdarzonego niezwykłą spostrzegawczością i umiejętnością stwarzania złudzenia głębi, tak że obraz wydawał się trójwymiarowy. Na chwilę zaparło mi dech w piersiach.

Schody znajdowały się w kącie salonu i weszliśmy po nich na drugie piętro. U szczytu schodów kolejne drzwi otwierały się na przedpokój, w którym stały dwa krzesła. Oświetlała go jedynie migocząca elektryczna świeczka w szklanym kloszu, ustawiona przed relikwiarzem Maryi.

– Nie powinniśmy tu być – szepnąłem.

– Ale jesteśmy.

– Po co?

– Zanim będziemy mogli wrócić do mojego opiekuna, musimy zrobić dwie rzeczy – wyjaśniła.

Wtedy przypomniałem sobie, że Hanlon zapytał ją, czy niebawem się zobaczą, a ona odparła, że taki jest plan.

– Jakie dwie rzeczy?

– Zaufaj mi – rzuciła i odwróciła się do drzwi mieszkania.

Sądziłem, że będą zamknięte, że brak drugiego klucza udaremni nasze zamiary. Klucz nie był potrzebny.

Przestępując próg, spodziewałem się ciemności, ale w środku jarzyło się kilka lamp. To sprawiło, że Gwyneth zawahała się, potem jednak wkroczyliśmy do świata innego niż pokoje na parterze, które najwyraźniej stanowiły część siedziby księcia Kościoła.

Tutaj salon przypominał zdjęcia domów urządzonych przez projektantów wnętrz, specjalistów od stylu stonowanej nowoczesności. Wszystkie meble, z wyjątkiem dwóch czerwonych krzeseł, obite wspaniałym złocistym jedwabiem, miały zaokrąglone krawędzie i okrągłe pękate poręcze, a nogi były cofnięte, tak że każdy mebel wydawał się unosić kilka centymetrów nad podłogą. Stoły oklejane egzotycznym lakierowanym fornirem w odcieniach od srebrnego po złoty, szkarłatne poduszki ozdobne oraz śmiała abstrakcyjna sztuka na dużych płótnach dopełniały przestrzeń bardzo podobną do wnętrz pokazywanych w czasopismach ilustrowanych, w domach należących do nadążających za architektoniczną modą powieściopisarzy, awangardowych artystów i gwiazd filmu, którzy określali swój gust mianem *simple glamour*.

Zaskoczyło mnie to, że w salonie nie było najmniejszych nawet portretów świętych. Najbardziej jednak rzucającą się w oczy rzeczą była para marionetek na gzymsie kominka. Siedziały na nim wsparte na ozdobnych metalowych stojakach i zwrócone do siebie twarzami z obu stron obrazu, na którym kilka czarnych łuków naniesionych szerokim pędzlem wyraźnie odcinało się od białego tła pochlapanego błękitną farbą. Jej kropki wyglądały niczym krew istot jakiegoś pozaziemskiego gatunku.

59

Na końcu salonu, po jego prawej stronie, znajdował się korytarz prowadzący do pozostałych pomieszczeń. Panował w nim mrok, ale z uchylonych drzwi wydobywał się prostokąt światła, w którym powierzchnia gęsto tkanego jasnoszarego wełnianego dywanu przypominała drobny żwir. Zza drzwi dolatywały poważne głosy dwóch mężczyzn.

Wyczuwając mój niepokój, Gwyneth powiedziała szeptem:

– Gadające głowy.

– Co? – wyszeptałem, zbity z tropu, a ona, o niebo lepiej obeznana z telewizją niż ja, odparła ze spokojną pewnością:

– To tylko telewizor. Wiadomości lub wieczorna rozmowa.

Arcybiskup najwyraźniej nie spał i uważałem, że powinniśmy natychmiast wyjść.

Gwyneth była innego zdania, cofnęła się w kierunku zimnego kominka i ponagliła mnie szeptem:

– Chodź, pośpiesz się. Pomóż mi.

Kiedy do niej podszedłem, otworzyła płócienny worek na pranie i położyła go na palenisku.

– To przecież kradzież – zauważyłem.

– Nie. Czyszczenie.

Choć wierzyłem w jej prawdomówność, zakładałem, że mogła zostać wprowadzona w błąd.

– One wiedzą, że tu jestem – wyszeptała. – One wiedzą.

Marionetki nadal patrzyły na siebie z przeciwległych końców gzymsu. Ich prążkowane oczy nie zwróciły się ku nam.

– Chyba nie powinnam ich dotykać, Addisonie. Ściągniesz je i włożysz do worka?

– Dlaczego to nie jest kradzież?

– Wyślę mu za nie suty czek, skoro nalegasz. Ale włóż je, proszę, do tego worka.

Lekko oszołomiony, nie do końca wierząc, że jestem w tym miejscu i coś takiego robię, spróbowałem podnieść jedną z kukiełek, ale okazało się, że jest przymocowana do metalowej szyny, ukrytej pod smokingiem. Próbując tę szynę unieść, odkryłem, że jest przykręcona do gzymsu.

– Pośpiesz się – ponagliła mnie Gwyneth.

Sunąłem dłonią po szynie, aż znalazłem sznurek, którym marionetka została do niej przywiązana. Kiedy gmerałem przy węźle, do salonu wszedł z korytarza arcybiskup.

Niósł dwie walizki, które na nasz widok upuścił tak raptownie, że jedna się przewróciła.

– Kim jesteście, co tutaj... – rzekł i wtedy Gwyneth odwróciła się do niego. Rozpoznał ją. – To ty.

Nie miał na sobie sutanny, komży ani stuły, nie nosił pektorału ani koloratki, nie był też odziany w zwykły czarny garnitur księdza, szlafrok ani piżamę. W wygodnych zamszowych butach, spodniach khaki oraz ciemnobrązowym wełnianym swetrze włożonym na beżową koszulę, mógłby być kimkolwiek – nauczycielem lub księgowym szykującym się do porannej podróży samolotem na wakacje.

Wysoki i sprawny, miał urodziwą, lecz bladą i ostro zarysowaną twarz jednego ze specjalistów od pozwów zbiorowych, którzy kompletowali grono powodów, szukając ich poprzez ogłoszenia w czasopismach. Włosy hierarchy były gęste jak na jego wiek, dość kędzierzawe i wciąż raczej blond niż siwe.

Nie podszedł do nas od razu. Gdyby zaczął się zbliżać, cofnąłbym się. Z tej odległości nie mógł wyraźnie widzieć moich okolonych kominiarką oczu. Dobrze pamiętałem kościół nad rzeką i mężczyznę o życzliwej twarzy, który rzucił się na mnie z kijem baseballowym. Wśród narzędzi do kominka wiszących na stojaku przy palenisku zauważyłem pogrzebacz z długą rączką, który chyba wyrządziłby więcej szkód niż kij baseballowy marki Louisville Slugger.

– Wśród moich współbraci musi być jakiś agent diabła, a może jest ich więcej – zauważył.

– Wasza eminencjo, arcybiskupie Wallache – odparła Gwyneth i skinęła mu głową, jakbyśmy przyszli tu za zaproszeniem.

Obaj z Ojcem nigdy nie czytaliśmy gazet w całości i nie byłem na bieżąco z wiadomościami na temat Kościoła, ale to nazwisko brzmiało znajomo. Usłyszałem je sześć lat wcześniej, gdy stałem przy otwartym szybie w krypcie pod katedrą. Jacyś dwaj niewidoczni dla mnie mężczyźni spotkali się w przeciwległym końcu krypty, żeby podzielić się tajemnicą, która wtedy nic dla mnie nie znaczyła, ale – jak teraz zdałem sobie sprawę – wiązała się z wiadomością o tym, kogo Watykan mianował kolejnym arcybiskupem.

Tylko mi nie mów, proszę, że to Wallache.

Niestety tak.

Oni wszyscy oszaleli.

Nikomu ani słowa, bo będę skończony. To absolutna tajemnica.

Ale przecież muszą znać... on zna na pewno... przeszłość Wallache'a.

Widocznie wierzą w jego wersję.

Arcybiskup rzekł:

– Zakładam, że nie przyszliście do mnie o tej porze po błogosławieństwo. – Na jego twarzy pojawił się uśmiech, którego się po nim nie spodziewałem, wystarczająco serdeczny, by oczarować każdą ławę przysięgłych. – Jesteście miłośnikami tych marionetek?

– Skąd u księdza arcybiskupa taka obrzydliwość? – zapytała Gwyneth.

– Zapewniam cię, że temat jest wprawdzie makabryczny i ma mroczną historię, ale to bardzo fachowa robota. Po drugie, dostałem je w prezencie, a niegrzecznie jest odmawiać przyjęcia daru szczerego serca.

– To dar od Goddarda – odparła, wypowiadając nazwisko marszanda z pogardą.

– Pozwolę sobie dodać, że gdy człowiek spędza każdy dzień pośród ludzi wiary, zawsze przynosząc Chrystusową nadzieję tym, którzy jej potrzebują, pojawia się skłonność do zbyt pogodnego usposobienia, utraty świadomości, że szatan przemierza ziemię, a walka z nim pozostaje sprawą dramatycznie pilną. Takie przypomnienie o jego wielkiej nikczemności wyczula na możliwość popełnienia błędu we własnym życiu.

– Więc trzyma je ksiądz na gzymsie kominka, żeby nie zapomnieć, iż zło jest realne i każdy może być wodzony na pokuszenie.

– Właśnie.

– Czy zatem okazały się skuteczne, czy uniknął ksiądz błędu, odkąd je posiada?

Potrafił uśmiechać się z łatwością znakomitego linoskoczka utrzymującego równowagę wysoko nad tłumem zwróconych w górę przejętych twarzy.

– Pozwolisz, że sam zadam ci pytanie. Co chcesz z nimi zrobić?

– Chcę je spalić. Kupiłam już i spaliłam pozostałe cztery.

– Pragniesz zniszczyć ikony zła, a mimo to malujesz się tak, żeby się do nich upodobnić.

Gwyneth nie odpowiedziała.

Wskazując na mnie ruchem dłoni, arcybiskup zapytał:

– Kim jest twój zamaskowany towarzysz? Można by go nazwać twoim gorylem?

Zamiast odpowiedzieć na pytanie, Gwyneth oświadczyła:

– Zabieram te ostatnie dwie marionetki, żeby je spalić. Jeśli chce ksiądz zadzwonić na policję i opowiedzieć, że trzyma je na kominku, by przypominały księdzu, że musi strzec się zła i unikać nikczemności, to bardzo proszę.

Może uwierzą. Większość uwierzy. Minęło tyle lat od tych morderstw, prawie ćwierć wieku, że najbardziej makabryczne szczegóły tego, co Paladine zrobił ze swoja rodziną, mogły się zatrzeć w pamięci wielu ludzi. Jednak policjanci takich rzeczy nie zapominają. Jestem pewna, że będą chcieli się dowiedzieć, dlaczego Goddard postanowił dać je księdzu.

Jeżeli Wallache potrafił się dąsać, spryt pozwolił mu ukryć obrazę. Gdyby był zdenerwowany, trzymałby nerwy na wodzy. Spojrzał na zegarek i powiedział:

– Te kukły nie są mi już potrzebne. Możesz je spalić... ale nie wolno ci ich zabrać. To kominek gazowy. Przewód kominowy jest drożny i ma dobry ciąg. Widzisz ten pilot przy stojaku z narzędziami? Możesz nim zapalić drewno.

Gwyneth pstryknęła pilotem i niebiesko-pomarańczowe płomienie natychmiast ogarnęły ceramiczne bierwiona, które wyglądały jak prawdziwe.

– Drewno cisu – zauważył hierarcha – jest giętkie, ponieważ zachowuje swe naturalne soki przez wiele dziesięcioleci po ścięciu drzewa i jego obróbce. Powinny się palić dobrze i szybko.

Wróciłem do marionetki, którą wcześniej próbowałem wyjąć spod szyny.

– Nie ty – zastrzegł arcybiskup. – Ona sama musi je zdjąć i wrzucić do ognia. Bo inaczej naprawdę chwycę za telefon.

– Powstrzymam księdza – odparłem.

– Doprawdy? Nie wydaje mi się. Potrafię oceniać ludzi, także tych zamaskowanych, i ty wyglądasz mi na baranka, nie na lwa.

– Zrobię to – wtrąciła Gwyneth. – Nie boję się.

– On mi nie przeszkodzi – zapewniłem.

– Nie wiem, do czego jest zdolny. Sama je spalę.

Wydawało mi się, że oczy marionetki obracają się ku mnie, kiedy jednak spojrzałem na nią, nadal były utkwione w bliźniaczej kukle.

60

Gwyneth trzęsły się ręce, tak że trudno jej było rozsupłać węzeł na sznurku mocującym marionetkę do metalowego stojaka. Gdy uwolniła kukiełkę, chwyciła ją za ręce i podniosła z gzymsu kominka z wyraźnym przerażeniem, które mnie także się udzieliło.

– Ona nie ugryzie – rzekł arcybiskup.

Kiedy Gwyneth cofnęła się i pochyliła z marionetką nad płomieniami, krzyknęła jak użądlona, rzucając ją przed kominek, i zrobiła kolejny krok do tyłu.

– Co się stało? – zapytałem.

– Poruszyła się.

– Nie zauważyłem.

Gwyneth pocierała lewą dłonią grzbiet prawej i odwrotnie, a że na obu miała wytatuowane niebieskie jaszczurki, wyglądało to, jakby czuła, że małe gady wiercą się, i chciała je w ten sposób unieruchomić.

– Trzymałam ją za ręce. Czułam... jak napina mięśnie.

– Przecież jest zrobiona z drewna – powiedział arcybiskup z nutą rozbawienia w głosie. – I nie ma mięśni.

Marionetka leżała na plecach, z jedną ręką przy boku, a drugą na piersi; jedną nogę miała zgiętą w kolanie.

Cylinder spadł jej z głowy, odsłaniając wyrzeźbione w drewnie i pomalowane włosy. Zamocowana na zawiasach szczęka opadła, podobne do ostrzy dłuta kwadratowe zęby wyglądały niczym pozbawione sprężyn wnyki.

Gwyneth wyciągnęła ostrożnie prawą nogę, by odkopnąć znienawidzoną kukłę do komory ogniowej paleniska.

– Nie, nie, to niedozwolone – rzekł hierarcha.

– Przecież nie ma żadnych reguł.

– Są, moje – odparł i uniósł telefon komórkowy, najwyraźniej wyjęty wcześniej z kieszeni spodni. – Już wystukałem dziewięćset jedenaście. Muszę tylko przycisnąć WYBIERZ. Użyj rąk, dziewczyno.

Chcąc jedynie mu to wyperswadować, zrobiłem krok w jego stronę, lecz Gwyneth rzuciła:

– Addisonie, nie. Twoje oczy.

Kiedy pochyliłem głowę i powoli się cofnąłem, arcybiskup zapytał:

– Co jest z jego oczami?

Wyjęła z kieszeni kurtki rękawiczki.

– Gołymi rękami – polecił Wallache.

W odpowiedzi na pogardliwe spojrzenie, które mu posłała, pomachał tylko komórką.

Gwyneth odłożyła rękawiczki, długo się wahała, po czym nagle schyliła się i porwała znienawidzony symbol sprzed kominka. Przez chwilę wydawało się, że usiłuje strząsnąć z siebie marionetkę, i nie wiedziałem, czy dłoń kukły rzeczywiście zacisnęła się mocno na kciuku Gwyneth, czy też wyobraziłem to sobie. Potem jednak wrzuciła marionetkę do komory i kostium kukły natychmiast zapłonął. Być może wynikało to z giętkości cisowego drewna, ale marionetka wydawała się wić w agonii, wyginała się i skręcała, starając się uchwycić ceramicznych polan, jakby mogła jeszcze wyleźć z kominka i przenieść trawiące ją płomienie ku nam, podpalając cały salon.

Dźwięk przypominający stukanie drewnianych obcasów o marmur zdjął urok rzucony na mnie przez skręcającą się kukłę. Spojrzałem na bliźniaczą marionetkę, która nadal siedziała na gzymsie kominka. Chociaż byłem pewien, skąd się bierze ten stukot, obrzydliwa kukła siedziała nieruchomo z wyciągniętymi nogami i dłońmi na kolanach, tak jak poprzednio. Ponieważ gzyms znajdował się dość wysoko, gdyby nie mój pokaźny wzrost, nie zauważyłbym kilku rozrzuconych na kamieniu okruchów błyszczącej farby, dzięki której buty marionetki wyglądały na uszyte z lakierowanej skóry.

W komorze paleniska druga marionetka leżała nieruchomo na polanach, a smugi cuchnącego dymu ulatywały niczym duchy z jej kurczącej się postaci i albo były wciągane do komina, albo same uciekały nim w mrok nocy i otchłań burzy.

Kiedy spojrzałem na Gwyneth, ściskała lewą dłonią kciuk prawej ręki, a gdy ją rozchyliła, błysnęła krew sącząca się ze skaleczenia na opuszku palca.

– Przydałby się jakiś bandaż – zwróciłem się do arcybiskupa.

– Nie, Addisonie, nic mi nie jest. To tylko drobne skaleczenie.

Mimo obecności Wallache'a i groźby użycia komórki podszedłem do drugiej marionetki, rozerwałem sznurek, którym była przywiązana do metalowej szyny, i podniosłem ją z gzymsu. W środku pola mojego widzenia pojawił się czarny punkt, który rozciągnął się na całą szerokość, ale to nie znaczyło, że oślepłem, ponieważ w tych ciemno-ściach unosiła się pozytywka, z której Ojciec wiele lat temu wyciągnął kluczyk i schował go do kieszeni. Na wieku, jasnym niczym scena i oświetlonym z nieznanego źródła, tak jak przedtem, stała czwórka tancerzy. Książę i księżniczka zostali zdetronizowani, a na ich miejscu znaleźliśmy się oboje z Gwyneth, odziani w takie same stroje. Ona pląsała z Panem, ja trzymałem w ramionach żabę z wyłupiastymi oczami i wszystkie te cztery maleńkie postaci tańczyły walca po intarsjowanych szynach, do dźwięków zimnej i ostro brzmiącej muzyki. Koźli bożek zatrzymał się w tańcu, by wtulić głowę w piersi swojej partnerki, ona odrzuciła głowę do tyłu niczym w ekstazie, żaba odsłoniła w szerokim uśmiechu zęby ostre jak igły, zęby, jakich nigdy nie miała żadna żaba, a spomiędzy nich wysunął się wężowaty czarny język. Wtedy mój miniatu-rowy sobowtór pochylił się, żeby chwycić go ustami.

Sądzę, że ta wizja sama nie zniknęła. Raczej wyrwałem się z niej i podejrzewam, że gdybym tego nie uczynił, to potem nie tylko obserwowałbym swoje wcielenie na po-zytywce, ale znalazłbym się na jego miejscu z łuskowatą demoniczną postacią w ramionach, złączony z nią piekiel-nym pocałunkiem.

Chociaż wydawało mi się, że w prywatnym mieszkaniu arcybiskupa nie było mnie przez co najmniej minutę, ta wytrącająca z równowagi wizja musiała przesunąć się przed moimi oczami w ułamku sekundy, ponieważ ze strony Gwyneth i Wallache'a nie było żadnych reakcji świadczących o tym, że zauważyli moje „zacięcie". Rzu-ciłem marionetkę na płonące pozostałości jej sobowtóra i wstęgi paskudnego czarnego dymu już nie snuły się, ale wręcz skoczyły do przewodu kominowego, jakby nawijano je na kosmiczną szpulę, która obracała się z dużą prędkością.

– Co, waszym zdaniem, osiągnęliście dzięki temu bezsensownemu rytuałowi? – zapytał arcybiskup.

Nie odpowiedzieliśmy na jego pytanie i nie spojrzeliśmy na niego. Oglądaliśmy tylko, jak czarny dym szarzeje, a zwęglone marionetki kurczą się do postaci zanikających kończyn. Potem ogień przepalił ich torsy i w tych głębokich pęknięciach za zasłoną błękitnych płomieni jarzyły się czerwone węgle.

– Skończyliście już? – zapytał Wallache. – A może macie ochotę spalić jeszcze poduchę kanapy albo cały fotel?

– Skończyliśmy – odparła Gwyneth.

– To dobrze. Śpieszę się, więc jeśli nie macie nic przeciwko temu...

– Wyjazd w ostatniej chwili? – zapytała Gwyneth, wskazując na dwie walizki.

– To raczej nie twoja sprawa.

– Lepiej odłożyć wycieczkę, Wasza Eminencjo.

– Dorastałem w bardziej zaśnieżonych okolicach. Poradzę sobie z jazdą samochodem.

– Nie to miałam na myśli. Chciałby ksiądz dostać wszystkie środki z mojego funduszu powierniczego za swoje wspaniałe dzieła? Jeśli ksiądz chce, może mieć pieniądze już teraz.

– Jesteś demonem – zauważył, nie potrafiąc zdobyć się na uśmiech.

– Poza strefą burzy lotniska będą otwarte. Ale co będzie z księdza trzódką, pozostawioną samopas?

W końcu jakiś obronny odruch naruszył jego niezachwianą pewność siebie.

– W tej diecezji jest wielu dobrych kapłanów, którzy zatroszczą się o nią pod moją nieobecność.

– Tak – zgodziła się – wielu dobrych kapłanów. – Jej ton sugerował, że nie zalicza do tej kategorii Wallache'a.

Kiedy w zaułku za galerią Goddarda wdała się z jej właścicielem w słowną utarczkę, ich rozmowa miała podtekst, którego nie mogłem w pełni zrozumieć. Chociaż nie miałem pojęcia, dokąd Wallache się wybiera ani po co, wydawało się, że Gwyneth to wie – albo wyczuwa.

Odzyskując pewność siebie, hierarcha rzekł:

– Gdybyś chciała wyspowiadać się ze swojego wandalizmu i jak przypuszczam, również wielu innych grzeszków, zadam ci odpowiednią pokutę.

– Mam inne plany – odparła, upuściła klucz do rezydencji na podłogę i wyszła z mieszkania arcybiskupa. Opuściłem je, krocząc tuż za nią.

W przedsionku powiedziałem:

– Musimy zabandażować ci kciuk.

– Wystarczy to – odparła i naciągnęła na prawą dłoń rękawiczkę z dzianiny.

Szliśmy po schodach. Kiedy wsuwała lewą dłoń w drugą rękawiczkę, zauważyłem:

– Myślisz chyba, że on nie jest godny swojego tytułu i rezydencji.

– Nie chodzi tylko o to, co myślę. Tak po prostu jest.

Przechodząc przez salon, gdzie pomalowane kamienne i brązowe posągi kanonizowanych chrześcijan spoglądały ze smutkiem w dół, zapytałem:

– Ale czemu nie jest godny?

– Inni pod jego zwierzchnictwem łamali śluby w najokropniejszy sposób. On nie czynił tego, co robili oni, ale próbował tuszować ich sprawki, mniej z uwagi na dobro Kościoła niż na swoją karierę, bez sprawiedliwości dla ofiar. I czynił to tak, że jeśli w ogóle zostawiał jakieś ślady, to bardzo nieliczne.

Pomyślałem, że wiem, do czego pije, i jeśli miałem rację, to nie potrzebowałem dalszych szczegółów.

Ulica przed budynkiem biegła w obu kierunkach niczym białe koryto rzeki, a z nieba płynęły rwące strumienie śniegu.

61

Odjeżdżając sprzed rezydencji arcybiskupa, Gwyneth tak mocno nacisnęła na pedał gazu, że mimo napędu na cztery koła i łańcuchów na oponach land roverem zarzuciło na ulicy. Wtedy przyspieszyła, co w niczym nie pomogło. Kiedy wreszcie zdjęła nogę z gazu, samochód odzyskał sterowność i poruszaliśmy się naprzód trochę wolniej niż uciekający sprzed banku rabusie. Dopiero wtedy rozluźniłem palce zaciśnięte na siedzeniu fotela i opuściłem stopy z deski rozdzielczej na podłogę.

– Gniew nie jest żadnym rozwiązaniem – zauważyłem.

– Wielka szkoda, bo gdyby był, rozwiązałabym wszystkie kłopoty tego świata.

Nie wspomniała, dokąd jedziemy. I znowu wydawało się, że porusza się trasą obraną na poczekaniu, ale teraz już wiedziałem, że bez względu na to, jaką mapą kieruje się tej nocy, nie wykreślił jej jakiś kapryśny kartograf.

– Dokąd on się wybiera? – zapytałem.

– Wallache? Nie wiem.

– W jego mieszkaniu można było odnieść wrażenie, że wiesz.

– Wiem tylko, że goni w piętkę i dokądkolwiek pojedzie, znajdzie tylko to, przed czym ucieka.

– Czyli? – nie odpowiedziała, więc dodałem: – Czasem wydaje się, że wiesz coś, czego ja nie wiem, choć powinienem wiedzieć.

Wyczułem w jej głosie rozbawienie.

– Addisonie Goodheart, twoje nazwisko pasuje do ciebie jak ulał. Uwielbiam twoją niewinność.

Przez blisko minutę powtarzałem w myślach jej słowa i w końcu powiedziałem:

– Chyba nie chciałaś mnie upokorzyć tą uwagą.

– Upokorzyć? Jak słowa dziewczyny, że cię kocha, mogą być upokarzające?

Zapewniam was, że analizowałem jej słowa, rozrysowywałem to drugie zdanie w moich myślach i martwiłem się tym, jaki podtekst umyka mi tym razem. W końcu odparłem:

– Nie powiedziałaś, że mnie kochasz. Powiedziałaś, że uwielbiasz moją niewinność.

– A ty jesteś swoją niewinnością. Bez niej nie istniejesz, tak jak morze nie istnieje bez wody.

Chociaż słowa to słowa i z nich zrodził się świat, nie ma takich słów, które mogłyby wyrazić, co czułem w tamtej chwili, określić ogrom mojej radości, wyrazić wielką pogodę ducha, głębię wdzięczności i żywość nadziei.

Kiedy już mogłem mówić, powiedziałem:

– Ja też cię kocham.

– Wiem.

– To nie tylko słowa.

– Wiem.

– Wypowiedziane dlatego, że ty to powiedziałaś.

– Wiem. Kochasz mnie. Wiem o tym.

– Naprawdę wiesz?

– Naprawdę wiem.

– Od jak dawna?

– Odkąd spotkaliśmy się w bibliotece. Stałeś w ciemności przy regale z książkami Charlesa Dickensa i powiedziałeś: „Jesteśmy nawzajem zakładnikami naszych dziwactw".

– Chyba powiedziałem również, że jesteśmy stworzeni dla siebie.

– Owszem. Ale właśnie wtedy, gdy wspomniałeś o zakładnikach, miałam wrażenie, że serce wyskoczy mi z piersi. Kiedy kogoś kochamy, jesteśmy zakładnikami losu, jeśli bowiem utracimy tę osobę, sami także jesteśmy straceni. Gdy powiedziałeś, że jesteśmy nawzajem zakładnikami, nie mogłeś lepiej zadeklarować swojej miłości.

Jakie to dziwne, że ekstaza, w równej co trwoga mierze, odbiera zdolność mówienia. Strach nigdy nie uciszył mnie bardziej skutecznie niż to uczucie.

W końcu zapytałem:

– Czy to możliwe, by istniała miłość od pierwszego wejrzenia?

– Wielcy poeci zawsze tak twierdzili. Ale czy naprawdę muszą nas o tym przekonywać w swoich wierszach?

– Nie. Mnie nie.

– Mnie też nie.

Patrząc przez przednią szybę, nie widziałem śniegu ani okrytego białym całunem miasta. Siedząc w samochodzie, nie dostrzegałem niczego – oprócz jej twarzy.

Chciałem jej dotknąć, przyłożyć tylko dłoń do jej policzka, lecz Gwyneth nie mogła znieść dotykania; chciałem też spojrzeć jej w oczy, nie śmiałem jednak pozwolić, by ona spojrzała w moje. Nasze dziwactwa były czymś więcej niż tylko osobliwościami charakteru; stanowiły okrutny warunek naszego istnienia. Nasza sytuacja powinna wydawać się beznadziejna, powinna doprowadzać mnie do rozpaczy. Jednak bez względu na to, czego nie mogliśmy mieć razem, nadal mogliśmy się darzyć miłością i w tym momencie świadomość, że moje uczucie jest odwzajemniane, była tak wielką łaską, że mojego szczęścia nie mogła zatruć żadna gorycz.

– Musimy wrócić do domu Waltera i zabrać dziewczynkę.

– Tę bez imienia? Po co?

– Wszystko dzieje się tak szybko. Zanim jednak pojedziemy do Waltera, chcę obejrzeć miejsce, gdzie mieszkasz.

– Co, teraz?

– Owszem. Chcę zobaczyć, gdzie przez osiemnaście lat ukrywałeś się przed światem.

61

Kiedy miałem dwanaście lat, niedługo po zakończeniu lektury powieści o szczęśliwej monecie, w kwietniu, obaj z Ojcem wyruszyliśmy po północy do miasta, gdzie mimo słabej, lecz utrzymującej się woni spalin samochodowych w powietrzu można było wyczuć świeży zapach wiosny oraz oczekiwanie zmiany, a drzewa w parkach na nowo wypuszczały liście.

We wspaniałym parku, na estradzie w pawilonie, w ukośnej smudze blasku księżyca błysnęła jakaś drobna moneta, co przykuło moją uwagę. Podniosłem ją nie dlatego, że byliśmy bardzo ubodzy, choć byliśmy, i nie dlatego, że bardzo potrzebowaliśmy pieniędzy, bo tak nie było, ale z powodu przeczytanej niedawno książki. Pokazałem drobniaka Ojcu, oświadczyłem, że znalazłem swoją szczęśliwą monetę, i zacząłem wyobrażać sobie na głos, jakich cudownych korzyści może nam przysporzyć.

Ojciec zawsze dawał sobie ze mną radę w tego rodzaju grach wyobraźni, ale ta go nie urzekła. W wiosennym cieple, gdy powoli szliśmy po obrzeżach pawilonu, spoglądając na łąki blade od księżycowego szronu, lasek strzegący swojego ciemnego wnętrza i na czarne jezioro niosące na swoich wodach tarczę księżyca niczym tratwę, powiedział mi, że nie ma czegoś takiego jak szczęście. Żeby wierzyć w szczęście, trzeba wierzyć, że wszechświat jest ruletką i zamiast wypłacać nam to, na co zasłużyliśmy, spełnia tylko nasze pragnienia. Ale wszechświat to nie wirujące koło fortuny, to dzieło sztuki, skończone i ujęte w ramy wieczności.

Wyjaśnił, że ponieważ żyjemy w czasie, myślimy, że przeszłość jest jak chleb – upieczona, podana i skonsumowana, że teraźniejszość wychodzi z pieca w postaci kolejnych wypieków, a przyszłość jeszcze nie trafiła do misy do mieszania ciasta. Każdy myślący fizyk, dodał, dobrze obeznany z mechaniką kwantową, zgodzi się, że przeszłość, teraźniejszość i przyszłość istnieją równocześnie, o czym sam się później przekonałem. Ojciec powiedział, że w istocie cały czas, wszystkie nasze wczoraj, dzisiaj i jutro były teraźniejszością w chwili powstania wszechświata, że w tamtym momencie istnieli wszyscy i wszystko. Ale co jeszcze bardziej zdumiewające, w pierwszej chwili istnienia wszechświata jego struktura zawierała w sobie również wszystkie nieskończone sposoby rozwoju sytuacji, niezliczone z nich potworne, a inne, także niezliczone, wspaniałe. Nic nie jest dla nas z góry ustalone, a jednak wszystkie nasze ewentualne wybory są nićmi w rozległym splocie wszystkiego, tak że mamy wolną wolę, mimo iż konsekwencje naszych wolnych wyborów są możliwe do przewidzenia. Ojciec powiedział, że otrzymaliśmy poczucie biegu czasu, gdyż nasze umysły nie są w stanie uporać się z rzeczywistością, w której przeszłość, teraźniejszość i przyszłość istnieją równocześnie, a całe nasze dzieje istniały w chwili powstania wszechświata.

Chcąc mi pomóc w zrozumieniu swoich słów, poradził, bym wyobraził sobie wszechświat jako olbrzymi obraz stworzony w ponad trzech wymiarach; niektórzy uczeni twierdzą, że w jedenastu, niektórzy, że w mniejszej, a jeszcze inni, że w większej ich liczbie, ale nikt nie wie – i nigdy nie będzie wiedział – na pewno. W galerii sztuki, gdy stoi się za blisko dużego płótna wykonanego w dwóch tylko wymiarach, wyraźnie widać pociągnięcia pędzlem i różne szczegóły, nie sposób jednak ogarnąć ani pełnego sensu obrazu, ani intencji autora. Trzeba się cofnąć o krok bądź dwa, a czasem jeszcze dalej, żeby uchwycić całość dzieła. Aby zrozumieć wszechświat, nasz świat i wszystko, co na nim żyje, trzeba wyjść poza czas, co dla żywych ludzi nie jest możliwe, ponieważ stanowimy część tego obrazu, należymy do przedstawionych na nim postaci, zdolnych postrzegać go jedynie jako ciąg zdarzeń i epizodów. Ponieważ jednak jesteśmy świadomymi, obdarzonymi rozumem stworzeniami, możemy szukać, uczyć się, wyciągać wnioski z tej nauki i pojąć prawdę.

We wszechświecie, w którym przeszłość, teraźniejszość i przyszłość zaistniały jednocześnie, od początku do końca, z wszelkimi możliwymi wynikami życia każdej istoty wplecionymi w jego gobelin, nie ma przypadku, a tylko wybór, nie ma szczęśliwego trafu, a jedynie konsekwencje. Moneta połyskująca w blasku księżyca jest tylko monetą, chociaż jej istnienie – dzieło myślących stworzeń, wybite dla potrzeb handlu w teraźniejszości i jako lokata na przyszłość – może być rodzajem cudu, jeśli ma się dość wyobraźni, by wierzyć w cuda. Ojciec powiedział, że ta moneta nie przyniesie nam szczęścia, że nawet gdyby miała wartość miliona dolarów, sama w sobie nie przyniosłaby nam szczęścia i nie zmieniła naszego życia, że to, co się nam przydarza, jest konsekwencją naszego wyboru – i dlatego daje nam więcej nadziei, niż kiedykolwiek mógłby zapewnić szczęśliwy traf.

Tamtej kwietniowej nocy miałem zaledwie dwanaście lat, ale tarcia między mną a naziemnym światem nauczyły mnie rozsądku. Kiedy Ojciec pozbawił mnie wiary w szczęśliwy traf, nie byłem przybity, lecz upojony radością. Drobna moneta nic nie znaczyła, ale to, co z nią zrobiłem, nie było pozbawione znaczenia. Położyłem ją na estradzie, na której ją znalazłem, w nadziei że ktoś, kto ją znajdzie, może dzięki serdecznym wskazówkom kogoś takiego jak mój Ojciec lub głosowi własnego serca dojść do objawienia, które stało się moim udziałem.

Tak więc ponad czternaście lat później, w tę śnieżną noc, wiedziałem z całą pewnością, że to nie pani Fortuna zesłała mi Gwyneth. Ona oraz jej miłość do mnie stanowiły jeden z nieskończenie wielu sposobów, na jakie mogła się rozwinąć sytuacja, teraz jednak wyglądała ona właśnie tak dzięki niezliczonym decyzjom, które oboje podejmowaliśmy w kolejnych momentach naszego życia i których teraz, z perspektywy czasu, nigdy nie zdołalibyśmy prześledzić.

Mógłbym ją stracić tylko wtedy, gdybym od tej chwili dokonywał niewłaściwych wyborów lub gdyby to ona źle wybierała. Wolałem jednak brać w ciemno takie ryzyko niż zdawać się na szczęśliwy traf.

63

W głównym pomieszczeniu mojego podziemnego lokum Gwyneth wędrowała wzdłuż półek, odczytując tytuły książek na ich grzbietach.

– Wiedziałam, że będą tu książki i wiedziałam jakie – powiedziała.

Jej obecność tutaj stanowiła najbardziej magiczny obrót zdarzeń tej nocy, pełnej niezliczonych cudów. Zadowolenie malowało się na moim ukrytym obliczu, wyrażało w moim głosie, sposobie bycia, zachowaniu. Dziewczyna była w pełni świadoma mojego szczęścia i cieszyła się moją radością. Nie mogłem oderwać od niej oczu, a ona nie patrzyła w moja stronę.

– Twoja odwaga uczy mnie pokory – powiedziała.

– Odwaga? Niezupełnie. Z konieczności jestem tchórzem. Zawsze musieliśmy uciekać przed każdym zagrożeniem.

– Żyć w tych ciasnych pomieszczeniach, bez słońca, przez osiemnaście lat, ostatnie sześć bez towarzystwa i bez oczekiwań, że kiedyś spotka cię coś więcej, i wytrzymać to bez uszczerbku na zdrowiu psychicznym... Ja nie jestem na tyle odważna, by w takich okolicznościach nie postradać zmysłów...

Mówiąc to, ukazała mi moje życie z trochę innej perspektywy i nie wiedziałem, co powiedzieć.

– Co chcesz ze sobą zabrać, Addisonie? – zapytała po chwili.

– Zabrać ze sobą?

– Co jest dla ciebie najcenniejsze? Nie zostawiaj tego tu. Gdy wyjdziemy, już nigdy tutaj nie wrócisz.

Nie potrafiłem pojąć w pełni, o co jej chodzi, i miałem wrażenie, że się przesłyszałem.

– Nie wrócę? A gdzie miałbym mieszkać?

– U mnie.

– Masz na myśli mieszkanie z fortepianem?

– Nie. Tam też nie wrócimy. To zamknięty rozdział. Wszystko to jest zamkniętym rozdziałem. Wyruszamy ku czemuś nowemu.

Do tamtego momentu nie pomyślałbym, że wielkie szczęście może współistnieć z lękiem, ale teraz ten lęk ogarnął mnie, nie umniejszając szczęścia. Stwierdziłem, że drżę, nie ze strachu ani z zachwytu, ale w czymś w rodzaju neutralnego oczekiwania.

– W ciągu kilku następnych godzin mamy sporo do zrobienia – powiedziała Gwyneth. – Pośpiesz się więc, zdecyduj, czego nie chcesz zostawić, i zbierajmy się.

Zaufanie, pomyślałem, i rzeczywiście zaufałem.

Koperta wciśnięta między dwie książki stojące na jednej z półek zawierała fotografię, zwykłe zdjęcie, które zawsze chciałem mieć pod ręką. Spomiędzy okładki i wyklejki w specjalnej książce postawionej na innej półce wyjąłem kartę katalogową, na której Ojciec wydrukował słowo o szczególnym dla mnie znaczeniu. Wsunąłem kartę do koperty i wetknąłem ją do wewnętrznej kieszeni kurtki.

Ruszyłem za Gwyneth do przejścia wyprowadzającego z pomieszczenia, w którym wisiał hamak – i które było także moją kuchnią. Tam przystanąłem, żeby się obejrzeć. Spędziłem w tym pozbawionym okien lokum ponad dwie trzecie życia i przez większość tego czasu były to lata zadowolenia i nadziei. Miałem wrażenie, że dziesięć tysięcy moich rozmów z Ojcem zostało zarejestrowanych w tych betonowych murach i że gdybym tylko mógł posiedzieć spokojnie i z dostateczną uwagą, okazując odpowiednią cierpliwość, mury odtworzyłyby je dla mnie. Nic na tym świecie, nawet najbardziej prozaiczne chwile naszego życia, nie jest pozbawione znaczenia, nic też nie zostaje na zawsze stracone.

Wychodząc, nie pogasiłem lamp. Myślałem o tym, by wrócić i je wyłączyć, ale tego nie zrobiłem. W kaplicy też nigdy nie gasi się świateł. Idąc za Gwyneth, wyobraziłem sobie, że żarówki w tych lampach okażą się niesamowicie trwałe i gdy za tysiąc lat jakiś śmiały badacz kanałów burzowych natrafi na to schronienie, powita go światło lamp i książki zachowane w doskonałym stanie. Zrozumie wówczas, że w zamierzchłych czasach w tym bardzo skromnym lokum ktoś spędził wiele szczęśliwych godzin.

64

Ściana śniegu przed reflektorami, na pustych ulicach jedynie pracujące z mozołem pługi, mieszkańcy miasta zamknięci w swoich ciepłych i gustownie urządzonych domach, wiatr omiatający z żałobnym świstem przednią szybę auta i moje drzwi...

Gwyneth jechała znaną mi trasą. Po paru zaledwie minutach od momentu, gdy ruszyliśmy w drogę, zadzwonił jej telefon. Spojrzała na ekran komórki, przełączyła ją na tryb głośnomówiący i powiedziała:

– Modliłabym się, by Simon prześladował cię aż do śmierci, gdyby nie to, że zasługuje na wieczny spoczynek.

– Jakie to wzruszające, że tak bardzo się troszczysz o bezużytecznego wypalonego pijaczka, który nawet na końcu nie mógł się powstrzymać i zlał się w spodnie.

Ryan Telford miał teraz bardziej chrapliwy głos i mimo buńczucznych słów, wydawał się wstrząśnięty.

Ponieważ Gwyneth nic nie mówiła, morderca jej ojca przerwał ciszę.

– Miałaś rację, twierdząc, że nie znał adresu twojego dziewiątego mieszkania. Jedyną przydatną informacją, jaką wydusiliśmy od spanikowanego Simona, było to, jak cię poznał.

Gwyneth zrobiła się sztywna, ale nadal milczała.

– Ocalił małą dziewczynkę przed śmiercią w kontenerze na śmieci. Pewnie był wtedy tak pijany, że nie wiedział, co robi. Ponieważ zaś ją uratował, ty uratowałaś jego. Twoja słabość, panno myszko, polega na tym, że jesteś sentymentalną małą suką.

– Gdzie jesteś?

Zamiast odpowiedzieć na jej pytanie, rzekł:

– Dzięki internetowi łatwo odnaleźć stary artykuł.

Zrobił pauzę. Odgłos, który z siebie wydał, świadczył o tym, że z całej siły ciągnie za coś ciężkiego, co trudno podnieść, albo usiłuje odkręcić pokrywkę słoja. Zaklął pod nosem.

Gwyneth czekała.

Kustosz dodał:

– Z artykułu prasowego i dalszych tekstów dowiaduję się nazwy szpitala, w którym ją leczono, o tym, że była w śpiączce, w stanie wegetatywnym. Potem artykuły się kończą. Następuje jakaś prasowa blokada informacji, nic nie wiadomo o jej losach. Zmarła? A jeśli nadal żyje, to z martwym mózgiem?

Kiedy Telford znowu przerwał, Gwyneth wręczyła mi aparat, żeby móc kierować obiema rękami, i dodała gazu.

Kustosz mruknął, znowu stęknął z wysiłku, po czym zrobił kilka głębokich drżących oddechów.

– Pamiętasz, jak powiedziałem ci o dwóch ludziach Goddarda, że teraz pracują dla mnie i że kiedyś byli policjantami?

– Pamiętam.

– Jeden z nich zna bliskich znajomych sędziego z artykułu, którzy tak naprawdę mają pana sędziego w garści. Mogą do niego dzwonić o każdej porze dnia i nocy, prosić o wszystko, a on udaje, że z radością im pomaga bez względu na to, jaki kit mu wciskają.

Gwyneth wzięła zakręt tak nagle i na takiej szybkości, że poleciałem na drzwi i omal nie upuściłem telefonu.

– Tym razem sędzia Gallagher nie musiał skakać przez płonące obręcze, żeby ich zadowolić. Musiał jedynie powiedzieć, co się stało z dziewczynką, tą, która w rejestrach sądowych figuruje jako Jane Doe* trzysta dwadzieścia dziewięć.

– Nie waż się jej tknąć – powiedziała Gwyneth.

Wydawało się, że kustosz znowu usiłuje coś wyszarpnąć, i wyobraziłem sobie, że pewnie jest przywiązany do krzesła i próbuje się uwolnić, chociaż nie miało to sensu.

– Jeśli tutaj nie przyjedziesz, zrobię Jane Doe to, co obiecałem zrobić z tobą pięć lat temu. Ona nie rajcuje mnie tak bardzo jak ty, mała myszko. Jest blada i nawet nie będzie świadoma tego, jak dobry jestem w te klocki, gdy go jej wsadzę.

– To małe dziecko.

– Ale wystarczająco ładne. Dobrze ją karmili i codziennie aplikowali jej ćwiczenia gimnastyczne, więc milutko napina mięśnie.

– Jestem w drodze – powiedziała Gwyneth.

– Przez wzgląd na nią mam nadzieję, że to prawda.

– Dwadzieścia minut – powiedziała z naciskiem.

– Minuta dłużej i będzie po herbacie.

Telford rozłączył się. Przycisnąłem guzik z napisem ROZŁĄCZ na aparacie.

– Ty masz gaz łzawiący – powiedziała Gwyneth – a ja paralizator.

– Oni będą mieli pistolety.

– My mamy siłę przebicia.

– Widziałem, jak zastrzelono mojego Ojca.

– Liczę na odrobinę szczęścia.

---

* Personalia używane w aktach sądowych dla określenia kobiety o niezidentyfikowanej lub ukrytej tożsamości, jeden z odpowiedników polskiego N.N.

– Nie ma czegoś takiego jak szczęście.

– To prawda – przyznała. – Nie ma.

65

To, że spotkaliśmy się w wirze życia, który częściej ludzi rozdziela, niż jednoczy, że znaleźliśmy w sobie nawzajem tyle podobieństw, że wydobywaliśmy się wzajemnie z otchłani zwątpienia i słabości ku przekonaniu do swoich racji i sile, że połączyła nas miłość, choć nie mogliśmy zespolić się fizycznie, miłość umysłów, serc i dusz – ten rzadki dar był bezcenny. A skomplikowany ciąg przyczyn i skutków, z którego zrodził się ów dar, przewyższał misternością i pięknem najkunsztowniej zdobione jajka Fabergé.

Aby zachować tę miłość i mieć lata na spenetrowanie chociaż części jej korytarzy i sanktuariów, żadne z nas nie mogło teraz podjąć błędnej decyzji, musieliśmy w kolejnych chwilach postępować słusznie w najbardziej skuteczny sposób.

Minęliśmy pług śnieżny, który pewnie się zepsuł. Kogut na jego dachu świecił jasnym blaskiem, ale fale żółtego światła spiętrzyły się i znieruchomiały w postaci jednej jarzącej się kuli. Reflektory były zgaszone, szoferka opuszczona, drzwi otwarte, na ciepłej jeszcze pokrywie niemego silnika topniały płatki śniegu, a wielki pojazd stał przechylony na usypanej przy krawężniku pryzmie zbitego śniegu.

Kilka minut później, gdy znaleźliśmy się w jakiejś dzielnicy mieszkalnej, dziwiłem się dużej liczbie domów z palącymi się w oknach światłami. W kilku przypadkach ludzie mogli zapomnieć o wyłączeniu zewnętrznej świątecznej iluminacji przed udaniem się na spoczynek, chociaż w połowie budynków udekorowanych z okazji świąt z okien wydobywało się światło, a ich mieszkańcy najwyraźniej jeszcze nie spali, podobnie jak lokatorzy wielu innych domów. Powieściopisarz Francis Scott Fitzgerald powiedział kiedyś, że gdy w duszy zapada naprawdę ciemna noc, wtedy zawsze jest trzecia nad ranem, i w mieście rzeczywiście zawsze najciemniej jest w ciągu tych sześćdziesięciu minut między trzecią a czwartą. Nie tej nocy.

Na ulicy wysadzanej klonami o nagich konarach samochody stojące przy krawężnikach i sterty odgarniętego przez pługi śniegu uniemożliwiały parkowanie. Gwyneth zgasiła silnik i zaciągnęła hamulec, zostawiając jeden pas ruchu wolny. Wysiedliśmy z land rovera na wprost domu z żółtej cegły.

Furtka w kutym ogrodzeniu, schody na werandę, drzwi – każdy istotny punkt końcowego podejścia wydawał się pełen zagrożeń, gdy zimny wiatr i śnieg na plecach zmuszały nas do przestąpienia progu i wejścia do piekła, które się za nim znajdowało. Telford wiedział, że przyjdziemy. Nie mogliśmy się dostać do środka ukradkiem.

Zanim Gwyneth zadzwoniła do drzwi, zaproponowałem:

– Może nadszedł moment, by tym razem, chociaż to dla nas ryzykowne, wezwać policję.

– Telford nie ma teraz nic do stracenia. Jeśli zobaczy policję, skończy ze sobą, wysadzając to wszystko w powietrze. No i kto tutaj przyjedzie? Czy możemy mieć nadzieję, że tacy, którzy biorą poważnie policyjną przysięgę? I czy się zjawią? Czy w ogóle odbiorą telefon? Od tej chwili, Addisonie, jesteśmy sami, zdani tylko na siebie, każde z nas. A za dwie minuty będziemy spóźnieni.

Nacisnęła guzik dzwonka.

Kiedy nikt nie zareagował, otworzyła drzwi i weszła do środka. Walter leżał martwy w sklepionym przejściu między holem a salonem. Strzelano do niego kilka razy.

Lampy w salonie były zapalone, w kapliczce Matki Świętej migotała świeca, głosy w telewizorze mówiły kojącym tonem – Walter i jego siostra zawsze o tej porze oglądali telewizję – a Janet, która umarła powolniejszą śmiercią niż jej brat, leżała w kałuży krwi.

Twarz żony Waltera, Claire, zastygła w wiecznym uśmiechu na dwóch oprawionych w grawerowane srebro fotografiach; zamordowano ją brutalnie wiele lat temu. Gotycki makijaż Gwyneth nie mógł w pełni ukryć jej cierpienia. Gęsty tusz do rzęs zabarwił jej łzy na czarno, jak czarna była jej rozpacz.

Prezenter wiadomości w telewizji mówił coś o wstrzymaniu ruchu lotniczego do i ze Stanów Zjednoczonych, ale my nie mogliśmy analizować tej wiadomości z ostatniej chwili, schody wzywały nas bowiem na górę, tak jak schody na szafot wzywają skazańców.

W korytarzu na piętrze minęliśmy otwarte drzwi do sypialni dzieci, dokąd zwabiono pielęgniarkę imieniem Cora, by zamordować ją razem z nimi. Nie było tam już ich, nie było pielęgniarki. Odeszły, pozostawiwszy swoje ciała.

W pokoju, w którym zajmowano się bezimienną dziewczynką, na brzegu łóżka, w którym powinna była spać Cora, siedział Telford. Pochylił się do przodu, przedramiona wsparł na udach, a w trzymanych między kolanami dłoniach dzierżył pistolet. Kiedy weszliśmy do pokoju, uniósł wzrok i uśmiechnął się. W tym uśmiechu nie było jednak poczucia humoru, a tylko gorączkowa wesołość wściekłego szakala.

66

Włosy Telforda były mokre i zwisały prosto, jakby właśnie wyszedł spod prysznica, ale sprawiła to nie woda, lecz kwaśny pot. Wyraźnie widoczne na bladej lśniącej twarzy oczy mordercy, z czarnymi, nabiegłymi krwią źrenicami, jawiły się jako wrota do mrocznego królestwa jego umysłu. Różowe jak szynka wargi zsiniały, jakby sam też zdecydował się na odrobinę gotyckiego stylu.

– Mała myszko, wyglądasz jak wytwór fantazji onanisty.

– Ty nie – odparła Gwyneth.

– Kim jest ten zamaskowany mężczyzna, twoim wiernym skautem?

– Nie poznajesz? Ten kaptur i cała reszta? To przecież Śmierć.

– Nie wydaje mi się, by Śmierć jeździła na nartach.

Jego głos brzmiał równie chrapliwie jak w słuchawce telefonu, i chyba słabiej.

– Coś marnie wyglądasz – zauważyła Gwyneth.

– Z tym bym się zgodził.

Telford był zlany potem, koszula kleiła się do jego ciała, a spodnie miał zakrwawione, lecz nie była to jego krew.

Ruszając do łóżka bezimiennej dziewczynki i patrząc na Telforda, Gwyneth powiedziała:

– Byłeś w Japonii.

– Daleki Wschód przestał być dobrym miejscem do robienia interesów.

– Więc wróciłeś przed planowanym terminem.

– Ale i tak za późno.

Obawiając się, że jesteśmy otoczeni, zapytałem:

– Gdzie są twoi dwaj... współpracownicy?

– Spanikowali i uciekli. Dranie jedne.

– Po wyrżnięciu całej rodziny.

– Takie rzeczy ich nie peszą. Ale ja dostaję ataku, a oni zwiewają jak szczeniaki.

– Ataku?

I znowu ten wymuszony uśmiech.

– Sam zobaczysz – odparła Gwyneth i położyła paralizator na stoliku nocnym.

– Ja też nie dam rady – rzekł Telford i położył pistolet na łóżku, na którym siedział.

– Kiedy wystąpiły pierwsze objawy?

– Późnym rankiem poczułem lekkie zawroty głowy. Po południu lekkie mdłości. Przed kolacją dostałem gorączki. A potem łup!

– To szybko postępuje.

– W ekspresowym tempie.

Podczas moich niedawnych wycieczek do biblioteki nie czytałem gazet. Nagle skojarzyłem fragmenty tego, co usłyszałem w telewizji w ostatnie dwie noce, i zrozumiałem, dlaczego miałem wrażenie, że w rozmowach Gwyneth z Edmundem Goddardem i arcybiskupem umyka mi jakiś podtekst.

Zawsze byłem z tego świata, ale znałem go bardzo powierzchownie. W tym wypadku ceną odizolowania była ignorancja.

Gwyneth zaczęła opuszczać poręcz szpitalnego łóżka dziewczynki.

– Lepiej jej nie dotykaj – poradził Telford.

– Zabieram ją stąd.

– Dotykałem jej. Właściwie wszędzie. Słodkie stworzenie. Soczyste. Teraz na to umrze.

Gwyneth ściągnęła prześcieradło i koc. Piżama śpiącej dziewczynki była w nieładzie.

Odwróciłem wzrok.

– Byłem w stanie tylko dotykać – dodał kustosz. – Ale to... dzielenie się... było piękne.

Nagle objął się rękoma i zgiął wpół, omal nie spadając z łóżka Cory. Wydał z siebie ten przenikliwy odgłos, jakby znowu usiłował podnieść duży ciężar, to stęknięcie jednak zawierało w sobie więcej udręki i trwało dłużej niż wtedy, gdy rozmawiał przez telefon. Wyglądał na człowieka rozpadającego się od środka i rozpaczliwie próbującego powstrzymać ten rozpad. Z ust ciekło mu coś, co nie przypominało wymiocin i miało jeszcze gorszą woń.

Miał atak.

Gwyneth pochyliła się nad łóżkiem, poprawiając dziewczynce piżamę.

– Addisonie, w szufladzie nocnego stolika znajdziesz butelkę z alkoholem, paczkę bawełnianych wacików i taśmę klejącą. Wyjmij je, proszę.

Spełniłem jej prośbę, ciesząc się, że mogę się na coś przydać. Posługiwałem się lewą ręką, w prawej trzymając puszkę ze sprężonym gazem łzawiącym.

Kiedy Telford doszedł do siebie, usiadł w bardziej wyprostowanej pozycji i wytarł usta w rękaw. Łzy na rzęsach i te ściekające mu po twarzy były zabarwione krwią. Rozejrzał się, jakby próbował sobie przypomnieć, co to za miejsce i jak się tu znalazł.

Gwyneth wyjęła plastikową rurkę z żyły na lewym przedramieniu małej i pozwoliła, by przewód z kroplówki dyndał z wiszącego na stojaku worka z płynem.

– To chyba nie jest potrzebne, ale na wszelki wypadek... – powiedziała i przemyła alkoholem miejsce, z którego wyciągnęła rurkę.

Odzyskawszy orientację, Telford zapytał:

– Co to za szwy na jej boku?

– Dwa dni temu kazaliśmy wyjąć rurkę, przez którą podawany był pokarm – wyjaśniła Gwyneth.

– Nie podobały mi się. Odrzuciło mnie na ich widok. Ale tak poza tym jest delikatnym małym stworzeniem. Trochę rozmamłanym od tak długiego leżenia, ale w sumie w niemal doskonałym stanie.

– To jeszcze dziecko.

– A może być coś doskonalszego?

Gwyneth przyłożyła tampon do nakłucia na przedramieniu dziewczynki i przykleiła go do skóry.

Stając się znowu napastliwy, Telford rzekł:

– Do diabła, ta mała suka ma martwy mózg i jest zarażona. Co ty wyprawiasz? Po co? Czemu się w ogóle nią przejmujesz?

– Ona jest wyjątkowa – odparła Gwyneth.

Podnosząc pistolet, którego, jak wcześniej twierdził, nie miał siły użyć, Telford zapytał:

– Pod jakim względem?

Zamiast mu odpowiedzieć, Gwyneth ściągnęła z łóżka koc i odwinęła górne prześcieradło, tak że zawisło na poręczy w nogach łóżka, ukazując dziewczynkę od stóp do głów.

– Pod jakim względem? – powtórzył Telford.

Gwyneth obróciła dziewczynkę na prawy bok, plecami do nas, i powiedziała:

– Addisonie, pomóż mi z tym kocem.

Telford uniósł broń, celując w sufit, jakby chciał przykuć naszą uwagę.

– Rozmawiasz ze mną – przypomniał. Chyba był słabszy, niż się wydawało, a pistolet musiał być dla niego zbyt ciężki, ponieważ dłoń raz po raz opadała mu bezwładnie i lufa pistoletu kiwała się na wszystkie strony. – Dlaczego ta mała zdzira jest taka wyjątkowa?

– Dlatego że wszyscy są tacy – odparła Gwyneth.

– Ona jest po prostu małą zdzirą.

– Skoro tak, to pewnie się mylę.

– Mylisz się, i to grubo.

Oboje z Gwyneth rozłożyliśmy koc na łóżku, tak że w połowie zwisał z brzegu materaca.

– Ty też jesteś wyjątkowy – dodała.

– Kpisz sobie?

– Nie kpię. Po prostu mam nadzieję.

Gwyneth obróciła Jane Doe 329 w naszą stronę, na koc, a potem na lewy bok, prawie na skraj łóżka.

– Nadzieję na co?

– Na to, że wykorzystasz czas, który ci został, by się uratować.

Okryliśmy dziewczynkę luźnym kawałkiem koca i otuliliśmy nim jej plecy.

– Wiesz, suko, że umieram. Pieprzyć nadzieję. – Telford wstał z wysiłkiem z drugiego łóżka, gibki jak pijak. – Muszę ci coś powiedzieć.

Gwyneth chwyciła za drugi brzeg koca i naciągnęła go na pozbawioną czucia dziewczynkę, otulając ją całkowicie. Telford zrobił dwa niepewne kroki naprzód i chwycił się poręczy drugiego łóżka, żeby odzyskać równowagę.

Uniosłem dłoń z gazem łzawiącym, ale Gwyneth powiedziała:

– Nie. To go tylko rozwścieczy. I co potem?

– Sikoreczko, chcesz się wściec, to jedź do Korei Północnej. Szaleńcy. Obłąkani dranie. W telewizji mówią, że to, co ci obłąkańcy spreparowali, to dwa w jednym.

– Wsuń pod nią ręce i podnieś ją z łóżka, Addisonie – poleciła Gwyneth. – Zrób to teraz.

Nie chciałem chować puszki z gazem pieprzowym do kieszeni. Może pieczenie w oczach doprowadziłoby go do szału, ale to by chyba nie zaszkodziło, chociaż miał w ręku naładowaną broń.

– Zrób to teraz.

– Hej, Samotny Włóczęgo, słyszałeś, że to dwa w jednym?

– Słyszałem – zapewniłem Telforda, gdy Gwyneth wzięła ode mnie puszkę z gazem.

– Wirus ebola, Samotny Włóczęgo, oraz wyniszczająca tkanki bakteria, i to mocno podkręcona, to gówno jest totalnie wzmocnione, unosi się w powietrzu, mówią, że groźniejsze od bomb atomowych. To cię zjada od środka. Czy może być coś gorszego?

Wziąłem małą na ręce i podniosłem z łóżka. Przerażenie dodało mi sił, byłem zdumiony, że jest taka lekka.

Pistolet wypadł Telfordowi z ręki na łóżko. Ociekając potem i roniąc jeszcze bardziej krwistoczerwone łzy, wsparł się mocno na poręczy nie po to, żeby podnieść broń, ale plunąć Gwyneth w twarz. Gęsta, odrażająca plwocina zawierała nie tylko ślinę.

67

Są na tym upadłym świecie rzeczy, na które liczymy, ale których nie spodziewamy się otrzymać, ponieważ nie ma i nigdy nie było czegoś takiego jak szczęśliwy traf, ponieważ istnieją rzeczy tak cenne, że dobra, które moglibyśmy wyświadczyć przez całe życie, nie starczyłoby, aby uczynić nas godnymi ich otrzymania. Jeżeli jedna z naszych nadziei się spełni, jeśli ta cenna rzecz kiedyś do nas trafi, to trafi jako łaska i potem każdego dnia życia powinniśmy dziękować za ten dar. Moją łaską, wszystkim, czego pragnąłem i czego mógłbym kiedykolwiek zapragnąć, była dziewczyna, którą poznałem w świetle lampy przy półce z powieściami Charlesa Dickensa.

Teraz zaś stałem bezradny, z Jane Doe na rękach, a Telford w ostatnim akcie przemocy pluł Gwyneth w twarz ohydną flegmą. Zaśmiał się niepewnie i w tym śmiechu można było wyczuć rozbawienie, przyprawiającą o zawrót głowy radość, niemal zachwyt.

– Śmierć od kuli byłaby zbyt łatwa, sikoreczko. Umrzesz jak ja, w taki sam sposób.

Gwyneth chwyciła za róg prześcieradła i otarła twarz, wiedziałem jednak, że to może nie wystarczyć do jej ocalenia.

– Umrzyj jak ja, jak ja. – Słowo „ja" wydobywało się z ust kustosza niczym sprężone powietrze ulatujące z zaciśniętej szyjki balonu. Był potworem w ludzkiej skórze, potworem i błaznem rozśmieszającym samego siebie, i gdyby miał dość siły, podskakiwałby teraz z zachwytu.

Boże, dopomóż... chcąc chwycić za broń i zabić, omal nie upuściłem pogrążonej w śpiączce dziewczynki. W mojej głowie narastał szum, jakby woda spadała z trzydziestometrowej katarakty, miałem plamy przed oczami, a w żyłach zmroziło mi krew, ogarnął mnie bowiem i omal nie pochłonął gniew, ale nie wypuściłem małej z rąk.

– Wynieśmy ją stąd – powiedziała Gwyneth, a ja odrzekłem:

– Łazienka, gorąca woda, mydło, umyj się.

– Ruszaj, ruszaj, chodźmy.

Telford dostał ataku. Jego ciałem wstrząsnął spazm. Pochylił się nad łóżkiem i z ust wylała mu się dymiąca masa; nie był to niestrawiony pokarm, lecz część jego wnętrzności. Z odgłosem puszczających zwieraczy i chrzęstem kości zwalił się na podłogę i zniknął nam z oczu.

– Chodź – ponagliła mnie Gwyneth i wyprowadziła z pokoju, mijając łazienkę, gdzie czekały gorąca woda i mydło, i dalej, korytarzem, na schody, a ja mogłem jedynie iść za nią z uginającymi się pod ciężarem dziewczynki i brzemieniem mojego przerażenia nogami.

Na schodach czułem wokół siebie cuchnącą woń z arcybiskupiego kominka, obrzydliwy smród płonących marionetek Paladine'a.

Zatrzymałem się i Gwyneth musiała to wyczuć, bo schodząc przede mną, powiedziała:

– To nic, nie ma ich tutaj, to tylko złudzenie. Jak tamte stuki na poddaszu. Chodź.

Przez hol, obok martwego Waltera. Drzwi, weranda, furtka w ogrodzeniu z ostro zakończonymi prętami, wszystkie istotne punkty na tej drodze były nie mniej złowieszcze niż wtedy, gdy pokonywaliśmy ją w odwrotnym kierunku.

Gwyneth podniosła klapę tylną, a ja delikatnie wsunąłem otuloną kocem dziewczynkę do bagażnika samochodu.

Na ulicy kilku kierowców odkopywało zaparkowane samochody spod śniegu. Pracowali w gorączkowym tempie i żaden z nich nie podniósł głowy, by zobaczyć, co robimy.

Zamykając klapę bagażnika, zapytałem:

– Masz w schowku jakiś środek dezynfekujący, masz coś takiego? Ja pojadę.

– Nie umiesz prowadzić. Nic mi nie będzie, Addisonie.

Siadła za kierownicą, a dla mnie został tylko fotel pasażera. Po chwili ruszyliśmy w drogę. Ruszyliśmy... ale dokąd i do czego?

68

To, kim byliśmy my, żyjący w ukryciu, czym byliśmy i dlaczego istnieliśmy, wyjaśniało zagadkę muzyki płynącej spoza eteru.

Kilka dni po tamtej ponurej nocy w mieście, gdy miałem chwilę spokoju na refleksję, zdałem sobie sprawę, że Ojciec nigdy nie słyszał tej pięknej, lecz smutnej melodii, która czasami docierała do mojej podziemnej kryjówki. Spoczął na dnie rzeki na ponad rok przedtem, zanim pierwsze nuty fortepianu doleciały z otaczającej mnie przestrzeni, gdy zasiadłem do jakiejś lektury.

Czasem ten nokturn rozbrzmiewał tylko raz, jego czyste nuty płynęły w krystalicznych pasażach, mój umysł był pochłonięty analizą doskonałości struktury melodycznej, a serce pobudzone szczerością uczuć zawartych w tej muzyce. Wyczułem w niej przenikliwy żal, który motywował kompozytora, i wiedziałem, że musi on być konsekwencją utraty kogoś bliskiego, podziwiałem jednak również jego talent i mądry zamysł, którym podporządkowano to gorzkie uczucie i dzięki którym wydobyto nuty smutku, stanowiące lepsze świadectwo piękna tej utraconej osoby. Przy innych okazjach utwór powtarzał się dwa, trzy bądź nawet pięć razy i te powtórzenia pozwalały mi porzucić rozważania o tożsamości i motywacji autora, a wtedy jego muzyka wyrażała tylko mnie oraz moje uczucia związane z tym, co sam utraciłem.

Gdyby Ojciec był świadkiem tego zjawiska, gdyby usłyszał ten nokturn i szukając jego źródła, byłby równie zadziwiony jak ja, pragnąłby zbadać, jakim cudem utwór fortepianowy mógł zostać przeniesiony przez pół miasta, głęboko pod powierzchnię jego ulic, bez użycia przewodów i techniki radiowej, i rozbrzmiewać tak pięknie bez pomocy odbiornika, wzmacniacza i głośników. Fascynujące rozmowy doprowadziłyby do najrozmaitszych spekulacji, od spekulacji do domysłu, od domysłu do przypuszczenia, a w końcu do jakiejś hipotezy roboczej, która z czasem mogłaby zostać odrzucona, a proces badawczy rozpocząłby się od nowa.

Ojciec nigdy nie doszedłby od hipotezy do przekonania

o słuszności jakiejś teorii, ponieważ póki żył, nie znał istoty tego, co ukryte. To, kim jesteśmy i dlaczego istniejemy, wyjaśnia, jakim niezwykłym sposobem muzyka Gwyneth została mi przekazana, tam, u schyłku pewnej epoki. Gdybym nie spotkał Gwyneth, gdyby jej rodzony ojciec nie był człowiekiem wnikliwym i prawdziwie przyzwoitym, gdyby najbliższym przyjacielem jej ojca nie był Teague Hanlon, pewnie nigdy bym się nie dowiedział, kim jesteśmy, i umarłbym w następstwie niepohamowanego wybuchu nihilistycznej przemocy.

W noc śmierci Telforda odkryłem, czym byłem i kim jestem. Odkryłem, co mogło nastąpić, lecz nigdy nie nastąpiło... Cóż, to wszystko znowu stało się możliwe.

69

Ten padający śnieg, warstwa na warstwie, wydawał się zupełnie wyjątkowy nie dlatego, że był gęsty niczym deszcz monsunowy, ale dzięki temu, co teraz wiedziałem o nieubłaganej zarazie. Ta wiedza posłużyła do korekty mojego widzenia, tak bym dostrzegł w tej opadającej bieli nie tylko element spokoju właściwy dla każdego śniegu, ale i spokój wieczny.

Wielkie miasto jest nadzieją ludzkości. To nie oznacza, że przyszłość kryje się w miastach. Nadzieją ludzkości jest także wieś zabita dechami. Niepozorna wioska, siedziba władz okręgu, stolica stanu, wielka metropolia – każda z nich jest nadzieją ludzkości na ziemi. Podobnie jak każda okolica. Życie w izolacji może być życiem w oczekiwaniu, nie jest jednak życiem w pełni, jeśli nie przeżyjemy go z innymi, którzy je dopełnią. Chociaż byłem kimś obcym, niepożądanym w żadnej z jego gmin, chociaż to miasto było dla mnie domem, jego mieszkańcy moją rodziną, nawet jeśli sobie tego nie życzyli, a ten opadający szybko śnieg równie dobrze mógł być popiołem z krematorium w obozie śmierci, którego opad przenikał serce smutkiem.

Bezimienna, pogrążona w śpiączce dziewczynka leżała owinięta kocem z tyłu land rovera. Gwyneth prowadziła, a ja się zadręczałem. Zadręczałem się i wyrzucałem sobie to, że nie użyłem broni Telforda przeciwko niemu, i modliłem o siłę potrzebną do powstrzymania rozpaczy.

– Jak często miewasz przeziębienia? – zapytała Gwyneth.

W tych okolicznościach to pytanie wydawało się dziwne.

– Co takiego?

– Tylko jedno ze słów w moim pytaniu ma więcej niż dwie sylaby.

– Jak często miewam przeziębienia?

– Któreś z tych słów trzeba wyjaśnić?

– Nie miewam przeziębień – odparłem.

– Jak często chorowałeś na grypę?

– Nigdy. Jak miałbym się zarazić grypą lub przeziębieniem? Nie miałem praktycznie żadnej styczności z ludźmi, chorymi i nie chorymi. Żyłem w niemal całkowitej izolacji.

– A człowiek, którego nazywałeś Ojcem? Jakieś zaziębienia, grypa?

– Nie w czasie, gdy go znałem. Miał równie rzadki kontakt z ludźmi jak ja.

– Bóle zębów?

– Nie. Czyścimy zęby nitką i szczoteczką. Robimy to bardzo skrupulatnie.

343

– To musi być jakaś cudowna nitka i cudowna szczo-
teczka. Żadnych ubytków?

– O co ci chodzi?

– Skaleczyłeś się kiedyś?

– Oczywiście.

– Czy kiedykolwiek w ranę wdało się zakażenie?

W odpowiedzi na jej ostatnie pytanie przeszkodziło mi
pojawienie się Przejrzystych. Nadal znajdowaliśmy się
w dzielnicy mieszkalnej, gdzie można ich było od czasu
do czasu zobaczyć, ponieważ pokazywali się wszędzie, ale
nagle pojawili się w dużej liczbie. Jeden, w niebieskim
szpitalnym uniformie, przeszedł po trawniku, gdzie w pierwszych godzinach śnieżycy jakieś dzieci ulepiły bałwana,
używając krążków z pomarańczowego odblaskowego plastiku do zrobienia oczu, piłki tenisowej do nosa i czegoś,
co wyglądało na klawisze z miniaturowego pianina, na
jego zęby. Kolejny, w białym uniformie, przeszedł przez
ścianę domu i ruszył w stronę jezdni, nie zostawiając za
sobą gruzu i nie odnosząc żadnych ran, a dwaj ubrani na
zielono sfrunęli z dachu, by wałęsać się po jakimś dzie-
dzińcu; wszyscy poruszali się po śnieżnym całunie, zamiast w nim brodzić. Wysoko na gałęzi bezlistnego drzewa
promieniejąca blaskiem kobieta w niebieskim uniformie
stała niczym wartownik. Kiedy land rover zbliżał się do
drzewa, obróciła głowę, by na nas spojrzeć, ale mimo
sporej odległości i braku ryzyka spotkania się z nią oko
w oko, odwróciłem wzrok, jak zawsze kazał mi czynić
Ojciec.

– Jak długo jeszcze musisz się nad tym zastanawiać? –
zapytała Gwyneth.

– Zastanawiać? Nad czym?

– Czy kiedykolwiek w ranę po skaleczeniu wdało się zakażenie – powtórzyła.

– Nie w sytuacji, gdy stosuje się środki antyseptyczne, jodynę i opatrunki.

– Bardzo dbasz o swoje zdrowie.

– Muszę. Nie mogę przecież pójść do lekarza.

– Czego się boisz, Addisonie?

– Że cię stracę – odparłem natychmiast.

– A czego bałeś się najbardziej, zanim mnie poznałeś?

– Że stracę Ojca.

– I czego jeszcze?

– Że zostanie pobity i ciężko poraniony. I że sam zostanę pobity.

– Na pewno bałeś się nie tylko tego.

– Bałem się, że zobaczę, jak inni ludzie cierpią. Pewien mężczyzna postrzelony w plecy dał mi ten zegarek. Najgorsze było przyglądanie się, jak umiera. Czasem boję się czytać gazety w bibliotece, bo zawierają tyle artykułów o ludzkim cierpieniu.

– Boisz się policjantów, którzy zabili twojego ojca?

– Nie. Nie boję się nikogo, dopóki nie ujrzę w jego oczach chęci mordu.

Dotąd niewiele rozmawialiśmy o Ojcu. Nie mówiłem jej, że ludzie, którzy go zabili, byli z policji.

Przyzwyczaiwszy się już do powszechnego występowania tajemnic na świecie i nadal nie chcąc zadawać pytań, które, choć Gwyneth wyznała mi miłość, mogłyby sprawić, że się wycofa, nie zapytałem, jak natrafiła na tę informację.

– Czego nienawidzisz? – zapytała.

Zastanawiałem się przez chwilę.

– Tylko tego, co budzi mój strach.

– Co budzi twój strach. W tym pełnym nienawiści świecie to bardzo niezwykła odpowiedź.

Zanim zdążyłem się zastanowić nad jej słowami, skręciliśmy w główną aleję, przejechaliśmy przez troje Przejrzystych i napotkaliśmy skupisko takich jak oni. Wróciło wspomnienie nocy przed pięcioma laty, w roku śmierci Ojca, gdy natrafiłem na wielki spektakl, który nazwałem Synodem. Teraz miasto leżało za kłębiącymi się zasłonami zimy, a ustawione rzędami wieżowce niknęły w przesłaniającym widok śniegu, tak że te za najbliższą przecznicą przypominały jedynie bryły w mętnym zwierciadle, odbity obraz bliższych nam budynków. W białym mroku pojawiali się Przejrzyści wszystkich ras i płci obojga, stojący w powietrzu i opadający wolno z jakichś innych wymiarów do naszego, niczym jarzące się ozdoby zawieszone na nocnym niebie przez niewidzialną rękę, w swoich białych butach i białych, niebieskich bądź zielonych uniformach. Zetknąwszy się z ziemią, każdy z nich natychmiast odchodził żwawym krokiem, jakim zapewne poruszał się personel w pracowitą noc w szpitalnej izbie przyjęć.

Jeszcze kilka minut temu widok Przejrzystych podniósłby mnie na duchu. Chociaż wierzyłem, że w ich oczach można było dostrzec siłę lub wiedzę, która wprawdzie nie zmieniłaby mnie chyba w kamień, ale mogłaby mną wstrząsnąć do głębi, w ich obecności czułem się szczęśliwszy. Teraz jednak nie cieszyli mojego serca. Normalnie, o ile można powiedzieć, że coś na tym świecie jest normalne, niektórzy z nich się uśmiechali. Tym razem wszyscy byli poważni, a ich zachowanie zdawało się świadczyć o głębokim, nieukojonym smutku. Wspaniałe piękno ich olśniewającego zstąpienia z nieba zmroziło mi serce i w końcu zrozumiałem coś z tego, co Ojciec miał na myśli, mówiąc, że Przejrzyści, choć nie tak nikczemni jak Mgliści, są na swój sposób straszni, ponieważ dysponują ogromną, onieśmielającą siłą.

Zamknąłem oczy, nie będąc w stanie dłużej znieść tego piękna, i po chwili usłyszałem pytanie Gwyneth:

– Bolało cię kiedyś gardło lub głowa, miałeś niestrawność, wrzody w ustach i katar sienny?

– Co znaczą wszystkie te pytania?

– Nie umrzesz od tej zarazy.

– Teraz jestem bardziej związany ze światem. Zarażenie grozi mi tak samo jak tobie. Szkoda, że nie umyłaś twarzy.

– Zaufaj mi – powiedziała z naciskiem.

70

Zanim przybyłem do miasta, pewien dobroczyńca dał Ojcu klucz do banku żywności. Nigdy się nie dowiedziałem, jaką pozycję zajmował ten człowiek, określałem go tylko jednym mianem: Nasz Przyjaciel. Chociaż ten nieznajomy troszczył się o nas i nasze dobro, chociaż kilka razy w roku potrafił spotkać się z moim Ojcem i na niego nie napaść, nie wierzył, że będzie w stanie powstrzymać gwałtowne odruchy podczas dłuższego spotkania. Ponieważ zaś po każdym takim spotkaniu Nasz Przyjaciel wpadał w przygnębienie graniczące z bezdenną rozpaczą, Ojciec starał się spotykać z tym człowiekiem jak najrzadziej i aż do śmierci uważał, że ja w ogóle nie powinienem tego robić.

Kiedy nadszedł ten nieszczęsny dzień i Ojciec spoczął na dnie rzeki, zgodnie z jego zaleceniem ułożyłem list i tamtej nocy zaniosłem go do banku żywności. List brzmiał tak: *Ojciec umarł. Uczyniłem z jego ciałem to, co kazał. Pragnął, bym Panu powtórzył, jak bardzo kochał Pana za tolerancję i jak bardzo doceniał Pańską wielkoduszność. Wiem, że powiedział mu Pan, że po jego śmierci klucz trafi do mnie, ale chciał, żebym mimo to zapytał Pana, czy mogę go zatrzymać. Ani z banku, ani ze sklepu nigdy nie wezmę więcej, niż potrzebuję, postaram się też, by nikt nie zastał mnie na miejscu i żebym nigdy nikogo nie wystraszył, ujawniając, czym jestem. Byłbym bowiem wielce zasmucony, gdybym okrył niesławą bank żywności bądź przysporzył cierpienia osobom, które są w nim zatrudnione. Strasznie tęsknię za Ojcem i sądzę, że tak będzie zawsze, ale dam sobie radę. Ojciec chciał, bym Pana zapewnił, że sobie poradzę.*

Ponieważ Ojciec zdradził mi, że Nasz Przyjaciel ma poczucie humoru, i ponieważ wiedziałem, że zrozumie sens ostatnich dwóch słów mojego listu, podpisałem go: *Syn Tego.*

Ojciec polecił mi zakleić tę wiadomość w kopercie i zostawić ją w środkowej szufladzie biurka w mniejszym z dwóch gabinetów w banku żywności. Umowa z naszym dobroczyńcą przewidywała, że będzie się starał odpowiedzieć na każdy nasz list z dnia na dzień. Kiedy nazajutrz wróciłem, znalazłem inną zaklejoną kopertę, a w niej odpowiedź. *Drogi chłopcze, twoja wiadomość głęboko mnie zasmuciła. Zawsze modliłem się za Twojego Ojca i będę się modlił za niego – i za Ciebie – dopóki żyję. Klucz możesz oczywiście zatrzymać. Żałuję, że nie mogę uczynić dla Ciebie więcej i lepiej pocieszyć, jestem jednak słaby i bardzo się boję. Codziennie zarzucam sobie tchórzliwość i niedostateczne miłosierdzie. Jak Ojciec zapewne Ci mówił, cierpię od dawna, znacznie dłużej niż się znaliśmy, na okresową depresję, zawsze jednak dochodzę do siebie. Każde spotkanie z Twoim Ojcem wpędzało mnie w bezdenną rozpacz, najczarniejszą depresję, mimo jego wielkiego serca i łagodnej natury, a jego twarz pojawia się w moich snach, z których budzę się przerażony jak dziecko. To moja wada i oczywiście nie było w tym jego winy. Proś bez wahania o wszystko, czego będziesz potrzebował. Ilekroć mogę się na coś przydać, mam szansę uzdrowić moją duszę. Niech Cię Bóg błogosławi.*

Ponieważ wiedziałem, że Ojciec byłby ze mnie najbardziej dumny, gdybym uszanował niefortunną podatność Naszego Przyjaciela na depresję i gdybym był jak najbardziej samowystarczalny, w następnych sześciu latach nie prosiłem go o nic więcej. Co kilka miesięcy zostawiałem mu list, żeby wiedział, że żyję i mam się dobrze.

Tej samej nocy, której Gwyneth odważnie stawiła czoło Ryanowi Telfordowi, żeby ocalić bezimienną dziewczynkę, spotkałem się z Naszym Przyjacielem, który przecież nie był mi obcy. Po tylu latach wciąż myślę o nim z wielką sympatią i żałuję, że nie mogę mu wysłać listu z informacją, że jestem zdrów, on jednak od dawna nie żyje.

71

Żeby nie widzieć, jak Przejrzyści zstępują z nieba, nie otwierałem oczu, dopóki Gwyneth nie zatrzymała się i nie zgasiła silnika. Kiedy spojrzałem na zewnątrz, okazało się, że jesteśmy w jakiejś uliczce; zaparkowaliśmy przed dwiema rolowanymi bramami garażu.

– Gdzie jesteśmy? Co teraz? – zapytałem.

– Zobaczysz. Nie zabawimy tu zbyt długo, ale nie możemy zostawić małej. Tak czy inaczej, odzyskuje przytomność.

– Naprawdę?

– Odzyska ją.

Wysiedliśmy z land rovera, Gwyneth otworzyła bagażnik, a ja znowu wziąłem owiniętą kocem dziewczynkę na ręce.

Idąc za Gwyneth wzdłuż ściany garażu, w śniegu sięgającym niemal po cholewki butów, miałem spuszczoną głowę, ponieważ zimny ostry wiatr wyciskał mi łzy z oczu. Byłem również upokorzony i przerażony obecnością tylu Przejrzystych w alei i bałem się spojrzeć w niebo.

Doszliśmy do zasypanego śniegiem miejsca między garażem a tylną ścianą piętrowego domu z cegły, w którym wszystkie okna były tak ciemne, jakby ktoś je zamalował. Granicę posesji wyznaczały mury budynków i przestrzeń między nimi przypominała miniaturowy dziedziniec więzienny. Tylna weranda nie rozciągała się na całej długości domu; na lewo od niej pochyłe podwójne wąskie drzwi z matowego szkła zakrywały krótkie zewnętrzne schody prowadzące do suterenu. Najwyraźniej w oczekiwaniu na nasz przyjazd ktoś odgarnął z nich śnieg. Gwyneth otworzyła drzwi.

Podążyłem za nią przez kolejne drzwi na dole do ciepłej, pachnącej gorącą kawą suterenu, gdzie nagie żarówki w starych ceramicznych oprawkach były osadzone między odkrytymi belkami stropowymi, wskutek czego jej wnętrze przecinały pasy światła i cienia o rozmytych brzegach. Pomieszczenie to służyło za magazyn, ale nie było zapełnione ani zagracone. W środku znajdowały się starannie oznakowane kartony, kilka starych mebli, w tym obszarpany fotel, a pod ścianą rozkładany stół, na którym w ekspresie do kawy grzał się żaroodporny dzbanek.

Gwyneth poleciła mi ułożyć dziewczynkę w fotelu, a gdy to zrobiłem, delikatnie wydobyła małą z koca, złożyła go i umieściła na stosie tekturowych pudeł.

Teague Hanlon, w pantoflach, flanelowych spodniach i koszuli w niebiesko-białą kratę, wyszedł, powłócząc nogami, z ciemności i postawił dwa kubki z kawą na jednej z trzech metalowych beczek różnej wielkości, które przypominały zestaw prymitywnych werbli.

– Gwynie pije czarną i powiedziała, że ty też.

– To prawda – potwierdziłem.

– Jak tam mała? – zapytał.

– Odzyskuje przytomność – odparła jego podopieczna.

Właśnie wtedy z ust dziewczynki wydobyła się seria cichych figlarnych odgłosów, jakby się po prostu budziła z żalem, że opuszcza niedokończony przyjemny sen.

– To dla mnie trudne – rzekł mecenas Hanlon. – Mam nadzieję, że to rozumiesz, Gwynie.

– Oczywiście że rozumiem.

Hanlon podszedł do drzwi, przez które dostaliśmy się do sutereny, i zamknął je na dwie zasuwki.

Gwyneth podniosła kubek z kawą i wypiła łyk, patrząc uważnie na dziewczynkę.

– Możesz zdjąć kominiarkę, Addisonie. Żadne z nas nie spojrzy na ciebie.

Żeby to zrobić, musiałbym rozwiązać kaptur i zsunąć

go z głowy, a wtedy byłbym zupełnie obnażony, co zdarzało mi się wyłącznie w moim lokum głęboko pod powierzchnią ziemi. Myśl o narażeniu się na takie niebezpieczeństwo tak bardzo mnie przygnębiła, że omal nie odmówiłem poczęstunku.

Było mi jednak zimno – nie wskutek krótkiego pobytu na zewnątrz, ale za sprawą myśli o zarazie i śmierci. Potrzebowałem tego pachnącego naparu. Skoro Gwyneth zapewniła, że nic mi nie grozi, nie mogłem jej nie wierzyć.

Kiedy tylko zdjąłem kominiarkę, nasunąłem kaptur z powrotem na głowę i zawiązałem go luźno pod brodą.

Kawa była mocna i dobra, a kubek nawet przez rękawiczki ogrzewał mi dłonie.

Mecenas Hanlon z nisko pochyloną głową, niczym skruszony mnich bez habitu, podszedł z powrotem do ekspresu, żeby sobie też nalać kawy.

Dziewczynka podniosła rączkę do twarzy i wodziła po niej palcami, jakby była nie tylko zdezorientowana, ale i ślepa, i próbowała rozpoznać się przez dotyk. Poruszyła się w fotelu, opuściła rękę, otworzyła usta i wydała z siebie przeciągłe westchnienie. Niemal trzy lata śpiączki wydawały się opadać z niej równie łatwo, jak jedna noc snu. Oczy, wielkie, szare i przejrzyste, otwarły się i natychmiast utkwiły w Gwyneth. Głos zabrzmiał ochryple, gdy zapytała:

– Mama?

Gwyneth odstawiła kubek, podeszła do małej i uklękła przed nią.

– Nie, kochanie. Twoja mama wyjechała i nigdy nie wróci. Teraz jesteś bezpieczna. Już nikt cię nie skrzywdzi. Ze mną nic ci nie grozi.

Hanlon, nie unosząc głowy, wrócił z kolejnym kubkiem.

– Zaschnie jej w ustach. Zaparzyłem dla niej herbatę z cukrem. Jest wystarczająco schłodzona. – Kiedy tylko Gwyneth wzięła od niego herbatę, wrócił do stołu z ekspresem i stał tam odwrócony do nas plecami.

Wyczułem, że może zachowywać się tak dyskretnie również z myślą o sobie, i zastanawiałem się, dlaczego tak bardzo się zmienił od czasu spotkania w kinie Egyptian.

Kiedy piłem kawę, obserwując spod mojego kaptura Gwyneth i małą, zdałem sobie sprawę, że wszystko, co może się wydarzyć w tej suterenie, wykracza poza granice zwykłego ludzkiego doświadczenia, tak samo jak obecność Mglistych i Przejrzystych. Dziewczynka powróciła do pełnej świadomości inaczej, niż mógłby się spodziewać jakikolwiek lekarz, inaczej niż jakakolwiek ofiara pozostająca w stanie śpiączki – nie stopniowo i w poczuciu własnej niemocy, lecz szybko i w pełni sił fizycznych. Wykazywała wystarczającą koordynację ruchów, by trzymać kubek z herbatą i z niego pić. Gwyneth mówiła tak cicho, że słyszałem tylko niektóre słowa, a dziewczynka, choć nie odpowiadała, słuchała uważnie i skupiała na niej spojrzenie swoich błyszczących szarych oczu. Gwyneth gładziła ją po włosach i dotykała jej twarzy i rąk, jakże czule i uspokajająco.

Szybciej, niż wydawało się to możliwe, dziewczynka odstawiła kubek z herbatą i wstała. Wsparła się na Gwyneth, mimo że chyba nie potrzebowała takiej pomocy.

– Przywiozłeś dla niej ubranie, o które prosiłam? – zapytała Gwyneth.

Hanlon odwrócił się do nas, ale nie podszedł bliżej.

– Jest na krześle przy kuchennym stole. Nie zapalałem światła na piętrze, na wypadek gdyby coś... ktoś cię tu szukał. W kuchni świeci się tylko lampka pod okapem, ale to powinno wystarczyć. W ubikacji nie ma okien, więc tam można włączyć światło.

Trzymając Gwyneth za rękę, dziewczynka szła na niezdarnych nogach, których nie używała przez prawie trzy lata i które powinny były się pod nią ugiąć. Przyglądałem się im, aż zniknęły z pola widzenia na schodach, potem zaś obserwowałem, jak ich cienie załamują się na podnóżkach i podstopnicach niczym miech akordeonu.

W świecie bogatym w osobliwości i tajemnice zdarzają się również cuda.

Nie chcąc się do mnie zbliżać, mecenas Hanlon zaczął wędrować po pokoju, zatrzymując się przy każdym meblu lub stosie tekturowych pudeł i zastanawiając się, jakby oceniał towary w sklepie, w którym nigdy wcześniej nie był.

– Przypuszczam, Addisonie, że wiesz, co pojawiło się na świecie.

– Ma pan na myśli zarazę.

– Tę zarazę, po której, jak sądzę, zakończy się wojna między ludzkością a mikrobami.

Pamiętając o Telfordzie, odparłem:

– Będzie źle.

– Będzie gorzej niż źle. Zgodnie z najświeższymi informacjami skonstruowali tę broń, ten wirus, tak, żeby zabijał dziewięćdziesiąt osiem procent zarażonych. Jego skuteczność przekroczyła ich oczekiwania. Potem wirus wymknął się im spod kontroli.

– Boję się o Gwyneth. Telford umierał i ją opluł.

Mecenas Hanlon uniósł wzrok, zaskoczony, po czym natychmiast się odwrócił.

– Gdzie ją znalazł?

– Dotarł do małej przed nami. Ona też jest zakażona.

Hanlon milczał – nie dlatego, że nie miał nic do powiedzenia, ale dlatego, że miał za dużo. Po czym rzekł:

– Chociaż nie spodziewałem się, że nastąpi to w tak ponurych okolicznościach, czuję się zaszczycony, goszcząc cię wreszcie w moim domu. Miano Addison Goodheart jest dla ciebie bardziej odpowiednie niż Syn Tego.

72

Teague Hanlon, opiekun Gwyneth i zarazem ów dobroczyńca, który dał Ojcu klucz do banku żywności i sąsiadującego z nim sklepu z używanymi artykułami, wbrew moim początkowym wyobrażeniom nie był dobrze opłacanym adwokatem. Ten były żołnierz piechoty morskiej, który walczył na wojnie, był teraz księdzem i proboszczem parafii Świętego Sebastiana, człowiekiem, do którego ojciec Gwyneth i mój Ojciec zwracali się w potrzebie, człowiekiem który interweniował za pośrednictwem matki sędziego Gallaghera, swojej parafianki, żeby doprowadzić do przekazania bezimiennej dziewczynki pod opiekę Gwyneth. Był ogniwem łączącym krzyżujące się ścieżki naszego życia.

Tej okropnej nocy znajdowaliśmy się w podziemiach probostwa usytuowanego za budynkiem kościoła i ojciec

Hanlon nie nosił tu koloratki, po której można było poznać jego urząd, gdy występował publicznie.

Zanim usłyszałem tę rewelację, kielich mojego serca był wypełniony po brzegi emocjami i teraz się przelał. Przysiadłem na brzegu fotela, szukając właściwej odpowiedzi i z początku żadnej nie znajdując. Nie dałem się ponieść fali silnych uczuć. Zanim nauczyłem się chodzić, uzyskałem magisterium ze stoicyzmu. Musiałem tylko posiedzieć w milczeniu przez jakiś czas, wyławiając w tych głębokich wodach właściwe słowa.

– Żywił nas ksiądz przez te wszystkie lata – powiedziałem.

– Żywność nie była moja. Wszystko pochodziło z darowizn.

– Ubierał nas ojciec.

– W używane rzeczy również pochodzące z darowizn.

– Nie zdradził ksiądz naszych tajemnic.

– Trudno spodziewać się tego po kapłanie, którego obowiązuje tajemnica spowiedzi.

– Nigdy nie podniósł ksiądz ręki na mojego Ojca.

– Widziałem jego twarz zaledwie kilka razy.

– Ale nigdy nie zrobił mu ksiądz krzywdy.

– Tylko raz mogłem spojrzeć mu w oczy.

– I nie zrobił mu ksiądz nic złego.

– Powinienem był przemóc się i spotykać z nim częściej.

– Ale po każdym spotkaniu wpadał ksiądz w rozpacz.

– Cierpiałem na okresowe napady przygnębienia, zanim jeszcze dowiedziałem się o tobie i człowieku, którego nazywałeś Ojcem.

– Owszem, ale myśl o nas wpędzała księdza w jeszcze

czarniejszą rozpacz. Sam ksiądz to napisał w swoim liście do mnie. Przyprawialiśmy księdza o koszmary, a mimo to ksiądz nas utrzymywał.

Stojąc z twarzą ukrytą w dłoniach, mówił po łacinie – nie do mnie, lecz chyba do Boga. Słuchałem i chociaż nie rozumiałem ani słowa, modlitwa Hanlona wyraźnie świadczyła o jego wielkim strapieniu.

Wstałem z fotela i zrobiłem kilka kroków w jego stronę; zatrzymałem się jednak, bo mnie, odmieńcowi, nie była dana zdolność dodawania ludziom otuchy. Tak naprawdę zawsze mi jej brakowało. Jak w noc, kiedy brutalnie zamordowano Ojca, i gdy leżąc pod samochodem, czułem, że do niczego się nie nadaję, że jestem bezużyteczny, i wstydziłem się swojej bezradności.

Łacińskie słowa rozpadały się w jego ustach, wychodząc z nich w postaci osobnych sylab, i Hanlon zaciął się w swojej modlitwie; z każdym głębokim, drżącym oddechem wydawał z siebie ni to szloch, ni to pomruk obrzydzenia.

Zważywszy na dwadzieścia sześć lat doświadczeń, mogłem sobie tylko wyobrazić, że to moja obecność jest powodem tak silnych, niepohamowanych uczuć.

– Pójdę już – powiedziałem. – Nie powinienem był tutaj przychodzić. Byłem głupi. I lekkomyślny.

– Nie, poczekaj. Pozwól mi wziąć się w garść. Daj mi szansę.

Hanlon dał nam tyle, że zasługiwał na spełnienie każdej prośby.

Kiedy odzyskał panowanie nad sobą, podszedł do drzwi, którymi weszliśmy, i wydawało się, że sprawdza, czy na pewno je zaryglował. Stał odwrócony do mnie plecami, nasłuchując odgłosów śnieżycy, i w końcu rzekł:

– To wiatr wschodni, jak ten, który sprawił, że rozstąpiło się morze. – Ta myśl przywiodła go do kolejnej i cytując, dodał: – *Oni wiatr sieją, zbierać będą burzę**.

Choć pragnąłem wiele powiedzieć, zdawałem sobie sprawę, że powinienem milczeć. W sercu i głowie Hanlona panował zamęt i tylko on sam mógł uporządkować swoje myśli.

– Koreańczycy, ci, którzy ocaleli, oznajmili niedawno, że ptaki nie zarażają się tą chorobą, ale za to ją przenoszą. Nie ma kwarantanny, która zapobiegłaby ich lotom.

Kręcono filmy i pisano książki o asteroidach unicestwiających planety, przedstawiając w nich historie, które wywoływały dreszcz trwogi u widzów i czytelników. W końcu jednak okazało się, że do położenia kresu ziemskiej cywilizacji nie potrzeba bryły kosmicznej materii o masie miliona ton. Morderstwa jednego człowieka można było dokonać przy użyciu kilku kropel nektaru z krzewu oleandra dodanych do miodu, a całą ludzkość dało się unicestwić bardzo skutecznie czymś jeszcze mniejszym, zwykłym mikrobem wynalezionym w niecnych zamiarach.

Kapłan, wciąż zwrócony ku drzwiom, dodał:

– Twój ojciec nie wiedział, kim jest, ale nie musiał tego wiedzieć. Czy ty, Addisonie, wiesz, kim jesteś?

– Jakimś monstrum – odparłem. – Wytworem błędu genetycznego, wybrykiem natury, ohydą.

---

* Cytat z *Księgi Ozeasza* w przekładzie Stanisława Barańczaka.

73

Wiatr poruszył drzwiami sutereny, przed którymi stał ojciec Hanlon.

– Może się wydawać, że to wiatr poddaje próbie drzwi, ale tej akurat nocy to najprawdopodobniej coś znacznie gorszego od wiatru – rzekł, jakby czytał w moich myślach. – To nie są czasy, o których święty Jan Ewangelista pisał w *Apokalipsie*. Armagedon będzie czasem trwogi oraz chwały, ale w tym, co nadciąga, nie ma nic chwalebnego, nie ma ostatecznego wyroku, nie ma nowej Ziemi, a jedynie gorzka tragedia na niewyobrażalną skalę. To dzieło mężczyzn i kobiet w całym ich zepsuciu i grzechu, skutek umiłowania władzy w służbie masowej zagłady. W taką noc najmroczniejsze duchy odrywane są od swoich zwyczajnych zajęć, wylegają na ulice w radosnym pochodzie.

Wspaniała woń kawy ustąpiła miejsca odorowi palących się marionetek. Pamiętając, co Gwyneth powiedziała mi, gdy wraz z dziewczynką opuszczaliśmy dom z żółtej cegły, zauważyłem:

– Właśnie tak śmierdziały marionetki w kominku rezydencji arcybiskupa. Ale ten smród to podstęp. Tam niczego nie ma.

– Nie bądź taki pewny – ostrzegł i wskazał na klamkę, która poruszała się gwałtownie w taki sposób, w jaki wiatr nigdy by jej nie poruszył. – Cokolwiek chce się dostać do środka, przyniesie ze sobą zwątpienie. Wiedziałeś, że ostatnia wola i testament Paladine'a, tego artysty, wymagały włożenia jednej marionetki do jego trumny?

– Było ich tylko sześć, a Gwyneth wszystkie odnalazła.

– Ta nie przypominała tej szóstki. Paladine wyrzeźbił ją i pomalował na swój obraz i podobieństwo. Ponoć jest do niego zadziwiająco podobna. Jedyną żywą krewną i spadkobierczynią artysty była jego matka... kobieta o niezdrowych zainteresowaniach i dziwnych przekonaniach, które najprawdopodobniej zaszczepiła swojemu synowi. Poleciła go pochować dokładnie tak, jak nakazywał testament, na mało znanym cmentarzu dla ludzi pragnących, by ich pochowano w ziemi, która nie została poświęcona i której nigdy nie pobłogosławił nikt wierzący.

Paskudny smród wzmógł się i choć drzwi już nie brzęczały, a klamka przestała się obracać, powiedziałem:

– To podstęp.

– Musisz się dowiedzieć, kim jesteś, Addisonie, tak abyś przestał wątpić i nie był bezbronny. – Hanlon odwrócił się plecami do drzwi, ale nadal nie patrzył na mnie. Przyglądał się swoim rękom, które skierował dłońmi ku górze. – Zwątpienie to trucizna. Prowadzi do utraty wiary w siebie oraz we wszystko, co dobre i prawdziwe.

Porywisty wiatr uderzał w dom z ogromną siłą i chociaż plebania była solidną budowlą z trwałej cegły, usłyszeliśmy nad głowami trzeszczenie.

Ojciec Hanlon opuścił ręce i zrobił dwa kroki w moją stronę, nie próbował jednak nawiązać kontaktu wzrokowego.

– Nie jesteś monstrum, wytworem błędu genetycznego, wybrykiem natury ani ohydą. Zakładam, że przeglądałeś się w lustrze.

– Tak.

– Często?

– Tak.

– I co widziałeś?

– Nie wiem. Nic. Chyba tego nie dostrzegam.

Nie dawał za wygraną:

– Jaka deformacja czyni cię obiektem tak błyskawicznej nienawiści i wściekłości?

– Obaj z Ojcem poświęciliśmy wiele godzin na spekulacje i domysły, ale w sumie nie mieliśmy jak się tego dowiedzieć. Chodzi o coś w naszych twarzach, a nawet w dłoniach, co inni widzą, ledwie na nas spojrzą, ale my tego w ogóle nie dostrzegamy. Wiele osób cofa się z obrzydzeniem na widok pająka, prawda? Gdyby jednak pająki miały zdolność logicznego myślenia, nie miałyby pojęcia, dlaczego tak często stykają się z nienawiścią, ponieważ dla siebie nawzajem wyglądają pociągająco.

– Jesteś bliski prawdy – stwierdził ksiądz. – Ale to porównanie do pająków jest chybione. – Podszedł i stanął przede mną, ale nie uniósł oczu. Ujął oburącz moją odzianą w rękawiczkę dłoń. – Człowiek nazywany przez ciebie Ojcem opowiedział o waszym przybyciu na świat. Twój rodzony ojciec był człowiekiem niezaradnym, nieodpowiedzialnym, może nawet przestępcą, i nigdy go nie poznałeś. Twoja matka miała wiele wad, ale nie była kobietą upadłą. Urodziłeś się z kobiety i mężczyzny, jak my wszyscy, tyle że inny niż wszyscy. Urodziłeś się inny być może dlatego, że zbliża się chwila, gdy tacy jak ty będą światu potrzebni.

– Inny? W jakim sensie? – zapytałem, nie mogąc się doczekać odpowiedzi. Wiedziałem, że jakaś odmienność ukształtowała moje życie i uczyniła ze mnie banitę, nie znałem jednak natury tej odmienności. W tym zagadkowym świecie byłem główną zagadką mojego życia.

– Choć jesteś zrodzony ze związku kobiety i mężczyzny, nie jesteś spadkobiercą Adama i Ewy, nie był nim również twój drugi, lepszy ojciec. Za sprawą niepojętej nie tylko dla mnie łaski nie nosisz piętna grzechu pierworodnego. Masz w sobie czystość, niewinność, którą reszta ludzi natychmiast wyczuwa równie bezbłędnie, jak wilk wyczuwa trop królika.

Zacząłem zaprzeczać, lecz on uciszył mnie, ściskając moją dłoń i kręcąc głową.

– Niczego w moim życiu nie boję się bardziej niż spojrzenia na ciebie, widzę bowiem wtedy nie tylko ciebie, ale i to, kim jesteś ty i kim ja sam nie jestem. Gdy na ciebie patrzę, i tylko wtedy, spoglądam w głąb siebie i widzę wszystkie moje grzechy w sugestywnym kalejdoskopowym pokazie dawnych toksycznych chwil lepiej, niż mógłbym sobie przypomnieć, robiąc przez całe życie rachunek sumienia. Kiedy patrzę na ciebie, widzę, kim powinienem być, i wiem, że taki nie jestem. Rozpoznaję też w pełni wszystkie momenty w moim życiu, w których zbłądziłem, każdą drobną nieżyczliwość, każdą podłość, każde kłamstwo i wszystkie niestosowne myśli przywrócone we wspomnieniach równocześnie i w jednej chwili.

– Nie – zaprotestowałem. – Jest ksiądz dobrym człowiekiem.

– Lepszym niż niektórzy, być może, ale dalekim od doskonałości. W młodości, w tej niekonwencjonalnej wojnie, gdy wroga niełatwo było określić, czasami strzelałem ze strachu, nie mogąc mieć pewności, czy użycie broni jest całkowicie uzasadnione...

– Ale, proszę księdza, obrona własna...

– Nigdy nie jest grzechem, ale czasami wiedziałem, że

strzelanie nie jest usprawiedliwione, potrzebna jest zwłoka, dalsza analiza, weryfikacja. Ja jednak nie sprawdzałem i nie zwlekałem. Kapitulacja przed strachem sprzyja zwątpieniu. W sercu każdego jest nieczystość i chciwość, synu, i przejmująca zawiść. Być może najwięcej kryje się w nim zawiści i właśnie ona należy do najgorszych namiętności. Nawet jako młody kapłan miałem niezdrowe ambicje, a pragnienie pochwał oraz odpowiedniej pozycji przeważało nad chęcią doradzania, ratowania i służenia.

Nie chciałem słuchać tej spowiedzi. Poprosiłem, by natychmiast przestał, uspokoił się i zamilkł. Nadal trzymał mnie za rękę. Drżał. Ja też drżałem. Trząsłem się.

Jeżeli moja odmienność polegała na tym, o czym mówił, to wolałbym być ohydą, wybrykiem natury tak odrażającym, że moja wykrzywiona twarz zmuszałaby ludzi do aktów nagłej szaleńczej przemocy. O ileż gorzej było być zwierciadłem dla ich dusz, wiedzieć, że gdy na mnie patrzą, uświadamiają sobie w jednej chwili wszystkie błędy, jakie popełnili w swoim życiu, zarówno drobne, jak i poważne, że czują ból, który zadali innym, i poznają siebie tak, jak mieli poznać dopiero po śmierci, w stopniu, w którym tę wiedzę można znieść dopiero po uwolnieniu się z cielesnej powłoki, na ostatniej rozprawie, bez ryzyka popełnienia kolejnego błędu.

Ksiądz podniósł głowę. Chociaż nadal miałem na głowie kaptur, światło było wystarczająco silne, by mógł dostrzec ocienione rysy mojej twarzy i spojrzeć mi w oczy. Na jego obliczu odmalował się wyraz takiego psychicznego udręczenia i głębokiego smutku, że choć nie towarzyszyły mu wściekłość ani niechęć, byłem zrozpaczony, bolało mnie to, że mam taki wpływ na kogokolwiek, i bałem się przez wzgląd na nas obu.

Wstrząśnięty odwróciłem wzrok.

– Jest ksiądz pierwszą osobą, jaką znam, której ja, sam mój widok, nie skłaniam do przemocy.

– To rozpacz i nienawiść do własnych błędów powodują, że chcą cię zabić, położyć kres tej bolesnej samoświadomości. Czuję tę samą chęć i opieram się jej, aczkolwiek wątpię, bym potrafił się jej opierać z taką odwagą jak twoja matka. Przez osiem długich lat.

Tymi słowy ukazał moje dzieciństwo i moją matkę w nowym świetle i stałem zdumiony, myśląc o niej jako kobiecie, która zachowała dość zasad – i która kochała mnie na tyle – by wytrzymać głębokie cierpienie psychiczne i emocjonalne, które ojciec Hanlon właśnie opisał.

– Jeśli zaś twoja matka miała w sobie coś ze świętej, tym samym można by uzasadnić tezę, że ojciec Gwyneth powinien zostać kanonizowany. Nie dość że wytrzymał trzynaście lat, to jeszcze kochał ją całym sercem i wytrzymałby znacznie dłużej, gdyby nie padł ofiarą morderstwa.

Budynek probostwa trzeszczał w gwałtownym wietrze, drzwi do sutereny drżały w ościeżach, jakby zaraz miały wylecieć z zawiasów, klamka obracała się z brzękiem, ale w tym odkrywczym momencie nie dbałem o to, co może grasować w ciemnościach ani co może wedrzeć się do środka.

74

Moja opowieść jest jedną z tych, w których personalia, a z pewnością same imiona i nazwiska, nie powinny mieć większego znaczenia, nie w przypadku wszystkich bohaterów dramatu. Gdyby taka historia była opowiadana w trzeciej zamiast w pierwszej osobie, przez jakiegoś pisarza dwa wieki przede mną, użyłby on (bądź ona) jeszcze mniej imion, niż ja użyłem, a niektóre postaci, takie jak Arcybiskup lub Ksiądz, można by rozpoznać tylko po tym, czym się zajmują. Gdyby zaś w tamtych czasach ta opowieść dotyczyła członków rodziny królewskiej, króla nazywano by po prostu Królem, królowa występowałaby jako Królowa, a dzielny mały krawiec byłby po prostu Małym Krawcem. Nawet w jeszcze wcześniejszej, przedwiecznej epoce opowiedziano by tę historię, obsadzając we wszystkich rolach zwierzęta, a ich nazwy posłużyłyby za imiona, takie jak Żółw i Zając, Kot i Mysz, Jagniątko i Rybka, Kura i Pan Lis. Posłużono by się takim sposobem, ponieważ w tamtych czasach życie było mniej skomplikowane, a ludzie mieli silniejsze poczucie dobra i zła niż później. Nazwę ten zamierzchły okres Epoką Jasności. Żadnemu pisarzowi i czytelnikowi nie przyszłoby wtedy do głowy, że do wyjaśnienia przyczyn niegodziwości złoczyńcy potrzebna jest analiza jego urazów z dzieciństwa, ponieważ dobrze rozumiano, że niegodziwe życie jest wyborem, którego dokonać może każdy, jeśli tylko woli niegodziwość od prawdy. Przez dwadzieścia sześć lat żyłem w Epoce Nowoczesności, gdy twierdzono, że ludzka psychologia jest tak złożona, a ciąg ludzkich motywacji tak abstrakcyjny i zawiły, że tylko specjaliści mogą nam wyjaśnić, dlaczego ktoś coś zrobił, a koniec końców nawet oni nie chcieli wydać ostatecznej oceny jakiegokolwiek działania konkretnej osoby. Wprawdzie ta opowieść dotyczy Epoki Nowoczesności, ale nie napisałem jej dla tej epoki. Niemniej, chociaż znamy ojca Gwyneth z jego czynów i bezinteresownej miłości do córki, i chociaż dotarłem w mojej narracji tak daleko, nie obarczając go imieniem, wydaje mi się, że ponieważ nie był postacią reprezentatywną, typową dla swoich czasów, powinienem użyć jego imienia choćby po to, aby zaznaczyć, iż był światłem w świecie pogrążającym się mroku. Nazwiska nie mają już obecnie większego znaczenia, posłużę się więc tylko imieniem, które brzmiało Bailey. Pochodzi ono od średnioangielskiego słowa *baile*, które znaczy „zewnętrzny mur twierdzy".

Bailey był na sali porodowej, gdy jego córka przyszła na świat, a żona zmarła przy porodzie. Reakcje lekarza i pielęgniarek były mniej gwałtowne niż reakcje akuszerki i jej córki, które odbierały poród w moim przypadku, lecz Bailey dostrzegł dziwne napięcie i pewną niechęć w stosunku do dziecka, daleką wprawdzie od odrazy, lecz wyraźnie wskazującą na nieprzychylne nastawienie, niedostatek sympatii i czułości w dotyku, niemal milczące odrzucenie.

Jego ukochana żona zmarła. Targały nim sprzeczne uczucia, żal i radość, obydwa nie całkiem stosowne do tej chwili, jednak będąc zawsze doskonałym znawcą ludzi i stanu ich umysłów, czuł, że nawet w takich okolicznościach może zaufać swojej intuicji. To, co wyczytał w twarzach i poczynaniach zespołu medycznego, najpierw go zaintrygowało, a potem zaniepokoiło. Podejrzewał, że gdyby śmierć jego żony i daremna próba jej reanimacji nie odwróciły uwagi lekarza i pielęgniarek, gdyby skupili ją całkowicie na niemowlęciu, ich reakcje na widok maleńkiej Gwyneth mogłyby być jeszcze mniej delikatne. Tłumaczył sobie, że nie mają powodu żywić niechęci do niemowlęcia, które było śliczne, bezradne i niezwykle pogodne, że jego obawy o bezpieczeństwo dziewczynki są tylko reakcją na niespodziewaną, druzgocącą stratę ukochanej żony. Nie potrafił jednak się ich wyzbyć. W oczekiwaniu na zważenie i przeniesienie na oddział noworodków dziecko leżało owinięte powijakiem w łóżeczku, a właściwie w emaliowanej umywalni w kształcie rombu. Ledwie zakończyła się bezskuteczna próba reanimacji jego żony, Bailey puścił jej dłoń i podszedł do córki. Kiedy podniósł ją i spojrzał w maleńkie, jeszcze niewidzące oczy, poznał całą prawdę o sobie i fala wyrzutów sumienia za pewne czyny z przeszłości omal nie rzuciła go na kolana.

Wytrzymał targające nim emocje, a gdy próbował zrozumieć wpływ, jaki wywarła na niego córka, jego umysł, zawsze tak bystry, działał szybciej niż kiedykolwiek. Według ojca Hanlona, Bailey był człowiekiem nie tylko dobrym, ale także w najwyższym stopniu uczciwym i honorowym; odniósł sukces, ale pozostał skromny. Gdyby był zepsuty lub gdyby w drodze od biedy do bogactwa kierował się bezlitosną ambicją, wtedy być może powody do wyrzutów sumienia byłyby tak liczne i poważne, że upuściłby niemowlę głową w dół właśnie tam, w tamtym momencie, i usprawiedliwił to dręczącym go żalem. Trzymał jednak córeczkę mocno, przekonany, że jest mu droga nie tylko tak, jak każda córka jest droga sercu ojca, ale również z przyczyn, których nie potrafił wytłumaczyć.

Pomyślał, że jej wpływ na niego może być dowodem jakiejś parapsychologicznej zdolności, nad którą z racji młodego wieku nie umiała zapanować. Może chodziło o zdolność telepatii bądź empatii, jasnowidzenia lub czytania w myślach. Nie wiedział, którą z nich może posiadać, jeśli w ogóle posiadała, ale wiedział, że jest kimś wyjątkowym. Podejrzewał, że te gwałtowne wyrzuty sumienia, które w nim obudziła, nie mogły być tym, czego doświadczyli lekarz i pielęgniarki. Gdyby przeżyli coś tak intensywnego i głębokiego, ich reakcje byłyby bardziej wyraziste; milczącemu odrzuceniu bez wątpienia towarzyszyłaby otwarta wrogość. Być może gdy jeszcze łączyła ją z matką pępowina, i chwilę po jej przecięciu, Gwyneth oddziaływała na otoczenie słabiej niż wtedy, gdy oddychała samodzielnie, jej serce nie biło już w rytmie serca matki, a aktywność jej mózgu z każdą minutą rosła.

Niektórzy członkowie szpitalnego personelu uznali Baileya za ekscentryka, a inni za aroganta, gdy nalegał, by jego córki nie zabierano na oddział noworodków, ale przydzielono osobny pokój, gdzie mógłby zostać i sam się nią zajmować, zgodnie z zaleceniami pielęgniarki. Ekscentryczny, arogancki czy nawet psychicznie niezrównoważony z rozpaczy, został potraktowany z szacunkiem i spełniono jego żądania; nie dlatego, że był człowiekiem powszechnie lubianym, ale dlatego, że wcześniej szpital dostał od niego wielomilionowe dotacje. Nikt z personelu i ze szpitalnej administracji nie chciał ryzykować utraty milionów, które w przyszłości mogły trafić do tej instytucji.

Bailey jak najszybciej zadzwonił do ojca Hanlona, księdza ze swojej parafii. Nie wdając się w wyjaśnienia, zapytał, czy mógłby skorzystać z pomocy jakiejś szczególnie pobożnej zakonnicy, osoby, która złożyła śluby zakonne w młodości i której doświadczenie w kontaktach ze światem ograniczało się głównie do klasztoru oraz modlitwy. Najlepiej, żeby była w zakonie kontemplacyjnym, o ile ktoś taki mógł otrzymać dyspensę na opuszczenie klasztoru. Bailey chciał, by taka stosunkowo niewinna osoba przyjechała do szpitala pomóc mu w opiece nad nowo narodzoną i osieroconą przez matkę córeczką, nie ufał bowiem pielęgniarce, żadnej pielęgniarce, na tyle, by pozostawić ją w pokoju sam na sam z małą.

Już w tamtych czasach miasto było siedzibą mniejszej liczby zakonów niż w przeszłości. Niegdyś, gdy Kościół był silniejszy, w klasztorach przebywało znacznie więcej *moniales*. Mimo to, dzięki dawnej szczodrości Baileya i siły przekonywania ojca Hanlona, znalazła się taka osoba. Siostra Gabriela ze Zgromadzenia Sióstr Miłosierdzia Świętego Augustyna, choć prowadziła żywot bardziej apostolski niż kontemplacyjny, okazała się idealną wybranką, była bowiem osobą spokojną, lecz obeznaną z tym, jak świat jest urządzony. Skutecznie też radziła sobie z najbardziej zeświecczonymi ludźmi w sposób, który sprawiał, że chętnie spełniali jej życzenia.

Poza tym dzięki medytacjom i kontemplacji siostra Gabriela była mistyczką obdarzoną zdolnością postrzegania pozazmysłowego. Widok Gwyneth zaniepokoił ją, ale również napełnił jej serce radością, tak że zdołała wytrzymać wnikliwą introspekcję spowodowaną kontaktem z dziewczynką i nabrać otuchy. Już trzeciego dnia podróży niemowlęcia przez życie zakonnica powiedziała Baileyowi, że jego córka przyszła na świat w stanie całkowitej czystości, że jakimś cudem nie obciąża jej brzemię grzechu popełnionego w rajskim ogrodzie. Jak to możliwe, w sytuacji gdy Gwyneth narodziła się ze związku mężczyzny i kobiety, tego nie umiała wyjaśnić, ale była tak pewna swego zdania, że obstawałaby przy nim, nawet gdyby jej przełożona miała uznać, że jest w błędzie. Była to bowiem prawda, która przeniknęła ją do głębi. Bailey też wiedział, że to prawda, w chwili gdy o tym usłyszał.

Gwyneth została zabrana ze szpitala do domu i przez następne cztery lata siostra Gabriela odwiedzała ich codziennie, by pomagać w opiece nad małą. Pod koniec tego okresu uznała, że Bailey da sobie radę sam, gdyż dziewczynka była już wtedy nad wiek dojrzała intelektualnie i emocjonalnie. Gwyneth miała też świadomość, jak wielkim darem jest jej niewinność i jak wielka jest potrzeba i trudność jej zachowania oraz zagrożenie ze strony świata wrogiego komuś takiemu jak ona. Siostra Gabriela wybrała potem życie kontemplacyjne i już nigdy nie opuściła murów swojego klasztoru.

Przez te cztery latach Bailey doświadczał mimowolnego rachunku sumienia, który następował, gdy tylko spojrzał na dziewczynkę. Czynił to tak często, że w pełni zrozumiał siebie i swoje dawne błędy. Osiągnął stan żalu doskonałego, aby oboje mogli się cieszyć swoim towarzystwem w normalny sposób, jak każdy ojciec i córka.

Do tego czasu wyzbył się już swojego imperium handlu nieruchomościami i przeorganizował inwestycje, dzięki czemu zarządzanie nimi mógł w dużej mierze powierzyć innym. Poświęcił się Gwyneth i rozpoczął pod pseudonimem zupełnie nieprawdopodobną karierę powieściopisarską, która okazała się zdumiewająco udana, mimo że nie jeździł na spotkania autorskie i nie angażował się w działania promocyjne.

Aby wytłumaczyć samotniczą, klasztorną niemal egzystencję Gwyneth, Bailey mówił domowemu personelowi oraz innym ludziom obecnym w jego życiu, że córka jest kruchego zdrowia, ma osłabiony układ odpornościowy, chociaż w rzeczywistości nigdy nie nabawiła się nawet przeziębienia i nie bolała jej głowa. Później była mowa o tym, że cierpi na fobię społeczną, co też nie było prawdą. Dziewczynka miała taką naturę, że odosobnienie bardzo jej służyło; oddawała się literaturze, muzyce i studiowaniu. Oboje z ojcem wierzyli, że ma żyć w przeświadczeniu, że nadejdzie dzień, gdy cel jej istnienia stanie się jasny, tymczasem zaś musiała jedynie uzbroić się w cierpliwość.

Kiedy wpadła na pomysł ukrycia swojej prawdziwej natury, pozwalający na kontakt ze światem, jej ojciec najpierw nie chciał się na to zgodzić. Gwyneth była jednak bardzo uparta i dowiodła, że jej plan jest wykonalny. Na zamieszczonych w czasopiśmie ilustrowanym zdjęciach marionetek Paladine'a rozpoznała portret szatana, którego odwzorowanie pozwoliłoby na tyle skutecznie zamaskować jej prawdziwą naturę i zniechęcić ludzi do bliskiego kontaktu, że mogłaby – unikając dotyku innych i tym samym rozpoznania – zaryzykować nieśmiałe i ostrożne eskapady z domu, w którym spędziła dotąd całe życie.

Gdy wcześniej zapytałem, dlaczego naśladowała wygląd marionetek, odparła, że miało to pomóc w przełamaniu jej socjofobii; że czuła, iż musi wyglądać na niezrównoważoną. Bała się ludzi i wymyśliła, że stworzenie sobie nieco przerażającego wizerunku może być najlepszym sposobem trzymania ich na dystans. Wtedy wiedziałem, że jej odpowiedź jest niepełna, że coś przede mną ukrywa. Pełna prawda wyglądała tak, że oboje byliśmy z jednej gliny, że ja mieszkałem za dnia pod ziemią, a nocą na powierzchni, natomiast ona poruszała się bezpiecznie po mieście ukryta pod grubą warstwą gotyckiego makijażu.

Wygląd jej dziwnych, niepokojących oczu, czarnych z czerwonymi prążkami jak u tych wstrętnych marionetek, był efektem noszenia szkieł kontaktowych. Ponieważ Gwyneth miała doskonały wzrok, soczewki nie były przepisane przez lekarza i wykonała je dla niej na zamówienie firma wytwarzająca wszelkiego rodzaju sztuczne elementy dla aktorów teatralnych i filmowych. Wykonywała je także dla rosnącej liczby ludzi, którzy postanowili uciec od niesatysfakcjonującego i nieciekawego życia, przywdziewając kostiumy nie tylko na spotkania miłośników fantasy i hazardu, ale również, coraz częściej, na czas spędzany poza biurem.

Sporo informacji na ten temat przekazał mi ojciec Hanlon, gdy siedzieliśmy w podziemiach probostwa, dom trzeszczał w węgłach, a burza szarpała drzwiami – o ile rzeczywiście była to burza, a nie ręka jakiejś bestii. Później Gwyneth sama opowiedziała mi prawdę o swoim życiu, przywołując część istotnych faktów.

Nadal miałem pytania, a jednym z ważniejszych było: Co teraz?

Chyba nie była to ostatnia zima na świecie, ale wszystko świadczyło o tym, że może być ostatnią, której świadkiem będą mieszkańcy tego miasta i wszystkich innych. Azjatycka zaraza, roznoszona przez ludzi i ptaki, mogła się okazać w stu procentach śmiertelna dla zarażonych. Jeżeli jednak byliśmy tym, za kogo się teraz uważaliśmy, nie odziedziczyliśmy w spadku dolegliwości tego upadłego świata.

– Skoro mnie i Gwyneth... oraz temu dziecku... nie jest pisana śmierć od tego, co wywołali ci szaleńcy, jaka jest nasza przyszłość i jak mamy ją zapewnić?

Jeżeli ojciec Hanlon znał odpowiedź, nie zdążył mi jej zdradzić, bo właśnie wtedy, gdy zadałem to pytanie, Gwyneth wróciła z dziewczynką do sutereny.

75

Bezimienna dziewczynka, odziana teraz w sweter, dżinsy i tenisówki zeszła po schodach do sutereny z płaszczykiem przewieszonym przez ramię. Uśmiechnięta i w pełni świadoma, nie zdradzała niczym tego, że przez wiele lat była w stanie śpiączki. Wydawało się, że jej słodki uśmiech onieśmielił burzę lub to, co chciało się dostać do domu, ponieważ drzwi przestały brzęczeć, a probostwo przestało drżeć w posadach.

Za małą pojawiła się Gwyneth, ubrana tak samo jak przedtem, ale bez gotyckiego makijażu. Nie jaśniała tak, jak jaśnieli Przejrzyści, ale zapewniam, że i tak biła od niej poświata, żadne inne słowo bowiem nie oddaje blasku jej urody: skóra bez skazy, oczy, w których tu i teraz, w tej zimie świata, odbijało się niebiańskie lato; ta dziewczyna z krwi i kości nie błyszczała, a mimo to wyglądała olśniewająco. Kolczyk z wężem zniknął z nosa, czerwonego koralika brakowało w kąciku ust, a wargi nie były już czarne, ale czerwone jak niektóre róże.

– Ma na imię Moriah – powiedziała, wskazując na dziewczynkę.

– Skąd wiesz? – zapytałem, a mała odparła:

– Powiedziałam jej.

– A pamiętasz, co ci się przydarzyło?

– Nie, z przeszłości niczego nie zapamiętałam – odrzekła.

– Ciekawe więc, jak zapamiętałaś imię – zauważyłem.

– Nie zapamiętałam. Usłyszałam je w chwili przebudzenia, szept w moich myślach, Moriah.

Ojciec Hanlon zamknął oczy, jakby widok takiej trójki jak my zawstydzał go. Głos mu jednak nie zadrżał, gdy rzekł:

– Addison, Gwyneth i Moriah.

Gwyneth podeszła, stanęła przede mną i przyjrzała się mojej zacienionej twarzy w kapturze.

– Fobia społeczna – przypomniałem.

– Nie kłamałam. Ludzie i to, do czego są zdolni, rzeczywiście budzą we mnie przerażenie. Moja fobia nie była schorzeniem umysłu, lecz wyborem.

Przez prawie osiemnaście lat jej życia i dwadzieścia sześć mojego znaliśmy świat bardziej z lektury książek niż z bezpośredniego kontaktu. Nie powinno nas zatem dziwić to, co zaczęliśmy odkrywać w podziemiach probostwa: że z tych setek tomów na ogół wybieraliśmy te same książki.

Kiedy rozwiązywała sznurki pod moją brodą, dotknęła mojej twarzy i serce napełniło mi się nowym światłem. Cichym i czułym głosem zaczęła recytować wiersz Edgara Poe, jeden z ostatnich, jakie napisał.

– *Rycerz na schwał na koniu w cwał w dzień jasny i w noc bladą...*

– *Śpiewając rad, wędrował w świat i szukał Eldorado** – dopowiedziałem.

Kiedy sznurki zostały rozwiązane, z nagłej obawy przed

---

* Fragmenty wiersza Edgara Allana Poe w przekładzie Antoniego Langego.

pokazaniem się jej w pełnym świetle przyłożyłem dłoń do kaptura, żeby go przytrzymać. Trudno mi było uwierzyć, że jestem tym, kim byłem zdaniem ojca Hanlona. Znacznie łatwiej – że jestem odrażającą istotą, której zasztyletowany mężczyzna, konający przy drodze, nienawidził i bał się bardziej od śmierci.

Gwyneth przeskoczyła od pierwszej strofy *Eldorado* do czwartej i ostatniej.

– *Za szczyty gór, za kresy chmur, w dolinę cieniów bladą śpiesz noc i dzień – odrzecze cień – tam znajdziesz Eldorado!*

Opuściłem rękę, a ona zsunęła mi kaptur z głowy i powiedziała:

– Jesteś piękny pod każdym względem i pozostaniesz piękny na zawsze.

Ogarnięty zachwytem pocałowałem ją w kącik ust, w którym przedtem znajdował się koralik, i w nos, z którego zwisał kolczyk w kształcie węża. Oraz w oczy, których nie trzeba już było zasłaniać przed wrogim światem, i w czoło skrywające umysł, w którym żyła, snuła nadzieje, marzyła, poznawała Boga i w którym darzyła mnie miłością.

76

Chyba jak zawsze, zanim zacząłem sobie wyobrażać kształt najbliższej przyszłości, Gwyneth już wiedziała, co się zaraz stanie, co wydarzy się w następnej kolejności i co nastąpi jeszcze później. Jeśli chodzi o intuicję i mądre planowanie, wdała się w ojca. Zanim ponad osiem godzin wcześniej przyjechała po mnie land roverem nad staw na

Riverside Commons, ustaliła przez telefon termin spotkania w kinie Egyptian, uzgodniła, że jej opiekun będzie tam na nas czekał, z małą, w środku nocy, i zasugerowała, że chyba będzie musiał, być może w niestosownym do tej okazji pośpiechu, spełnić przed świtem kapłański obowiązek.

Byłem zaszczycony, że Gwyneth potrzebowała moich oświadczyn, uradowany ich przyjęciem i trochę oszołomiony, gdy zdjęła z szyi delikatny złoty łańcuszek, na którym wisiał zrobiony z gwoździa pierścionek. Gwóźdź musiał być bardzo stary i zużyty albo jego ostrze zostało stępione pilnikiem. Trzpień wygięto w idealne kółko, a na łebku, który kształtem przypominał oprawę brylantu, wygrawerowano maleńką wydłużoną ósemkę, symbol nieskończoności. Twórca pierścionka, Simon, zrobił go dla niej, bo uważał, że uwolniła go od pijackiego samoukrzyżowania. W dołączonym do prezentu liście napisał, że pewnego dnia pozna mężczyznę, który pokocha ją tak mocno, że jeśli jego ofiara ocali ją od śmierci, rozprostuje gwóźdź i wbije go sobie w serce.

– Simon był równie melodramatyczny, jak utalentowany – zauważyła – ale miał rację.

Ledwie ojciec Hanlon zaczął wyjaśniać, dlaczego musi uprościć ceremonię, gdy z domu nad nami dobiegł gromki łoskot, a potem brzęk tłukącego się szkła, jakby wyleciało nie jedno, lecz trzy lub cztery okna naraz.

Nawet Gwyneth, przy całej swej intuicji, nie przewidziała tak frontalnego ataku w przedostatnim momencie.

Patrząc z obawą na sufit sutereny, ojciec Hanlon rzekł:

– Drzwi u szczytu schodów zamykają się od strony kuchni.

376

Chwyciłem krzesło z chromowanej stali i czerwonego plastiku, które kiedyś należało zapewne do kompletu stołowego, i pognałem ku schodom. Na podeście u góry z ulgą stwierdziłem, że drzwi otwierają się do wewnątrz, nie do kuchni. Przechyliłem krzesło na tylnych nogach i wepchnąłem górną krawędź oparcia pod klamkę, blokując zamek drzwi.

Kiedy wróciłem do sutereny, w pokojach na parterze słychać było odgłosy ciężkiego stąpania. Ktoś poruszał się niezdarnie to w jednym, to w drugim kierunku, jakby ten nieproszony gość był pijany lub zdezorientowany.

– Kto to jest? – zapytała Moriah. – Czego chce?

Nie wiedziałem i nie potrafiłem odgadnąć, ale sądząc po ponurym wyrazie twarzy Gwyneth, miała ona co najmniej uzasadnione podejrzenie.

Wśród starych mebli składowanych w podziemiach znajdował się klęcznik, który przedtem stał w zakrystii kościoła Świętego Sebastiana, ale został stamtąd wyniesiony, gdy zastąpiono go nowym. Wyścielany podnóżek był wystarczająco szeroki dla dwojga osób. Ojciec Hanlon stanął z drugiej strony klęcznika; twarz miał odwróconą, ale głos opanowany i pełny.

W domu nad nami coś, może biblioteczka lub wysoka komoda, runęło z potężnym hukiem i z sufitu posypał się na nas pył.

Nie chciałem nawet przez chwilę zwlekać z naszą przysięgą. Jeśli jednak były to ostatnie godziny świata, który znaliśmy, nic nie było mniej ważne niż przedtem, a w istocie wszystko było ważniejsze. Tak więc zapytałem kapłana:

– Jest ksiądz pewny, że to w porządku? Nie należę do waszego Kościoła.

- Ze swojej natury - odparł, unikając mojego spojrzenia - jesteś ze wszystkich Kościołów i żadnego nie potrzebujesz. Jeszcze nigdy nie odprawiałem nabożeństwa ślubnego z tak dużą dozą pewności, jaką mam tym razem. Gdyby dom dało się wypatroszyć, to hałas, który teraz doleciał z parteru, musiał być odgłosem wyrywania bebechów ze szkieletowej konstrukcji ścian i pękającej przy tym skórnej powłoki, którą stanowił tynk. Wyobraziłem sobie, że ktoś skoczył na żyrandol i zawisł na nim całym ciężarem, huśtając się jak oszalała małpa; zwisające z żyrandola kryształki ocierały się o siebie z brzękiem i spadając, uderzały w podłogę niczym szklane pociski. Towarzyszył temu przypominający wyłamywanie palców dźwięk skręcanych ogniw łańcucha i głośny jęk wkrętów mocujących, wyrywanych z puszki połączeniowej na suficie. Budynek znowu zatrząsł się w posadach, jakby coś ciężkiego spadło z dużej wysokości. Światła przygasły, zamigotały i przez chwilę ścigały po suterenie ruchome cienie, przypominające skrzydła ćmy, ale nie pogrążyliśmy się w ciemnościach.

- Addisonie, czy bierzesz obecną tu Gwyneth za prawowitą żonę zgodnie z obrzędem naszej Świętej Matki, Kościoła?

- Tak.

Tumult nad naszymi głowami podczas nabożeństwa wydawał się dziełem całej ekipy rozbiórkowej złożonej z psychopatów, dzierżących młoty oburęczne i łomy, skwapliwie tłukących szyby, rozłupujących drewno, zrywających deski z podłogi i ciskających meble w szale niszczycielskiej radości. Rozległa się seria eksplozji, które nie przypominały wybuchów bomb, tylko huki towarzyszące pokonywaniu bariery dźwięku przez samolot, jakby tych licznych gości sprowadzano z jakiegoś odległego królestwa z ogromną prędkością, a każde przybycie anonsowały oklaski wielkich powietrznych dłoni. Ale choć robili tyle hałasu, nie wołali do siebie ani nie przeklinali i nie wściekali się, jakby byli istotami, które odzywały się tylko po to, żeby zwieść rozmówcę, i które u kresu istnienia świata nie miały już powodu kłamać bądź czynić użytek ze swojego języka.

W tym zgiełku nasze głosy brzmiały jednak wyraźnie i niebawem Gwyneth powiedziała:

– ...że od dziś będę trwać przy tobie na dobre i na złe, w dostatku i biedzie, w zdrowiu i chorobie, dopóki śmierć nas nie rozłączy.

Bez względu na to, jaka bestia bądź stado bestii mogło pustoszyć probostwo, w końcu niszczyciel dotarł do zablokowanych drzwi u szczytu schodów w suterenie i szarpał nimi gwałtowniej niż wcześniej drzwiami zewnętrznymi. Chromowane oparcie krzesła zgrzytało przeraźliwie w kontakcie z obracającą się klamką. Czopy zawiasów grzechotały w gniazdach niczym kości w stawach ożywionego szkieletu, zasuwka ocierała się z piskiem w ryglu przymocowanym do ościeżnicy.

Wypowiadając święte słowa, które przypieczętowały naszą przysięgę, kapłan połączył nas węzłem małżeńskim, podkreślając, że powinniśmy stawić razem czoło wszystkiemu, co może nas czekać, że teraz my dwoje stanowimy jedność na zawsze – przez wszystkie nasze dni na ziemi i później.

Zerwaliśmy się na równe nogi. Wciągając na siebie płaszczyk, mała, żwawa i chyba lekko wystraszona Moriah ruszyła w stronę drzwi, a ojciec Hanlon poprowadził nas za nią, przez pasma światła i cienia, w kurzu opadającym z popękanego sufitu, jakby dla przypomnienia o naszych początkach. Przystanęliśmy. Gwyneth objęła księdza i powiedziała, że go kocha. Jeśli nawet ten fizyczny kontakt był torturą dla kapłana, to również wprawił go w uniesienie, a jeśli jego twarz wykrzywiały udręka i smutek, to ożywiała ją także nadzieja. Powiedziałem, że powinien jechać z nami, a on odparł, że nie może, że musi zostać, by nieść otuchę umierającym.

Ksiądz Hanlon dał mi zaklejoną kopertę i wyjaśnił, że w środku jest skarb. Wetknąłem ją do wewnętrznej kieszeni kurtki, w której trzymałem kopertę z jedynymi rzeczami, jakie zabrałem z mojego podziemnego lokum.

Za drzwiami sutereny był tylko lodowaty wiatr i przywiany zamiecią śnieg. Biegnąc przez dziedziniec, nie mieliśmy odwagi obejrzeć się i sprawdzić, jakie ponure światło rozjaśnia teraz ciemne wcześniej okna plebanii i jakie groteskowe formy i koszmarne cienie za nimi majaczą.

Kiedy znaleźliśmy się we troje w bezpiecznym wnętrzu land rovera, Gwyneth wjechała tyłem w alejkę i na moment mogłem spojrzeć za garaż, w oświetlone przejście między budynkiem a murem ograniczającym posesję, wzdłuż którego przed chwilą biegliśmy. Gęsty śnieg, szarpany w locie przez kapryśny wiatr i tworzący dziwne skręcające się formy, omamiający wzrok grą światła i cieni, mógł zrodzić w wyobraźni mnóstwo demonów. Sądzę jednak, że to, co ujrzałem w pogoni za nami, było równie rzeczywiste jak śnieg, przez który posuwało się do przodu.

Jeśli to coś było mężczyzną, to z pewnością nieboszczykiem, z bladymi jak księżyc oczami, w łachmanach, tu i ówdzie pokrytym odłamkami kości i słomą sterczącą z rozdarć w stroju stracha na wróble. Jeśli nie żył, to był Paladine'em, niósł bowiem na prawej ręce coś, co widziane przez zasłonę kłębiącego się śniegu mogło być marionetką. Jeśli zaś była to marionetka, a nie złudzenie, to widmo wielkości dorosłego mężczyzny niosło ją w zawiei, a przy jej drewnianych rękach brakowało sznurków, za które można by ciągnąć.

Gwyneth wrzuciła bieg. Opony wyrzuciły spod siebie mokre nitki zbitego śniegu, potem jednak przestały buksować i ruszyliśmy do zaczarowanego i nawiedzonego miasta, którego wieżowce świeciły wysoko w mroku nocy, lecz pod nim otwierała się czarna otchłań.

77

Gwyneth skręciła w szeroką aleję, w której drapacze chmur szukały niedosięgłego dla nich nieba i niknęły w głębi śnieżnego oceanu. Na naszych oczach odbywała się gala, jakiej nigdy wcześniej nie widzieliśmy ani nawet nie umielibyśmy sobie wyobrazić, *tableau vivant* ze świecącą wielotysięczną obsadą, obraz niezwykły i porywający, a zarazem scena dramatu tak okrutnego, że aż zmroziło mi krew w żyłach.

Oczywiście Gwyneth zawsze ich widziała; widziała ich również teraz i właśnie dlatego zwolniła. Na starszych wieżowcach, wzniesionych z kamienia, Przejrzyści stali ramię w ramię na każdym gzymsie, jaśniejąc w swoich zielonych, niebieskich i białych szpitalnych uniformach niczym świece w bezkresnych rzędach zniczy, a w budynkach ze stali i szkła widać ich było we wszystkich oknach, na każdym ośnieżonym występie muru. Stali również na widocznych przez białe całuny dachach niższych budynków oraz na markizach teatrów, portykach hoteli i kamiennych frontonach, wieńczących wspaniałe wejścia. Spoglądali na ulicę, na pełne powagi rzesze obserwatorów, będących świadkami do czasu, aż nie zostanie nic, o czym mogliby zaświadczyć. Wiedziałem bez potrzeby weryfikowania tej wiedzy, że ustawili się tak również przy innych alejach i ulicach, na dachach i drzewach w dzielnicach mieszkaniowych, w innych miasteczkach, miastach i krajach, wszędzie tam, gdzie byli ludzie, którzy niebawem zachorują i umrą.

– Boję się – powiedziała Moriah z tylnego siedzenia.

Nic, co mógłbym jej powiedzieć, nie zmniejszyłoby jej strachu. W godzinach, które jeszcze zostały temu światu, strach był nieunikniony – strach, wyrzuty sumienia, żal i gwałtowna, rozpaczliwa miłość. Poddawszy się takim emocjom, Gwyneth zdjęła nogę z gazu i pozwoliła, by land rover zatrzymał się na środku ulicy. Otworzyłem drzwi, wysiadłem i stałem zdjęty podziwem i trwogą, patrząc na te tysiące otaczających nas obserwatorów.

Nieposłuszeństwo Adama i Ewy sprowadziło na świat szczególne znaczenie czasu, jako miernika długości ludzkiego życia, które nie mogło być bezkresne. Później Kain zabił Abla i na świecie pojawił się kolejny nowy instrument, możliwość panowania nad innymi groźbą, rządzenia poprzez strach oraz zadawania śmierci. Była ona łaską i bramą do życia bez łez, ale odtąd sama w sobie przestała już być święta, lecz stała się tępą bronią prymitywnych ludzi. I choć krew Abla wołała kiedyś z ziemi do nieba, teraz doszliśmy do momentu, w którym przelanej przez tysiąclecia krwi zebrało się tyle, że ziemska krtań jest ściśnięta i świeża krew nie jest w stanie wydobyć z niej krzyku.

Spoglądając na świecące wokół rzesze, mówiłem do nich z głębi serca, wiedziałem bowiem, że słyszą te nieme słowa lepiej, niż słyszałyby mój głos. Przypomniałem im o wielu milionach dzieci, o kochających ojcach, zatroskanych matkach, o ludziach prostodusznych, którzy w swojej prostocie byli bez winy, o ludziach pokornych, potencjalnie czystych i potencjalnie uczciwych oraz o tych, którzy kochali prawdę, mimo że nie zawsze prawdę mówili, którzy codziennie usiłowali dążyć do ideału, jaki mógł być dla nich nieosiągalny, ale był upragniony. Między ludźmi panowała nienawiść, była jednak też miłość, gwałtowna zawiść, ale i zadowolenie ze szczęścia innych, chciwość, ale i dobroczynność, wściekłość, ale również współczucie. Jednak bez względu na to, z jakim zapałem i swadą broniłbym ludzkości, wiedziałem, że ta promienna publiczność nie może zapobiec i nie zapobiegnie temu, co nadciąga, że po tym, jak do tego doprowadziliśmy, nie mogą wziąć nas w opiekę, mogą jedynie być świadkami. Świat był napędzany naszą wolną wolą i jeśli mieli zstąpić z gzymsów i dachów, żeby naprawić to, co zostało zrobione, zabraliby nam wolną wolę, a wówczas bylibyśmy zwykłymi robotami, golemami o sercach z gliny i kontrolowanych umysłach. Skoro pewni ludzie postanowili dążyć do zagłady życia ludzkiego na ziemi, a inni, o szlachetnych intencjach, nie podjęli wszystkich niezbędnych kroków, żeby bronić się przed takim szaleństwem, konsekwencje były równie pewne jak to, że po pojawieniu się błyskawicy rozlegnie się grzmot. Te świecące rzesze nie patrzyły w dół z okrutną obojętnością, lecz z miłością, współczuciem i żalem, przewyższającym chyba cały żal, którego fala miała się w nadchodzących dniach przetoczyć przez umierające narody.

Twarz miałem sztywną od zamarzniętych łez, gdy kątem oka ujrzałem jakiś ruch na ulicy. Jedna Przejrzysta zstąpiła między nas, żeby przyprowadzić do mnie troje dzieci. Żadne z nich nie przekroczyło piątego roku życia. Poznałem je po sińcach i bliznach, wycieńczeniu głodem, który sprawił, że policzki chłopców bliźniaków były zapadnięte, po krwawych otarciach na szyi dziewczynki, będących śladem ligatury, którą omal nie została uduszona. Byli jak ja, Gwyneth i Moriah – niegdyś znienawidzone i napiętnowane wyrzutki, a teraz spadkobiercy całego świata.

Przejrzystą była ta sama kobieta, która złożyła wizytę w dziewiątym mieszkaniu Gwyneth, gdy ta grała utwór fortepianowy skomponowany dla upamiętnienia jej ojca. Pamiętam, co Gwyneth powiedziała mi w noc pierwszego spotkania, gdy przyrządziła nam jajecznicę i bułkę maślaną z rodzynkami. Zapytałem wówczas, czy mieszka sama, a ona powiedziała: *Jest ktoś, kto odwiedza mnie z rzadka, ale nie chcę o tym mówić.* To właśnie ta Przejrzysta składała jej wizyty.

Przejrzyści, zebrani nade mną w całe zastępy, znajdowali się zbyt daleko, bym mógł patrzeć w ich oczy. Mimo ojcowskich przestróg spojrzałem w oczy tej kobiecie i okazało się, że miał rację, twierdząc, iż uznam je za okropne. Były okropne w tym sensie, że ich spojrzenie olśniewało, były niebieskie, a mimo to przejrzyste jak szkło, miały

w sobie głębię, jakiej nie widziałem przedtem w niczy-
im spojrzeniu; odniosłem wrażenie, że sięgam przez nie
wzrokiem do kresu czasu. Swoim spojrzeniem ta kobieta wzbudziła w moim sercu ponurą trwogę. Przerażało
mnie to, do jakiego stopnia czuję się zawstydzony, oraz
moc, z jaką poczułem się kochany, i musiałem odwrócić wzrok.

Dzieci były małe i zmieściły się na tylnym siedzeniu
obok Moriah. Przejechaliśmy w milczeniu odcinek do
następnej przecznicy, wiedząc, że bez względu na to, jak
daleko dotrzemy, znajdziemy rzesze Przejrzystych, świe-
cących, spostrzegawczych i pogrążonych w smutku, do
końca stojących na straży.

Nagle na ulicach pojawiły się inne pojazdy – znacznie
mniej, niż można by się spodziewać nocą przy dobrej
pogodzie, i więcej, niż kiedykolwiek widziałem podczas
zamieci. Kierowcy nie zważali na ryzyko, jakby wszyscy
umykali przed pościgiem.

Telebim na Ford Square wyglądał niczym olbrzymie
okno i ukazywał ponury obraz naszej przyszłości roz-
grywającej się już w Azji, gdzie trupy leżały na ulicach,
a tłumy zdesperowanych ludzi usiłowały dostać się na
pokład przepełnionych statków. Na pasku z informacjami
pojawiały się nazwy kolejnych amerykańskich miast, z których donoszono o zgonach wskutek błyskawicznie roz-
szerzającej się zarazy, a jej zasięg terytorialny był tak duży,
że pozbawiał nadziei na ucieczkę nawet najbardziej niepo-
prawnych optymistów.

Kiedy przed nami pojawiły się trzy pługi śnieżne z błys-
kającymi kogutami i przejechały szybko, jeden za drugim,
przez skrzyżowanie, Gwyneth zauważyła:

– One nie odśnieżają dróg w mieście, tylko uciekają. Podążyliśmy za nimi i kierowcy pługów torowali nam drogę, choć nie było to ich zamiarem.

Wkrótce dotarliśmy na peryferie ostatniej dzielnicy miasta, gdzie ujrzeliśmy pierwszych rabusiów. Zgarbieni i rozgorączkowani, niczym postaci z koszmarnego snu o drapieżnych wilkach, wylewali się z rozbitych witryn sklepowych, pchali wózki, niczym muły ciągnęli wyładowane wozy ze ściankami z desek, pakowali do SUV-ów najnowszy sprzęt elektroniczny i rozmaite luksusowe towary, niektórzy z oczami spłoszonych koni, a inni roztargnieni jak małe dzieci poszukujące prezentów podczas urodzinowego przyjęcia. Przejrzyści stali się świadkami także tych grabieży.

Kiedy jechaliśmy przez przedmieścia, miejskie pługi śnieżne już nas nie prowadziły, wiele złupionych sklepów stało w ogniu, a rabusie okradali się wzajemnie, broniąc swojego łupu przy użyciu broni palnej, łyżek do opon i oskardów. Jakiś mężczyzna w płonącym ubraniu przebiegł przed nami ulicą, nie wypuszczając z rąk pudła opatrzonego znakiem firmy Apple, gdy płomienie przeskoczyły z jego kurtki na włosy, a wtedy, smażąc się i krzycząc z bólu, upadł na chodnik.

78

O świcie śnieg przestał padać i jechaliśmy przez tereny, gdzie pokrywa śniegu była cieńsza, a drogi puste, jeśli nie liczyć pojazdów prowadzonych przez zdesperowanych lub spanikowanych ludzi, z których większość nie była chyba pewna, dokąd zmierza, i lekkomyślnie jechała przed siebie.

Początkowo zaintrygowało nas to, że drogi nie są zakorkowane, że tysiące ludzi nie uciekają w odległe miejsca, choć wiedzą, iż ucieczka jest niemożliwa. Potem usłyszeliśmy w radiu, że prezydent rozkazał sekretarzowi bezpieczeństwa krajowego zablokować główne drogi wyjazdowe z miast, w których znajdowały się lotniska międzynarodowe i porty, ponieważ pierwsza fala doniesień o ofiarach zarazy napływała z obszarów tych metropolii. Jedyną nadzieją było zapobieżenie rozprzestrzenianiu się choroby. Wydostaliśmy się w ostatniej chwili.

Daremność działań władz stała się oczywista, gdy chmara jemiołuszek cedrowych zerwała się do lotu z żywopłotu, frunąc przez drogę, w górę i na boki, i przypominając nam, że ptaki są żywicielami pośrednimi tej zarazy. Rozprzestrzenianie się jej nie zależało od podróżnych z Azji wysiadających z pokładu samolotów i statków wycieczkowych.

Mimo zmęczenia nie chcieliśmy zatrzymywać się tak blisko celu naszej podróży. Poprzedniej nocy, gdy Gwyneth podjechała do stawu na Riverside Commons i po raz pierwszy miałem okazję jechać samochodem, wspomniała o miejscu na wsi, które przygotował dla niej ojciec, na wypadek gdyby z jakiegoś powodu musiała opuścić miasto. Mieliśmy nadzieję, że uda nam się dotrzeć do tego schronienia przed zapadnięciem nocy.

Moriah spała na tylnym siedzeniu. Trójka wyczerpanych maluchów leżała za nią w części bagażowej.

Na stacji benzynowej Mobil w zacisznym prowincjonalnym miasteczku jakiś mężczyzna w spodniach i koszuli khaki leżał martwy i zbrukany przed podniesioną bramą warsztatu naprawczego. Stacja była opuszczona, ale dystrybutory działały. Nie mieliśmy karty kredytowej. Przygotowując się na horror, odpędziłem dziobiące kruki od zwłok, znalazłem w portfelu nieboszczyka odpowiednią kartę i napełniłem bak land rovera.

W znajdującym się przy stacji sklepie ogólnospożywczym zapakowałem do koszyka krakersy, batony z musli i butelki soku jabłkowego, zapasy na ostatni odcinek naszej podróży.

Ojciec Gwyneth, Bailey, przekazał jej zarówno szczegółowe wskazówki, jak i mapę, ale gdy zaprogramowała nawigację, polegaliśmy już tylko na systemie GPS.

Nigdy nie dowiemy się, czy Bailey intuicyjnie wyczuł, dlaczego osoby pokroju jego córki przychodzą na świat, czy też po prostu pomyślał, że w okresie kryzysu Gwyneth będzie bezpieczna tylko z dala od ludzi. Chata leżała na odludziu, na dość rozległym terenie będącym własnością funduszu; po niespełna roku od ukończenia jej budowy Bailey polecił ściąć drzewa wzdłuż wąskiej drogi gruntowej i zasiać chwasty, by ułatwić przyrodzie jak najszybsze zamaskowanie szlaku.

Opiekun imieniem Waylon, ktoś w rodzaju współczesnego alpinisty, przychodził tam raz w miesiącu i za każdym razem zostawał przez trzy dni, zapewniając utrzymanie chaty w dobrym stanie. Prawdopodobnie była teraz pusta, a gdy Gwyneth nie mogła się z nim skontaktować przez telefon, uznaliśmy, że pewnie już zachorował lub nie żyje.

W południe zimowy pejzaż został za nami. Zdjęliśmy łańcuchy z opon. Pośród złocistych łąk, w tle których tu i ówdzie jawiły się zielone sosnowe lasy, za pastwiskiem ogrodzonym płotem z drewnianych żerdzi, stał dom, wolno stojący bądź z oborą. Kiedyś te zabudowania mogły wydawać się malownicze i przyjazne, jednak teraz przypominały miniatury w szklanych przyciskach do papieru, tyle że bez śniegu, a promienie słońca padały pod takim kątem, że żaden budynek nie rzucał cienia; wszystkie stały w ciszy, surowe i samotne.

Tuż przed trzecią po południu głos nawigatora ostrzegł nas, że za blisko półtora kilometra utwardzona lokalna droga zaprowadzi nas w ślepy zaułek. Dalej będziemy musieli wędrować pieszo.

Kiedy przebyliśmy kilometr, zaczęły się pojawiać psy. Labradory, owczarki niemieckie, golden retrievery i rozmaite mieszańce przybiegały z pól i lasów, kierując się na ukos od drogi, wpadając na pobocze i biegnąc potem obok samochodu; szczerzyły do nas zęby i merdały ogonami. Naliczyliśmy ich ze dwadzieścia. Nie domyślaliśmy się, czyje to psy ani skąd pochodzą, ale ich radosne zachowanie gwarantowało, że nie są groźne.

Jezdnia kończyła się rzędem metalowych słupków, ustawionych na tyle gęsto, by uniemożliwić przejazd. Za nimi ciągnęła się pokryta koleinami gruntowa droga, kamienista i zniechęcająca do kontynuowania podróży.

Kiedy wysiedliśmy wśród psów, wszystkie bez wyjątku były spragnione kontaktu, wszystkie się do nas łasiły i dyszały, nie warcząc jednak i nie szczekając. Kręciły się wokół nas, błagając smutnymi oczami, by je pogłaskać, podrapać za uchem. Czwórka dzieci była zauroczona czworonogami i wtedy po raz pierwszy na twarzach trojga młodszych zobaczyłem uśmiech.

Do zabrania mieliśmy tylko batony z musli i owinięte w celofan kanapki z krakersów z masłem orzechowym, którymi wypchaliśmy kieszenie.

Według mapy zanosiło się na przeprawę przez pustkowie znaczoną naturalnymi punktami orientacyjnymi.
Wyglądało na to, że psy poczuły się wynajęte na zwiadow-
ców, ruszyły bowiem całą sforą przed nami, zerkając do
tyłu, by się upewnić, czy za nimi idziemy.
Droga zaczynała się łukiem, a za nim napotkaliśmy
uzbrojonych ludzi.

79

Dwanaście metrów przed nami, w poprzek drogi zapar-
kowano jeepa kombi. Czterej mężczyźni w myśliwskich
strojach maskujących z karabinami automatycznymi w rękach stali przy tylnej klapie, ale na nasz widok rozdzielili
się i zajęli pozycje obronne; trzej z nich schronili się za
samochodem.

Czwarty krzyknął, byśmy się zatrzymali. Powiedział, że
nie możemy iść dalej, że na ich ziemi nie ma choroby i chcą,
by tak było nadal. Chociaż znajdowali się zbyt daleko, by
widok naszych twarzy mógł ich rozwścieczyć, pomyślałem,
że nasz rozmówca jest blady i ma sine wargi, jak wcześniej
Telford, a jego twarz, mimo panującego chłodu, lśni od
potu. Mogłem więc tylko dojść do wniosku, że nie przyjmują do wiadomości, iż grozi im niebezpieczeństwo.

Powiedziałem, że nasza szóstka nie jest zarażona, że
chcemy jedynie przejść do naszego domu położonego kilka
kilometrów dalej na zachód, ale oni nie byli skłonni mi
uwierzyć. Nie interesowało ich nawet to, czy mówię prawdę. Ich przywódca puścił serię z automatu nad głowami
psów i obok nas, żądając, byśmy się wycofali.

I wtedy, jak na komendę, z wysokiej trawy zaczęły wyłaniać się następne psy, zaskakując czterech mężczyzn. Wydawało się, że nie wychodzą z ukrycia, ale wręcz katapultują się z dzikich traw. Dołączały do tych, które już nas prowadziły, aż sfora urosła do około pięćdziesięciu psów. Tajemnice i cuda miasta były tajemnicami i cudami świata. Tutaj można ich było doświadczyć równie często, jak gdzie indziej, o czym mieliśmy się przekonać w następnych dniach. Psy otoczyły nas ze wszystkich stron niczym gwardia pretoriańska, a o niezwykłości tej sfory dobitnie świadczył fakt, że nie wydawały żadnych odgłosów, oraz to, jak wszystkie patrzyły na jeepa i zebranych przy nim mężczyzn. W spojrzeniach czworonogów nie było groźby, lecz niemal żądanie, by wyzbyli się strachu i zachowywali po ludzku.

Nie byłem pewny, co robić, ale gdy psy ruszyły, Gwyneth powiedziała, że musimy biec za nimi. Wprowadziły nas na łąkę, nie zwracając uwagi na czmychające króliki, i ominąwszy jeepa szerokim łukiem, powróciły na szlak.

Uzbrojeni mężczyźni patrzyli na to wszystko w milczeniu, a jeśli nawet któryś pomyślał, że najbezpieczniej byłoby powalić nas gradem kul, to nie posłuchał tej myśli. Cokolwiek stało się z tymi ludźmi, już nigdy więcej ich nie zobaczyliśmy.

W głąb dziewiczych lasów, gdzie popołudniowe słońce spływało w dół między gałęziami drzew, psy wprowadziły nas krętymi szlakami jeleni. Pierzaste paprocie niczym ptaki o ogromnych zielonych skrzydłach, które mogły wykorzystać podmuch wiatru i wzbić się w powietrze, niknęły w sosnowym mroku. Przede mną szły dzieci, podążające za Gwyneth, raz po raz rozpływając się w cieniu i powracając do poprzedniej postaci w świetle słońca, jakby ów las pragnął mi przypomnieć, że każdy dar można utracić.

Chata – rozległa budowla z ciasno dopasowanych bali, uszczelnionych czymś w rodzaju sprężystego tynku, przykryta dachem z łupka i wyposażona w pokryte śniedzią miedziane rynny – wbrew tej nazwie nie była taka zwyczajna. Dookoła niej biegła weranda.

Kiedy przed wejściem do środka staliśmy na dużej polanie przed domem, Gwyneth powiedziała o zgromadzonych w nim sporych zapasach, z wystarczającą na trzy lata ilością jedzenia włącznie. Zastanawiała się jednak, jakim cudem wykarmimy jeszcze pół setki psów.

Jakby w odpowiedzi na to pytanie psy wycofały się do otaczającego nas lasu i po niespełna minucie zniknęły, jakby ich nigdy nie było. W nadchodzących dniach miały dotrzymywać nam towarzystwa, ale w żadnym razie nie jadły niczego, czym je częstowaliśmy. Obwąchiwały jedzenie, ale odpychały je od siebie, jakby raziło ich wyostrzony węch. Od czasu do czasu wędrowały wśród drzew, nie wszystkie naraz, ale każdy osobno, według własnego harmonogramu, a gdy wracały, sprawiały wrażenie sytych i zadowolonych. W końcu poznaliśmy ich tajemnicę.

80

Bliźniaki miały na imię Joshua i Justin, a dziewczynka, która z nimi przyjechała, Consuela, nie była z nimi spokrewniona. Chłopcy, wygłodzeni w ramach kary za cierpienie, jakiego przysporzyli swojej matce, szybko nabrali ciała, a krwawiące ślady duszenia na szyi dziewczynki z czasem zniknęły bez śladu. Wgłębienie w czaszce Moriah nie wypełniło się, ale zakryły je włosy i nic nie wskazywało, by ten uraz dodatkowo jakoś jeszcze na nią wpłynął, była bowiem inteligentna, bystra i roześmiana.

Tamtego roku dzieci chciały obchodzić Boże Narodzenie. Ścięliśmy odpowiednie drzewo i udekorowaliśmy je ostrokrzewem zebranym w lesie oraz błyszczącymi ozdobami, zrobionymi z blaszanych puszek i pomalowanymi ręcznie.

W głównym pomieszczeniu stał steinway, na którym Gwyneth grała nam kolędy. Czasami mówiła, że nie zna melodii, o której wspominaliśmy, ale ilekroć próbowała ją zagrać, trafiała we właściwe klawisze i muzyka bez jednej fałszywej nuty wypełniała całą chatę.

Ponieważ jego córka była uzdolniona muzycznie, Bailey wyposażył ten leśny dom w inne instrumenty – między innymi dwa klarnety, saksofon, dwoje skrzypiec, wiolonczelę. Uzgodniliśmy, że do następnych świąt przynajmniej ja i być może Moriah nauczymy się grać na jednym instrumencie, dzięki czemu będziemy mogli akompaniować grającej na fortepianie Gwyneth.

81

Kiedy rankiem szóstego stycznia wszedłem do kuchni pomóc przyrządzić śniadanie, drzwi od tyłu były otwarte, a Gwyneth stała przy balustradzie werandy, wpatrując się w las, gdzie drzewom ogarniętym pierwszymi promieniami słońca towarzyszyły nieodłączne cienie.

Dzień był dość ciepły jak na tę porę roku, a Gwyneth pogrążyła się w smutku. Trapił nas czasem, nie odczuwało go natomiast żadne z dzieci.

Kiedy stanąłem obok niej i objąłem ją ramieniem, zapytała:

– Czujesz to?

– Co?

Nie odpowiedziała i po kilku minutach zrozumiałem, co jest powodem jej melancholii. Ani cisza, ani żaden dźwięk, ani woń, ani jej brak, ani natężenie słonecznego światła, ani kolor nieba nie dostarczały żadnego dowodu, że skończyła się pewna epoka i zaczęła nowa era. Mimo to nie miałem cienia wątpliwości, że wymarli do ostatniego, całe ich olbrzymie bogactwo zostało bez właściciela, wszystkie ich parki rozrywki, oberże i sale taneczne bez celebrantów, wszystkie miasta i wioski bez jednego choćby głosu, wszystkie statki na morzu zamieniły się w statki widma, a niebo przemierzały teraz jedynie ptaki.

– Tak szybko – zauważyła.

Myślenie o tym było nie do zniesienia, ale zdolność rozumowania, przekonywania i snucia refleksji otrzymaliśmy w darze. Podobnie ofiarowano go tym, którzy przyszli przed nami, a wraz z tym darem pojawiła się nieodparta chęć, by z niego korzystać.

Jeśli na spokojnym bezkresie ziemi żyli inni myśliciele, to byli jak ja i Gwyneth – tworzyli w odległych od siebie miejscach niewielkie grupy, zdające sobie sprawę z cudu i tajemnicy wplecionych w materię dnia.

Następnego ranka zwierzęta wyszły z lasu na polanę, a niektóre wspięły się nawet na stopnie naszej werandy. Było wśród nich kilka jeleni i rodzina brunatnych niedźwiedzi, szopy pracze, wiewiórki, wilki i króliki. A psy siedziały czujne lub dokazywały między przedstawicielami innych gatunków. Dawne drapieżniki wygrzewały się na słońcu obok swoich dawnych ofiar, obserwowały, jak całuny mgły nikną w porannym świetle, walczyły dla zabawy lub goniły się nawzajem, wolne od strachu i poczucia zagrożenia, i odtąd było tak już zawsze.

Przez pierwszych osiem lat mojego życia, gdy spędzałem sporo czasu w lesie, nie bały się mnie i nie prześladowały żadne zwierzęta. Gdyby moja matka mnie tam porzuciła, co kiedyś zamierzała uczynić, zdziwiłaby się, odkrywszy, że nawet wilki byłyby ze mną w najlepszej komitywie. Wtedy ta wspólnota skrzydlatych oraz czworonożnych istot wydawała mi się naturalnym środowiskiem; była nim u zarania dziejów i jest obecnie.

82

Głęboki las nie jest siedliskiem niczego, co zabija, i teraz rosną w nim drzewa, których zdjęć i opisów nie ma w naszej obszernej bibliotece. Nowe drzewa i pnącza rodzą mnóstwo owoców nieznanych nigdy wcześniej, a w każdym razie nie w niedawno minionej epoce. Niektóre z nich są słodkie, niektóre pikantne, i to właśnie nimi się żywimy, one też są pożywieniem psów oraz innych stworzeń, od niedźwiedzi po myszy. Jeżeli kiedyś znużą nas smaki i konsystencje owoców z drzew i pnączy, natychmiast wymyślamy nowe sposoby ich przyrządzania i serwowania albo pojawiają się nowe owoce, inne, lecz nie mniej smakowite.

Czasami, gdy wyglądam przez okno i widzę roześmiane dziecko jeżdżące na oklep na niedźwiedziu, ogarnia mnie dawny lęk, ale to szybko mija.

83

Któregoś styczniowego dnia tej samej zimy przeczytałem ponownie wiersz *East Coker* T.S. Eliota i spostrzegłem coś, o czym zapomniałem: mocną, lecz piękną metaforę, opisującą Boga jako rannego chirurga, który broczącymi krwią rękami przykłada skalpel do ciał swoich pacjentów, tak że „Czuć pod skrwawioną dłonią głęboką litość uzdrawiającego". Zastanawiałem się wówczas, czy właśnie ta zapomniana metafora działała na moją podświadomość, ukazując mi Przejrzystych w szpitalnym odzieniu, czy też Eliot był jeszcze większym wizjonerem, niż twierdzili miłośnicy jego poezji.

84

Na parapetach okiennych i progach drzwi w naszym nowym domu nie widnieje żadne ze słów, które Gwyneth umieszczała w wejściach do innych miejsc zamieszkania, ponieważ przestały być potrzebne. Alfabetem, którego używała, był klasyczny alfabet łaciński wywodzący się z pisma greckiego przyswojonego za pośrednictwem Etrusków. Słowa wypisywane przez Gwyneth, po łacinie brzmiałyby tak: *Exi, impie, exi, scelerate, exi cum omnia fallacia tua*, co w przekładzie oznacza: „Odejdź, bezbożny, odejdź, przeklęty, odejdź z całym swym fałszem". Jeśli była chroniona przed Mglistymi i kimś innym, kto mógł zamieszkać w marionetkach, pozytywkach i ludziach, słowa ułożone przy użyciu Magicznych Mazaków nie powstrzymały Ryana Telforda. Być może stało się tak dlatego, że tkwiło w nim jedynie jego własne zło.

85

Przeczytałem wiele książek i w każdej z nich jest sporo prawdy i mądrości, w żadnej jednak nie ujawniono prawdy o miłosnym zespoleniu. Kiedy leżę w ramionach Gwyneth, szczęśliwy, w istocie nie chodzi o doznanie, ale o żarliwe uczucie, ono zaś nie bierze się z ciała, lecz z umysłu i serca. Żaden pisarz nie przekazał mi, że w tym akcie nie ma ego, że pragnienie dawania wypiera wszelką myśl o przyjmowaniu, że kochankowie, uniesieni, stają się jednością, że ja jestem nią, a ona mną, że nie uwodzimy i nie kapitulujemy, a tylko jesteśmy ogarnięci gorączką tworzenia, nie trawi nas pożądanie, lecz ogarnia zdumienie, iż na moment otrzymaliśmy tę samą moc, która doprowadziła do istnienia świata, aby także móc stworzyć życie. Teraz Gwyneth spodziewa się dziecka.

86

Na fortepianie stoją fotografie w wykonanych ręcznie ramkach. Jest wśród nich zdjęcie, które zabrałem ze swojego pozbawionego okien lokum, gdy Gwyneth powiedziała, że już tam nie wrócę. Przedstawia ono moją matkę w dniu, gdy nie wypiła za dużo i uśmiechała się chętniej niż zwykle. Jest śliczna, a w jej oczach i wdzięcznej pozie widać nadzieję, która nigdy się nie spełniła. Znalazłem je w zapiętej na zamek kieszeni plecaka, który mi dała, wyrzucając mnie z domu.

Stoi tam również zdjęcie, z którego bardzo inteligentnym wzrokiem spogląda ojciec Gwyneth, i wygląda jak uosobienie życzliwości. Od czasu do czasu uświadamiam sobie, że patrzę na niego długo, a innym razem, gdy siedzę sam na werandzie lub chodzę po lesie, rozmawiam z nim i wyjaśniam, co ostatnio robimy, czytamy i o czym myślimy. Dziękuję mu także, i to nie tylko wtedy, ale codziennie, ponieważ gdyby on się kiedyś nie narodził, i ja nie miałbym życia.

Obaj z Ojcem nigdy nie robiliśmy sobie zdjęć. Nie mieliśmy aparatu i nie czuliśmy potrzeby utrwalania wspomnień, skoro zawsze byliśmy razem i stale wracaliśmy w rozmowach do naszej przeszłości. Jednak koperta wręczona mi przez ojca Hanlona w suterenie jego probostwa zawierała fotografię Ojca. Kapłan zrobił ją, gdy Ojciec siedział w fotelu, w świetle lampy i częściowo w cieniu, jak słynni ludzie na pomysłowych portretach wykonanych przez wielkiego Steichena. Bardzo przypominał sławnego niegdyś aktora, Denzela Washingtona: skóra w kolorze mlecznej czekolady, gęste krótkie włosy, szeroka i przyjemna twarz, uśmiech, którego mogliby mu pozazdrościć aniołowie, oraz ciemne oczy, sprawiające wrażenie nieruchomych punktów, wokół których od wieków obraca się wszechświat.

Oprawiłem także kartę katalogową, na której Ojciec zanotował mi z obu stron to, o czym jego zdaniem nie wolno mi było zapomnieć po jego odejściu. Zapisał mi te oto słowa: *Wszystkie rzeczy, z wyjątkiem jednej, znikają z tego świata, a czas wymazuje nie tylko wspomnienia,*

ale i całe cywilizacje, obracając wszystkich i wszystkie
pomniki w proch. Jedyne, co zostaje ocalone, to miłość,
jest ona bowiem energią równie trwałą jak światło, które
wędruje od swojego źródła ku granicom stale rozszerza-
jącego się wszechświata, tą samą energią, z której stwo-
rzone zostały wszystkie rzeczy i za sprawą której wszystkie
rzeczy zostaną podtrzymane w świecie istniejącym poza
tym światem czasu, prochu i zapomnienia.

Spisałem tę relację z myślą o moich dzieciach, wnukach
i prawnukach, tak aby się dowiedzieli, jak kiedyś wyglądał
świat i jak stał się takim, jaki jest. Teraz nie dość, że człowiek
nie zabija człowieka i zwierzę nie zabija zwierzęcia, to
jeszcze wydaje się, że umierają – wraz ze zmianą pór roku –
wyłącznie trawy, kwiaty i inne rośliny, ożywiane potem przez
wiosnę. Gdybyśmy nie musieli przejmować się śmiercią,
chyba nie byłoby to tak dobrą rzeczą, jakby się zrazu mogło
wydawać. Musimy pamiętać o śmierci i pokusie władzy,
którą oznacza. Musimy pamiętać, że żądając prawa do
zadawania śmierci i wykorzystując je do panowania nad
innymi, utraciliśmy świat, a w istocie coś więcej niż świat.

Od dnia, w którym tutaj przybyliśmy, nie widzieliśmy ani
Mglistych, ani Przejrzystych. Sądzimy, że tym pierwszym nie
przysługuje już przywilej odwiedzania Ziemi, a ci drudzy
chyba nie są już tu potrzebni. Jeśli kiedyś ujrzę wężową
postać z zastygłego dymu wijącą się przez las lub zobaczę
w padającym śniegu świecącą postać w stroju chirurga, będę
wiedział, że gdzieś tam złamano porozumienie i na scenie
świata znowu prezentowana jest tragedia. Tymczasem zaś
jest radość, która, nawiasem mówiąc, nie wymaga, jak kiedyś
sądzono, zestawienia ze strachem i bólem, by nadal porywać.

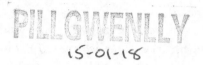

PILLGWENLLY
15-01-18

Polecamy powieść Deana Koontza

PIECZARA GROMÓW

Przerażająca wizja skutków eksperymentów z ludzkim mózgiem.

W miejscu zwanym Pieczarą Gromów Susan jest świadkiem tragicznego zdarzenia. Ceremonia przyjęcia jej chłopaka do bractwa studenckiego zamienia się w rytuał upokorzenia i kończy bestialskim morderstwem. W ciągu kolejnych lat giną, jeden po drugim, czterej sprawcy.

Czy na pewno?

Kilkanaście lat później Susan, która została fizykiem molekularnym, budzi się w małomiasteczkowym szpitalu na amerykańskim Środkowym Zachodzie. Po wyjściu z wielotygodniowej śpiączki wpada w koszmar, z którego nie ma ucieczki.

Martwi ożywają, a żywi są trupami.

Z816398